월
야
환
담

월야환담 창월야 ‥ 6

홍정훈 장편 소설

초판 1쇄 찍은 날 2016년 02월 15일
초판 1쇄 펴낸 날 2016년 03월 15일

지은이 홍정훈
펴낸이 서경석

편집책임 박가연 | 편집 한준만, 이재림 | 디자인 신현아

펴낸곳 도서출판 청어람
등록번호 제387-1999-000006호 | 등록일자 1999. 5. 31
어람번호 제8-0052호

주소 경기도 부천시 원미구 부일로 483번길 40 서경B/D 3F (우) 14640
전화 032-656-4452 | 팩스 032-656-4453
http://www.chungeoram.com | E-mail chungeorambook@daum.net

ⓒ 홍정훈, 2016

ISBN 979-11-04-90342-7 04810
ISBN 979-11-04-90336-6 (SET)

창월야 · 6

월야환담

홍정훈 장편 소설

도서출판 청어람

차례

사유가 존재의 본질을 변하게 한다.

끝없는 시간은 사유를 강제하고

회의에 빠지게 하고

신앙을 잃게 만든다.

스스로의 정의와 신념, 신앙이 희미해질 무렵 존재는 변질된다.

아테네와 카르타고, 로마가 그러했듯이 변질되는 자는

파멸하지 않으면 안 된다.

그러나 파멸을 억제할 힘이 있다면?

그것이야말로 불멸의 폭군이 되리라.

그노시스의 뱀

헤르메스의 뱀

우로보로스의 뱀

우트나피시팀의 뱀

알다바오트의 이름을 상징하는 네 머리의 뱀.

한때 신을 찾아 광야를 방황하던 영광스러운 구도자는
완전히 변질되었다.

그러므로 파멸을 맞이하는 모든 것이여.
죽음이 네 본질을 온전히 보전하는 것을 기꺼워하라.
타락으로부터 스스로를 구할 수 있으니……

· · ·

第26夜

The Arena

1

"마리아!"

서린은 다짜고짜 앞으로 뛰어들었다. 상대는 흡혈귀들의 절대군주 중 한 명이다. 설사 그 외관이 아무리 어린 소녀라 하더라도 동정의 여지는 없다고 세건이 누차 일렀다. 흡혈귀가 살아있는 것은 그만큼 인간의 피를 마셨다는 증거니까.

그러나 그녀는 서린의 친구였다. 그에 대한 신뢰와 기대를 저버릴 수는 없다.

'이번에도 친구를 죽일 수는 없다! 죽게 내버려 둘 수도 없다!'

서린의 뇌리에 번개가 스쳐 지나갔다. 벌써 폭약과 유혈로 마비되었을 코끝에 시큰한 피 냄새가 와 닿는 듯했다.

"이 자식들 무슨 짓이야?!"

무작정 뛰어드는 그의 앞을 거구의 라이칸스로프가 막아섰다. 육중한 거구의 라이칸스로프, 그것은 전투에 능하지 못한 서린으로서는 넘지 못할 벽이었다.

하지만 넘지 못할 벽이라고? 언제부터 그런 게 존재했는가? 그의 눈앞에 있는 존재는 아무리 대단하다 하더라도 그보다 훨씬 열등하다. 시원의 존재로부터 시작된 고대 전승의 계승자로서 서린은 분노했다.

열등한 라이칸스로프! 제 존재의 비밀도 알지 못하고 그저 이사카가 필요로 인해 만들어낸, 마땅히 뿌려야 할 씨의 새싹에 불과하다.

그런 것이 감히 앞을 막아서다니?! 그 순간 서린의 눈앞이 새빨갛게 물들었다.

우드드드득!

순식간에 서린의 몸이 부풀어 오르며 철사 같은 회백색의 털이 돋아났다. 그리고 그와 동시에 호텔이 통째로 흔들리기 시작했다.

쿠르르릉!

마치 호텔 전체가 푸딩이라도 된 것처럼 심하게 흔들렸다. 그리고 호텔에 아직 남아 있던 유리 파편들이 호텔에서부터 벗어나 밤하늘로 뿌려졌다. 마치 총성에 놀란 새들이 일제히 날아오르는 듯한 장면이었다.

유리 파편끼리 마찰하는 요란한 소리가 흡사 비명처럼 밤하늘로 퍼져 나갔다. 지금 이 거대한 호텔이 흔들리고 있단 말인가? 서린의 격노에 응해서?

"마, 말도 안 돼!"

"이럴 수가?!"

이사카의 라이칸스로프들이 동요했다. 발밑으로부터 심장이 울렁거리는 듯한 충격이 전해져 오는 걸 보니 정말로 호텔 전체가 흔들리는 모양이었다. 환상이 아닌 실제로!

"크르릉!"

야수로 돌변한 서린은 무너진 건물의 잔해에서 철골을 뽑아 들어 그의 앞에 서 있는 유리안과 블로초프를 향해 휘둘렀다.

유리안은 깜짝 놀라서 가만히 서 있었고 블로초프는 이를 악물고 철골을 향해 몸을 내던졌다.

아마도 서린의 공세를 최대한 힘이 실리기 전에 받아내려 한 것 같았다.

"개자식!"

텅!

그러나 묵직한 굉음과 함께 블로초프와 유리안의 몸이 야구 배트에 맞은 공처럼 외무성 방향으로 튕겨 나가 빌딩을 들이받았다.

유리로 만들어진 외벽의 일부가 깨지며 유리 파편들이 비처럼 쏟아져 내렸다.

"으아아아아아!"

블로초프와 유리안은 유리 파편과 함께 빌딩 아래로 떨어졌다.

그것은 라이칸스로프들 사이에서도 좀처럼 보기 드문 무서운 괴력이었다. 아마 저 철근에 맞은 둘이 이 자리로 돌아오려면 꽤 많은 시간이 걸리리라. 아니, 어쩌면 방금 전 욕설이 그들의 마지막 말이었을지도 모른다.

"마, 맙소사!"

빼또쥬는 흡혈귀들에게 향했던 기관총을 서린에게 겨누었다. 처음으로 그의 총구가 덜덜 떨렸다. 지금 눈앞에서 일어나는 일은 그의 상상을 초월한 것이었다.

갑자기 호텔의 유리창이 죄다 깨지고 지진이 일어난다? 미동도 없이 그런 일이 가능하다니?

라이칸스로프가 된 이후로는 단 한 번도 느껴보지 못한 감정이 심장을 옭아맨다. 쿵쾅거리는 심장이 비명을 질러대서 머릿속이 삐걱거린다.

나약한 인간이던 시절 느꼈던 그 감정이 다시금 빼또쥬를 지배했다. 아직 그가 인간이던 때… 알몸으로 전차 앞에 선 그런 기분이었다.

철컥!

싸구려 액션 영화도 아닌데 하필이면 이때 총탄이 떨어졌다. 그제야 빼또쥬는 자신이 흡혈귀들에게 총알 세례를 퍼붓고 있었다는 것을 기억해 냈다.

이런 바보 같은! 그런 간단한 것을 잊어버리고 있었다니!

강자라는 입장에 너무 취해 있었다. 막강한 힘으로 상대를 유린하는 것에 너무나도 몰입해서 총탄을 헤아리는 것조차 까먹고 있었던 것이다.

그런 그를 힐난이라도 하듯 1톤이 넘는 쇳덩이를 들고 달려드는 수인이 있었다. 이사카의 동생이지만 아무런 힘도 없다고 알려진 롯시니, 그가 돌격해 온 것이었다.

"놀라지 마! 방금 전 그것은 볼코프가 한 짓이다!"

이사카는 이 호텔을 뒤흔든 원흉을 알아채고 부하들에게 외쳤지만 이미 늦었다.

서린은 무서운 기세로 뛰어들어서 빼또쥬를 철골로 들이받아 버렸다. 놀란 빼또쥬가 소총을 들어서 그 공격을 막아냈지만 역부족이었다. 무쇠로 만든 소총이 산산조각 나면서 빼또쥬 역시 호텔 밖으로 내던져졌다.

"크악!"

서린은 그 기세를 타서 이사카와 루스킨, 그리고 레온 시마노프에게 뛰어들었다.

"이런, 이런. 장군님이 쓸데없는 짓을 하셔서……."

레온 시마노프는 혀를 차며 머리칼을 쓸어 올렸다. 그러자 그의 주위로 섬광이 번뜩이며 철골과 충돌했다.

카각!

쇠가 마찰하는 요란한 소리와 함께 철골에서 불꽃이 튀었다. 뛰어들던 서린의 몸이 잠시 공중에 떴다가 뒤로 물러났지만 레온은 한 발짝도 뒤로 물러서지 않고 그 자리에 그대로 서 있었다.

다만, 레온도 그냥은 서린의 돌격을 막을 수 없었는지 양팔이 수화되어 있었다.

기분 나쁠 정도로 요사스러운 붉은 털이 밤바람에 흩날렸다.

스모그를 뚫고 고개를 내민 달빛이 그의 붉은 털에 부딪쳐 핏빛의 실루엣을 그려냈다.

"그렇지만 당신의 부하들도 좀 질이 나쁘군, 리림. 한 번 허를 찔리니까 바로 이렇게 무너져 버리다니… 역시 프로페셔널은 못 되겠네."

"어린애들에게 그 이상을 바랄 수는 없지."

이사카는 건성으로 대답하며 흥미롭다는 듯 레온을 노려보았다. 그는 서린의 무지막지한 철골 공격을 막아내고도 태연자약했다.

"크르르르!"

서린은 으르렁거리며 철골을 내던지고 손톱을 세웠다. 철골이 먹히지 않는다는 걸 확인하고는 좀 더 믿을 만한 무기를 쓰기로 결심한 모양이었다.

"이거 우연이군. 나도 몸에는 좀 자신이 있는데 여기서 일치를 볼 줄 몰랐는데?"

레온 시마노프는 서린의 반응에 즐거워하며 앞으로 나섰다.

호텔 플로어 전체가 흔들리며 깨진 유리창의 파편들이 일제히 밖으로 튀어 나갔다. 지진이라도 난 것처럼 모든 플로어가 요동치고 제일 위에 있던 콘크리트 덩어리가 밑으로 무너져 내렸다.

쿠쿵!

콘크리트 덩어리는 아래층 플로어를 꿰뚫고도 그 힘이 죽지 않아서 계속 플로어를 관통했다. 급기야는 마지막 층을 꿰뚫고 지하 주차장까지 떨어져서야 그 무시무시한 행진을 멈췄다.

우르르릉!

우레 같은 굉음이 호텔 전체를 뒤흔들었다. 콘크리트 덩이가 지하에 충돌한 그 충격으로 먼지가 피어올라 호텔 전체를 뒤덮었다. 마치 유황 불꽃을 토해낸다는 신화 속의 용과 같아 보일 정도였다.

이 모든 것이… 한 남자가 주먹을 내리꽂아서 벌어진 일이라는 게 믿겨지는가?

흡혈귀가 된 이후로는 더 이상 어떤 일에도 놀라지 않으리라 다짐한 창현이었지만 이 일에 대해서는 놀라지 않을 수 없었다. 강철이 아닌, 피와 살로 이뤄진 존재가 주먹 한 방으로 호텔을 통째로 관통시켜 버리다니?

"크으윽!"

그의 손에 잡혀 있던 아르곤이 몸을 뒤척이며 눈을 가늘게 떴다.

"…말도 안 돼!"

산전수전, 공중전까지 풍부한 경험을 가지고 있는 아르곤조차 기가 막혔다. 월야의 주민인 그로서도 지금 눈앞에서 벌어진 일을 믿을 수가 없었다.

"뒈질 뻔했네."

"아닌 게 아니라 정말 그래요."

서치라이트의 빛을 받아 새파랗게 빛나는 먼지들 사이로 수화한 볼코프가 모습을 드러냈다.

은색에 가까운 새하얀 갈기털과 약간 바랜 듯한 아마색의 털, 그에 비하면 매우 선명한 검은 털의 줄무늬를 가진 이 호랑이 머리의 수인은 당당하게 그들을 마주하고 있었다.

주먹 한 방으로 호텔 전체를 관통시켜 버린 괴물에 어울리는 당당함이었다.

하지만 그 당당함 밑에는 약간의 당혹감도 엿보였다.

아르곤을 끝장내기 위해 수화해서 주먹을 내리꽂은 그는, 설마 자신의 주먹이 꽂히기도 전에 누가 아르곤을 빼낼 수 있을 것이라고는 생각하지 않았다.

그렇지만 창현은 그가 수화하는 틈을 타 뛰어들어서 아르곤을 빼내는 데 성공한 것이다.

"용케도 피했군."

볼코프는 털들을 곤두세우며 그들을 노려보았다. 백색의 갈기털을 가진 호랑이의 모습으로 변한 그의 목에서는 전보다 훨씬 낮은 탁한 목소리가 흘러나왔다.

"…우와! 이, 이건 말도 안 돼! 당신 라이칸스로프가 아니라 무슨 탱크 아냐? 어떻게 주먹으로 이런……."

창현은 기겁하며 한국어로 그리 물었다. 그의 주먹에 맞아 부서진 콘크리트가 지하 주차장까지 포함해 26층이 넘는 플로어를 관통해 버렸으니 만약 그걸 맞았다면 아무리 아르곤이라 해도 흔적조차 찾을 수 없으리라.

"크르르르."

볼코프는 낮게 으르렁거리며 몸을 일으켜 세웠다. 인간의 모습일 때도 컸지만, 지금의 그는 인간일 때보다도 더욱더 커졌다. 달을 등지고 선 그는 너무나도 위압적으로 보였다.

"대, 대단해, 창현!"

래트는 창현이 저런 무시무시한 존재의 주먹질보다 먼저 아르곤을 빼낸 것에 대해서 감탄하고 있었다.

엄밀히 따지면 볼코프가 수화하는 틈을 타서 아르곤을 빼낸 것이지 주먹보다 빨리 움직인 것은 아니지만, 그것만 해도 분명히 대단한 것이다.

"지금 감탄할 때가 아냐!"

아르곤은 그리 말하고 쓴웃음만 지었다. 창현이 구해주지 않았다면 기나긴 흡혈귀의 삶을 여기서 마감할 뻔했다.

볼코프 레보스키는 주먹 한 방으로 호텔을 쪼개다시피 하는 괴물이다.

팬텀이나 다른 진마들을 버려두고 도망친다는 게 마음에 들지 않았지만 볼코프 레보스키의 무시무시한 힘을 보니 현재 가진 장비로 싸운다는 것은 자살행위나 다름없었다.

아르곤은 자신의 전투 능력을 신뢰했고, 지금까지 그 신뢰가 단순한 과신에 불과했던 적은 없었다. 그러나 지금 볼코프를 대적하는 데 있어서는 너무나 안일한 믿음이었다.

볼코프 레보스키는 그보다 강하다! 그런 적을 상대하는 데 이정도 무장으로 맞서겠다니 안일하기 짝이 없지! 이런 날을 위해서 만든 게 그의 휴대용 대포, '오리콘 차트'였는데 지금은 그걸 꺼내 쓸 수 없는 처지가 아닌가?

"훗날을 도모하지. 팬텀도 얼간이는 아니니 그냥 쉽게 당하진 않을 거야."

아르곤이 그 말을 남기고 먼저 호텔 아래로 몸을 날렸다. 진마이자 클랜 로드인 그가 먼저 도주를 선택한 이상 나머지 둘은 따를 수밖에 없다.

아니, 솔직히 말해 그가 먼저 도망치기를 기다렸다. 아르곤은 폭탄과 볼코프의 주먹으로 너덜너덜해진 호텔의 외벽을 발로 밟고, 몸을 돌려 부러진 장도를 호텔 외벽에 찍었다.

끼이이이익!

불꽃 튀는 마찰음과 함께 아르곤의 몸이 호텔 외벽에 붙어서 미끄러져 내려갔다.

창현과 래트는 그런 아르곤의 뒤를 따라서 손톱을 호텔 외벽에 박아 넣었다. 볼코프의 주먹질로 박살 난 호텔 외벽을 따라서 미끄러져 내려가니 볼코프도 더 이상 추격하지는 않았다.

2

녹색 비상등이 깜빡이는 비상계단을 하염없이 걸어 오른다. 천국으로 오른다는 야곱의 사다리처럼 끝도 없을 것 같은 계단을 달려 오른다.

걸음을 내디딜 때마다 심장이 쿵쾅거렸다. 물론 이 계단이 천국으로 이어지는 게 아니라는 걸 증명이라도 하려는 듯, 그의 앞을 군인들이 막아선다.

겉모습은 인간이지만 저것들은 인간이 아니다. 라이칸스로프, 푸른 달의 자식들이며 야성과 야심의 노예들이다.

하지만 너는 뭐지?

이미 그는 인간이라고는 할 수 없다. 그렇다면 커럽티드인가? 아니면 흡혈귀? 흡혈귀와 싸우기 위해 혈관에 흘려 넣은 흡혈귀의 피들이 기어코 그를 흡혈귀로 만들었는가?

아니면 그가 팔아넘긴 흡혈귀의 피가, 그 원죄에 가까운 탐욕이 그를 흡혈귀 이상의 괴물로 만들어 버린 것인가?

흡혈귀들을 선악 구별 없이 존재 자체로 증오하는 그가 괴물이 된다니… 지독한 아이러니다. 가장 증오하는 것으로 변해가는 자신을 본다는 것은… 그의 죄책감을 약간이나마 덜어주는 달콤한 형벌이었다.

"그러나 부족해!"

세건은 고소하며 양손의 권총을 쥐었다.

철컥!

방아쇠를 당기는 것과 동시에 총성이 울려 퍼졌다. 방탄복을 걸친 군인들에게 글록 18이 불을 뿜었다.

라이칸스로프를 상대로 9㎜ 파라블럼은 큰 위력을 발휘하지 못하지만 실베스테르가 특별히 공수해 온 이 총탄은 전부 다 셀룰러 탄이다. 수분을 흡수해 겔화하는 특수수지탄은 놀라운 저지력을 보인다.

"카악!"

라이칸스로프 병사는 야성적인 반사 신경으로 몸을 젖히며 세건의 총탄을 피했다. 아니, 피하려 했다.

그러나 세건은 페인트 동작을 거두고 손목을 꺾어 뒤로 넘어가는 라이칸스로프의 움직임을 쫓았다.

탕!

셀룰러 탄이 정확하게 라이칸스로프의 연수를 관통했다. 비록 작은 화력의 권총이지만 그 일격은 라이칸스로프의 신경 전체에 셀룰러라는 독을 퍼부었다. 순식간에 신경 기능이 마비된 라이칸스로프는 무너지듯 주저앉았다.

그리고 그것과 동시에 호텔 전체가 푸딩처럼 요동쳤다. 볼코프가 호텔을 내리찍은 충격이 전체로 퍼져 나간 것이다!

"으읍!"

세건의 입에서 신음이 터졌다. 호텔 전역의 공기가 요동치며 충격이 몸으로 직접 전해졌다.

"…뭐, 뭐야, 이건?!"

이제 슬슬 이 바닥에서 관록이 붙은 세건으로서도 상상할 수 없었다. 주먹 한 방으로 호텔에 구멍을 내는 괴물이 있다는 것은 제아무리 미친 달의 주민이라 하더라도 상상하기 힘들었다.

그는 혀를 차며 계단 위를 바라보았다. 위에서 계단이 무너져 내리다가 밑층의 계단에 걸려서 멈춰 있는 게 보였다. 하지만 버티고 있는 계단도 얼마 못 갈 것 같았다.

"할 수 없군!"

세건은 방화문을 발로 걷어차 부수고 밖으로 뛰쳐나왔다. 그런 그의 눈에 들어온 것은 붉은 머리칼의 여자가 러시아 군복을 입은 라이칸스로프들과 힘겹게 싸우고 있는 모습이었다.

"이것들이!"

붉은 머리칼의 여자, 헤카테는 양손을 휘둘러서 충격파를 사방으로 뿌렸다.

소총으로 무장한 라이칸스로프들이 추풍낙엽처럼 나가떨어졌다. 하지만 그녀도 심력을 많이 소모했는지 마냥 편해 보이진 않았다. 그런 마당에 누가 갑자기 방화셔터를 부수고 뛰쳐나왔으니 놀라지 않을 수 없었다.

"아니?!"

그녀는 방화셔터를 부수고 뛰쳐나온 이를 알아보고 기겁했다.

한때 그는 그녀가 깔보던 그저 어린 소년에 지나지 않았다. 그러나 지금의 그는 뭐라고 할까, 비록 현대적인 방탄 슈트와 화기를 갖추었지만 신화에서 방금 튀어나온 용사 같았다. 용을 퇴치하는 지그프리트, 아니면 거인을 물리친 베오울프?

'왜 이런 생각이 드는 거지?'

위험하다! 그녀는 본능적으로 그가 위협적인 존재라는 것을 깨달았다.

게다가 지금 그녀는 큰 부상을 입었다. 진마인 그녀이니 이정도 부상은 대단한 게 아니지만, 흡혈귀에 대한 무한한 증오를 품고 있는 자를 상대하기에는 역부족이다.

게다가 지금의 한세건의 모습은 그녀가 보기에도 끔찍한 것이었다.

그는 마치 피를 뒤집어쓴 것처럼 시커먼 어둠을 뒤집어쓰고 있었다. 현실을 거부하는 듯 녹색으로 물들인 그의 머리칼에 어둠이 덧씌워지면 이따금 검은색으로 변이했다. 이렇게까지 영혼이 어둠에 물들여진 자가 있었던가?

"정신 차리시지!"

한세건의 냉소가 그녀의 정신을 일깨웠다.

그 순간 한세건의 손에서 총이 불길을 뿜었다. 넋을 잃고 있던 그녀가 깜짝 놀라 몸을 뒤로 날리려는 찰나, 그녀의 뒤에서 꿈틀거리던 라이칸스로프가 나동그라졌다.

"아?!"

의외였다. 그가 자신을 도우리라고는 생각도 하지 않았다.

사실 상식적으로 생각해 보면 여기서는 흡혈귀들을 돕는 게 옳다. 그의 목적이 모든 괴물의 말살이라면 균형이 어느 한쪽으로 치우쳐 기울어지는 것보다는 팽팽한 줄다리기로 흡혈귀와 라이칸스로프 모두의 진을 빼놓는 게 현명했다.

그렇지만 한세건은 그런 상식이 먹혀들지 않는 존재였다. 그저 모든 흡혈귀에게 자신에 대한 분노를 왜곡시켜 죽이고, 죽이고 또 죽였다.

정의감을 가진 선량한 흡혈귀들도, 아름다운 여성도, 죄 모르는 어린아이도 예외는 아니었다. 그런데 왜 이제 와서 이러는 것일까?

"물러서, 흡혈귀. 크나큰 목적을 저버리고 지금 당장 살육의 성찬을 즐길 바보가 되고 싶지 않으니까."

세건의 코에서 피가 흐른다. 너무나도… 달콤해서 감히 탐할 엄두가 나지 않는 혈향이다. 저것은 흡혈귀를 취하게 하는 독이다.

한세건은 흡혈귀보다도 더욱더… 그의 증오에 합당한 존재를 발견한 것일까? 헤카테는 문득 정신을 차렸다.

"뭐, 뭐라고? 나를 뭐라고 생각하는 거지? 감히 나에게 시비거는 건가? 아니면 나를 협박하는 건가? 풋내기가?"

"나 역시 그때 당신이 보았던 풋내기는 아니지. 놀랐나? 귀여운 구석도 있군."

한세건은 그녀를 희롱할 참인지 무덤덤한 표정으로 그리 말하고 그녀를 지나쳤다.

자존심 강한 그녀로서는 매우 불쾌할 수도 있는 말이었지만 신기하게도 그가 말하니 별로 불쾌하지 않았다.

일면식 정도는 있지만 결코 친하다거나 인연이 깊은 사이라고는 할 수 없었는데도!

그러고 보니 그를 만났던 게… 적요와 창운이 소멸한 한국의 사건이 일단락될 때였던가?

그가 테트라 아낙스의 건물을 통째로 폭파시키고 흡혈귀들에게서 도주하던 그때, 그녀는 그를 만났다.

그는 자신의 생명을 모조리 불태워 흡혈귀에 도전하는 나약한 사냥꾼이었고 그녀는 오랜 피의 주인으로서 당당하게 그를 위협했었다.

그러나 지금의 그는 뭐라고 해야 할까, 노련한 완숙미가 보인다고 해야 할까? 모든 것을 빨아들이는 듯한 어둠을 두르고 되레 그녀를 아이 취급하고 있다.

그녀가 그에게 했던 행동이 고스란히 그녀에게 돌아온 것이다. 그리 생각하면 그 의미심장함에 등골이 오싹해졌다.

지지지직!

호텔의 전등이 꺼졌다가 다시 켜졌다. 그 잠깐 사이… 그녀의 눈앞에서 한세건의 모습이 사라졌다. 물론 어디로 향했는지는 물어볼 것도 없다.

그는 그녀를 내버려 두고 라이칸스로프들을 제압하기 위해 떠났으리라.

"눈부시도록… 타오르는 불꽃이군."

그녀는 무심결에 중얼거렸다.

한때 그 호텔은 약 1억 달러 상당의 가치를 지닌 거대한 자본의 상징으로서 모스크바의 번화가 한가운데를 차지하고 있었다.

번쩍이는 유리벽 외관과 최고급 조경사들에 의해 조경된 정원들, 종이라도 벨 듯 날선 제복을 걸친 보이들이 접객하는 주차장과 수영장, 스포츠센터 등이 늘어선 자본주의의 천국이었다.

그래, 부를 지니고 있는 한 근심 걱정이라곤 없어 보이는 천국이었지.

설령 거기에 투숙하는 사람들이 제 나름대로의 고충을 말한다 하더라도 부랑자로 전락한 수많은 사람이 보기에 그곳은 그야말로 천국의 지상 강림이었다.

그러나 지금은 차가운 밤바람 속에 살을 다 발라놓은 처참한 몰골로 차마 쓰러지지 못하고 서 있을 뿐이었다.

그의 몸을 화려하게 장식하던 보석들, 유리들은 처음의 폭발로 깨졌고, 이윽고 무시무시한 힘의 해방으로 완전히 산산조각 났다.

이제 남은 것은 아래로 떨어져 주위 기물을 산산조각 내버린 흉악한 유리 파편들뿐이다.

방금 전의 진동에 의해서 튕겨 나간 유리 파편들이 주차돼 있던 차들을 덮치면서 밑에서는 아비규환이 일어났다.

"크르르?"

문득 서린은 자신이 호텔의 밑을 보고 있다는 걸 깨달았다. 그제야 그는 자신이 수화해 있다는 사실을 깨닫고 아연실색했다. 지금까지 무슨 일이 일어났는지는 뚜렷하게 기억하고 있었다.

그러니까 마리아를 구하기 위해 뛰어든 그가 변신해서 라이칸스로프들을 쓰러뜨렸다.

그렇지만… 과연 그때 그의 몸을 움직인 게 그 자신이었던가? 그 고양감, 무엇이든 할 수 있는 자신감과 샘솟아 오르던 지혜, 격렬한 분노는, 그것이 과연 서린의 것이었나?

서린은 놀라서 고개를 돌렸다. 지면에 쓰러진 흡혈귀들이 천천히 일어나고 있었다.

사람을 수백 번은 죽이고도 남았을 만한 충격이었음에도 불구하고 서린이 뛰어들어 잠시 시간을 벌어준 것만으로 그들은 회복되었다.

그렇지만 그들이 온전한 상태였다 하더라도 이사카 베르게네프의 적이 되진 못할 것을 잘 알기에, 서린은 안심할 수가 없었다.

이사카는 차가운 눈초리로 그를 바라보고 있었다. 어린 시절의 기억은 얼마 없지만 그는 어렸을 때부터 저랬다.

마치 세상의 희로애락과 생로병사, 그 모든 걸 알고 있다는 듯한 청회색 눈동자. 서린을 측은히 여기는 것인지, 아니면 스스로를 측은히 여기는 것인지 애상의 눈초리로 세상을 바라보는 그 눈동자는 그를 미워할 수 없게 만들었다.

대체 그는 서린에게 무엇을 바라는 것일까? 문득 그게 궁금해졌다. 단 하나뿐인 동생에 대한 애정 따위는 느껴본 적이 없었다. 서린과 그는 정서를 공유할 시간도 그다지 많지 않았으니까.

그렇다고 그에게 딱히 증오를 느끼고 있는 것 같지도 않았다. 필요에 의해 만들어진 자는 갈망에 의해 만들어진 자를 시기하고 증오해도 되리라. 그렇지만 그는 그렇게 하지 않았다.

그렇다면 서린을 그의 동료로 끌어들이기 위해서인가? 아니다. 이것은 다른 어떤 것보다도 더 가망이 없는 이야기다.

위대한 힘을 지닌 그가 왜 서린처럼 자신의 잠재력조차 다루지 못하는 애송이를 필요로 한단 말인가?

"롯시니, 그 정도로는 안 돼."

환청인지 진짜인지 모르겠지만 이사카는 서린에게 그렇게 말하는 듯했다.

"어디 한눈을 파시나?"

투학!

너무 한눈을 팔았던 탓일까?

갑자기 가죽 자루가 터지는 듯한 소리와 함께 서린의 몸이 밤하늘로 내던져졌다.

서린은 반사적으로 전파탑 고정용 와이어를 잡아서 호텔 밖으로 떨어지는 것만은 막았다. 그러나 밤하늘로 내던져진 몸이 진자 운동 하는 것을 막을 수는 없었다.

팽팽하게 당겨진 와이어가 다시금 그를 호텔로 집어 던졌다. 그리고 호텔 정상에는 그가 돌아오기를 바라는 한 명의 수인이 서 있었다.

투박한 군복을 몸에 두른 털빛이 유난히 붉은 여우였다.

사람일 때의 모습이 전혀 짐작되지 않는 수화이지만 서린은 그가 레온 시마노프라는 걸 본능적으로 알 수 있었다.

레온이란 이름이 사자를 의미하고 있었기 때문에 사자일 거라고 생각하고 있었는데 여우라니? 그것도 여자가 아니라 남자가 저렇게 변하다니 어처구니가 없었다.

그러나 그가 사자든 여우든, 안심할 수 있는 상대는 아니다. 레온 시마노프는 그의 저돌적인 공격을 간단히 막아내지 않았던가?

"…으르르!"

서린은 당혹해서 입을 벌렸지만 그의 생각이 말이 되어 밖으로 나오지 못했다. 구강과 신체가 완전히 바뀌면서 말을 할 수 없게 되었다. 아마도 지금 변이된 이 신체에 익숙해지기 전에는 말을 할 수 없으리라.

"정신이 좀 들었나?!"

레온은 허리춤에 차고 있던 권총을 꺼내 들었다. 그러나 그때 그의 등 뒤에서 뭔가가 푹 뚫고 지나갔다.

"어?"

새빨간 구슬이 허공에서 고속 회전하며 레온의 피를 사방으로 뿌리고 있었다.

그러나 곧 상처는 아물고 레온은 약간 인상을 찡그린 채 뒤를 돌아보았다. 인간이었다면 그 일격으로 즉사했겠지만 라이킨스로프를 굴복시키기에는 너무 작은 상처였다.

특히 그 라이칸스로프가 레온 시마노프라면 더더욱!

"…그만둬! 그를 해치지 마!"

금발의 소녀가 힘겹게 지면을 밀치며 일어나고 있었다. 셀룰러 탄을 수십수백 발을 퍼부었는데도 진마인 그녀는 벌써 의식을 회복한 모양이었다. 하긴, 그녀는 다른 진마들의 보호를 받아서 비교적 무사한 편이었다.

레온은 그게 좀 어처구니가 없었다. 그녀가 인형같이 귀여운 모습의 미소녀이긴 하지만 사람을 뜯어먹는 흡혈귀 놈들이 왜 그런 휴머니즘을 보인단 말인가?

아, 물론 같이 있던 이들이 파군이나 팬텀 같은 로맨티스트들이다 보니 그렇긴 하겠지만 겉모습만 소녀일 뿐 다 자란 흡혈귀, 그것도 진마인 그녀를 그렇게까지 보호하다니.

"그래서? 작은 레이디?"

레온이 으쓱해 보이자 그녀는 다시 강옥(鋼玉)을 돌려 레온의 뒤통수를 노렸다.

뒤에서 날아오는 것이지만 레온은 초인적인 감각으로 궤도를 읽어내 최소한의 움직임으로 피했다. 그 움직임이 어찌나 능글맞던지 마치 강옥이 그를 꿰뚫고 지나갔는데도 멀쩡한 것으로 보였다.

레온은 미소를 지으며 그녀에게 천천히 다가갔다.

"여자애를 치는 것은 그리 좋아하지 아니지만 사정이 사정이다 보니 예외도 인정할 수밖에. 미안, 꼬마 숙녀님."

그의 목소리는 은근했지만 점차적으로 위협적으로 변했다. 서린으로서는 그가 말하는 언어를 알아듣기 힘들었지만 마리아를 죽이려 한다는 것은 쉽게 알 수 있었다.

그가 사주었던 옷을 입은 그녀가 보인다.

먼지가 피어올라 이미 몽환적으로 변해 버린, 이 을씨년스러운 콘크리트 잔해 속에서 피에 물든 그녀는 더럽혀진 인형 같았다. 피로 더럽혀진 인형의 눈빛은 서글프게도 웃고 있었다.

왠지 그 눈동자를 보고 있자니 외롭다는 생각이 들었다.

그녀는 어린아이가 아니다. 겉모습은 어린아이지만 정신이 어린아이는 아니다. 그럼에도 불구하고 누구에게나 천진난만한 모습을 보인 것은… 그러지 않으면 도저히 견딜 수 없기 때문이리라.

언어도 통하지 않고 같이 보낸 시간도 얼마 되지 않는다. 그렇지만 서린은 그녀의 눈동자를 보고 그녀의 고독과 절망에 동조할 수 있었다.

자신이 아파해야 할 이유가 없는데도 그녀의 눈동자를 보면 가슴이 아프다. 피 흘리는 인형 같은 소녀를, 그녀의 푸르른 눈동자를 외면할 수 없었다.

회색의 먼지들 사이, 손바닥만큼 드러난 밤하늘의 아래 그녀는 피투성이가 된 몸으로 필사적으로 서 있었다.

한없는 외로움에 시달린 쓸쓸한 눈동자를 하고······.

지금 그녀가 온기를 갈구한다면 그는 자신의 심장을 갈라서라도 그것을 주고 싶었다. 그러니까 절대로 죽게 내버려 둘 수는 없다!

"그렇게 놔둘까 보냐!"

그동안 생각만으로 머릿속을 맴돌 뿐, 입 밖으로 튀어나오지 않았던 말이 목소리가 되어 튀쳐나왔다.

서린은 지면을 양발로 거칠게 움켜쥐었다. 철근콘크리트 플로어에 발톱이 깊이 처박히고 전신의 근육들이 한껏 당긴 활시위처럼 팽팽하게 긴장했다.

'활시위를 놓는다!'

활을 들어본 적도 없지만 서린은 머릿속으로 자신의 몸을 화살이라 여기며 레온을 노려보았다. 그리고 활시위를 놓았다.

쿠르릉!

서린이 지면을 박차자 호텔의 한쪽 면이 무너져 내렸다. 그와 동시에 서린의 몸이 총알처럼 레온에게 날아들었다.

이것이 어찌나 빠르던지 서린 자신조차 명확하게 사물을 인지하지 못할 정도였다.

갑자기 사방의 기물들이 훨씬 빠른 속도로 망막으로 달려드는데 어찌 적응할 것인가? 이 상황에서는 공격하기도 그리 쉽지 않았다. 그러나 서린은 본능에 이끌려 손톱을 횡으로 휘둘렀다.

으적!

붉은 털이 잔뜩 자란 근육질의 팔 하나가 허공으로 치솟아 올랐다. 이 돌진을 회피하던 레온의 팔이 서린의 발톱에 걸려 버린 것이었다.

어찌나 속력이 빨랐는지 스친 것만으로 라이칸스로프의 질긴 근육으로 뭉쳐진 팔이 잘려 나갔는데도 아무런 느낌이 없었다. 모기가 손톱 위에 앉아도 이것보다는 더 무게감이 있었으리라.

"무르군!"

그러나 레온은 왼발로 땅을 딛는 것과 동시에 빙글 돌아서 서린의 뒤를 점했다.

그가 팔을 잃은 것은 불시에 당한 것이 아니라 어디까지나 각오 위의 희생이었다.

서린에게 팔을 하나 내주는 대신 그의 뒤를 점한 것이다. 돌진에 신경 쓴 서린은 자신의 관성을 줄이느라 꼼짝달싹할 수 없었고 그렇게 긴장된 상태의 몸은 부수기 쉬운 도자기나 다름없었다.

레온은 서린의 무릎 뒤에 손톱을 찔러 넣었다. 한껏 긴장되어 있던 인대가 끊어지며 엄청난 부하를 견디고 있던 무릎뼈가 부서졌다. 정강이뼈가 무릎 관절을 부수고 튀어나와 버렸다.

"크악!"

서린은 지면을 손으로 짚고 멀쩡한 다리로 뒤차기를 날렸다. 그러나 레온은 몸을 뒤로 젖혀서 그 공격을 피했다. 애초에 그는 서린을 가지고 놀기 위함이 목적인지 치고 빠지기(Hit&Away)로 응하고 있었다.

"저 녀석… 무슨 생각이지?"

루스킨은 그걸 불쾌하게 여겼다. 이사카가 서린을 특별히 여기고 있다는 것은 그도 잘 알고 있다. 단 하나뿐인 동생이며 또한 리림이니까.

그러니까 죽이든 살리든 그건 이사카가 해야지 저 남자가 해야 할 일이 아니다.

"글쎄?"

이사카는 태연자약하게 그것을 바라보았다.

대체 그는 또 무슨 생각일까? 뭘 원하는 거지? 각성이라도 하길 원하는 것인가? 정말 그런 걸 원한다면 차라리 이사카가 직접 그를 붙잡고 힘의 사용법을 가르쳐 주는 게 나으리라.

어차피 제 성질을 못 이겨서 발작을 일으켜 봐야 아드레날린 주사 이상의 효과는 보기 힘들 테니까.

"아직 멀었군."

이사카는 서린과 레온이 싸우는 것을 바라보며 의미심장한 말을 중얼거렸다. 그는 손목에 찬 시계를 바라보며 혀를 내둘렀다. 슬슬 시간이 되어간다.

모스크바 하얏트 호텔의 상층부가 폭발에 의해 날아가면서 흉측한 모습으로 돌변했다.

호텔의 외벽을 장식하고 있던 외장재와 유리창은 걸레처럼 변해서 바람에 흔들리고 비명 소리가 호텔 안에서 메아리쳤다.

"맙소사! 저게 뭡니까?"

폭스TV의 뉴스 앵커, 조나단 세이브스는 날아가 버린 호텔의 모습을 보며 경악했다.

대한민국 서울에서 한세건이라는 미친 남자가 플렉스 메디칼을 공격하겠다고 예고까지 해두고 건물을 통째로 폭파시켜 버린 적이 있는데 이것도 그에 못지않은 대참사였다.

예고도 없이 갑자기 호텔 최상층을 폭탄으로 날려 버리다니! 게다가 어찌나 잘 조절했는지 딱 최상층만 파괴된 상태였다.

그리고 지금, 그 건물 위에서 사람들의 그림자가 움직이고 있었다. 폭발 속에서 살아남은 생존자라고 하기에는 너무나 활발하고 기민한 움직임이라 기괴하게 여길 수밖에 없었다.

"돌아가지 않으면 발포하겠다는데?"

헬기를 조종하던 조종사가 걱정스런 표정으로 PD를 바라보았다. 뉴스 PD 윌렌 헤이스팅스는 그 경고에 대해서 코웃음 쳤다.

아무리 러시아 군인들이 독한 놈들이라고 해도 폭스TV는 언론사 이전에 거대 자본사다. 그 방송국 헬기를 무단으로 공격해 떨어뜨린다는 것은 있을 수 없는 일이었다.

"조나단! 어쩔까?"

"엄포일 게 뻔하잖습니까? 언제든지 오케이입니다."

"그럼, 스탠바이……."

그러나 PD의 콜사인이 나기도 전에 갑자기 헬기 앞 유리창이 깨졌다. 깜짝 놀란 조나단과 윌렌이 조종석을 바라보니 아니나 다를까, 헬멧이 깨지고 선혈이 유리창과 시트를 더럽히고 있었다.

조종사의 앞 유리창을 통해 저격이 행해진 것이다.

"맙소사! 신이시여!"

"이런 미친! 이게 뭐야!"

조나단은 분노해서 그들을 막아서고 있던 군용 헬기를 보았다.

그러나 그다음 순간, 그의 눈앞에서 군용 카모프 헬기가 술 취한 주정뱅이가 휘청거리듯 방향을 잃더니 꽁무니를 하늘로 치켜들고 머리를 처박은 채 비행했다.

공격받은 것은 그들만이 아니다. 그들에게 엄포를 놓던 군용 헬기조차 보이지 않는 무엇인가에 의해서 공격받은 것이다.

"우리 살 수 있을까요?"

"통신교육으로 헬기 조종을 배운 적 있지! 기대하라고!"

PD는 농담인지 진담인지 모를 말로 조나단을 안심시키고 죽은 조종사를 대신해 조종간을 잡았다.

추락하는 헬기들을 바라보며 저격용 라이플을 거둔 남자, 뷔르제예프는 한숨을 내쉬었다.

외무성 건물이 위치한 이 마천루 거리에서 지상을 내려다보면 잔뜩 몰려든 경찰과 군인들, 그리고 겁에 질린 시민들의 모습이 한눈에 들어왔다.

그리고 그 시가지를 향해 주인 잃은 헬기들이 미끄러져 떨어진다. 그리고 정해진 수순대로 추락, 굉음과 함께 나가떨어졌다.

영화에서처럼 휘발유를 잔뜩 붓고 폭발시켜서 불기둥이 일어나지는 않지만 저 정도면 불기둥 저리 가라 할 만큼 뜨거운(?) 장면임에는 틀림없었다.

"어이, 이사카. 더는 못 막겠어. 나도 방송국 헬기까지는 손을 대고 싶지 않았다고."

—진심으로 하는 말이냐?

무선 너머의 청년은 그렇게 반문했다. 그러자 뷔르제예프의 표정이 묘하게 부드러워졌다.

"그야, 빌어먹을 폭스TV의 헬기를 떨군 건 매우, 매우 즐거운 일이지. 좆같은 유대인 놈이 운영하는 좆같은 포르노 티비. 방송국 앞에 기관총 진지를 설치하고 건물에는 불을 지른 뒤 개미 떼처럼 쏟아져 나오는 놈들을 마구 갈겨댔으면 좋겠어. 그렇지만 지금 상황에서는 논외로 두자고. 사태가 너무 안 좋······."

그러나 그때 뷔르제예프의 눈에 무엇인가가 호텔 위로 올라가는 게 보였다.

"조심! 뭔가가 올라간다!"

그가 경고의 외침을 외쳤지만 그다음 순간 그의 목에 걸고 있던 트랜스리시버가 타올랐다.

"앗! 젠장!"

깜짝 놀라서 트랜스리시버를 내던진 뷔르제예프는 놀라서 그것을 다시 살펴보았다.

무선 장비이긴 하지만 트랜스리시버에 들어가는 부품은 결코 발열이 심하지 않다. 그런데 기판에 불이 날 정도라니?

게다가 그것은 단순한 불이 아니었다. 뭔가 좀 더 주술적이고 마법적인 힘이었다.

"괜찮으려나?"

뷔르제예프는 저격총을 들고 조심스레 호텔의 옥상을 노려보았다.

3

단죄자 유스틴 베소츠카야는 정교회의 마물사냥꾼으로서 가톨릭계의 마물사냥꾼들과도 그럭저럭 친분을 맺고 있었다.

괴물들의 힘은 강력하고 인간들의 힘은 상대적으로 미약하니 연합 종횡을 해야 할 필요가 있었으니까 그녀의 인맥을 비난하는 자는 없었다. 외려 사람들은 그녀의 융통성에 고마워해야 하리라.

하지만 그런 그녀로서도 아퀴나스의 검은 도저히 이해가 되지 않았다.

아퀴나스의 검, 가톨릭에서도 극단적 원리주의자인 그는 성격상 프로테스탄트에 가까웠다.

니케아 공회에서부터 신은 위대하며 예수 그리스도는 우리의 죄를 위해 죽었다는 원죄론을 주장하던 토마스 아퀴나스, 그의 주장은 인간을 좀 더 신에게 강하게 예속시켰고 엄숙하고 경직된 세계를 만들어냈다.

그리고 그의 검을 자처하는 아퀴나스의 검은 어떤 욕망도 갈망도 삶도 없는 무기물에 가까웠다.

그런 그가 지금 그녀의 눈앞에 서 있었다. 각 시대별의 특징이 고스란히 남아 있는 검 여섯 자루를 짊어지고 다니는 금색 눈의 청년 신부가 무표정한 얼굴로 그녀와 실베스테르를 돌아보았다.

"왔군, 올 거라 알고 있었다."

"여기서 뭘 기다리고 있었지?"

"그대들을. 나 혼자의 힘으로 저들을 상대하는 것은 불가능함이 명확하니까."

그의 금색의 눈동자가 번뜩였다. 주의력이 깊은 사람은 그 눈이 의안이라는 것을 알게 되리라. 현자의 돌의 실패작인 그 의안이 바로 그를 마인으로 만들어낸 원인이었다.

"그래서 여기서 놀고 있었나?"

실베스테르는 주위에 죽어 나자빠진 라이칸스로프들을 바라보며 그렇게 물어보았다. 놀았다고 힐난하기에는 그의 실력이 너무나 뛰어나다.

하지만 실베스테르가 먼저 따뜻한 말을 하는 일이 온다면 그를 알고 있는 무수한 이가 놀라 죽을지도 모른다.

그 점을 충분히 감안해서 그는 평상시의 어투로 아퀴나스의 검, 에밀 카이히를 대했다.

"주님이 내게 주신 사명은 완수되어야 한다. 그대처럼 무모한 열정을 성취하기 위해 사명을 방패막이로 삼을 수는 없지, 파문자!"

에밀 카이히는 실베스테르를 비난하며 유스틴을 바라보았다.

"한시가 급하다. 이대로라면 흡혈귀들이 다 사라지고 라이칸스로프들의 힘이 강해지겠지. 흡혈귀들이 죽는 건 기꺼워해야 할 일이지만 지금은 때가 아니군."

"우선 볼코프 레보스키 장군의 야욕을 막아야 해. 다른 무엇보다도 그게 급해."

유스틴이 앞장섰다. 그러자 아퀴나스의 검과 진마사냥꾼이 그녀의 뒤를 따랐다.

호텔 안은 이미 아수라장이 되어 있어서 보통 사람은 감히 위로 오를 수가 없었다. 계단은 부서지고 엘리베이터는 정지했으며 곳곳에는 폭약이 설치되어 있었다.

여차하면 이 호텔 전부를 콘크리트 덩어리로 바꾸겠다는 의지가 보였다.

이렇게 많은 폭약을 이다지도 빨리 설치하다니… 볼코프 레보스키가 이끄는 라이칸스로프 군대의 힘을 절실히 알 수 있었다.

그들에게 있어서 인간들이란 제아무리 정규군이라 해도 사탕을 든 어린애나 다름없다. 어린애의 손목을 비틀어서 사탕을 빼앗는 것처럼 손쉽게 인간들의 목숨을 취할 수 있겠지.

흡혈귀들은 조직적으로 움직여서 정규군을 죽일 생각은 전혀 하지 않았다. 그저 경제적으로 인간들 위에 지배자로서 서기를 원했지 결단코 무력으로 체제를 뒤엎으려고 하지 않았다.

그런 점에서 이놈들은 흡혈귀들보다 더 질이 나쁘다. 라이칸스로프들의 입장에서야 그동안 흡혈귀가 해먹다가(?) 이제 자신들이 좀 해먹겠다고 바꾸려 드니 흡혈귀의 적인 헌터들까지 튀어나와서 말린다고 불평할 만한 일이지만, 가만히 있을 수는 없었다.

다행히 그들의 앞은 일사천리였다. 헤카테가 탈출하면서 상층부에 있던 라이칸스로프는 모두 그녀를 상대하느라 소진되었기 때문이었다.

"무인지경이군."

"진마 헤카테가 탈출하면서 적들을 쓸어버렸기 때문이지."

아퀴나스의 검은 무뚝뚝하게 대답했다. 말투는 무뚝뚝하기 그지없지만 정작 말수는 그리 안 적은 걸 보니, 이 녀석은 일부러 그러는 것일지도 모르겠다고 유스틴은 생각했다. 실상은 수다쟁이라든가 그러면 웃기겠지.

그런 생각을 하고 있을 때 그들의 앞에 플로어가 무너져 내린 공간이 나타났다.

폭이 약 14미터 정도 되는데 도약으로 넘기에는 지금 밑바닥도 심히 불안정해 보였다. 발을 세게 굴렀다가는 플로어가 무너지면서 밑으로 떨어질 것 같았다.

"가라! 사마엘!"

아퀴나스의 검이 호령하자 사마엘이라 이름 붙여진 대검이 그의 칼집에서 스스로 빠져나왔다. 칼날 전체는 푸줏간용 칼을 좀 더 길고 삼각형 형태로 만든 모양인데 폭이 상당하다.

아퀴나스의 검, 에밀 카이히는 허공에 떠오른 그 검을 밟고 무너져 내린 플로어를 날아서 통과했다.

"흠!"

유스틴은 날아서 통과하는 대신 옆의 벽을 박차고 벽을 달리며 깨끗하게 통과했다. 하지만 그녀가 벽을 달리자 약해진 벽 일부가 무너져 내려서 실베스테르가 똑같은 수법을 쓰긴 힘들어졌다.

그러나 실베스테르는 묵묵히 은사를 풀어서 에밀의 사마엘 손잡이에 엮더니 와이어 위를 밟고 달렸다.

"아니?!"

에밀 카이히가 당혹스러워했지만 실베스테르는 이미 길을 다 건너고 태연자약하게 그를 마주 보았다. 화내기에는 이미 지난 일이 되어버렸다.

"이제 곧이군. 괴물들의 냄새가 느껴져. 역겨운 냄새지."

실베스테르는 무슨 일 있었냐는 듯 태연히 중얼거렸다. 에밀 카이히는 할 말이 있는 듯했지만 곧 과묵하게 입을 한일자로 닫았다. 항상 이런 식이었다. 유스틴은 왠지 웃음이 나올 것 같았다.

"혹시나 해서 다시 한 번 말하지만 저 위의 흡혈귀들을 공격하지 말라고, 얼간이가 되고 싶지 않으면. 알겠지? 지금 여기에 모인 이들은 어차피 테트라 아낙스의 반대 파벌이니까 흡혈귀란 이유로 죽여봤자 다른 흡혈귀들을 이롭게 할 뿐이라는 거. 절대적 개체 수가 더 많더라도 세력이 나뉘어져 있어야 우리에게 유리해. 이런 거 하나하나 설명해 줄 필요 없지?"

"주님이 주신 숭고한 사명을 달성하는 게 최우선이라는 건 굳이 말할 필요도 없다, 단죄자여. 증오로 자신을 잃는 것은 적어도 내겐 있을 수 없는 일이지."

아퀴나스의 검은 그렇게 자부하며 사마엘을 도로 칼집에 넣었다. 그러자 실베스테르가 코웃음 치며 어깨를 으쓱해 보였다.

"세건이 그것을 받아들일지는 의문이군."

"그건 나도 걱정되는걸."

유스틴은 그리 말하며 무너져 내린 콘크리트 덩어리를 발로 밟고 옥상으로 뛰어올랐다.

고대로부터 이어져 내려온 네 마리 뱀은 붕괴가 시작된 건물을 사이에 두고 혀를 찼다.

그들의 행동에 반발해서 독자적으로 움직인 흡혈귀들과 라이칸스로프가 충돌해서 이러한 대형 사고가 터졌음에도 불구하고 그들은 태연히 상황을 방관하고 있었다.

"이런다고 해서 우리가 뛰어들 것 같은가, 리림?"

그들은 이사카의 속내를 잘 알고 있었다. 같은 예지 능력자인 그를 예지력으로 엿보는 것은 불가능하지만, 통찰력으로 대충 그 속내를 짐작할 수는 있었다.

흡혈귀들을 제거하거나 압도하게 된다면 그들을 막을 수 있는 단체는 이제 테트라 아낙스뿐이다. 그들에게는 그것을 막을 능력뿐 아니라 막아야 할 이유도 충분했다.

만약 볼코프 레보스키가 정말로 정권을 잡게 된다면 테트라 아낙스의 기반을 향해 핵미사일이라도 발사해 버릴 테니까.

그런 입장에서 생각해 볼 때 팬텀과 아르곤 같은 무투파 흡혈귀를 잃어버리게 된다면 테트라 아낙스가 볼코프 레보스키를 막을 수 있는 카드는 더더욱 줄어든다.

이 정도에서 테트라 아낙스가 개입하지 않으면 안 된다. 하지만 그게 바로 이사카의 노림수였다.

즉, 이사카는 테트라 아낙스를 끌어내기 위해 이런 무모한 짓을 감행한 것이다.

녀석의 목적은 물어볼 것도 없이 테트라 아낙스의 말살이다. 릴리쓰가 그것을 염원하였기에 그를 낳았으므로… 설사 그가 릴리쓰를 증오해 그녀를 직접 죽였다 하더라도 그는 아직도 릴리쓰의 그림자를 벗어나지 못했다.

"조반니에게 명령을 내려서 이제 심장을 회수시키도록 해. 비스트가 심장을 가지고 있다고 하더라도 지금 상황이라면 충분히 빼앗을 수 있을 테지? 아니면 누군가와 작당하고 심장을 못 찾아오는 척하는 거였던가? 아아, 그래… 심장은 비밀 카테드랄에 있군. 내가 알고 있는 이상 비밀은 아니지만 말야. 가서 찾아오도록 해!"

고든은 의미심장한 소리를 지껄였다. 역시 저자가 모를 리는 없겠지. 베이런은 피식 웃어버렸다.

모르지 않을 거라는 건 알고 있었다. 하지만 그가 자신을 막지 않을 거라는 것도 역시 잘 알고 있다.

그들은 너무 오래 살아서 미쳐 버린 것인지도 모른다. 아니, 이런 것에 '모른다' 같은 애매모호한 표현은 필요 없다. 그들은 미쳐도 이미 진작 미쳤으니까.

베이런은 그들에게 예지를 주는 환상에서 먼저 깨어나 자리에서 일어났다. 창밖으로 이 사건의 진원지인 모스크바 하얏트 호텔이 보였다.

군경이 출동해서 서치라이트로 주위를 화려하게 비추고 있긴 하지만 인간 경찰과 군대가 나선다 해도 희생자 수만 늘어날 뿐이다.

"조반니, 즉시 가도록. 릴리쓰의 심장을 회수해 와! 수단 방법을 가리지 말고!"

베이런은 텔레파시로 조반니에게 명령하고 창가에 서서 뒤를 돌아보았다. 다른 테트라 아낙스들은 아직도 예지의 환상에서 깨어나지 않고 의자에 앉아 있었다.

휠체어에 앉아 있는 저 늙은이, 고든의 몸은 너무나 쇠약해 보여서 지금이라도 손을 뻗으면 손쉽게 죽일 수 있을 것 같았다.

하지만 베이런은 그런 마음의 한 가닥도 남기지 않았다. 시도조차 무모하다. 그리고 테트라 아낙스는 네 마리의 뱀. 결코 어느 하나가 손실되어서는 안 된다. 하나라도 없어지게 되면 그들은 모조리 파멸할 뿐이다.

"밤의 왕국의 왕좌를 차지하고 앉아 있는 것도 지겨워."

하지만 죽어줄 수는 없다는 게 아이러니로군. 베이런은 자조하며 유리창에 등을 기댔다. 차가운 유리의 느낌이 그나마 그를 기분 좋게 해주었다.

피에 대한 구속력은 흡혈귀의 자가 수복 능력에 가장 큰 영향을 준다.

흡혈인자의 손실을 막고 그로 인해 생겨나는 초능력으로 혈액을 자유자재로 다루는 그 능력이 폭주하게 되면 제아무리 강력한 흡혈귀라 하더라도 죽음을 맞이하게 된다.

흡혈귀의 구속력을 파괴하는 것은 은과 마법, 그리고 라이칸스로프의 피가 있다.

흡혈귀들에게 있어서는 오랜 형제이면서 또한 오랜 적인 라이칸스로프들은 흡혈귀와 상극의 존재로, 라이칸스로프와 흡혈귀는 서로서로 독으로서 작용했다.

팬텀은 바로 그 라이칸스로프들의 피를 들이마셔서 구속력을 잃고 죽어가고 있었다. 동료들을 구하기 위해 자신을 희생하다니, 사악한 마법의 종복으로 살았던 그로서는 이례적인 죽음이라고 할 수 있었다.

하지만 그는 내심 이렇게 죽는 것도 나쁘지 않다고 생각했다.

그간 지은 죄업이 너무 많다. 모진 게 목숨이라 그의 손으로 스스로의 목숨을 끊을 수 없었고 그냥 관성으로 살아왔다. 가급적 선의를 베풀고 호의로서 살려고 노력했지만 그는 피를 마시는 짐승. 아무리 호의로 가슴을 채우고 살아간다 해도 피와 폭력은 끝없이 그의 삶을 유린한다. 뱀파이어의 숙명이 그를 풍랑에 흔들었으니 이런 식의 결말은 처음부터 내정되어 있었으리라.

이렇게 강력한 라이칸스로프들이 나타났으니… 그의 죽음을 방조하다시피 한 다른 흡혈귀들도 그다지 좋은 꼴은 보지 못하리라.

목숨을 잃어가고 있는데 머릿속에 떠오르는 건 그런 얄팍한 생각뿐이다. 팬텀은 내심 쓴웃음을 지었다. 어처구니없을 정도로 낙천적인 생각이다. 죽어가면서도 강 건너 불 바라보듯 이리 철없는 생각을 하고 있다니…….

하지만 그런 생각을 하고 있을 때 갑자기 그의 몸 안으로 따뜻한 온기가 밀려들어 왔다. 그것은 마치 마법의 약이라도 되는 것처럼 순식간에 독기를 빼내고 구속력을 회복시켰다.

일단 구속력이 회복되자마자 그는 소생했다. 구속력이 뛰어난 흡혈귀는 핏속에 섞인 이물질을 얼마든지 쉽게 분리해 낼 수 있다.

팬텀은 그 힘을 이용해서 라이칸스로프의 변형 인자를 모아서 어혈을 만들어 모공을 통해 피부 밖으로 배출시켰다.

이미 그의 흡혈인자와 충돌해 항체 반응을 일으킨 게 상당하지만 그래도 변형 인자를 배출시키자마자 그의 몸은 급속히 회복되었다.

"크윽!"

팬텀은 그제야 정신을 차리고 일어났다. 대체 무엇이 그를 되살렸을까? 그리 생각한 그는 자신의 등허리에 매달린 이상한 문어 같은 것을 발견했다.

반투명한 피막으로 둘러싸인 그것은, 문어라기보다는 오래전 바다에서 본 오징어 비슷해 보이기도 했다. 반투명한 피부 속으로 팬텀의 피가 흘러 들어갔다가 다시 몸속으로 되돌아오는 게 보였다.

아마도 이것이 그의 몸에 있던 라이칸스로프의 피를 정화한 것 같다.

대체 누가 이런 것을? 의아해하는 그의 앞에서 마리아가 울 듯한 표정으로 그를 바라보고 있었다.

흡혈귀가 아니었다면 벌써 눈물을 흘려도 몇 됫박은 흘렸을 텐데, 그녀는 울지도 못하고 말도 제대로 못한 채 손을 들어서 어느 한 지점을 가리켰다.

"크아아아아!"

그곳에는 회색 털을 가진 늑대 인간이 군복의 라이칸스로프를 상대로 힘겹게 싸우고 있었다. 상대는 레온 시마노프! 초속의 능력을 가진 최악의 라이칸스로프 중 하나다! 팬텀은 그것을 보고 혀를 찼다.

"도와줘요, 팬텀. 나, 나로서는 어떻게 할 수 없어서……."

그녀는 자신의 무력함을 통감하고 분노하고 있었다.

서린이 그녀를 지키기 위해 레온과 싸우고 있는데도 그녀는 아무것도 할 수 없었다. 그래서 그녀는 자신의 엑토플라즘과 혈액을 핵으로 유사 생명체를 만들어내어 흡혈귀들의 구속력을 회복시키는 일종의 인공신장을 만들어냈다.

라이칸스로프의 피에 오염된 팬텀과 독에 중독된 아그니를 우선적으로 되살려 내면 그들의 전력도 많이 회복되리라.

아니, 이 인공신장은 셀룰러까지도 배출하게 해주던가? 파군에게도 붙어서 작동하고 있는 것을 보면 그런 것 같았다.

"좋아, 내가 할 수 있는 한 최선을 다하지."

팬텀은 마리아의 머리를 쓰다듬어 주고 일어났다. 아그니는 아직도 혼수상태지만 파군은 곧 일어나 그의 옆으로 다가왔다.

"괜찮겠어요? 많이 지쳐 있는데?"

"안 할 수는 없지."

"크아악!"

그 순간 팬텀과 파군의 눈에 서린의 왼팔이 잘려 허공으로 날아가는 게 들어왔다.

서린은 즉시 팔을 재생시키며 씩씩거리는데 그를 중심으로 부서진 육신이 몰려와 결손 부분을 메우는 것이 눈에 들어왔다.

잘려진 팔이, 쏟아져 내린 피가, 조각난 살점이 지면을 내달려서 그의 몸에 합류해 부족한 부분을 메운다. 뼈와 살로 이뤄진 게 아니라 흡사 모래로 만들어진 괴물 같았다.

이것은 흡혈귀 저리 가라 할 정도의 재생력이었다. 물론 진마들도 구속력을 강화시키면 이런 게 가능하긴 하다. 살아 있는 인간의 생혈을 남김없이 뽑아낼 때도 가능한 것이니까.

그러나 라이칸스로프의 재생 패턴과는 다르다. 이것은 팬텀이 보아도 충분히 괴기스러운 것이었다.

이런 놀라운 재생력에도 불구하고 서린은 레온 시마노프를 맞이해 고통받고 있었다.

레온은 아웃복서처럼 서린을 가운데로 두고 빙빙 돌면서 소나기 같은 연타를 날렸다. 흡사 사방에서 빗방울이 내리꽂히는 듯했다.

서린은 그 연타를 대부분 몸으로 받아내며 무력하게 휘청거리는 게 곧이라도 쓰러질 것 같다.

"크아아악!"

그러나 그는 이를 악물고 버텼다. 그 정신력만은 놀랍다! 그저 평범한 인간으로 자라온 서린에게 저만큼의 정신력이 있었던가?

'아무리 정신력이 뛰어나도 그냥 공격만 당해선 맞는 시간이 길어질 뿐이지.'

팬텀으로서는 서린이 속수무책으로 당하고 있는 걸 보니 답답하다는 생각이 들었지만 저 자리에 팬텀이 대신 들어간다 하더라도 대책이 없을 정도의 빠르기였다.

레온의 공격은 섬광과 같아서 옆에서 관전하는 팬텀의 눈으로도 보이지 않을 정도였다. 옆에서 보는데도 안 보일 정도면 직접 맞이하고 있는 서린에게는 그야말로 섬광이리라.

팬텀은 불현듯 놀라서 이사카를 돌아보았다. 서린을 상대하고 있는 것은 현재 레온뿐, 다른 라이칸스로프들은 어디로 갔단 말인가? 무엇보다도 이사카는?

이사카 베르게네프는 마치 무언가에 홀린 것처럼 자신의 동생을 바라보고 있었다.

흡혈귀들이 부상에서 회복되는 것조차 알아차리지 못한 것인가? 아니면 알더라도 지금 저 눈앞의 싸움을 더 중요히 여기고 있다는 것인가? 다만 그를 보좌하는 젊은 라이칸스로프 루스킨만은 이쪽을 신경 쓰고 있었다.

"마리아! 비켜서!"

마리아와 다른 흡혈귀들이 비키면 서린은 저렇게 샌드백처럼 맞지 않아도 되리라. 일단은 이 전장에서 이탈하는 게 우선이다. 그렇지만 저격수가 있던 걸로 기억하는데?

일단 행동하기로 결의한 팬텀은 바닥에 떨어진 비스트를 주워 들고 루스킨을 노려보았다. 그러나 힐끗힐끗 이쪽을 쳐다보던 루스킨은 고개를 가로젓더니 레온을 가리켰다.

순간적으로 '이런 뻔뻔스러운 자식!' 이라고 외칠 뻔했다.

자신보다는 레온 먼저 공격하라는 소리인가? 적이 이런 제스처를 취하다니 어처구니가 없다. 어부지리를 거둘 셈이라면 너무나 노골적이다. 자신들의 손을 통하지 않고 경쟁자를 제거할 셈인가?

콰앙!

팬텀이 당황하는 사이에 헬기 한 대가 휘청거리며 날다가 그렇지 않아도 너덜너덜해진 호텔을 들이받았다.

또다시 플로어가 휘청거리며 한쪽 모퉁이가 무너지기 시작했다. 이대로라면 호텔 전체가 붕괴하는 것도 순식간이리라.

팬텀은 잠시 생각해 보다가 레온 시마노프에게 총구를 겨눴다. 라이칸스로프면서 나이를 먹지 않는 그의 정체는 팬텀으로서도 명확하게 알 수가 없으니까 이때 죽여 버리는 게 이득이리라. 하지만 팬텀의 손가락이 방아쇠에 걸리는 찰나…….

"그만둬, 팬텀. 자칭 로맨티스트가 등 뒤를 갈기는 건 뒤끝이 안 좋지."

총구가 자신에게 향하자 레온은 뒤도 돌아보지도 않고 말했다. 역시 감각이 예리하기 짝이 없는 놈이다.

게다가 그의 말은 팬텀의 양심을 자극했다.

자칭 로맨티스트인 그가 아니라 하더라도 진마가 되어서 이렇게 치졸한 방법으로 승리를 훔칠 수는 없다. 그렇지만 팬텀도 마음을 독하게 먹었다.

"그러면 돌아서서 맞으라고!"

로맨티스트도 할 때는 해야 하는 법! 레온 시마노프에게는 총알이 어울린다.

그래, 이것도 좀 로맨틱하긴 하군. 팬텀은 그리 생각하고 방아쇠를 당겨 버렸다.

그의 손에서 비스트 더블이 불꽃을 뿜었다.

맞기만 하면 진마든 라이칸스로프든 간에 박살이 나리라고 제작자가 직접 보장한(그래 봐야 팬텀 자신이지만) 파열탄이 총구를 떠났다.

하지만 그 순간 레온은 이미 그 자리에 없었다. 진마인 팬텀의 눈을 속일 만큼 빠르다니?

라이칸스로프로서 레온에게 주어진 초자연적인 힘이 바로 속도라는 것을 깨달은 팬텀은 반사적으로 비스트 더블을 왼쪽으로 세웠다.

뭔가가 느껴졌다거나 그런 게 아니라 순전히 상대방의 움직임을 도박적으로 예측한 것뿐이었다. 초감각을 가진 흡혈귀로서 이렇게 막막한 경우도 없었다.

콰직!

그 순간 그의 비스트 더블에서 불꽃이 튀었다. 다행히도 팬텀의 예측이 정확했다. 흡혈귀로서가 아닌… 오랜 전투를 통해 단련된 판단력이 레온의 공격을 막아낸 것이다.

덕분에 레온의 손톱이 비스트 더블의 두꺼운 총신에 맞고 부러져 버렸다. 아무리 힘이 강력한 괴물이라 해도 완력으로 비스트 더블을 상하게 할 수는 없으니 당연한 현상이었다.

"오오! 이제 다시 옛날로 돌아갈 건가, 사법사 팬텀? 다 좋은데 폼이 안 나는군, 친구. 이전의 당신은 멋진 놈이었다고. 이 순간 타락한 거야. 안됐어, 쯧쯧."

레온은 부러진 손톱을 재생시키면서 팬텀의 옆에 서서 비아냥거렸다. 등을 공격한 것에 대해서 은근히 비난을 퍼붓고 있는 것이었다.

그 말 하나하나가 팬텀의 비위에 거슬렸다. 양심에 찔려서 그런 것일까? 아니면 레온의 태도가 거슬리는 것일까?

어느 쪽이 되었던 지금으로서는 중요한 게 아니다. 팬텀은 망상에서 자신을 끄집어내었다.

지금 가장 중요한 것은 레온의 상태다. 손톱이 부러져서 피가 나긴 했지만 그는 순식간에 손톱을 재생시켰다.

방금 전의 공격이 무산되었지만 전혀 당황하는 기색이 보이지 않는다. 느긋하고 유들유들한 그 태도는 글쎄… 팬텀 자신도 유들유들한 편이지만 왠지 기분 나빴다.

'다음부터는 좀 고쳐야겠군.'

본의 아니게 자아비판을 하며 팬텀은 손을 뻗었다. 레온의 빠르기는 분명히 대단하지만 그 반응 속도로 보아 최고속을 유지할 수 있는 시간은 한정되어 있다. 그리고 레온 자신도 자신의 빠르기에 적응하지 못할 터!

그렇다면 그건 그다지 대단한 능력은 아니다. 주살의 안개로 변하는 팬텀의 능력이 훨씬 더 고등하다!

팬텀의 손이 안개로 변하며 다섯 개의 붉은 섬광과 함께 레온의 몸통으로 빨려 들어갔다.

그러나 레온은 양팔을 크게 들고 순식간에 휘둘러 돌풍을 만드는 것으로 팬텀의 안개를 흐트러뜨리고 앗 하는 순간 뒤로 물러났다.

팬텀의 공격이 녀석에게 상처는 입혔지만 치명상은 주지 못했다.

그러나 그때였다.

"아즈라엘!"

하늘로부터 긴 레이피어 한 자루가 수직으로 떨어져 레온을 공격했다. 레온은 그 공격을 가볍게 쳐냈지만 다음 순간 뭔가 투명한 게 그를 휘감았다.

은색의 실이 그를 휘감은 것이다. 아니면 그가 너무 빨리 움직이느라 미처 실이 쳐지는 것을 못 봤던 것일까?

곧이라도 무너져 내릴 듯한 플로어 위로 세 명의 성직자가 뛰어올랐다.

한 명은 흡혈귀 사이에서 이름이 자자한 진마사냥꾼 실베스테르였고 또 한 명은 정교회의 단죄자 유스틴 베소츠카야, 그리고 검을 짊어진 젊은 신부는 아퀴나스의 검 에밀 카이히였다.

수명이 얼마 되지 않는 라이칸스로프로서는 이들의 정체를 알 수 없었지만 그들의 복장부터가 그들의 정체를 대변해 주었다.

"마물을 사냥하는 성직자들인가? 은발인 당신이 실베스테르 겠군."

이사카는 태연히 그들을 바라보았다. 이들 셋은 그의 위협이 되지 않는다.

파문 신부, 실베스테르는 진마와 대등한 힘을 보여주었지만 나머지 둘은 그보다 격이 떨어진다. 그들이 이제 나타나 봐야 전황을 뒤집는다는 것은 불가능하다.

고작해야, 흠… 다친 흡혈귀들을 무사히 탈출시키는 정도?

사실 이사카로서는 흡혈귀들을 죽이고 살리는 것은 그리 큰 문제가 아니다.

그가 원하는 것은 서린이 볼코프 레보스키를 굴복시키는 것. 지금은 그저 핑계를 대어서 볼코프를 서린과 만나게 하고 서린의 생명을 경각에 달하게 해서 비약을 격발시키는 게 전부였다.

그렇지만 지금 상황은 그에게 분명히 즐거움으로 다가왔다. 아직 스물도 되지 않은 젊은 라이칸스로프 한 놈에 불과한 그

때문에 천 년 이상을 대립해 온 헌터와 흡혈귀가 잠시나마 한편에 서다니.

그만큼 이사카나 볼코프가 벌이는 일이 대단하단 말인가?

"기쁘군, 흡혈귀 사냥꾼들이 흡혈귀와 붙어먹을 정도로 이 사태를 심각히 여긴다는 게. 처음 있는 일 아닌가?"

"미친 녀석."

실베스테르는 당장 데저트 이글을 빼 들고 그에게 총구를 겨누는 한편 은사를 당길 준비를 했다. 레온의 빠르기라는 것은 저 은사란 무기 앞에서는 도저히 도움이 되지 않았다. 여기서 당기게 되면 사람일 경우 그를 토막 내는 것도 일이 아니다.

하지만 레온도 눈감고 당할 바보는 아니었다. 그는 와어어를 마주 잡으며 이사카에게 항의했다.

"이런. 이제 적당히 구경하고 도와주는 게 어때, 리림. 너무하잖아?"

그러나 이사카는 어깨를 으쓱하며 중얼거렸다.

"내 부하들도 많이 당했는데 자네가 당하는 걸 수수방관하는 게 너무하다고는 생각되지 않는군."

이사카는 그리 말하며 서린을 바라보았다.

피투성이가 된 서린은 수화도 견디지 못했는지 어느 틈에 완전한 인간으로 돌아와서 숨을 헐떡이고 있었다. 기세 좋게 변신한 것까지는 좋았지만 역시 그는 그게 한계다.

잠깐 동안은 위대한 영지에 닿아 있는 듯했지만, 레온 시마노프에게 좀 밀린 다음에는 다시 인간 서린으로 돌아와 버렸다.

"헉… 헉헉……."

서린은 심장을 다독이며 반항적인 눈으로 이사카를 노려보았다. 팔짱을 낀 채로 그를 태연히 관찰하고 있던 이사카가 그의 시선을 느끼고 살짝 표정을 바꾸었다.

잘은 모르겠지만 서린은 왠지 그가 웃었다고 생각했다.

그리 싫은 웃음은 아니다. 너무나 두려워서 기억의 저 밑바닥에 봉인되어 있는 상대의 웃음치고는……. 서린은 그가 자신을 재고 있다는 것을 알았다.

이사카는 서린을 저울질하고 있었다. 그것은 서린에게 무슨 가치가 있어서는 아니다. 그에게는 분명히 위대한 시원으로부터 전해져 오는 지혜가 있지만 그것은 레온 시마노프의 앞에서 무참히 깨졌다.

결국 서린의 능력은 그 정도였다. 대단하지만 결코 그것에 목을 맬 정도로 절대적인 것은 아니다.

이사카가 그에게 집중하고 있는 것은 그가 지닌 능력에 눈독을 들여서가 아니다. 그저… 서린에게 과연 동생이라는 어떤 특별한 감정을 느끼고 있는가, 그것을 재고 있는 것뿐이다.

'내게도 뭔가 느끼는 게 있다면… 내 심장에 흐르는 피는 결코 만들어진 것만은 아니겠지.'

이사카는 그런 생각을 하며 눈을 감았다. 자신의 가슴속에 품고 있는 심장이 쿵쾅거리며 피를 흘려보내는 것을 헤아리듯이…….

4

"크아아악!"

레온이 고통스러운 비명을 질렀다. 실베스테르가 은사를 당기자 레온이 힘에 밀려 끌려간 것이다.

레온의 특성은 순발력이니 순간적인 힘을 발휘한다면 실베스테르가 당해낼 수 있을 리 없다.

아무리 마인이라 하더라도, 아니, 다른 무엇이라 하더라도 레온의 순발력을 막아낼 수는 없으리라. 초월적 괴력을 가진 볼코프 레보스키 정도나 가능할 것이다.

하나 실베스테르는 은사의 날이 없는 부분을 잡고 있고 레온은 은사의 날이 서 있는 부분에 몸을 대고 있었다. 여기서 순발력을 발휘하다가는 그야말로 자해가 된다.

"루스킨, 뷔르제예프! 그를 도와줘라."

"예."

이사카의 명령이 떨어지길 기다리고 있던 루스킨이 드디어 일어났다. 그리고 총성이 잇달아 울리더니 레온을 묶고 있는 와이어가 끊어졌다.

뷔르제예프가 저격으로 레온을 구출한 것이었다. 레온은 그제야 몸을 빼냈다.

"큭!"

실베스테르는 뒤로 물러나며 저격수의 위치를 확인했다. 하지만 뷔르제예프는 건물과 건물 사이로 몸을 날리며 다시금 기척을 죽였다.

저격을 위해 특화된 능력자인지 자취가 완전히 사라져 버린다. 실베스테르의 육감도 예리한 편인데 흔적조차 느껴지질 않는다.

"내 생전에 갈보들을 구하러 올 줄은 몰랐군."

그는 힐끗 눈길을 돌려서 플로어 위에 엉거주춤한 자세로 그들을 바라보는 흡혈귀들을 바라보았다.

다들 이런 상황이 너무나 어색해서 가시방석 위에 앉은 표정을 짓고 있었다.

흡혈귀들도, 헌터들도 어색함에 어쩔 줄 몰라 했다. 에밀 카이히야 원래부터 명령에만 충직한 사심 없는 놈이니 괜찮지만 유스틴은 이웃집의 불륜 사건을 수다 떠는 아낙네 같은 모습으로 흡혈귀들을 바라보고 있었다.

그 모습을 바라보고 있자니 배알이 뒤틀렸다.

마인인 실베스테르로서는 어지간해서 그런 속병을 앓진 않지만 지금은 정말로 속이 스트레스성 질환을 호소할 정도였다.

신경을 끊는 게 차라리 나으리라 생각한 실베스테르는 은사의 뭉치를 바닥에 내던진 뒤 실 끝을 양손으로 빼서 실뜨기를 하듯 꼬았다.

그러자 그들의 머리 위로 실패가 마구 풀리면서 그가 실뜨기로 만든 것과 똑같이 실이 엮이더니 호텔 상층 전역에 쳐졌다.

"또 그건가?"

진마 팬텀은 실베스테르가 은사를 까는 것을 보며 쓴웃음을 지었다. 최근 그와 접전을 벌인 곳은 한국이었다. 그때 그는 실베스테르가 저런 방식으로 미리 쳐둔 은사 위를 밟고 달리며 그와 결투를 벌였었다.

그런데 이제는 저 방식으로 그를 구하기 위해 라이칸스로프들과 싸워주겠다는 건가?

"입 다물고 꺼져라! 사람을 빨아먹던 기생충 같은 놈이 그 주둥이를 어디에 나불거리지?"

실베스테르는 팬텀을 노려보며 이를 갈았다. 팬텀은 그에게 있어서 숙적이나 다름없는 존재다.

이놈을 죽이는 데는 지금만큼 좋은 기회가 없음에도 불구하고 그를 지금 죽여서는 안 된다.

지금 그를 살려 보내면 진마 팬텀은 틀림없이 쿠데타 저지에 힘을 보탤 테니까.

쿠데타… 그것만은 막아야 한다.

"…하하핫! 고맙군, 실베스테르. 내가 당신 좋아하는 거 알지?"

팬텀은 방금 전 레온의 유들유들함을 보고 자아비판했던 것을 까맣게 잊어버리고 실베스테르의 성질을 박박 긁은 뒤 자리에서 일어났다.

마리아가 당황스런 표정으로 서린을 바라보았지만 정신을 차린 아그니가 그녀의 허리를 덥석 잡아서 어깨에 걸쳤다.

"이거 놔! 뭐 하는 짓이야! 바보 아시아 흡혈귀!"

"이게! 지금 분위기에서 고집 피우지 마라, 꼬맹아! 확 물어버리기 전에!"

아직도 중독에서 풀리지 못한 아그니는 자신의 옆구리에 마리아가 만들어준 해독용 인공장기를 매단 채로 눈살을 찌푸렸다.

호텔의 옥상을 폭파시켜 버릴 정도의 놈들이다. 이 호텔에서 계속 싸운다는 것은 지뢰밭 위에서 싸우는 것과 다름이 없다.

"일단 물러나도록 하지요. 본의는 아니겠지만 그래도 고맙습니다."

파군은 실베스테르와 유스틴, 에밀에게 정중히 인사하고 먼저 호텔 옆으로 뛰었다.

뷔르제예프가 그녀를 막기 위해 저격을 했지만 그보다 먼저 실베스테르의 총구가 불을 뿜었다.

"사피엘! 사마엘! 아우리엘!"

에밀도 세 자루의 마검을 날려 파군을 휘감아서 저격으로부터 보호했다.

파군은 헌터의 칼날이 자신을 휘감는 것을 보고 당혹스러워했지만 그 검이 자신에게 살기를 지니지 않고 주위의 총탄들로부터 자신을 지키는 것을 보고 믿기로 했다.

아퀴나스의 검은 충실한 교단의 종복으로 명령의 수행을 최우선으로 여긴다. 필요하다면 흡혈귀와 키스라도 할 수 있는 자라고 들었으니 그런 그가 이 상황에서 흡혈귀들을 개인적인 원한으로 공격할 리가 없다.

"젠장!"

저격에 실패한 뷔르제예프는 다시 자취를 감추었다.

파군은 공중에서 차이나 드레스의 스커트를 잡고 빙글 휘두르더니 몸을 돌려서 호텔 밑에 있는 피라미드형의 유리 구조물을 하이힐 굽으로 찍었다.

정확하게 유리와 유리를 물고 있는 프레임 사이에 굽을 대자 유리가 휘면서 그녀의 몸이 미끄러져 내려갔다. 검은 제비가 수면을 스치며 지나가는 것 같은 유려한 움직임이었다.

팬텀과 다른 흡혈귀들도 그 뒤를 따라서 뛰어내렸다. 파군이 시범을 보인 덕에, 그리고 저격수들이 위치를 바꾸는 덕에 다들 무사히 지면으로 사라졌다.

"자아, 이제 우리 할 일은… 다 했으니 피할까? 숙제는 다 한 셈인데?"

유스틴은 스스로도 말이 안 된다고 생각하고 물어보았다.

앞에서 이를 갈고 있는 라이칸스로프들이 있는데 그게 말이 될 법한 일인가?

이사카는 주위에 은사가 쳐지자 눈살을 찌푸리며 그 위에 올라섰다. 이런 것은 아무런 의미도 없다.

라이칸스로프의 발 빠른 움직임을 막으려 친 것이겠지만 이건 레온처럼 주체 못 할 정도의 빠르기를 특기로 가진 라이칸스로프에게나 해당하는 것이다.

'롯시니가 각성했을 때 볼코프 장군과 마주치게 해야 하는데.'

약간 뜸을 들이는 사이에 훼방꾼들이 끼어들다니… 예상은 했었지만 정작 일이 이렇게 흘러가자 기분이 상했다.

과연 이 헌터들은 자신들이 흡혈귀들보다 좀 나을 것 같다고 생각하는 걸까?

"무슨 생각으로 이러는지 모르겠군. 사냥꾼들이 흡혈귀와 손이라도 잡을 셈인가? 빠져 있는 게 좋을 텐데? 손 털고 알맹이만 집어먹을 기회를 스스로 버리다니."

이사카는 그리 말하다가 피식 웃었다.

상대방이 이런 말을 한다고 들을 종자들이 아니라는 건 굳이 예지력이나 통찰력을 들먹거리지 않아도 알 만한 사실이다. 그리고 사실 그도 그다지 평화적인 성격이라고는 할 수 없다.

걸어오는 싸움은 그게 오해든 불필요한 싸움이든 간에 상관없이 받아치는 게 그의 방식이었다.

"별 쓸데없는 걸 걱정하는군, 멍멍이. 네가 우리 입장 헤아려 줄 필요는 없는데?"

유스틴 베소츠카야는 그리 말하며 안경을 벗었다. 그렇게 호기롭게 말하긴 했지만 그녀도 이사카 베르게네프가 얼마나 괴물인지 알고 있었다.

한 놈만 해도 상대하기 힘든 진마들이 바닥에 쓰러져 있던 게 그 증거다. 뭐 라이칸스로프도 피해가 없는 것 같지는 않다. 저기에는 피투성이가 되어 주저앉은 혼혈아 소년이 한 명… 아, 저 소년이 바로 그 롯시니인가? 이사카의 친동생이라는?

'뭔가 이상한데?'

숨을 몰아쉬는 그 소년을 바라보며 그녀는 눈살을 찌푸렸다. 뭔가 불길한 느낌이 저 소년으로부터 피어오르고 있었다.

실제로 지금 롯시니의 눈동자는 황금색으로 빛을 발하고 있었다.

"허억허억… 허억……."

서린은 거칠게 숨을 몰아쉬었다. 머릿속에 뭔가 생각은 떠오르는데 그게 무엇인지 도저히 모르겠다.

하지만 한 가지 분명한 것은 그래도 그가 마리아를 지켜내는 데는 성공했다는 것이다. 그것만으로도 일단 그는 만족했다.

그러니까 그는 흡혈귀 여자아이를 지켜내기 위해 이곳에 와 있는 것인가?

아니야, 아니었다. 이사카는 그에게 뭔가를 요구했었다. 그게 뭐였지?

이사카는 왜 그가 공격당하는 것을 수수방관하고 또 왜 그가 자신의 부하를 공격하는 것도 수수방관했는가? 머릿속이 꼬여버린 전선줄처럼 복잡해졌다. 그렇지만 그다음 순간 그에게 주어진 한 가지 목적이 떠올랐다.

'볼코프 레보스키를 제어해야 한다.'

거대한 힘을 가진, 제1세대 라이칸스로프 중에서 가장 완성된 존재. 아니, 어쩌면 이사카보다도 훨씬 더 강할지도 모르는 무적의 라이칸스로프이며, 이 쿠데타가 성공할 경우 권력의 핵심층이 될 카드.

그를 손에 넣어야만 릴리쓰의 자식인 그가 이 세상에서 살아갈 수가 있다.

그래, 그가 지금 이렇게 쓰러져 있는 것은 그저 레온 시마노프에게 맞아서 과다 출혈을 일으킨 것만이 원인이 아니다. 그의 몸에 들어간 비약이 발동하기 시작한 것이었다.

서린은 금색으로 변한 눈을 들어서 주위를 돌아보았다. 긴 은발의 신부는 빛 없는 거대한 구멍을 바라본 것처럼 공허했다.

금발의 여성에게는 심장의 옆에 또 하나의 심장이 있었고 검을 지고 있는 신부는 눈만이 기묘하게 빛났다.

이사카는 어떨까? 이사카를 돌아보았을 때 서린은 고개를 돌리고 말았다. 눈이 부시도록 밝다. 흡사 태양을 바라보는 듯하다.

게다가 그에게서는 은은한 빛의 고리가 이어져서 정수리로부터 각지로 뻗어 나가 있었다.

그중 한 가닥이 루스킨에게 이어져 있는 것으로 보아 그가 이사카의 '자식'임을 알 수 있었다.

아아, 그렇군, 저것을 이어서 남에게 연결하는 건가? 그런 식으로 자식을 만들 수 있는 건가?

귓가에 윙윙거리는 바람 소리와 고함 소리가 들렸다. 라이칸스로프들이 공격하는 것을 아무리 보아도 정상적인 인간으로는 보이지 않는 헌터들이 막아서고 있었다.

그들의 싸움이 눈에 들어오긴 하는데 마음에는 들어오지 않는다. 그저 웅웅거리는 바람 소리만이 그의 귀와 가슴을 메웠다.

"볼코프는… 더 거대한 존재일 거야."

레온 시마노프에게는 뻥 뚫린 구멍과… 이사카에게서 본 엄청난 열기가 함께하고 있었다.

지금까지 이런 시각을 가져본 적이 없었기 때문에 상대가 특별한 건지 아닌지는 모르겠지만 다른 라이칸스로프들에 비해서는 특별해 보인다.

그때였다.

쉬이이익!

갑자기 바람의 방향이 급변했다. 그리고 곧 호텔의 플로어 저편으로부터… 하늘에 아지랑이가 치솟을 정도로 거대한 힘을 가진 라이칸스로프가 다가왔다.

"저것이… 볼코프인가?"

서린은 그 압도적 힘에 질리면서도 그쪽을 똑바로 바라보았다. 볼코프 레보스키와 레토바 안드로포프가 곧 그의 눈에 들어왔다.

5

볼코프 레보스키는 아르곤과 에스프리 흡혈귀에 대한 추격을 포기했다.

쫓아가면 못 잡을 것 같지는 않지만, 그의 목표는 호텔에 있는 반쿠데타 분자인 흡혈귀들을 분쇄하는 것이니 얼마 되지 않는 아르곤과 그 일당을 굳이 추격할 필요를 느끼지 못했다.

게다가 아르곤과는 모르는 사이도 아니다. 그가 살아서 도망치겠다면 내심 살려주고 싶은 마음도 없지 않았다. 물론 볼코프는 뼛속까지 군인이니 개인의 사정은 우선순위가 높지 않았지만.

"아까운 놈이지만… 필요하면 죽여야지."

볼코프는 그리 중얼거리며 수화를 풀었다. 본래 인간의 모습일 때도 워낙 거대한지라 그가 수화해도 의복이 크게 상하지는 않았다. 그는 옷의 단추들을 채우고 매무새를 바로 하며 고개를 돌렸다.

"장군님, 모스크바 주 방위군이 출동했습니다."

라토바 세노포바 안드로포프 중사는 암호화 모듈을 통해 해독된 무선을 듣더니 그리 보고했다.

이렇게 큰 사건이 터졌는데도 주 방위군이 이리 굼뜨게 출동하다니. 예전 사회주의 시절에는 도저히 있을 수 없는 일이다.

보리스 옐친 대통령 시절, 군부 쿠데타가 발생했던 이후로 모스크바에 군대가 진입하는 것을 가급적 막았기 때문에 이러한 것이다.

"어리석은… 그럼 가지, 이사카는 어떻게 했나 보고 싶군."

볼코프는 그리 말하고 호텔 플로어의 잔해를 바라보았다. 붕괴한 잔해 중 엘리베이터 박스와 송출탑, 헬리포트가 그대로 가운데로 가라앉아서 산처럼 쌓여 있었다.

이것 때문에 이사카와 볼코프가 격리되었다. 하지만 이 정도 콘크리트와 철근 덩어리가 그에게 무슨 장벽이 될 것인가?

흡혈귀 사냥꾼들이 일단 기세 좋게 나와서 흡혈귀들을 탈출시키긴 했지만… 문제는 지금부터다.

이사카 베르게네프는 상상을 초월하는 괴물이라고 알려져 있다. 그 증거로 수많은 강력한 흡혈귀가 꼼짝 못하고 나가떨어지지 않았던가?

이대로 싸운다면 별 승산이 없다는 것은 바보가 아닌 이상 알수 있다. 그렇지만 퇴로가 안전하지 않은 이상 적당히 싸워서 퇴로를 확보하는 게 중요했다.

"유스틴, 꽁무니에 불붙듯 도망갈 준비를 해두는 게 좋아."

실베스테르는 무뚝뚝한 태도로 말하며 와이어를 당겼다.

레온 시마노프라는 저 라이칸스로프의 능력은 아마도 가속력일 것이다. 탁 트인 곳에서 맞서게 된다면 어떤 것보다도 골치 아픈 능력 중 하나지만 은사나 와이어에 의한 공격에는 취약했다.

"숙녀에게 못 하는 말이 없어. 꽁무니가 뭐야, 꽁무니가? 그런 거 성희롱이란 거 알지?"

유스틴은 그리 말하며 손에서 단검을 돌렸다.

이사카와 루스킨, 그리고 레온 시마노프가 천천히 그들에게 다가오고 있었다.

"흡혈귀들을 탈출시키는 걸 그냥 보고만 있다니 무슨 생각이야, 리림? 애써서 잡은 흡혈귀가 못 쓰게 되었잖아."

레온은 그리 말하며 입맛을 다셨다. 그도 딱히 흡혈귀들에게 무슨 철천지원수를 진 것은 아니지만, 여기서 적들을 살려둘 경우 그들이 기력을 회복하고 다시 덤벼들 것이란 건 불을 보듯 뻔하다.

자존심 강한 흡혈귀들이 이렇게 기습당해서 두들겨 맞고 그냥 곱게 물러나리라고는 생각지 않는다.

그리고 만반의 태세를 갖추고 돌아온 흡혈귀들을 상대하기란 그리 쉬운 일이 아닐 테지. 라이칸스로프들의 능력에 대해서라면 그도 자부하고 있었지만 그렇다고 진마들을 무시할 만큼 낙천적인 바보는 아니다.

레온은 실베스테르가 친 은사의 위에 올라서며 제식 권총을 꺼내 들었다.

"일단 그럼 저 친구나 좀 더 건드려 볼까? 아직 정신을 못 차린 것 같은데."

그는 바닥에 주저앉아서 숨을 몰아쉬고 있는 서린에게 총구를 겨누었다. 죽일 생각은 없지만 그래도 아직도 정신을 못 차리고 있는 걸로 보아 조금 어루만져 주는 것은 필요한 것 같았다. 마가로프 탄이면 충분히 정신을 차리는 데 도움이 되겠지.

"방금 전까지 잡혀 있었으면서 기세 한번 좋군. 내 동생은 더 건드리지 마."

"엥? 아, 뭐 이 아이는 나에게도 친구라고. 음, 내가 괜히 사람 괴롭히자고 총 쏘는 그런 저질로 보였다니 슬프군. 흑흑, 누구도 날 이해하지 못한다니까."

레온은 청승을 떨며 총을 거두었다. 하지만 그는 내심 놀라고 있었다. 냉정하기 짝이 없어 보이는 이사카가 서린을 동생이라고 부른단 말인가?

"짜식, 드디어 형제애에 눈을 떴구나. 이 형님, 막 감동하려고 한다."

"닥치고… 녀석도 이제 정신 차렸을 거야. 그 꼬마 여자애 흡혈귀가 무사히 탈출했으니까. 하지만 이 녀석도 웃기는군. 흡혈귀 상대로 애착을 보이다니."

이사카는 그리 중얼거리며 실베스테르에게 뛰어들었다.

깜짝 놀란 실베스테르가 데저트 이글을 그의 미간에 겨누었지만 방아쇠를 당기기도 전에 이사카의 손이 데저트 이글을 붙잡았다.

"어디 쏴봐."

이사카는 실베스테르의 총구를 자신의 미간에 들이박고 씨익 웃어 보였다. 귀기가 흐르는 웃음이었다.

"이사카?!"

루스킨이 걱정하며 뛰어들었지만 그런 그의 앞은 검을 짊어진 젊은 신부가 가로막았다.

"사마엘!"

두꺼운 대검이 루스킨을 향해 날아들었다. 단조로운 공격 같지만 이 마검들은 공중에서의 궤도 변환이 자유자재였다. 인간의 검술이나 공격과는 차원이 다른 방식으로 움직이기 때문에 되레 전투에 익숙한 사람일수록 역습당하기 쉬웠다.

'쳐내 버리면 그만이지!'

그리 생각한 루스킨은 주먹을 쥐고 칼의 옆면을 향해 손을 휘둘렀지만 그의 생각을 읽었는지 칼날이 반전하며 그의 손목을 노렸다.

텅!

그러나 루스킨은 칼날이 손목을 노리든 말든 사정없이 후려쳐 버렸다. 손목이 반쯤 잘려 나가다시피 했지만 사마엘도 힘을 잃고 바닥에 떨어졌다.

"네놈의 능력은 하나하나 이름을 외쳐 줘야 발동하는 거냐? 처참하군! 검령처럼 저열한 마법을 쓰다니! 이런 건 텔레키네시스로도 충분히……!"

루스킨은 바닥에 떨어진 철근과 콘크리트들을 염동력으로 들어서 아퀴나스의 검, 에밀 카이히에게 날려 보냈다.

사람을 꿰뚫기에 충분한 속도로 철근과 콘크리트가 날아들었다.

절체절명의 순간! 그러나 에밀은 침착하게 두 자루 검을 뽑아 들더니 빙글 돌며 양손으로 크게 휘둘렀다.

치이이이익!

철근이 불꽃을 일으키며 옆으로 튕겨 나갔다. 거대한 콘크리트 덩어리가 둘로 갈라지며 양쪽으로 나가떨어졌다.

에밀 카이히가 멈춰 서자 그의 기세를 타고 긴 신부복 자락이 바람에 펄럭였다. 차가운 표정에 어울리는 멋진 검술이었다.

"휘유… 그리 떨어지진 않는군."

루스킨은 휘파람을 불었다.

타앙!

그때 실베스테르의 손이 방아쇠를 당겼다. 상대의 손이 슬라이드를 잡고 있어서 총이 탄피를 배출하진 않았지만 처음에 장전된 총탄이 발사되는 데는 지장이 없었다.

이게 리볼버였다면 총을 잡고 있는 것만으로도 방아쇠가 격발되지 않았겠지만 데저트 이글은 자동권총이다. 약실에 있는 총탄은 확실하게 발사된다.

그러나 이사카는 총탄을 맞지 않았다. 방금 전까지 자신의 미간에 총구를 들이대고 있던 그는 그 총구를 돌려서 유스틴에게 향했던 것이다.

놀란 유스틴이 몸을 뒤로 젖히며 피해서 망정이지 맞았다면 큰일 날 뻔했다.

"뭐, 이 정도로군, 실베스테르. 소문 자자한 진마사냥꾼이 이 정도인가?"

이사카는 허탈하게 웃었다. 흡혈귀도 라이칸스로프도, 테트라 아낙스 정도밖에 안 되는 놈이 왕으로 군림했을 정도면 그 수준이야 뻔하다.

볼코프 레보스키야 솔직히 놀랍고 두려운 존재지만 그 외의 놈들은 너무나 격이 떨어져서 한숨이 나올 지경이다.

이런 무능한 것들이 감히 월야의 주민입네 어쩌네 하면서 자기들끼리 서로서로 추켜세우고 올려주었던 걸 생각하면 어이가 없다.

"닥쳐, 스누피도 말은 못 한다."

실베스테르는 묘한 예를 들며 총을 손에서 놓았다. 데저트 이글은 이미 이사카의 무지막지한 악력에 의해 구부러져서 쓸 물건이 못 되었다.

실베스테르는 은사 위를 달리며 이사카에서 멀어져 간격을 벌렸다. 이사카 베르게네프는 그런 실베스테르를 쫓는 대신 은사에 손을 댔다.

찌저저저적!

은사 밑으로 고드름이 생기며 무서운 기세로 전체가 얼어붙었다.

그다음에는 헤카테의 장기, 쇼크웨이브가 이사카 주위로 선회하면서 얼어붙은 은사들을 산산조각 내버렸다.

투두두두둑!

파편들이 튀어 오르며 반짝반짝 빛나는 모습이 다이아몬드 더스트를 연상시켰다.

"맙소사!"

그 모습을 본 유스틴은 질려서 이사카의 뒤로 뛰어들지를 못했다. 등을 보이고 있음에도 불구하고 감히 덤벼들 엄두가 나지 않았다.

"후우!"

실베스테르는 은사가 끊어져서 힘을 잃자 지면으로 내려섰다. 그때 플로어가 무너지며 호텔 전체가 기우뚱 기울어졌다.

호텔이 본의 아니게 각종 활극의 무대가 되더니 결국 그 부하를 이기지 못하고 무너지는 것이다.

하긴, 안에서 벌인 전투만으로도 액션 영화 수십 편은 찍을 만했는데 버틸 수 있을 리가 없다.

끼이이이익!

철골이 뒤틀리며 기괴한 소리를 냈다. 이대로라면 모두들 무너지는 호텔에 말려들어 분쇄기에 들어간 고기 꼴이 될 것이다.

그렇지만 이사카는 태연자약했다.

"좋은 밤이지? 얼마 안 가면 모스크바 전역이 불바다가 될 테니까 오늘은 그 개막제 정도가 될 거야. 당신들은 좀 늦었지만 좋은 배역을 주지."

"말하는 개자식이 주제넘는 짓을 많이 하는군! 나는 그리 예술에 조예가 깊다고는 볼 수 없지만 각본가도 연출가도 마음에 들지 않아!"

실베스테르는 백은의 검을 빼 들었다. 백은의 검에 은사가 휘감기며 꼬였다. 그는 이런 괴물을 앞에 두고도 공포라는 걸 느끼지 않는 듯했다.

"이런, 이런. 이래서 얼굴로만 뜬 배우란."

이사카는 피식 웃으며 고개를 휘휘 내저었다.

졸지에 아이돌 배우가 되어버린 실베스테르는 아르젠트 하르페시언을 뒤로 한껏 끌어당겨서 탄력을 모은 뒤 이사카에게 뛰어들었다.

바로 그 순간 유스틴이 뛰어들었다.

이사카가 실베스테르에 정신을 집중하느라 허점이 생길 이때다! 그녀는 염을 잔뜩 불어넣은 단검을 꺼냈다. 소매에서 뛰쳐나온 게 맞나 싶을 만큼 두꺼운 이 은제 단검은 단검이라기보다는 독고저에 더 가까운 모습을 하고 있었다.

앞과 뒤로 다 날이 있어서 자루는 정중앙에 위치하고 있었는데 그녀는 그것을 쥐고 이사카의 등 뒤로 뛰어들었다. 염이 들어간 은의 단검은 파르스름한 염화에 뒤덮였다.

그러나 이번에는 레온 시마노프가 그녀를 막았다.

"우왓! 레이디에겐 안 어울리는 무기야, 이건."

레온은 하늘로부터 떨어지며 유스틴의 등허리에 팔꿈치를 꽂아 넣었다. 깜짝 놀란 유스틴이 공중제비를 돌아 그의 공격을 피했지만, 레온은 권총으로 유스틴의 단검을 쏘았다.

염화에 둘러싸인 그녀의 단검은 총탄에 의해서도 흠집 하나 나지 않았지만 그녀의 손아귀를 벗어나는 것까지 막을 수는 없었다.

팩!

그녀의 손아귀를 벗어난 단검이 파티클 벽에 꽂혔다.

끼이이이익!

철골 구조물이 비명을 지르며 다시 흔들렸다. 그리고 그 순간!

콰아앙!

방송탑을 이루던 철골 일부가 튀어 나가며 맞은편 말레이시아계 화교가 세운 거대한 빌딩을 꿰뚫어 버렸다.

이 철골은 약 30톤에 가까운 엄청난 무게였는데 흡사 화살이라도 된 것처럼 날아가 버린 것이다.

그 반동으로 호텔의 최상부가 무너져 내리고 가운데 엘리베이터 통로가 완전히 붕괴했다.

콰드드드득!

실베스테르는 즉시 좌우 건물에 은사를 치고 그 위에 올라섰다. 유스틴과 에밀도 그 은사 위로 뛰어올라 피했다.

어찌나 충격이 컸는지 호텔의 위를 뒤덮고 있던 잔해들이 비

처럼 쏟아져 내렸다. 결국 플로어 하나가 뱀 허물 벗듯이 벗겨
져 버렸다.

그 잔해가 호텔 내부의 공간으로 떨어지거나 밖으로 쏟아지
면서 다시 주위에선 난리가 났다. 주위에 배치된 경찰들도 어쩔
줄 모르고 손 놓고 있는 상황이었다.

돌입하자니 비처럼 쏟아지는 파편들에는 장사가 없고, 밖에
서 구경하자니 일이 정말 심각해지는 분위기다.

끼이이이익!

맞은편 건물에 박힌 철골이 무너지면서 빌딩에서 뽑혀 나왔
다. 플로어가 세 개 정도 뭉개지면서 철골이 미끄러져 빠지자,
흡사 빵을 옆에서부터 파먹은 것 같은 거대한 흔적이 남았다.

쿠우웅!

30톤이 넘는 철근이 바닥에 떨어지면서 다시 대참사가 일어
났다. 상수도가 터졌는지 지상에서 물이 치솟아 오르고 사람들
의 비명 소리가 요란했다.

그래도 건물은 아직도 끈질기게 살아 있었다. 볼코프 레보스
키는 손을 털면서 천천히 모습을 드러냈다.

저 철근을 발사한 장본인이 그였다. 쌓여 있는 잔해 더미를
무식하게 주먹으로 후려갈기자 전파송신탑을 이루던 철골 하나
가 튀어 나가서 맞은편 빌딩을 쑤셔 버린 것이다.

"으윽… 아무르의 호랑이?!"

유스틴은 기가 질려서 그 장면을 바라보았다. 호랑이의 머리
를 단 볼코프 레보스키는 주위를 둘러보며 한숨을 내쉬었다.

"결국 흡혈귀 하나 죽이지 못했군."

볼코프 레보스키는 수화를 풀어 원래대로 돌아왔다.

볼코프는 아르곤과 에스프리에 속한 흡혈귀들을 놓쳤고 이사카는 손에 다 들어오다시피 한 흡혈귀들을 놓아주었다. 이런 상황이다 보니 볼코프가 이사카를 마냥 원망할 수는 없었다. 이사카 역시 흡혈귀들을 놓쳤다고 주장하면 할 말이 없으니까.

볼코프도 놓친 마당에 이사카 역시 그러지 말라는 법은 없다. 정말 아르곤과 그 일당을 끝까지 쫓아가 죽일 자신이 없어서 쫓지 않았는가 하고 묻는다면 그도 대답이 궁할 테니까.

그렇지만 그래도 궁금했다. 대체 이사카는 무슨 생각으로 그에게 접근했고 이제는 또 왜 흡혈귀들을 내버려 두었단 말인가?

"…볼코프 레보스키?"

세상 돌아가는 일에 관심이 없는 헌터라 할지라도 그의 정체를 알아보기란 어렵지 않았다. 여기저기 신문 방송 등을 찾아보기만 해도 쉽게 알아볼 수 있는 얼굴이니까.

러시아의 영웅, 불패의 무술가, 철혈의 군인, 그리고 바로 이 쿠데타 사건의 주모자.

그는 태연히 흡혈귀 사냥꾼들을 돌아보고 이사카에게 말을 던졌다. 흡혈귀 사냥꾼 따위는 눈에 들어오지도 않는다는 것일까?

"뭔가 고견이라도 있나?"

"어차피 저놈들은 테트라 아낙스의 반대파. 오래 산 놈들 치고는 나름대로 합리적이니 일단 쿠데타가 성공하고 나면 새 질서를 만들 때 우리에게 힘이 될 거 아닌가? 그리 불쾌한 표정 짓지 마시지요, 장군님."

이사카는 볼코프의 불만을 알아차렸는지 먼저 그리 말했다.

볼코프는 어깨를 으쓱해 보였다. 그가 서 있는 자리가 무너지면서 콘크리트 덩어리들이 그를 덮쳤지만 볼코프는 좌우로 손을 뻗어서 콘크리트 덩어리들을 쳐내며 지상에 무사히 착지했다.

흡사 콘크리트가 아니라 스티로폼을 다루는 듯했다. 아니, 그것들을 다룬다 해도 저렇게 가볍게 하진 못하리라.

"과연 그럴까? 그런 생각으로 흡혈귀를 살려두기는 너무 안일하지 않았나?"

"그럴 생각으로 살려둔 게 아니라 살려두었기 때문에 그리 생각하는 겁니다. 뭐, 좋군요."

이사카는 그리 말하며 희미한 미소를 지어 보였다.

목표는 달성되었다. 볼코프가 바로 서린에게 제압당할지… 아니면 영영 안 당할지는 모르겠지만, 어느 쪽이 되었든 서린은 볼코프를 손에 넣는 일을 시도할 것이다.

일단 그는 여기까지 발판을 만들어두었다. 그때까지 시간을 끌어준 헌터들에게는 고마울 지경이었다.

만약 흡혈귀들이 도망치거나 죽은 것에서 끝이 났더라면 볼코프 레보스키가 여기에 올 것도 없이 호텔을 폭파시켜 버리고 탈출했을 것이다. 그러면 비약을 격발시킨 서린이 그를 맞이할 틈도 없었겠지.

과연 서린의 눈이 예리하게 빛나기 시작했다.

6

"그럼 이 친구들을 정리해 두지. 헌터들도… 쿠데타는 막으려할 테니까. 아쉬운 대로 말이지."

볼코프 레보스키는 그리 말하며 앞으로 나섰다.

공포를 모르는 실베스테르는 태연자약하게 볼코프를 맞이하고 있었고 역시 임무 외엔 아무것도 없는 아퀴나스의 검도 볼코프에 맞섰다. 유스틴만이 답답해서 폭발하기 직전이 되었다.

"도저히 상대할 수 없는 게 당연하잖아?"

볼코프 레보스키는 본 대로 주먹 한 방에 송출탑의 10미터짜리 철골을 쳐 날리는 괴물이다.

그 철골의 무게는 약 30톤이 넘어 보이는데 이건 아주 가벼운 경전차나 장갑차 정도의 무게다.

유스틴은 불현듯 옛날 일을 떠올렸다. 볼코프 레보스키의 주먹이 전차 강선포에 맞먹는다는 소리가 정보로 입전되었을 때는 농담이겠거니 했는데, 눈앞에서 보고 나니 그 말이 결코 허언이 아니라는 걸 알 수 있었다.

이 정도면 정말 앞에서 바라보는 것만으로도 오금이 저릴 지경이었다. 그런데 실베스테르와 아퀴나스의 검은 싸울 의지를 불태우는 게 아닌가?

"흡혈귀들이 탈출할 시간을 벌어줘야 한다. 일단 그 더러운 흡혈귀들이라도… 주의를 끌어주는 짓 정도는 할 수 있을 테니까. 이 쿠데타를 막기 위해서는 우리만의 힘으로는 역부족이다. 능력의 부족함을 알면서 원칙에 집착하는 것은 적에게 승리를 안겨주는 이적 행위나 다름없다. 흡혈귀와의 연합 전선을 펼친다 하더라도 그것은 곧 목적을 달성하기 위한 수단, 숭고한 목적을 가지고 있는 자가 손을 더럽히는 걸 두려워해서야 쓰나?"

임무 수행에 모든 것을 다 걸고 있는 아퀴나스의 검 에밀 카이히는 '흡혈귀와의 연합 전선'이란 무시무시한 단어를 아무런 부담 없이 내뱉었다.

그것에는 암묵적으로 '흡혈귀와의 연합 전선'에 동의한 실베스테르조차 거부감을 느꼈다.

평생의 적이라고 여긴 갈보들과 협력한다고? 그래야 할 만큼 지금의 상황이 급박하긴 하지만… 필요에 따라서 영합한다면 그들이 싸울 의미도 없어지는 것 아닌가?

어차피 흡혈귀 중 수장들은 자신의 앞가림을 할 수 있는 녀석뿐이니까 그 녀석들도 인간을 몰살시킬 생각은 아닐 테니 평화롭게 교섭이라도 할까?

과하군, 실베스테르는 자신의 생각을 거두었다. 일의 경중을 무시하고 모든 것을 그렇게 흑백논리로 단정할 수는 없다. 지금 그들은 가장 최선의 선택을 취할 뿐이다.

인간들에게 피해를 주지 않는다는 최선의 선택을! 그것에 회의를 느낄 필요는 없다.

"과연 그 자식이 말을 들을까 모르겠……."

실베스테르는 말꼬리를 흐렸다. 그리고 그 순간!

"읍?!"

놀란 볼코프가 잽싸게 지면을 박차고 뛰어올랐다. 그리고 그의 도약을 따라잡기라도 하겠다는 듯 폭발이 뒤를 이었다.

콰아아아앙!

볼코프의 밑에서 폭발이 일어났다.

볼코프 레보스키가 깜짝 놀라 위로 뛰어올랐지만 폭발을 뛰어서 피한다는 것은 어불성설! 불가능하다! 콘크리트가 깨지며 무수한 파편이 볼코프의 몸을 강타했다.

하나하나가 사람을 찢어발기기엔 충분한 위력인 데다가 폭발력은 그에게 집중되어 있었다. 실베스테르나 유스틴이나 에밀 카이히조차 볼코프가 끝났다고 생각했다.

그러나 그다음 순간 볼코프는 공중에서 몸을 빙글 돌리더니 지상에 착지했다.

방금 전의 폭발로 군복이 찢어지고 피가 좀 나긴했지만 놀랍도록 경미한 상처다. 볼코프 레보스키는 그의 강력한 방어 능력을 발휘해 공격들을 막아낸 것이었다.

"제법이군!"

볼코프는 상처를 재생시키며 피식 웃었다. 그가 모르게 폭약을 세팅한 상대의 실력에 순수하게 감탄하고 있는 것이었다. 그의 위치를 알아차렸으면서도 그를 의식하지 않고 조용히 밑에 폭탄을 단 다음 폭발시키지 않으면 있을 수 없는 일이다.

그래도 기척을 아예 지울 수는 없었는지 상대가 두 플로어를 사이에 두고 폭탄을 터뜨렸다는 것을 알았다.

폭탄의 위력이 워낙 대단한 데다가 지향성인지라 플로어 두 개를 사이에 끼고 폭파를 시켜도 괜찮았을는지 모른다. 일반 라이칸스로프가 상대라면 그 정도로 충분했다.

그러나 상대는 바로 살아 있는 전차, 볼코프 레보스키다. 그를 상대로 가뜩이나 단단한 호텔 플로어를 두 층이나 뚫고 폭발력을 집중시켰다면 그 위력이 부족할 수 있었다.

쿠르르르르릉!

방금 전의 폭발로 플로어 일부가 기울어지더니 다시 무너져 버렸다. 가운데에 가까운 파편들은 보다 낮은 아래층 플로어에 쌓이거나 밖으로 쏟아져 내렸다.

그리고 그 위로 흑색 슈트의 청년이 올라섰다.

"비스트?!"

유스틴은 상대를 보고 기겁했다. 함께 왔으니 그가 여기에 있다는 건 알고 있었지만 지금 저 모습은 무엇인가?

새카만 안개 같은 악의를 몸에 두른 그는 눈을 감고 숨을 고르고 있었다. 이윽고 그가 눈을 떴다.

새파란 불꽃이 밑바닥에서부터 타오르는 검은 눈동자가 마귀의 형상과 같았다.

"정말 못 참아주겠군, 흡혈귀들을 살려 보낸다는 건… 하지만 해보니 할 만하다는 게 문제군."

세건은 피식 웃었다.

흡혈귀들을 증오하니 다 죽여 버리겠다고 했지만, 사실 그가 가장 증오하는 것은 결국 자신이었다.

자신을 너무나도 증오해서 악당이 되어 흡혈귀들을 멸하겠다고 결의한 그로서는 필요에 의해서 흡혈귀들과 손을 잡는 일 따위 있을 수 없었다.

물론 상식적으로 생각하면 라이칸스로프들의 세력이 이리 강력한 줄 알았다면 흡혈귀들과 손을 잡고 쿠데타를 저지하기 위한 연합 전선을 쓰는 게 적당하다.

하지만 그러한 이치로 세상이 움직인다면 한세건이 가족을 잃고 헌터가 되는 일은 애초에 일어나지 않았으리라. 세상이 이치로만 굴러가면 왜 평화롭지 않겠냐마는 누군가는 반드시 조화로운 이치를 깨고 남에게 피해를 주고 만다.

그 피해를 입은 자에게는… 역시 일탈의 권리가 주어져야 한다.

그래도 그는 헤카테를 그냥 놓아주었다.

헤카테 본인의 입장에서는 그녀를 놓아주었다는 표현에 발끈할지도 모른다.

그렇지만 라이칸스로프들과의 싸움에서 잔뜩 지친 그녀를 공격하지 않은 것은 한세건이 적어도 이 쿠데타가 정리될 때까지는 불필요한 증오를 자제하겠다는 소리나 다름없지 않은가?

세건은 이를 악물고 볼코프를 노려보았다.

방금 전에 사용한 TNT는 1파운드에 불과했다. 하지만 폭발력을 증폭시켜서 한 점에 집중하도록 콘크리트 속에 끼운 다음에 폭발시킨 것인데 볼코프가 그 파편에 맞고도 무사할 줄은 몰랐다.

볼코프 레보스키가 아무리 대단하다 하더라도 폭탄의 힘 앞에서는 무사하지 못하리라고 생각했는데 놀랍게도 볼코프는 그 것을 버텨낸 것이었다.

"역시 몸이 단단하군. 덩치값은 하는데?"

덩치가 아무리 크다고 해도 폭탄에 버틸 수 있을까? 방금 전의 폭탄이면 고래를 죽이기에도 충분한 양이었는데?

그렇지만 세건은 말도 안 되는 소리를 내뱉으면서도 태연자약했다. 그는 비스듬하게 걸쳐진 철근 위로 뛰어오르더니 위의 플로어를 향해 걸어 올랐다.

호텔은 가운데가 함몰되어서 뻥 뚫려 있었고 밖으로는 무너져 내리는 게 흡사 로마의 콜로세움을 연상시켰다.

"감히!"

라토바로서는 볼코프에게 공격을 가한 세건을 무례하기 짝이 없는 놈으로 볼 수밖에 없었다.

라이칸스로프 군대에 있어서 볼코프 레보스키는 신과 동격이다. 그런데 저놈은 고작해야 헌터이면서도 볼코프의 피를 보게 했다. 실상 그리 대단한 타격이 아니었지만 그럼에도 불구하고 이것은 신성모독이었다.

라토바는 소총을 세건에게 겨누고 총알을 퍼부어댔다. 그러나 한세건은 잽싸게 콘크리트 방벽 뒤로 숨었다.

호텔이 부서지면서 갖가지 장애물이 생겨난 덕에 총알을 피하는 것은 일도 아니었다.

세건은 부서진 건물의 잔해와 잔해를 이동하며 빠른 속력으로 라토바에게 다가갔다. 그 모습이 흡사 그림자의 괴물이 이 그림자에서 저 그림자로 뛰어드는 것 같았다.

두두둑!

세건이 콘크리트 더미에서 뛰쳐나오는 순간 라토바의 정확한 예측 사격이 쏟아졌다. 이렇게 빠르게 이동했음에도 불구하고 라토바의 공격은 완벽했다.

만약 세건이 그냥 뛰쳐나왔다면 머리통에 총알구멍이 생겼으리라. 그러나 세건은 몸을 뒤로 젖히고 지면을 미끄러지며 쌍권총으로 라토바에게 반격했다.

"으윽!"

라토바는 세건의 반격에 놀라 콘크리트 옆으로 피했다.

역시 그녀는 아무런 타격도 받지 않았다. 세건도 숙련된 움직임이었지만 그녀 역시 전투의 프로다. 오몬과 스페츠나츠 등에서 전투 기술을 익힌 그녀가 세건보다 떨어질 이유는 없다.

'상대도 강하군. 그러나 목숨의 행방을 가르는 것은 아주 사소한 차이지.'

라토바는 세건의 호흡을 느끼며 수류탄을 준비했다. 우선 안전핀을 뽑고… 속의 심지가 타들어가는 것을 계산한 뒤 은신처에서 잽싸게 던졌다.

공중폭발을 노리고 던진 것이라 엄폐물도 소용없다. 공중에서 폭발해 파편을 뿌리게 되면 제아무리 비스트라고 해도 막을 방법이 없으리라.

그러나 그다음 순간 그녀의 얼굴로 새카만 줄 같은 게 날아들었다. 깜짝 놀란 그녀가 몸을 숙이며 소총으로 그것을 받아내는 것과 동시에 수류탄과 검은 줄, 도폭선이 폭발했다.

콰아앙!

콜로세움 한가운데에서 폭발이 일어났다.

쿠르르릉!

그 폭발의 진동만으로도 콜로세움이 스스로 붕괴되었다. 실베스테르는 그 모습을 바라보며 눈살을 찌푸렸다.

"퇴각해라, 세건! 더 이상 싸울 이유는 없다!"

"글쎄요?"

그림자 속에서 모습을 잠시 드러낸 세건은 긁힌 흔적 하나 없이 멀쩡했다.

흡혈귀나 헌터들에게서도 자신의 종적을 완전히 감출 수 있다는 것이 놀랍다. 흡혈귀나 라이칸스로프, 그리고 그들의 피로 힘을 얻은 헌터나 마인들은 보이지 않는 곳조차 알아채는 초감각이 있었다.

설령 그게 아니라 하더라도 내뿜는 숨, 발소리, 옷이 스치는 소리 하나하나가 그의 자취를 허공에 남긴다고 해도 과언이 아니다.

그런데 세건이 나타난 방향은 라토바가 수류탄을 던진 곳과는 정반대가 아닌가?

라토바는 기둥에서 뛰쳐나오며 기관단총으로 무기를 바꾸었다. 아까 전 반사적으로 도폭선을 막았던 소총은 두 동강이 나서 쓸모가 없게 되었기 때문이다.

두두두두두!

한세건은 기관단총의 총탄을 피하는 대신 등에 지고 있던 칼들을 앞으로 세워서 얼굴 등만 방어하고 앞으로 돌진했다.

총탄이 그의 몸에 인정사정없이 처박혔지만 원래 방탄 소재로 만들어진 슈트다. 총알이 박히진 않는다.

세건은 무서운 속도로 라토바에게 쇄도해서 칼을 휘두르려 했다.

"흠!"

그러나 그다음 순간 세건을 향해 철근이 날아들었다. 볼코프가 철근을 투창처럼 세건에게 던진 것이었다. 세건은 지면을 박차고 공중제비를 넘으며 그 철근을 뛰어넘었다.

우직!

바닥을 꿰뚫고 꽂힌 철근 위에 한세건이 사뿐히 내려섰다. 칠흑 같은 어둠이 그를 뒤따라 안개처럼 지면에 흩뿌려졌다. 라토바가 그 틈을 노려서 총구를 세건에게 겨누었지만 그녀의 기관단총은 탄창이 잘려 있었다.

"아니?!"

총열에 비해 비교적 얇은 게 탄창이지만 칼질 한 번에 베이다니? 게다가 더 무서운 것은 그녀가 칼을 제대로 보지도 못했다는 것이다.

"이런!"

실베스테르가 볼코프를 막기 위해 아르젠트 하르페시언을 들고 뛰어들었다.

"위험해, 실베스테르! 볼코프를 만만히 보지 마!"

유스틴은 볼코프에게 돌격하는 실베스테르를 보고 즉시 그의 세이버에 염화를 덧씌웠다.

강철 같은 볼코프의 육신에 맞아서 괜히 정교회의 보물 아르젠트 하르페시언이 부서지는 꼴을 보고 싶지 않았다. 그녀의 염화가 깃든 물질은 보통 물질과 달리 물성이 올라가기 때문에 볼코프같이 무식한 적을 상대할 때는 정말 유용한 능력이었다.

"오너라."

볼코프는 약간 너덜너덜해진 군복 코트를 펄럭이면서 실베스테르를 맞이했다. 실베스테르는 아르젠트 하르페시언을 세워서 찌르기로 들어갈 듯한 자세를 취했다.

볼코프로서는 어처구니가 없는 짓이었다. 그의 주먹 리치는 2미터 10센티미터 이상이다.

검에 비하면 그다지 길다고는 할 수 없지만 격투전에 있어서는 까무러칠 정도의 범위다. 여기에 한 발, 한 발이 스치기만 해도 뼈와 살을 발라 버리는 위력이 있으니…….

실베스테르는 무모한 격투전을 벌이는 대신 아르젠트 하르페시언을 볼코프에게 던져 버렸다. 그리고 동시에 그는 손으로 자신의 신부복 앞을 뜯다시피 열었다.

"호랑이 사냥도 오랜만이군!"

그는 단도 하나라도 제대로 숨길 수 있을까 의문인 성직자용 코트 안쪽의 공간에서 바렛을 꺼냈다. 사람 키만 한 저격총이 옷자락에서 나오는 것은 정말 믿겨지지 않는 일이었다.

그러나 볼코프는 당황하지 않았다. 우선 그는 날아드는 하르페시언을 피하고 품에서 금색으로 도장된 레드 호크 리볼버를 꺼냈다.

"악취미군!"

비스트를 쓰는 실베스테르가 레드 호크를 쓰는 볼코프를 비난할 이유가 있는지는 모르겠지만 그는 비난과 함께 가차 없이 바렛의 방아쇠를 당겨 버렸다.

그와 동시에 볼코프도 레드 호크의 방아쇠를 당겼다. 군인이 제식 화기가 아닌 것을 쓰는가 하는 의문을 품을 새도 없이 총성이 교차했다.

실베스테르는 슬라이딩을 하면서 지면에 드러누우며 계속해서 바렛을 연사했고 볼코프는 바닥의 콘크리트 덩어리를 차올려서 탄환을 막아냈다.

그때, 허공을 가르던 아르젠트 하르페시언이 스스로 주위에 은사를 뿌려서 근처의 기둥을 하나 감고 공중에서 선회하더니 그대로 볼코프의 뒤통수를 노렸다.

그리고 그때를 같이해서 실베스테르가 탄창을 갈고 지면을 빙글 돌며 무릎쏴 자세로 바꾼 뒤 거대한 콘크리트 덩이의 한 점만을 노리고 미친 듯이 연사했다.

콰앙!

놀랍게도 콘크리트 덩어리가 충격을 이기지 못하고 터져 나가면서 깨졌다. 그리고 볼코프의 뒤로 아르젠트 하르페시언이 쇄도했다. 그야말로 진퇴양난이라 할 수 있으리라!

"하!"

그러나 볼코프는 레드 호크로 아르젠트 하르페시언을 막으며 뒤로 뛰었다. 그 거구에 믿겨지지 않는 빠르기로 그의 모습이 잔해 더미 뒤로 사라졌다.

쿠우웅!

그다음 순간 잔해들이 생명이라도 가진 것처럼 일제히 실베스테르를 향해 날아들었다. 이건 바렛으로 막을 수 있는 게 아니다. 하지만 실베스테르는 뒤로 공중제비를 넘어서 아예 밑 플로어로 피해 버렸다.

쿠르르룽!

파편과 잔해들이 쏟아졌다. 그 옛날 9.11테러 때 월드 트레이드 센터가 무너졌던 것을 보면 이 잔해들의 힘을 이기지 못하고 호텔 전체가 폭삭 가라앉아도 이상하지 않을 텐데 운 좋게도 잔해들이 반은 호텔 밖으로, 나머지 반은 기둥이 없는 중앙부로 떨어지면서 아슬아슬하게 버티고 있었다.

라토바와 세건은 언제 붕괴할지 모를 너덜너덜한 건물 상판 위를 달리며 공세를 주고받았다.

철벅!

라토바의 공격을 피해 세건이 발을 디딘 곳에서 물이 튀었다. 물탱크가 터져서 물이 고인 이곳은 거울처럼 깨끗해 보였다.

어둠과, 그 어둠에 상반되는 서치라이트의 불빛이 수면에 고스란히 반사되었다. 세건은 그 위를 달리며 능숙한 솜씨로 양손에 쥔 권총의 탄창을 갈았다.

"그럼!"

세건은 슬라이딩하면서 몸을 돌렸다. 마치 배를 깔고 끌려가는 것처럼 포복한 상태에서 물 위를 미끄러지며 세건의 쌍권총이 불을 뿜었다.

두두두두두!

총탄의 비가 라토바를 덮쳤다. 권총이라고 하지만 글록 18은 일종의 기관단총이나 다름없다. 그것을 연사해 대니 사람 하나쯤은 찢어 죽일 만한 기세였다.

그러나 라토바 역시 방탄복으로 무장한 몸이다. 그녀는 중요한 급소인 얼굴과 머리를 감싸고 뛰어들었다.

좌아악!

물살이 튀면서 라토바의 몸이 마치 텔레포트라도 한 것처럼 빠르게 접근해 세건에게 다가왔다. 누워 있던 세건이 칼을 뽑으며 빙글 돌아서 일어났지만 라토바의 관수가 세건이 쥔 일본도의 옆면을 찍었다.

챙!

금속끼리 부딪힌 듯한 소리와 함께 일본도가 부러져 나갔다.

"걸렸군!"

세건은 지면을 박차고 일어나며 라토바의 몸통에 주먹을 꽂아 넣었다. 깜짝 놀란 라토바가 팔로 세건의 주먹을 막았지만 그 순간 철컥하는 격발음이 들렸다.

투확!

순간 라토바의 몸이 뒤로 붕 떠올랐다. 분명히 라토바는 세건의 주먹을 제대로 막았다. 그렇지만 이게 어찌 된 일인가?

후드드득!

라토바의 팔이 끊어지고 선혈이 튀었다.

"아니?"

라토바가 기겁해서 세건을 바라보니 그는 너클을 꺾어서 안에 꽂혀 있던 슬러그탄을 배출했다. 라토바의 팔을 자른 건 바로 저것이었다.

하지만 라토바는 팔이 끊겼는 데도 비명을 지르는 대신 즉시 수화해서 상처를 메웠다.

그러고는 성한 오른쪽 팔로 나이프를 뽑아 들었다. 팔이 잘려 나간 것에 비하면 놀랍도록 초연하고 재빠른 대처였다.

"체크!"

그러나 팔이 잘려 나간 쪽의 유연하고 기민한 대처도 팔을 잘라 버린 이의 연속 공격보다는 느리게 마련이다! 세건은 라토바보다 먼저 부러진 일본도를 들어 수평으로 휘둘렀다.

촤학!

선혈이 사방으로 튀어서 바닥에 깔린 수면으로 후드득 쏟아진다. 피의 비와 함께 라토바의 반대쪽 손목이 데굴데굴 굴러갔다.

"그럼 지옥에서 보자!"

한세건은 부러진 일본도를 치켜들었다. 이대로 내리긋기만 하면 그녀의 정수리를 쪼개 버리고도 남으리라!

그러나 그 순간이었다.

"아가씨 대하는 법을 모르는군!"

가벼운 남자 목소리와 함께 물보라가 튀었다. 그리고 세건의 몸이 그대로 튕겨 나가 물 위로 미끄러졌다.

"레온?!"

한세건이 튕겨 나간 자리에는 금발의 남자가 서 있었다. 바로 레온 시마노프였다.

"뒤에서 손 놓고 놀기도 뭐하고 해서… 라토바, 뭐해? 손목 주워."

레온 시마노프는 그리 말하고 윙크와 함께 경례를 붙였다. 평상시 라토바는 그를 좋게 보지 않았었지만(그는 경력이나 행동이나 너무나도 수상하다) 목숨을 구해준 셈이니 마음에 안 들 수는 없었다.

라토바는 손목을 주워서 붙이며 혹시 하는 심정에 한세건을 바라보았다.

레온의 강렬한 타격에 맞고 머리통이라도 터졌나 싶었는데 그는 멀쩡하게 일어났다. 놀랍게도 그는 일본도로 그 얼마 되지 않는 찰나에 레온의 공격을 막아낸 것이다.

그렇지만 충격 자체는 어쩔 수 없는지 세건은 직접 반격하는 대신 복도 옆으로 사라졌다. 피격당한 충격에서 회복될 때까지 시간을 벌려는 것일까? 레온은 눈살을 찌푸리며 그를 뒤쫓았다.

"저 친구는 내게 맡기고 장군님을 보좌하도록, 중사!"

"예!"

라토바는 경례를 붙였지만 그녀의 경례를 받기도 전에 레온의 모습이 눈앞에서 사라져 버렸다.

7

서린은 격렬하게 움직이는 볼코프 레보스키를 바라보며 안간힘을 썼다. 자신에게서 그 끈을 꺼내는 법은 알았다. 하지만 전투 중인 볼코프는 정말 거구에 어울리지 않게 뻗질나게 움직여댔다. 하긴 상대방이 거대한 라이플을 쏘아대는데 그걸 다 맞아줄 수는 없겠지.

지이이잉!

기타를 치는 듯한 묘한 음색과 함께 은사들이 진동했다. 저 은발의 신부는 서린도 익히 알고 있는 사람이었다.

비록 직접 본 적은 없지만 한세건에게 이야기를 들어서 그가 한세건을 이 미친 달의 세계로 인도한 장본인, 실베스테르 신부라는 것을 알 수 있었다.

"과연… 세건 형을 키웠다고 할 만하군."

서린은 볼코프를 상대하는 실베스테르를 보며 혀를 내둘렀다. 스치기만 해도 목숨이 오락가락할 볼코프의 공격을 생각하면 그의 앞에 홀로 선다는 건 자살행위라고밖에 보이지 않았다.

하지만 실베스테르는 요리조리 그의 공격을 잘도 피했다.

그러나 이대로 계속되어 봐야 승패는 명약관화였다. 실베스테르에게는 막강한 화력을 지닌 M82A1 바렛 라이플이 있지만 볼코프는 그걸 그냥 맞아줄 만큼 바보가 아니다.

게다가 볼코프는 지칠 줄 모르는 체력과 끝없는 괴력이 있다.

철골을 쏘아내서 맞은편 빌딩에 꽂아버렸을 때부터, 아니, 이 호텔을 주먹 한 방으로 수직으로 관통했을 때부터 승부는 나 있다고 해도 과언이 아니다.

지금으로선 도저히 볼코프를 상대할 수 없으리라.

'어서 빨리… 내가 뭔가 해야 해!'

서린은 이를 악물고 정신을 집중했다. 그때 그의 어깨에 손이 닿았다.

"역시 약간은 도와줘야겠군."

"어?"

서린은 그제야 그 손의 주인이 이사카라는 걸 알았다. 아무리 몰입 중이었다지만 명색이 라이칸스로프인데 상대방이 옆에 다가오는 것조차 알지 못하다니. 서린은 순간 부끄러운 생각이 들었다.

"쓸데없는 데 신경 쓰긴."

이사카는 핀잔을 주면서 그에게 힘을 불어넣었다. 그러자 이게 웬일인가? 갑자기 서린의 정신이 맑아졌다.

그의 몸 안에서 날뛰고 있는 비약의 힘이 서린의 능력에 의해 다스려지면서 정신에 여유가 생겨서 원래대로 돌아온 것이었다.

"다시 해봐."

이사카는 그리 말하고 볼코프를 노려보았다. 서린은 마치 뒤통수라도 맞은 것처럼 얼얼한 상태에서 이사카가 시키는 대로 정신을 연결해 보았다. 이번에는 너무나도 손쉽게 선이 뻗어 나갔다.

"아!"

순간적으로 서린은 망설였다. 그가 볼코프에게 이것을 넣는다고 저 괴물 같은 놈이 그에게 굴복하리라고는 생각되지 않는다.

그리고 이것을 주도하는 게 이사카라면 뭔가 복안이 있을지도 모른다. 서린에게 저렇게 강력한 라이칸스로프를 제어하게 한다면… 만약 서린이 볼코프에게 이사카를 죽이라고 하면 어떻게 될까?

그리고… 과연 볼코프는 절대적으로 서린에게 충성할 것인가?

서린이 볼코프의 입장이라면 명령이 제대로 튀어나오기 전에 해치워 버리거나 다른 암수를 써서 본인이 인식하지 못하는 사이에 해치워 버리는 쪽을 택하리라.

이런저런 면에서 볼 때… 볼코프를 손에 넣는다고 해서 서린에게 달리 뭔가 기회가 오리라고는 생각되지 않는다. 그런데 과연 이걸 연결하는 게 옳은 짓일까?

"…아!"

그러나 서린은 무의식중에 그 선을 볼코프에게 대고 말았다. 아니, 이사카가 그를 조작한 것일까? 그런 의심을 품기도 전에 갑자기 머릿속으로 무엇인가가 봇물 터진 것처럼 흘러들어 왔다.

"크으윽!"

"응?"

서린과 볼코프가 동시에 반응했다.

볼코프는 갑자기 뭔가가 뒤통수를 찌르는 듯한 느낌에 무의식중에 고개를 돌렸다. 서린과 이사카가 그의 뒤에서 강 건너 불구경 하듯 싸움을 구경하는 게 눈에 들어왔다.

"…하앗!"

그 순간 실베스테르가 바렛을 볼코프의 관자놀이에 겨누고 방아쇠를 당겼다. 한눈을 팔고 있으니 이보다 더 좋은 기회가 있을까?

텅!

사람의 몸에 총이 맞았을 때 이런 소리가 난다고 하면 모두들 미친놈이라고 말하리라.

그렇지만 지금 이 허물어진 콜로세움 안에서는 분명히 쇳소리 비슷한 소리가 울려 퍼졌다.

"…으음."

볼코프 레보스키는 천천히 고개를 돌렸다. 그의 강체는 소총탄도 방어하는 무지막지한 몸이긴 하지만 바렛은 소총탄과 도격이 다른 위력을 지니고 있었다.

게다가 방심했던 것도 부인 못 할 사실이라… 강체 능력이 집중되지 않은 곳에 맞은 것이다. 두개골에 맞고 비껴 나간 총탄 때문에 그의 머리에는 긴 상처가 났다. 그리고 왼쪽 안구가 빠져나와서 시신경과 근육에 매달려 대롱거리고 있었다. 흡사 수도꼭지가 터진 수도관처럼 피가 콸콸 흘러나왔다.

"……."

볼코프는 아무 말 없이 안구를 원위치로 쑤셔 넣으며 앞으로 걸어갔다. 그러자 실베스테르가 바렛을 거두고 대신 비스트를 꺼냈다.

'뭐 이런 괴물이 다 있지?'

어지간해서는 놀라는 일 없는 실베스테르였지만 지금 이 순간은 당황하지 않을 수 없었다. 바렛을 머리통에 맞았는데도 뚜벅뚜벅 걸어오는 괴물이 있을 줄은 몰랐다.

"어리석은!"

볼코프는 무서운 속도로 뛰어들어 단숨에 앞차기를 날렸다. 깜짝 놀란 실베스테르가 옆으로 뛰었지만 그 순간 볼코프의 손이 그의 옷깃을 휘감아 잡았다.

"아?!"

콰직!

그 순간 천지가 뒤집어졌다.

거의 눈에 보이지도 않는 속도의 메치기였다.

쩡!

실베스테르의 몸이 바닥에 떨어지는 것과 동시에 그 반동으로 플로어가 출렁거리며 볼코프의 거구가 치솟아 올랐다.

볼코프는 공중에서 빙글 한 바퀴 돌더니 벽을 박차고 달렸다. 그 거구가 벽을 박차는 모습에 유스틴은 기가 막혔다.

"…맙소사!"

실베스테르를 뒤에서 서포트하던 유스틴을 그가 살려둘 리가 없다. 볼코프는 벽을 차고 뛰어들더니 다짜고짜 발차기를 날렸다. 유도 선수에 권투 선수라고 알려져 있어서 발차기는 별 볼 일 없나 했지만 그게 아니다.

유스틴은 다급한 대로 철골 기둥 옆으로 피했지만 볼코프는 철골 따윈 우습다는 듯 걷어찼다.

"하악!"

유스틴은 뒤로 넘어지면서 공격을 아슬아슬하게 피했다. 철골이 끊어지며 끔찍한 소리가 울려 퍼졌다.

끼기기기기긱!

골조가 끊어지면서 콘크리트 바위가 쏟아져 내렸다. 유스틴은 급히 몸을 굴려서 쏟아지는 콘크리트 덩이들을 피했다. 그녀는 지면을 손바닥으로 쳐서 공중으로 치솟아 오르는 것과 동시에 은색 단검들을 꺼냈다.

"…골치 아프네."

볼코프는 잔해 더미 위를 무슨 모래사장 걷듯 하고 있었다. 보통 인간이 저런 흉내를 내면 발가락은 콘크리트 더미에 찢어서 떨어지고 정강이나 허벅지는 철근에 찔려서 피투성이가 될 텐데, 볼코프는 다르다.

발로 차면 콘크리트가 부서지고 정강이나 허벅지가 삐죽 튀어나온 철근과 접촉이라도 하면 철근이 휘어져 버린다. 그야말로 살아 있는 탱크 같았다.

하지만 볼코프는 계속 뒤통수가 따끔한 느낌이 들어서 또 뒤를 돌아보았다. 리림인 서린이 혼절해 있고 이사카가 그런 그를 일으켜 세우고 있는 모습이 보였다.

대체 저놈들은 이 사이에 뭘 했단 말인가?

"음!"

유스틴은 볼코프가 한눈을 파는 사이 재빠르게 자리를 빠져나갔다. 더 이상 싸우는 것은 의미가 없다. 흡혈귀들도 이제는 퇴각했을 테고, 그들도 빠져나가서 전열을 재정비하는 게 좋으리라.

"에밀!"

"알겠다!"

루스킨과 겨루던 에밀은 모든 검을 회수하고 루스킨을 무시한 채 그녀가 있는 플로어로 뛰어내렸다.

약 4층 높이도 아랑곳하지 않고 뛰어내려 지상에 착지한 그는 바닥에 쓰러져 있는 실베스테르를 바라보았다. 마인 실베스테르는 피를 흘리지 않았지만 볼코프 레보스키의 무식한 메치기 한 방에 대부분의 전투력을 상실한 상태였다.

양다리 골절에 소장 파열, 좌측 상완 골절 등등… 병명을 다 쓰자면 복사 용지 두 장은 가득 메울 듯한 처참한 몰골이었다.

옷깃만 스쳐도 이 꼴이 된다니… 볼코프 레보스키란 존재는 정말 전차와도 같았다. 전차라면 전차를 상대할 장비를 가지고 왔어야지 라이칸스로프를 상대할 무기를 가져온 건 실수다.

"물러나도록 합시다."

에밀 카이히는 약간 경직된 영어에 옆을 돌아보았다. 그러자 잔해로부터 한세건이 걸어 나왔다. 그 역시 레온의 공격을 맞은지라 상처를 입고 있었다.

일본도로 레온의 공격을 막아내기는 했지만 칼이 깨지면서 그 파편이 얼굴에 박혀 버린 것이다.

하지만 이제 그는 거의 흡혈귀나 다름없는 몸이 되었기 때문에 상처의 재생은 지극히 순조로웠다. 눈에 보이는 속도로 상처가 아물면서 외과 의사조차 꽤나 골머리 썩을 듯한 파편들이 스스로 상처에서 밀려 나왔다.

"볼코프가 대단하긴 대단하군요."

실베스테르를 부축하며 세건은 그리 말을 걸었다. 쿠데타 세력을 막기 위해서 오긴 했지만 볼코프와 이사카의 힘은 뼈저리게 알고 있었다.

흡혈귀들이 탈출해 버린 지금은 저들을 말살하려고 싸움을 걸기보다는 그저 쿠데타를 막고자 노력하는 팬텀 일당을 구출한 것으로 만족해야 하리라.

하지만…….

세건은 시선을 들어서 위층의 서린에게 돌렸다. 서린은 기절한 채로 이사카의 부축을 받고 있었다. 그리고 이사카는 세건의 시선을 똑바로 받아넘기고 있었다.

"뭔가 할 말이 많은가 보군. 그냥 가기 심심하다면 내가 상대해 줄까?"

"아니, 사양하지."

세건은 그리 말하며 리모컨을 눌렀다.

콰아앙!

세건이 리모컨을 누르는 것에 호응해서 호텔 로비부터 폭발이 일어났다.

"아니! 이런!"

세건을 찾아 달려온 레온 시마노프는 경악했다. 만약을 대비해 호텔에 폭탄을 설치해 두긴 했는데… 그것의 제어권이 저놈에게 넘어가 있다니? 그사이에 폭탄들을 다 찾아서 일일이 데토네이터 등을 교환했단 말인가?

한세건은 어깨 옆에 붙여놓은 리모컨을 매만지며 조용히 웃었다. 먹이를 눈앞에 둔 표범이 입을 벌리는 것 같은 웃음이었다.

"그럼!"

세건과 에밀 카이히는 쓰러진 실베스테르를 부축하고 밖으로 뛰쳐나왔다. 세건은 붕괴되는 호텔의 외벽을 박차고 방금 전 볼코프가 쏘아낸 철골로 엉망이 된 무역 회사 빌딩을 향해 도약했다.

빌딩과 빌딩의 간격이 약 30미터로, 불안정한 하얏트 호텔 플로어를 밟고 점프하기엔 너무나 먼 거리였다. 그러나 세건은 공중에서 도폭선을 펼쳐서 반대편 빌딩에 붙이고 당겨 빌딩 외벽까지 어렵지 않게 붙었다.

콰지지지직!

세건은 두꺼운 군용 단검을 꺼내서 매끈매끈한 건물 외벽에 박아 넣고 매달렸다. 그사이 호텔은 기어코 붕괴하고 말았다.

우선 중심부터 내려앉으면서 외곽이 차례대로 무너져 내려갔다.

서린이 안에 남아 있다는 게 좀 걸리긴 했지만 이사카가 붙어 있으니 죽진 않으리라.

세건은 빌딩 외벽을 타고 무사히 지상에 내려왔다. 사람들은 무너지는 호텔에 정신이 팔려서 뒤쪽 빌딩에서 누가 나오는지는 도통 관심을 보이지 않았다. 세건으로서는 더 잘된 일이다.

"그러면… 당신은 누구지?"

세건은 지면에 내려서면서 그와 함께 있던 신부복의 남자를 돌아보았다. 복장을 보아하니 어떤 자인지는 대충 짐작이 갔지만 그래도 확인차 물어보는 것이었다.

입고 있는 게 가톨릭 신부복이니 영어가 통하리라 예상했는데 과연 상대도 영어로 대답했다.

"나는 아퀴나스의 검, 에밀 카이히. 당신은 비스트인가? 쿠데타를 막는 게 목적이라면 협력하도록 하지."

검을 잔뜩 짊어진 신부가 먼저 악수를 청했다. 지금 대로에 사람이 가득한데 이런 곳에서 칼을 등에 짊어지고 악수를 청하다니 정신이 제대로 된 사람인가 하는 의심이 들었다.

하지만 인식 장애술이 걸려 있는지, 아니면 그냥 호텔이 붕괴되는 모습에 놀랐는지 다들 호텔만 바라보고 있었다.

"아퀴나스의 검이라."

세건은 어깨를 으쓱하다가 마지못해서 그의 손을 잡았다.

"일단 이 자리를 벗어나도록 하……."

세건의 말이 끝나기도 전에 그들의 앞에 SUV 한 대가 멈춰 섰다. 창문이 열리며 운전대를 잡고 있던 금발의 여성 성직자가 얼굴을 드러냈다.

그녀는 눈살을 찌푸리며 러시아어로 욕설을 내뱉었다.

"나는 버려두고 호텔을 폭파시켜 버리다니 무슨 매너가 그런 거야?!"

물론 세건은 러시아어를 알아듣지 못하므로 꿀 먹은 벙어리가 되어서 이 여자가 대체 왜 이러나 하는 심정으로 그녀를 바라보았다.

그때 부상을 입은 실베스테르가 처음으로 입을 열었다.

"잔소리는 그만하고 일단 빠지도록 하지. 몸을 수복하지 않으면… 안 되니까."

실베스테르가 아픔을 호소하자 유스틴은 어깨를 으쓱해 보였다.

그들은 즉시 SUV에 타 무너진 호텔을 뒤로하고 빠져나갔다. 호텔이 무너지면서 사방에 흙먼지를 거나하게 뿌려대는 덕에 그들뿐만 아니라 많은 이가 그 일대에서 탈출했다.

정말 9.11테러를 방불케 하는 엽기적인 일이었다.

"…빌딩 폭파시키는 게 재밌던 거 아냐?"

실베스테르는 숨을 몰아쉬면서 세건에게 물어보았다. 그러자 세건은 고개를 으쓱할 뿐이었다.

일단 흡혈귀들 구해내기는 성공했다.

하지만 볼코프와 이사카의 힘은 정말 상상을 초월하는 것이었다. 볼코프 레보스키에게 바렛조차 제대로 박히지 않는다면… 아무리 흡혈귀들과 연합 전선을 편다 해도 어떻게 승리할 수 있을까? 그리고 과연 서린은 볼코프를 제어하에 넣은 것일까?

그 비약이 볼코프를 손에 넣게 하는 그런 단순한 효능밖에 없는 것이었을까?

어느 쪽이 되었든 지금으로서는 좀 쉬어두어야 했다.

그래, 좀 쉬어두자. 앞으로는 더더욱 힘든 싸움이 기다리고 있을 테니까. 그것은 외적으로도, 내적으로도 지금껏 겪어보지 못한 격렬한 투쟁이 되리라.

第29夜

Snake Hunter

1

모스크바 하얏트 호텔이 일단의 테러리스트에 의해서 통째로 날아가 버렸다. 이 사건은 전 세계를 혼란으로 몰고 갔다.

CIS연방 회담을 얼마 남겨두지 않고 벌어진 일이라 놀랍고 배경이 러시아의 수도 모스크바라서 더더욱 놀라웠다.

실제로 이 사건은 9.11보다도 더 충격적으로 비쳐졌다.

그동안 테러리스트 하면 으레 아랍계 사람으로 그 대상은 서방세계로 국한되게 마련이었다. 물론 러시아에서도 테러가 없었냐면 그것은 아니다. 하지만 이런 대형 사고는 일어난 적도, 언론에 공표된 적도 없었다.

게다가 이번 테러리스트는 방송국 헬기도 전혀 거리낌 없이 저격해 버린 악질이다.

덕분에 폭스TV의 PD와 리포터가 병원 신세를 지게 되었는데 그들은 자신들이 의도적인 저격의 희생자임을 주장했고 실제로 현장 검증을 통해 그들의 증언이 입증되었다.

사건이 일어난 이후 모스크바 경찰들은 죽을 지경이 되었다. 시내 곳곳에는 아직도 분진이 흩날리고 있고 교통은 마비되었으며, 각지에서 실종자를 찾기 위해 사람들이 몰려들었다.

이러한 대형 테러가 벌어지니 CIS연방 정상회담에도 차질이 빚어지게 되었고 각국 정상들도 회담을 연기하자는 입장을 보였다.

"이걸로 쿠데타에 막대한 차질이 생기겠군요. CIS연방 회담이 성사되지 않으면 볼코프도 쿠데타 타이밍을 놓치겠지요. 테러리즘에 굴복해 각국 정상이 회담을 연기하면 무슨 꼴이 되겠냐는 얼간이들도 좀 있는 것 같지만… 이런, 두바이유 또 올랐네."

빌헬름은 네 번째 수혈 팩을 비우고 눈살을 찌푸렸다.

어젯밤 호텔에서 습격을 당한 그들은 쿠데타를 막기 위한 실행부대가 사용하는 창고로 피신해 있었다.

그들은 평상시 뽑아두었던 그들의 피를 통해서 부상으로 잃은 피를 보충하고 휴식을 취했다.

인간의 피를 마시면 위급한 대로 목숨 부지하는 데는 도움이 되지만 떨어진 VT를 당장 수복하는 데는 큰 도움이 안 된다.

그래서 당장 힘이 필요할 경우를 대비해 고급 흡혈귀들은 자신의 피를 뽑아두는 것을 선택했다.

인간이 만약의 경우를 대비해 자가 수혈하기 위해 피를 빼서 혈액은행에 저장하는 것처럼, 진마들도 자신들의 피를 빼두어 언젠가 자가 수혈을 하기 위해 모으는 것이다.

다행히 VT라는 것은 높아지면 높아질수록 더 오르기는 힘들고 낮으면 낮을수록 쉽게 오르는 로그 함수를 그리기 때문에 피를 뽑아서 떨어지는 VT는 순식간에 복구가 가능했다.

게다가 자기 자신의 피일 경우 굳이 입으로 먹어서 흡수하는 대신 주사를 맞아도 VT가 항체 반응 없이 고스란히 전이되므로 금세 힘을 회복할 수 있다.

다만 역시 그 후 조정을 위해서, 혹은 영양 보급을 위해서도 인간의 피는 마셔줘야 한다. 흡혈귀가 흡혈귀인 이상 사람의 피를 마셔야 하는 것은 피할 수 없는 숙명이었다.

파군은 그녀의 부하인 여자 흡혈귀들에게 안마를 받으며 빌헬름이 하는 짓을 가만히 보았다.

유리안과의 싸움에서 부상을 입은 그는 바로 지금 그들이 와 있는 이 장소—드넓은 창고—를 수배하더니 잠깐 사이에 그들이 살기 쾌적한 환경으로 바꾸어놓고, 상처를 치유하자마자 각종 업무에 착수했다.

그런 부지런함과 근면함이 왠지 특이해 보여서 물어보지 않을 수 없었다.

"그런데 지금은 뭐 하는 거지?"

"딜링이죠. 외환하고 오일, 곡물 정도 하고 있어요. 자본이 확실하고 리스크를 좀 진다면 최소 노동으로 최대 효용을 볼 수 있죠. 윽, 엔화가 떨어지기 시작하네. 한동안 계속 떨어질 전망이니 누적분은 팔고 일부는 유로로 전환해야겠어요."

빌헬름은 컴퓨터를 만지며 투덜거렸다.

어젯밤 전투가 있었음에도 불구하고 빌헬름은 자기 할 일에 열중하고 있었다.

유리안이란 라이칸스로프에게 공격받았을 때는 정말 죽는 게 아닌가 걱정했는데 아무 일 없었던 것처럼 깨끗하게 나아버리다니. 역시 체구가 작아도 흡혈귀는 흡혈귀다.

"앗, 오일이라니, 가만! 이건 내 회사잖아? 왜 네가 오일 딜러를 하고 있는 거야?"

마리아는 컴퓨터를 뒤에서 훔쳐보고 놀라서 빌헬름에게 물어보았다. 흡혈귀들 사이에서는 대부분 업무 분담이 끝나서 오일 회사 등에 투자할 수 있는 이는 극히 일부분으로 제한되어 있었다. 팬텀이 금융 쪽에 주로 활동하는 것도 그 때문이 아닌가?

그러나 테트라 아낙스가 정리해 둔 이런 질서에… 지금도 따를 의리가 있을까?

빌헬름은 그녀를 돌아보며 코웃음 쳤다.

"인터넷상에선 위더스푼이란 이름을 쓰니까요. 팬텀 님이 아니라 제가 그냥 독단으로 관리할 뿐입니다. 오일 회사 자체에는 피해를 안 줘요. 그냥 딜러 짓을 할 뿐이니까."

위더스푼이라면 월 스트리트에서도 대단히 유명한 그림자 투자자다. 아직 재정 규모가 확실치 않지만 그의 이름으로 된 거래는 손해를 보지 않는다는 거대한 손으로 알려져 있었다.

그런데 그게 빌헬름이라니? 이 어린 소년이 세계에서 암약하는 거대 투자자의 정체였단 말인가?

그렇다면 팬텀의 숨겨진 재산은 더 많다는 소리가 된다.

"아, 아니, 그래도 그렇지… 음, 어? 많이 올랐네?"

마리아는 눈을 휘둥그레 뜨고 모니터를 바라보았다. 기름값이 많이 오르면 비축유를 많이 둔 정유 회사도 약간의 이익을 올리게 된다.

하지만 장기적으로 이득이 될지는 모른다.

도리어 악재로 작용할 수도? 마리아는 머리가 복잡해져서 빌헬름 대신 컴퓨터 앞에 앉았다.

"왜 네가 이런 짓을 하지?"

파군이 물어보자 빌헬름은 으쓱해 보였다.

"쿠데타 방비를 하기 위해서 들인 돈이 좀 많잖아요. 자가용 비행기도 몰아야 하고, 사설 군대도 유지해야 하고, 피도 사 모아야 하고……. 경비는 좀 벌어둬야죠. 잘못하면 마스터의 재계 순위가 떨어질 것 같으니까."

재계 순위가 너무 올라 버리면 여기저기서 견제받으니 함부로 올리진 못하지만, 마음만 먹는다면 돈을 갈퀴로 긁는 것은 일도 아니다. 남들이 들으면 무슨 말도 안 되는 소리냐고 버럭 화내겠지만 적어도 빌헬름에게는 진실이었다.

"젠장!"

아르곤이 왠지 분한지 으르렁거렸다. 빌헬름은 그런 아르곤을 못 본 체하고 프린터에서 나온 서류를 묶어서 팬텀에게 넘겨 주었다.

"중국 회향에 있는 감로 나염 공사의 공장을 처분하기로 했어요. 이 마당에 바쁘시겠지만 부디 귀중한 시간을 할애하셔서 서명해 주세요."

요약하자면 중국에서 큰 시장 점유율을 가진 방직 회사의 주식을 사서 주주가 된 뒤, 바람을 넣어서 쓸모없는 공장을 처분시키고 그 공장의 기자재를 연간 수익으로 올려서 주주에게 나누는 방식으로 돈을 벌어야겠다는 소리였다.

팬텀은 머리를 긁적이며 서류를 받아서 사인했다. 샤워를 하고 나서 예전에 뽑아두었던 자신의 피를 수혈하고 인간의 피를 마시면서 상처를 회복하고 있던 그는 여러 복잡한 시선이 자신에게 꽂히는 것을 느꼈다.

'게을러터진 놈. 왠지 놀면서도 돈 잘 번다 했더니 다 빌헬름이 벌어다 주는 거였구나.'

그런 시선이라는 것은 안 봐도 불을 보듯 뻔하다. 뭐 사실이긴 하다. 팬텀으로선 대체 지금 자기 돈이 들어간 회사가 몇 개인지, 그놈들이 과연 수익은 얼마나 올리고 있는지 잘 알지도 못하고 있었으니까.

그렇지만 흡혈귀 동지들 앞에서 무능한 마스터로 점찍히는 것은 바라는 바가 아니다.

"나, 나도 일한다고."

팬텀은 그리 항변했지만 글쎄? 모기 소리도 지금 팬텀의 목소리보다는 크게 들리리라.

"가만, 그러면 내 돈도 불려줄 수 있냐?"

아르곤은 문득 생각났다는 듯 빌헬름을 바라보았다. 그러자 빌헬름이 코웃음 쳤다.

"당신이 무슨 돈이 있어서? 그리고 저, 펀딩은 안 해요. 혼자 해서 혼자 먹어야 이윤이 극대화되지 않겠어요?"

"…무시하는데 말야, 여기 돈 있다!"

아르곤은 캔버스화의 안쪽에서 꾸깃꾸깃한 100달러짜리 지폐를 꺼냈다. 그걸 본 순간 창현과 래트가 울 듯한 표정을 지어 보였다.

"저건 언제 숨겨뒀대?"

"치사해."

"아아, 됐어, 됐고. 불려줄 수 있는지 없는지나 말해."

아르곤은 그리 말하며 잘 접혀진 100달러 지폐를 곱게 펴서 훅훅 불고는 빌헬름에게 건네주었다.

빌헬름은 그 지폐에 손은 대지 않고 무슨 쓰레기통에서 뛰쳐나온 애완동물 보는 듯한 시선으로 아르곤을 바라보았다.

"어이가 짐 싸서 달나라로 여행 갈 정도로군요. 왜 하필 돈을 꺼내도 그런 곳에서… 지금 이거 웃기려고 일부러 그러는 거죠?"

"안 되냐? 그, 그냥 좀 불려주면 안 돼?"

"에휴, 그냥……."

빌헬름은 수표책을 꺼내더니 1만 달러짜리 수표를 써서 아르곤에게 건네주었다.

"시티 은행의 제 구좌에서 돈을 인출할 수 있을 거예요."

"어?"

아르곤은 멍청한 표정이 되어서 100달러짜리 지폐를 거뒀다. 그러자 빌헬름이 한마디 덧붙였다.

"그냥 주는 겁니다. 에스프리의 발전을 위해 판타즈마고리아가 투자했다고 해두죠."

흡혈귀가 흡혈귀에게 뭘 투자해? 그렇지만 빌헬름이 냉정한 어조로 말하자 왠지 위화감 없이 들렸다. 이 자리에 있는 모두가 굉장히 그럴듯하다고 생각해 버렸으니까.

"정말이지? 나중에 도로 달라고 하지 마라."

한때 공산주의 혁명에 투신했던 아르곤이 쪼잔한 소리를 하며 수표를 받아 들자 래트와 창현이 그에게 다가왔다.

"…뭐냐?"

"마스터, 그거 혼자 먹으면 안 돼요."

"아얏! 나, 나를 대체 뭐로 보고?"

"뭐긴, 푼돈 아끼자고 택배 박스에 한 달간 숨어 있을 수 있는 놈으로 보지."

헤카테는 투덜거리며 팔을 주물렀다. 아르곤은 할 말이 없어서 입을 다물었다.

"한 달간 숨어 있던 거 아닌데……."

이런 식으로 뭐라고 구시렁거리긴 했지만 모든 흡혈귀가 못 들은 척 외면했다.

"…그나저나 어쩌지? 설마 이렇게 당하고 이대로 끝내자는 건 아니겠지? 아으윽… 화나, 이렇게 망신살이 뻗치고는 두 다리 뻗고 못 자지!"

헤카테가 분노해서 발을 동동 굴렀다. 하지만 파군은 싸늘한 표정으로 그녀를 힐난했다.

"혼자 도망친 주제에 말이 많군요."

"뭐라고? 그럼 다 같이 고통을 분담했어야 직성이 풀렸나?"

"아니, 그런 건 아니지만… 지금 저를 노려보는 것에서 더 기분이 상하는군요. 조금쯤은 미안한 시늉이라도 하는 게 이치 아닐까요?"

파군은 자리에서 일어났다.

그녀를 안마하던 부하 흡혈귀들이 당황해서 앞에 나서려 했지만 파군은 손을 뻗어서 그들을 물러나게 했다. 헤카테가 파군을 노려보며 으르렁거렸다.

"그만."

결국 팬텀이 뛰어들어서 그들 사이를 막았다.

"지금 우리끼리 싸울 때가 아니잖아. 모두들 진정해 줘요."

"…그건 알고 있어. 내가 무슨 어린애도 아니고… 하지만 어쩔 건지 명확히 해줘. 아 참, 비스트가 들어와서 우리 도와줬던 건 알고 있어?"

헤카테는 세건을 떠올리며 물어보았다.

실베스테르나 아퀴나스의 검, 유스틴이야 교단의 명령을 받는 처지니(비록 파문은 당했지만) 필요할 경우 흡혈귀와 연합하는 건 일도 아니다.

그렇지만 한세건은 다르다. 그가 자기 의사로 흡혈귀들을 묵인했다는 것은 기적에 가까운 일이다. 흡혈귀들도 쿠데타를 막기 위해 나선 것을 높게 사서였을까?

만약 한세건이 생각이 있다면 그들과 연합해서 쿠데타군과 싸우는 것도 나쁘지 않다.

흡혈귀 사냥꾼들과 연합이라니 여기에 모인 흡혈귀 대부분이 오래 산 처지이지만 그런 건 상상도 못 했다.

"예, 한세건이라면 분명히 흡혈귀 사냥꾼 중 가장 그……."

"또라이."

아르곤이 첨언하자 파군은 고개를 도리도리 저었다. 먹물처럼 새카만 머리칼이 찰랑거리며 흔들렸다. 소총에 맞아서 엉망이 되었었지만 그것도 이제 다 나은 것 같았다.

"…성정이 격하다고 들었습니다."

"흐음… 아아, 그 친구가 과연 우리랑 함께하려고 할까?"

아그니는 회의적인 태도로 투덜거리며 선글라스를 꺼내서 손가락을 걸고 들었다 났다를 반복했다.

잠시 후 선글라스가 아그니 손아귀에서 빙글빙글 돌았다.

"녀석이 그때 참은 건 헤카테 언니가 그 애에게 추파를 던져서 그런 거라고. 확실해, 옛날에 잠시 스쳐 지났어도 정이 만리장성을 쌓는다지?"

"추파 던진 적 없어! 그리고 당신이 왜 날 언니라고 불러?"

헤카테는 소름이 돋는다는 듯 팔을 긁적였다. 그런 그녀를 본 아그니의 이마에 핏줄이 섰다. 그러나 아그니는 자신의 분을 삭이고 훨씬 더 효과적인 공격 방법을 택했다.

"아이잉… 언니도 참, 박정하기는. 나도 언니 심정 잘 알아.

영계 밝히는 거야 나이 먹을 만큼 먹은 여자들의 기본 소양 아니겠어?"

순간 헤카테의 팔에 진짜 소름이 돋았다. 파군은 그걸 보고 피식 웃었다.

"즐거운 이야기들을 하시는군요."

"안 즐거워!"

헤카테는 극구 부인했다. 아무래도 파군은 헤카테가 혼자 도망간 것 가지고 앙심을 품고 있나 본데 헤카테로서도 할 말이 없긴 했다.

하지만 그녀도 원래는 당장 습격당하는 그 자리를 탈출한 후 그들을 구조하려고 했었다.

그런데 왜 안 돌아갔더라?

생각해 보던 헤카테는 얼굴을 붉혔다.

너무나도 부끄러운 일이지만 라이칸스로프들이 정신없이 공격해 와서 그들을 상대하다가 흡혈귀 사냥꾼들이 들어온 것을 보고 그들에게 맡겨 버린 것이었다.

파군이 그녀를 비난해도 할 말이 없지 않은가?

"괜찮아?"

아르곤이 걱정스러운 표정으로 100달러 지폐를 곱게 접으면서 물어보았다.

걱정해 주니 고맙기는 한데… 지금하고 있는 짓거리나 저 태연한 얼굴을 보자니 왠지 속에서 뭔가가 울컥 치밀어 올랐다. 위로를 성의 있게 하라고. 아니, 그 전에 저런 꼬맹이에게 돈 받앗다고 좋아서 챙기다니! 진마로서의 품위는 어디다 팔아먹었단 말인가?

'아르곤에게 품위를 요구하는 것만큼 멍청한 짓도 없지만!'

그는 품위 없기로 유명한 바이킹 출신 아닌가! 십여 세기가 흘렀지만 그놈의 품위는 멸종이라도 했는지 아르곤에게는 도저히 싹수가 보이질 않았다.

"어쨌거나 흡혈귀 사냥꾼들에게 연락을 해보자고. 백지장도 맞들면 낫지. 그런데 어떻게 연락하지?"

헤카테가 그리 말하자 빌헬름이 핸드폰을 들었다.

"전화할까요?"

"…전화번호도 알고 있냐?"

"당연하죠, 이 정도는 당연한 거 아닌가요?"

빌헬름은 되레 이상하다는 듯 그들을 돌아보았다. 모든 흡혈귀는 절대 당연한 게 아니라는 데 동의하고 있었지만 누구도 입을 열지는 못했다.

"일단은 좀 나중에 하기로 하지. 그들도 매우 피곤할 테니까 우리나 그쪽이나 최고의 컨디션이 되기 직전에 작전을 조율하도록 하자고."

팬텀은 동료들에게 동의를 구했다. 파군은 그런 팬텀의 말에 고개를 끄덕였다.

"컨디션이 되기 직전 말이지요?"

"되었을 때 연락하면 연락 후 일이 성사되는 동안 놀게 되니까……."

팬텀은 그리 말하며 시계를 살펴보았다. 어차피 이번 사건 때문에 연방 정상회담은 제대로 이뤄지지 않을 것이다. 그렇다면 쿠데타 측은 어떻게 움직일까?

볼코프는 이미 배수진을 친 셈이니 이제 와서 돌아갈 수는 없다. 쿠데타는 반드시 결행되리라.

"그런데 앙리 유이는 대체 뭐지?"

헤카테는 그때의 불길한 느낌을 떠올리며 팬텀에게 물어보았다.

팬텀과 앙리 유이가 아주 오래전부터 네크로폴리스라는 마법사 집단의 동지였다는 것은 알고 있었다.

그렇지만 앙리 유이는 무슨 재주가 있어서 팬텀이 그를 단순한 흡혈귀가 아니라고 한 것일까?

그리고 앙리 유이는 대체 무슨 수법으로 이사카의 주박을 풀고 빠져나갈 수 있었을까?

"하긴 그는 아예 우리를 버리고 돌아오지도 않은 완벽한 도망자이니… 헤카테 당신 정도는 매우 양호하다고 할 수 있겠죠. 상대적으로 보면 말이죠."

파군은 원수라도 진 것처럼 또 헤카테를 물고 늘어졌다. 헤카테도 할 말은 없는 처지였지만 파군이 자꾸 그러자 다시 짜증을 냈다.

"그만! 알았으니까 그만해! 너 잘났다!"

"그게 안 사람의 태도인가요?"

파군도 어처구니없어 했다. 그녀는 헤카테가 이성적으로 굴지 않는다고 생각했다.

진마라면 아무리 화가 나고 답답하더라도 예의와 범절이 몸에 배어 있어야 한다. 그냥 성질나는 대로 내뱉는다면 시정잡배와 다를 게 무엇이 있겠는가?

"나, 사람 아니라 흡혈귀다. 입은 삐뚤어졌어도 말은 바로 해야지? 안 사람의 태도냐고 묻다니?!"

헤카테는 스스로 내뱉자마자 후회하면서 오기를 부렸다. 세상에… 이게 무슨 어처구니없는 말꼬리 잡기란 말인가? 과연 파군도 기가 막혀 했다.

"어머, 유치하기까지."

"아닌 걸 아니라고 하는데 왜 유치가 나오는 거야?!"

"말꼬리 계속 잡을 거예요? 지금 그런 이야기 할 기운 없네요."

파군과 헤카테가 또다시 서로 으르렁거렸다. 사정이 이렇게 돌아가자 아르곤이 팬텀의 옆구리를 쿡 찔렀다.

아마도 말리라는 것 같은데 왜 하필 팬텀에게 시킨단 말인가? 팬텀은 고개를 도리도리 저었다.

"네가 말려."

"나는 델리케이트한 성격이라서 저런 곳에 뛰어들게 되면 평생 고통받을 거야. 후유증 생긴다고."

아르곤이 그리 말하며 몸을 사렸다. 아르곤이 델리케이트해서 그 정도에 상처를 입는다면 거북이 등딱지는 거북이의 성감대일 것이다. M1 에이브람스 전차의 장갑판도 민감성 피부라서 로션과 스킨을 덕지덕지 발라줘야 하는 거 아냐? 팬텀은 그리 생각했지만 입 밖으로 내뱉지는 않았다.

"월남전 참전 용사처럼 말하네. 네가 무슨 택시 드라이버냐."

팬텀은 투덜거리며 나서서 그녀들 사이를 막아섰다.

"자자, 그만. 앙리 유이는… 네크로폴리스의 수장이야. 사법사의 정점에 서 있는 놈이지."

팬텀이 그리 말하자 모두들 놀랐다.

금단의 마법을 연구하는 사법사들의 정점에 선 놈이라면 팬텀보다도 더 뛰어난 마법사라는 소리가 아닌가? 빌헬름조차 그 이야기는 금시초문인지 눈을 휘둥그레 떴다.

"우와! 역시 사람은 생긴 거로는 판단할 수 없다더니!"

"엥? 가만, 수장은 따로 있는 거 아니었나? 너랑 앙리 유이가 원래 네크로폴리스 출신이라는 건 알고 있었지만 그 위에 총재는 따로 있었잖아?"

아르곤은 기억을 더듬으며 그리 물어보았다. 정체불명의 총재가 따로 있어서 그들의 위에 군림했었다는 것은 그도 알고 있었다. 총재의 정체까지는 알지 못했지만.

"본인은 자신의 정체를 숨기고 음지에서 암약하는 수장 노릇을 하고 싶어서 그런 모양이었는데… 사법사는 그리 흔한 게 아니니까. 내 생각에는 역시 머릿수를 늘리려고 일부러 그랬던 것 같군."

팬텀은 그리 말하며 고개를 끄덕였다. 그러자 아그니가 투덜거렸다.

흡혈귀 중에서 팬텀과 함께 가장 심각한 피해를 본 그다. 이사카 베르게네프의 독소 공격에 당한 그는 덕분에 다른 흡혈귀들과 많이 친해져 있었다.

말하자면 그가 이 협력 체계에서 가장 큰 피해를 봤기 때문에 공헌도가 올라간 것이다. 훈장은 혁혁한 공을 세운 자와 상이군인들에게 주는 것처럼…….

물론 아그니 본인은 그런 소리를 들으면 화낼 것이다. 그도 진마인데 상이군인 취급이라니 체면이 죽지 않는가?

"그런 거는 진작 말했어야지. 그러니까 놈은 고대 사악한 마법사 중 하나라 이거군. 네크로폴리스의 수장이면 사 대 마법사 중 한 명이란 소리잖아? 엄청난 거물이었네? 대체 무슨 속셈으로 여기에 온 거지? 고대 마법이 불로불사 등에 집착했기 때문이라면 흡혈귀가 된 시점에서 그 목적은 달성되었을 텐데? 달리 원하는 게 있다면……."

"릴리쓰지."

볼 것도 없다는 듯 아르곤이 모자를 얼굴에 덮고선 말했다.

2

수은등 특유의 차갑고 창백한 빛이 입김을 물들였다.

회색 머리칼의 청년은 심호흡을 하면서 천천히 전신의 근육에 힘을 불어넣었다.

뚜드득 소리가 나면서 혈관과 힘줄이 천천히 일어났다가 천천히 빠져나간다. 그의 주위에서 그것을 바라보던 군인들이 아연실색했다.

"몸은 괜찮습니까?"

동양계 혼혈 청년이 다가와 그의 옷을 건네주었다. 그러자 이사카는 코웃음 쳤다.

"그런 말을 다 보는 앞에서 하면 어떻게 해? 안 좋으면 안 좋다고 말해야 직성이 풀리겠어?"

주위에 있는 이들은 대부분이 볼코프 레보스키의 부하다. 그런 놈들 앞에서 이사카가 솔직하게 자신의 몸 상태를 보고할 수 있을 리가 없다.

"뭐, 그냥 늘 하는 인사인걸요."

루스킨은 태연자약하게 대꾸하면서 아직도 누워 있는 동료들을 돌아보았다. 서린의 공격으로 튕겨 나간 라이칸스로프들은 그 탁월한 재생력에도 불구하고 아직도 낑낑대고 있었다.

"저런 애들도 있으니까요."

"됐어."

회색 머리칼의 청년, 이사카 베르게네프는 옷을 걸치며 주위를 둘러보았다.

쿠데타군을 구성하고 있는 라이칸스로프들은 볼코프 레보스키가 준비한 방공호에 들어와 있었다.

냉전 시대부터 곳곳에 방공호가 만들어졌었고 냉전이 끝난 이후 그것들은 민간에게 불하되거나 아니면 군부대 전용 창고로 바뀌었다.

이 방공호는 바로 모스크바 수도 방위군이 관리하고 있는 것이었다. 군부대가 관리하는 방공호에 군부대와 적대시하는 쿠데타 세력이 들어와 있다는 것은 엄청난 이야기다.

정말 등잔 밑이 어두워도 이렇게 어두울 수가 있을까?

하지만 인간이란 흡혈귀나 라이칸스로프가 보면 너무나도 약한 존재다. 그들이 모는 항공기나 전차, 차량과 총화기는 흡혈귀를 상대하기에 충분하지만 그것을 운용하는 인간이란 존재는 항상 나약했다.

전차를 맨손으로 부술 수 있는 흡혈귀는 얼마 없지만 흡혈귀의 마안을 이겨내는 전차병도 드물기 때문에 전차는 흡혈귀에게 아무런 위협도 되지 않는다.

"그럼 볼코프 장군을 만나러 가보지. 루스킨은 애들 상태 보고 있어."

이사카는 루스킨에게 그리 명령하고 방공호를 따라 걸어갔다. 그러자 병사 한 명이 막 코너를 돌아서 나타나는 게 보였다.

"아, 베르게네프 씨! 장군님께서 부르……."

"됐어, 가고 있으니까."

이사카는 그 병사를 밀치고 볼코프 장군이 쓰고 있는 사령실로 걸어갔다.

서린이 볼코프와의 링크를 열었음에도 불구하고 볼코프에게는 아무런 변화가 없었다.

하긴 이사카도 서린이 단숨에 볼코프를 장악하길 원하지는 않았다.

서린에게는 지배가 완성되면 무슨 완전 복종시킬 수 있는 것처럼 말해두었지만 흡혈귀와 라이칸스로프의 검은 역사를 뒤져보면 무수한 하극상 이야기를 찾을 수 있었다.

게다가 서린은 볼코프와 자신과의 관계를 몰랐을 테니⋯ 그 사실을 알게 되면 후회할지도 모른다.

그래도 볼코프의 힘은 탐이 났다. 이사카 자신의 능력과는 달리 다른 의미로 타고난 재능, 그 재능을 더욱 빛나게 한 노력으로 만들어낸 볼코프의 힘은 초인적이다.

진마들도, 그 진마와 대등하게 겨룰 만한 사냥꾼들도 볼코프의 앞에서는 어린애나 다름없지 않았던가? 이런 막강한 힘을 지닌 괴물을 이용할 수 있다면 그들의 입지가 확 변하리라.

이사카는 노크 없이 문을 열고 안에 들어갔다.

"예상보다 훨씬 빨리 왔군, 이사카. 예지력자에게 하나하나 귀찮게 확인 작업을 갖는 것도 귀찮을 테니 본론부터 이야기하지. 이제 앞으로 어떻게 할 건가에 대해서 이야기합세. 괜찮겠나?"

볼코프 레보스키는 방공호에 비치되어 있던 새 군복으로 갈아입으며 이사카에게 물어보았다. 그러자 이사카가 어처구니없다는 듯 그를 돌아보았다.

"당신이 계획을 수립해야 하는 것 아닙니까? 그 계급장의 별은 포커로 딴 건 아니겠죠? 왜 군인도 아닌 저와 그런 중대한 이야기를 나누려고 하는 겁니까?"

이사카는 어설픈 솜씨로 대충 달린 계급장을 바라보며 그리 물어보았다. 라토바 중사가 한 땀 한 땀 정성들여서 붙인 소장 휘장이 눈에 거슬렸다.

라이칸스로프가 되면 응당 손재주가 좀 있어야 하는데 그 여자는 영 손재주가 없는 듯했다. 내가 해도 저것보단 낫겠다는 생각을 뒤로하며 이사카는 볼코프를 바라보았다.

볼코프 레보스키의 화강암 같은 얼굴에는 전혀 지친 기색이 없었다. 그뿐만이 아니라 사태가 이리되었음에도 불구하고 걱정하는 기색이 없어 보인다.

좋게 말하면 의연하고 나쁘게 말하면 아무 생각이 없어 보인달까.

"내가 지휘관이니 사태에 대한 계획을 수립해야 한다는 것은 이견이 없네. 그렇지만 유능한 참모에게 물어보는 것 역시 장군의 자질이고 자네는 충분히 유능한 참모가 될 수 있다고 생각하는데."

"하아?"

"예지력을 가진 자네의 조언을 듣고 싶네."

볼코프는 눈썹을 꿈틀거리며 그리 말했다. 틀린 말은 아니다. 이렇게까지 솔직담백하게 물어보면 대답하지 않을 수가 없었다.

어젯밤의 대참사 때문에 CIS연방 회담은 확실히 무산되었다. 아무리 테러리즘에 굴복하지 않는다고 큰소리를 친다 해도… 굳이 국가 통수권자들이 그 위험을 무릅쓸 필요는 없다.

도심 한복판에서 호텔을 폭파시켜 버리는데 연방 정상회담을 연기하거나 무산시킨다 해서 그들이 테러리즘에 꼴사납게 굴복했다고 비난할 사람은 없을 테니까.

"우선 제 조언이 없을 때 당신이 어찌할지부터 듣는 게 우선이라고 생각되는군요. 유능한 참모가 될 수 있다고 봐주는 건 기쁘지만, 전 당신의 참모가 아니니까요."

이사카는 냉정하게 말했다.

그러자 볼코프는 나직이 자신의 작전을 설명했다. 장군 계급장 달고서 새파랗게 어린 것에게… 그것도 자신과 깊은 관계가 있는 것에게 이런 소리를 듣는다는 것은 참기 힘든 일일 텐데도 볼코프 레보스키는 전혀 내색하지 않았다.

"이미 쿠데타를 결의한 이상, 회담이 열리지 않는다면 지금이라도 움직여야겠지. 진마를 하나도 죽이지 못한 게 꼴사납지만 그들도 그 상처에서는 회복이 더디겠지? 그들이 끼어들 틈을 주지 않기 위해서 내일 새벽을 기해서 당장 쿠데타를 벌이는 게 낫다고 보네."

그의 말은 일리가 있었다. 회담이 어차피 안 열릴 거라면 더 이상 기다릴 것도 없이 지금 당장 모스크바 시내를 불바다로 만드는 한이 있어도 쿠데타를 일으켜야 한다.

이제 와서 돌이킬 수는 없고, 돌아갈 길도 없다. 쿠데타를 일으키지 않겠다고 해서 다시 군대로 돌아갈 수 있는 것도 아니고 하다못해 은퇴해서 조용히 살 수도 없을 테니까.

"적어도 당장에라도 쿠데타를 벌이자는 것까지는 제 견해와 일치하는군요."

이사카가 그리 말하자 볼코프는 피식 웃었다.

"자네는 알고 있겠지? 그 후 우리가 어떻게 되는지? 그래, 자네가 본 미래는 어떤가?"

"어차피 쿠데타로 정권을 완전히 탈취한다는 건 불가능합니다. 우리가 쿠데타를 일으키면 호응해서 군부 강경파가 득세하겠지만 그럼 나토군이 움직이지요. 테트라 아낙스의 지배를 받는 서방세계가 저마다 참전을 선언하고 3차 세계대전이 일어날 겁니다. 빼앗기는 쉬워도 지키기는 힘들다는 옛 병법도 있듯이, 지키는 데는 우리가 라이칸스로프라는 것도 큰 매력으로 작용하지 않지요."

전면전이 되면 개개인의 능력도 중요하지만 물량도 크게 작용한다.

냉정히 분석해 봐서 일단 정권을 탈취한 뒤… 그것을 지키기란 불가능하다. 테트라 아낙스가 개입할 게 불을 보듯 뻔하니까.

"그렇다면 어떻게 해야 하지?"

"쿠데타 전에 특수부대를 뽑아서 테트라 아낙스를 공격하도록 하지요."

이사카는 자신이 노리는 바를 솔직히 말했다. 그러자 볼코프는 쓴웃음을 지었다.

"그는 예지력을 가진 존재라 우리가 습격하려 한다면 이미 멀리 달아날 거네. 우리의 행동을 손바닥 읽듯 읽고 있다면 도저히 어쩔 수 없어. 그리고 예지력에선 자네도 그를 이기지 못하기 때문에 그것을 실행에 옮기지 못한 것 아닌가?"

볼코프는 예리하게 추론했다.

이사카의 성격상 테트라 아낙스의 예지력을 이기고 그를 잡을 수 있다면 진작 결행하고도 남았으리라.

테트라 아낙스가 도망치지 못하게 순식간에 그를 잡아 죽일 수 있는 이라면 이사카밖에 없을 테니까.

하지만 이사카는 그걸 결행하지 않았다. 그것은 무엇을 뜻하는가?

그건 이사카가 그것을 할 수 없다는 뜻이 아닌가?

"그리고 그는 세계를 움직여서 우리를 치겠지. 쿠데타를 해서 정권을 장악하기 전에는 우리를 잡을 수 없겠지만 일단 정권을 장악하고 나면 그 정권을 흔드는 것으로 우리를 잡을 수 있지 않은가? 결국 그럼 쿠데타는 실패할 거라고 생각되네만……. 자네도 그걸 말했지? 빼앗기는 쉬워도 지키기는 힘들다?"

"맞아요, 제 예지력도 그것을 경고하고 있지요."

설사 정권을 장악하고 나서 잽싸게 ICBM을 쏜다 해도 그놈들은 죽지 않는다.

예지력이 있는 이상 핵의 불길조차 피할 수 있으니까. 이미 안정된 세계의 정세를 뒤집는다는 것도 어불성설이다.

냉전 시대라면 모를까 지금에 와서는 이미 미국을 중심으로 세계정세가 개편되어 버렸는데 어찌 러시아 하나의 힘으로 그것을 뒤집는단 말인가?

"그렇지만 방법이 아주 없는 건 아니죠."

"뭐지?"

볼코프는 기다렸다는 듯 물어보았다.

"당신의 힘을 더해준다면… 제가 테트라 아낙스 놈들을 찾아내지요. 일단 테트라 아낙스를 제압하는 데 성공하면 쿠데타가 성공했을 경우 정권을 고스란히 유지하는 것도 가능합니다. 테트라 아낙스의 입김이 없다면 나토군이 감히 전쟁을 걸어오진 않을 테니까요."

테트라 아낙스가 각 정계의 사람들을 텔레파시로 조종하지 않는다면 나토군도 함부로 그들을 치진 못하리라.

두 차례에 걸친 세계대전은 사람들에게 전쟁에 대한 공포를 각인시켜 두었다. 그리고 핵우산으로 유지된 냉전 시대의 긴장은 핵무기에 대한 공포로 성립되었으니까.

지금은 이념이 무너지고 냉전의 긴장 역시 사라졌지만 핵에 대한 공포는 여전히 사람들에게 남아 있었다.

전쟁을 쉽게 일으킬 리가 없다. 수단이 어찌 되었든 권력을 장악한 뒤 핵에 대한 통제권을 갖게 된다면… 선제공격을 하지 않는 한 결코 정권을 바꾸라 뭐라 하지 못할 것이다.

러시아라는 망치의 주인이 바뀐다고 해서 다른 사람들이 이러쿵저러쿵 떠들 이유가 없지 않은가? 비난이야 할 수 있겠지만 이제 와서 엄청난 피를 흘릴 것을 알면서 전쟁을 걸 수 있을까?

그러나 이런 상식이 통용되기 위해서는 테트라 아낙스의 개입을 막아야 한다.

"…테트라 아낙스를 잡을 수 있다고? 그렇다면 왜 진작 하지 않았나?"

"테트라 아낙스의 예지력을 마비시키는 데는 제 전력을 다해야 합니다. 하고 나면… 테트라 아낙스의 호위 부대를 뚫을 만한 힘이 없었지요."

이사카는 그리 말하고 씨익 웃었다.

"당신들이 테트라 아낙스의 호위 부대를 뚫어주면 되겠습니다. 좀 희생을 겪을지도 모르지만 그래도 쿠데타를 일으키는 데 부족함이 없겠지요?"

"솔직히 말하면 아직도 의심스럽긴 하지만, 어쩔 수 없군. 그러도록 하지. 그런데… 릴리쓰의 심장은 어쨌지? 그리고 롯시니는 쓸 만한가?"

볼코프는 조심스럽게 물어보았다.

"아마 테트라 아낙스가 가져갔을 겁니다, 심장은……."

이사카는 그리 말하면서 볼코프를 바라보았다. 화강암 같은 이 남자는 표정의 변화가 없다. 하긴 그렇겠지, 그러고도 남을 사람이긴 하지.

"그럼 롯시니는……."

이사카는 심호흡을 했다.

"매우 쓸 만하지요."

서린은 천천히 눈을 떴다. 아직도 그는 자신이 어디에 있는지 몰랐다. 마리아는 괜찮은가? 그가 마리아를 구해냈던가?

서린은 기억을 더듬어보다가 문득 마리아가 흡혈귀들과 함께 건물에서 도망치던 것을 떠올렸다.

서린은 안도의 한숨을 내쉬었다. 그래도 다행이다. 미친 척하고 뛰어든 보람이 있었구나. 그런데 여기는 어디일까?

서린은 주위를 둘러보았다. 창백한 수은등 불빛 아래 차가운 콘크리트 건물 안에 가득한 군인들이 눈에 들어왔다.

그들 모두에게서 위협적인 냄새가 풍긴다.

이 녀석들은 인간이 아니다. 그와 같이 어둠의 영향을 받은 자들, 라이칸스로프들이다.

저들이 있는 걸 보니 지옥은 아닌가 보군. 서린은 비이성적인 판단에 내심 낄낄거리며 몸을 일으켰다.

쓰러져 있었는데도 몸에는 활력이 가득하다. 모르던 힘이 샘솟아서 세포 하나하나가 요동을 치는 듯한 느낌이다. 좀 과장해서 혈관 속을 흐르는 핏줄기의 느낌이 느껴질 정도다. 볼코프와의 접촉이 그에게 굉장히 좋은 영향을 준 것일까?

그렇지만 이렇게 느긋하게 있을 여유가 없지 않은가?

서린은 내심 걱정했다.

그는 한통속이 된 쿠데타 세력을 공격해 버리고 말았다. 뻬또쥬나 유리안이 무력해진 흡혈귀들을 상대로 특유의 잔혹성을 발휘할 때 머릿속의 퓨즈가 끊어지고 말았다.

하지만 서린은 그 행동을 전혀 후회하지 않았다. 보복을 받게 될 지금에 와서는 좀 겁을 집어먹긴 했지만 그래도 후회하지 않는다.

그놈들은 나쁜 놈들이다. 사상이 틀리거나 목표하는 바가 틀려서라기보다는 그들이 가진 순수한 위악성이 눈에 거슬렸다. 나쁜 아이가 되고 싶어 하는 꼬마들을 본 기분이랄까?

그런 놈들은 좀 버릇을 고쳐 줄 필요가 있다.

다만 문제는 이제 보복당할 차례일지도 모른다는 것이다. 동료를 공격한 서린을 그냥 놔둘 리 없지 않나?

아마 물고문, 불 고문부터 시작해서 세계의 모든 고문을 다 몸소 체험시키지 않을까? 그런 생각이 잠깐 들었지만 서린은 자신이 묶여 있지 않다는 것을 깨달았다.

"일어났군요."

옆에서 익숙한 여자의 목소리가 들렸다. 서린이 고개를 돌리니 그곳에는 얼굴에 주근깨가 약간 있는 젊은 여성이 있었다. 그녀는 물에 젖은 깡통 몇 개를 건네주었다.

"한나절은 쓰러져 있었어요. 배 안 고파요?"

그 말을 듣고 보니 배 속에서 고래라도 먹을 수 있다고 요동치는 게 느껴졌다.

서린은 무의식중에 라토바가 건네주는 깡통을 받아 들었다.

"앗, 뜨거!"

예상외로 뜨거운 깡통에 깜짝 놀란 서린은 통을 위로 던져 버렸다. 그러자 방공호 천장에 부딪힌 깡통이 찌그러져서 서린의 손으로 되돌아왔다.

순간 모두의 시선이 서린에게 향했다. 일부 성질 급한 놈은 총구를 그에게 겨누기까지 했다.

"어, 아… 이거 끓는 물로 데워 먹는 거군요."

서린은 시선 집중을 느끼며 어색하게 눈을 굴렸다. 그러자 일제히 그를 바라보던 라이칸스로프들이 다시금 자신들의 일로 돌아갔다.

"풋… 미안해요."

라토바는 웃음을 터뜨리고 말았다. 서린은 그런 그녀를 보고 문득 궁금해져서 물어보았다.

"그런데 라토바는 알고 있었어요?"

"예?"

"볼코프 장군이 제 외할아버지뻘 된다는 거요."

서린은 그리 말하며 눈살을 찌푸렸다. 자신이 내뱉은 말이지만 그 반향을 들으니 새삼스럽게 실감이 갔다.

볼코프의 정신에 접촉했을 때 알아낸 사실이니 거짓은 없으리라. 볼코프 레보스키는 서린과 이사카의 어머니, 즉 릴리쓰의 아버지였다.

3

"아?! 어떻게 그것을?"

말을 꺼내자마자 라토바의 얼굴이 일순 팍 구겨졌다. 역시 그녀는 알고 있었구나. 서린은 그것을 알아차리고 눈살을 찌푸렸다.

'아뿔싸, 이런 걸 말하게 되면 내가 어떻게 알게 되었는지 추궁할 것 아닌가?'

이사카야 이미 알고 있었겠지만 그는 서린에게 그런 내용을 말할 성격이 아니다.

좀 비밀주의적이고 음흉한 구석이 있다고 할까? 그런 것도 그런 거지만, 어디 서린을 사람 취급이나 했던가?

자세한 사정은 말도 안 하고 그저 볼코프를 순화시키기 위한 수단쯤으로 여겼을 뿐이다. 그러니 그가 볼코프에 대해서 이야기해 줬을 리가 없다는 건 그녀도 알리라.

"어떻게 아셨죠?"

라토바는 눈을 휘둥그레 떴다가 다시 표정 관리에 들어갔다. 놀라는 모습도 한순간, 다시 평상시와 같은 조용한 모습으로 돌아오다니 정말 자기 관리가 철저한 타입이다. 어떤 의미에서는 참 군인답다.

"그냥 꿈을 꿨어요."

서린은 자기 자신도 말이 안 되는 변명이라고 생각하며 내심 투덜거렸다.

그렇지만 그는 리림이다. 무슨 특수한 능력이 더 있다 하더라도 이상하게 여길 리가 없다.

아니나 다를까, 라토바는 과연 하고 수긍하는 눈치였다.

이번 릴리쓰는 볼코프 레보스키의 딸이었다.

라이칸스로프인 볼코프에게는 인간 사이에서 얻은 딸이 하나 있었는데 인간의 세 배 정도의 수명을 가진 볼코프는 수시로 신분을 바꿔주어야 했다. 그렇게 신분을 바꾸는 과정에서 친딸과 법적으로 남이 되어버렸다. 그 점에 대해서 볼코프는 언제나 딸에게 미안함을 느꼈지만 그렇다고 기껏 바꾼 신분을 넘어 딸과 많이 접촉할 수는 없었다. 삼엄한 시대였다. 비밀경찰들이 눈을 부라리고 밀고가 판을 치던 시대에 그런 행동은 틀림없이 물의를 일으킬게 분명했다.

그런 그녀가 바로 릴리쓰가 되어버린 것이었다.

그래서 볼코프 레보스키는 그녀를 테트라 아낙스로부터 지키기 위해 도시에서 멀리 떨어뜨려 놓고 감금했다. 그리고 그녀가 한때 자신의 딸이었지만 이제는 죽고 그 자리를 릴리쓰가 대신했다고 믿게 되었다.

그러나 릴리쓰는 탈출해서 서린의 아버지와 관계를 맺고 서린과 이사카를 낳게 된 것이었다.

그 기억이 서린에게 흘러들어 온 것은 왜일까?

볼코프의 다른 기억보다도 딸과 손자들에 관한 기억이 우선시된 것은 그가 딸과 손자들을 생각하고 있어서였을까? 아니면, 그저 운명의 변덕일까?

서린은 개인적으로 전자라고 믿고 싶었지만 볼코프 레보스키는 사람의 마음을 가지기에는 너무나 무뚝뚝하고 강해 보였다.

그의 정신은 화강암처럼 단단해 보이는 외모에 걸맞게 무기질로 되어 있으리라.

그가 보이는 강인한 태도로 볼 때 서린이나 이사카를 손자라고 생각하지 않는 것은 분명했다.

"하지만 라이칸스로프조차 릴리쓰가 될 수 있다니……."

릴리쓰는 일종의 정신 기생체인가? 한 세대에서는 도저히 사라지지 않는 정신 기생체라니?

게다가 왜 볼코프는 자신이 외할아버지라는 사실을 밝히지 않았을까? 만약 그가 밝혔다면 볼코프의 행동에 대해서 반발심이 적어졌을 텐데… 아, 이사카는 그런 것에 구애받지 않으려나?

그에 반해서 혈연을 중시하는 한국 사회에서 자라난 서린으로서는 심각히 구애받을 수밖에 없었다.

'외할아버지가 쿠데타 좀 하겠다고 하는데 그걸 말리는 손자가 어딨냔 말야!'

서린은 큰일 날 생각을 하면서 생각에 잠겼다.

"아임 유어 파더… 아니, 이 경우는 그랜파인가… 그렇게 말하면 될 텐데."

서린이 그리 중얼거리자 라토바가 고개를 저었다.

"장군님은 리림인 당신들을 자신의 가족이라고 생각지 않고 있어요. 딸은… 릴리쓰가 된 순간에 죽었다고 생각하시기 때문에."

라토바는 무덤덤하게 말했다. 서린도 이제 와서 할아버지와 무슨 감동의 해후가 되리라고는 생각지 않았다. 볼코프 레보스키는 끝까지 냉정한 태도를 유지하고 있었고 그에게 달리 정을 느끼지 않고 있는 듯했으니까.

아니, 그래도 이따금은… 서린의 행동을 많이 용인해 주었던가? 한세건을 사슬에 매달아서 제트엔진으로 죽여 버리겠다고 협박하던 것에 비하면 서린은 얼마나 대접을 받았던가?

하지만 그렇다고 해서 볼코프가 서린을 혈육이라고 생각지는 않을 것 같다. 한세건이야 명백한 적이고 서린은 그저 라이칸스로프이기에 봐준다 정도가 한계 아닐까?

"그럼 저 역시 혈육이라 생각하진 않겠군요."

"…글쎄요."

라토바는 말꼬리를 흐리며 생각에 잠겼다. 아니라고 확실히 부인하지 못하는 게… 서린을 배려하기 때문인지, 아니면 볼코프의 생각을 정말로 모르기 때문인지 모르겠다.

그녀를 추궁해 봐야 알 수 있는 것도 없으리란 걸 알아차린 서린은 깡통을 손톱으로 돌려 따서 고기에 포크를 꽂아 넣었다.

고기 덩어리가 묘한 국물에 잠겨 있었는데, 먹어보니 합성 조미료를 듬뿍 뿌린 익숙한 맛이었다. 빈티가 풀풀 나는 싸구려 음식의 맛이랄까?

"…이거 혹시 고양이나 개 간식 깡통인가요?"

"설마 그럴 리가요."

라토바가 고개를 도리도리 저었다. 이래저래 개 먹이 아니냐고 불평하긴 했지만 배가 워낙 고프다 보니 뭘 먹어도 잘 먹혔다. 깡통이라도 통째로 씹어 먹을 수 있을 것 같았다.

서린이 그렇게 깡통 두 개를 순식간에 비우자 라토바가 또 다른 깡통을 건네주었다.

서린은 그제야 부끄러워하며 머뭇거렸다. 이렇게 먹어대면 걸신들린 놈으로 보일 게 아닌가? 아주 틀린 건 아니지만 서린은 스스로가 왠지 한심해져서 화제를 돌렸다.

"일단 식사를 하고 볼코프 장군과 이야기해 보고 싶은데요? 이 건에 대해서 직접 들어보고 싶어요."

서린은 그리 말하며 다시 깡통을 땄다. 그런데 그때 그에게 다가오는 사람이 보였다. 이사카 베르게네프가 자신의 부하들과 함께 이쪽으로 다가오는 게 아닌가?

"이제 일어났나? 그 정도 먹어서 배가 차겠어?"

"…이사카."

서린은 이사카를 바라보며 눈살을 찌푸렸다. 이놈은 모든 걸 다 알고 있었을 것이다. 그렇지만 서린에게 말도 안 하고 그 정신 연결을 시켰겠다?

"그 사람, 우리 외할아버지더군! 왜 말 안 했어!"

"한국에서는 그렇게 되지. 하지만 너무 신경 쓰지 마. 법적으로도 우린 그와 아무런 관련이 없으니까. 아니면 장군 할아버지 둬서 뭔가 출세라도 할 것 같았어?"

이사카는 서린에게 빈정댔다.

그가 볼코프와 연결된 것은 확실하다. 그렇지만 하필이면 알아낸 게 그런 사소한 것들이라니 불쾌하다. 서린에게는 그런 세세한 이야기보다도 앞으로의 작전이 더더욱 중요하리라.

이런 이사카의 태도 때문에 서린은 화가 머리끝까지 치밀어 올라서 뚜껑이 열릴 지경이 되었다.

볼코프가 그를 손자 취급하지 않는다는 건 잘 알고 있다. 이사카도 볼코프를 할아버지라고 생각하지 않는 것도 역시!

서린도 그런 것에 대해서는 큰 의미를 두지 않고 있다. 그러니까 그걸 말해주거나 안 말해주거나 사실 별 상관이 없긴 했다.

그런데 왜 그는 이렇게 화가 나는 걸까? 역시 이사카나 볼코프나 서린을 아무것도 모르는 상태로 두고 이용하려고 하기 때문일까?

"내가 말하는 건 그런 게 아니야. 왜 그런 걸 말해주지 않았어? 그래서 나에게 뭘 시키려고!"

"물어보지 않았으니까."

어디 드라마 같은 데서 많이 들어본 퉁명스러운 대답이다.
대답이라고 이따위 걸 고르다니. 서린은 더더욱 화가 치밀어
올랐다.

"그런 걸 일일이 물어봐야 해? 길 가는 사람 보고 저 사람은
혹시 우리 친척이 아니냐고?"

"그럼 역으로 저 사람은 누구다 하고 일일이 설명해 줘야 하나?"

"내 쪽이 더 타당성 있다고 생각하는데? 억지 부리지 마!"

두 형제가 언성을 높여서 싸우기 시작했다. 하지만 그때 이사
카가 그답지 않은 짓을 했다.

"알았어, 내가 잘못했다. 일부러 말 안 했다, 미안해."

"어?"

서린은 너무나 의외의 행동이라 할 말을 잃고 말았다. 이사카
가 먼저 사과를 하다니? 대체 왜 이러는 걸까?

그에게는 서린 따위 그냥 이용해 먹을 이용물에 지나지 않는
데 왜 사과씩이나 한단 말인가?

"알아봐야 별로 좋을 일 없을 거라고 생각해서 입 다물고 있
었다. 그것보다도 지금 당장 준비하는 게 좋아. 지금부터 테트
라 아낙스를 공격하러 갈 거니까."

그가 그리 말하자 방공호 안이 술렁거렸다.

"뱀 사냥이 시작된단 말이지. 서린, 너에게 좀 부탁할 게 많다."

이사카는 의미심장한 눈초리로 서린을 바라보았다. 그것은

지금까지 이 미친 달의 세계에서 어디까지나 방관자 역할을 선택했던 서린에게는 일종의 성인식이나 다름없는 것이었다.

그동안 그는 리림이란 입장 때문에 언제나 수동적으로 사건에 휘말려 왔다.

흡혈귀들은 그를 노렸고 라이칸스로프들도 그를 구속하려고 했다.

서린이 그들과 싸움을 벌이긴 했지만 그것은 어디까지나 그들에게서 자신을 지키기 위한 자기 방어였다.

하지만 이제는… 그가 주도해서 움직여야 한다. 자신을 지키고 적들의 손길에서 피하는 것만이 아닌, 스스로의 의지로 선제공격을 가하라는 소리였다.

그러나 그것 역시 이사카의 의지이지 서린의 것이 아니다. 서린은 진정 자신이고 싶었다. 그렇다면 대체… 그는 뭘 바라는 것일까?

한세건은 말했었다. 막강한 힘을 가지게 되면 흡혈귀들도 라이칸스로프도 그가 리림이란 이유만으로 건드리고 싶어 하지 않을 거라고……. 그는 건드리기 힘든 뜨거운 감자가 될 테고 모두들 그를 포기하고 말 것이다.

하지만 그것은 한세건과 같이 되는 길이었다.

서린은 자유를 얻고 싶었지만 그 자유는 자유 자체를 원해서가 아니었다. 그가 원하는 행복을 추구할 자유를 원하는 것이지 한세건처럼 아무것에도 묶여 있지 않지만 스스로를 묶고 파멸시키는 것은 바라지 않았다.

"정말… 조용히 살기 힘드네."

이래저래 복잡하게 생각해 보았지만 해답은 안 나왔다. 그나마 확실한 것은, 일단 이사카의 지금 요구에는 응하는 게 현명하다는 것이다.

"적어도 네가 패서 떡을 만든 애들만큼은 일해줬으면 하는데? 롯시니, 자기가 벌인 일에는 책임을 져야지?"

이사카의 목소리는 은근해졌지만 그 힘은 되레 더더욱 커졌다.

그래, 이사카가 말하는 것은 일리가 있다. 서린에게 당한 유리안과 빼또쥬, 블로초프는 아직도 몸이 완전히 회복되지 않고 있었다.

원래 목이 잘려도 금방 회복되는 이들인데 서린의 공격에는 강력한 염이 실려 있어서 회복이 더딘 것이었다. 그들이 빠진 공백을 대신 채우라는 요구는 억지 같으면서도 꽤 합당했다.

보통은 그런 일에 대한 책임을 지우는 게 아니라 그냥 죽여서 분을 풀려고 하는 게 대부분이니까.

"왜 그것이 내 책임이 되어야 하지?"

서린은 그리 항변했지만… 그 역시 마음을 굳혔다. 그도 바보는 아니다. 테트라 아낙스에게 쓴맛을 보여주지 않으면 언제까지나 도망자 신세라는 것을 뼈저리게 이해하고 있었으니까.

하지만 그렇다고 해서 이사카가 떠밀어주는 대로 계속 따라갈 수도 없다.

흡혈귀 사냥꾼들이 호텔 폭파 현장에서 빠져나와 유스틴의 비밀 장소로 돌아왔을 때는 해가 떠오르고 있었다.

"이제 겨우 해가 떠오르다니."

엄청나게 오래 싸운 것 같은데 이제 겨우 해가 떠오른다는 사실이 새삼스럽게 놀랍다. 흡혈귀들을 상대할 때는 저 태양이 안전 신호였지만, 상대가 라이칸스로프라면 그렇지도 않다.

태양은 더 이상 안전의 증거가 되지 못한다. 그들은 한껏 긴장하며 건물들 사이에 감춰진 차고지로 들어왔다.

빌딩들 틈바구니에 숨어 있는 낡은 차고 문 앞으로 들어왔을 때 처음 눈에 보인 것은 살해된 경비원의 시체와 파괴된 셔터였다. 셔터는 강력한 힘에 의해 우그러져서 꿰뚫려 있었고 경비원은 목과 몸통이 따로 놀았다.

깜짝 놀란 그들이 안으로 들어가 보니 안의 보호 부적이 다 찢겨져서 무슨 쓰레기장처럼 변해 있었다.

분명히 누군가가 침입한 흔적이었다. 경비원의 시체에 혈액이 거의 남아 있지 않은 걸로 보아 상대방이 흡혈귀라는 것은 불을 보듯 뻔하다.

정황도 현장도 이것이 흡혈귀들의 소행임을 알려주었다. 아마도 테트라 아낙스계이리라.

"…첩첩산중이라더니!"

유스틴은 발에 차이는 보호 부적들을 좌우로 밀어 치웠다. 만약 여기에 부비트랩이 장치되어 있었다면 꼼짝없이 죽을 판이었지만 다행히 부비트랩은 없었다. 그녀는 염화의 단검들을 꺼내고 머리칼을 쓸어 올렸다.

신기하게도 그녀가 뽑아둔 단검은 손으로 잡아 들지 않아도 허공에 떠서 그녀를 쫓아온다.

세건은 그것을 자세히 눈여겨 두었다. 혹시 그녀를 신뢰할 수 없게 될 경우, 적으로 돌아설지도 모르기 때문이었다.

하지만 설마 정교회의 정죄자(淨罪者)가 그럴 리가 있을까? 흡혈귀들과 한통속이 되어서 릴리쓰의 심장을 빼 갔을 리는 없다.

"적의 기척은 안 느껴지는데. 아마 치고 간 것 같습니다."

세건이 그리 말하자 유스틴이 고개를 끄덕였다.

"흔적을 보면… 나도 그렇게 생각해. 하지만 주의해서 나쁠 건 없지. 지금까지 이런 일이 없었는데 이렇게 발각된 걸 보면 역시 테트라 아낙스의 짓이겠지? 테트라 아낙스는 내 비밀 장소를 잘 알고 있었군, 처음부터."

그녀는 한숨을 내쉬었다. 부적이니 마법이니 가능한 모든 수단을 다 동원해서 만든 이곳은 내심 테트라 아낙스의 감시에도 끄떡없는 유일한 보금자리라고 믿고 있었는데, 오늘의 사건이 그녀의 자긍심을 단숨에 짓밟아 버린 것이었다.

결국 그녀는 부처님 손바닥에서 뛰놀던 손오공에 불과할 뿐인가? 이 지상의 모든 것은 테트라 아낙스의 손아귀를 벗어나지 못하는 것인가? 그녀는 안경을 고쳐 쓰며 조심스럽게 안으로 걸어 들어갔다.

예상대로 안은 텅 비어 있고 뒤진 흔적이 역력했다. 다행히 실베스테르의 여벌 몸은 그대로이고 릴리쓰의 심장만 없어져 있었다.

"결국 이렇게 되는군……."

"무엇이 없어졌소?"

에밀 카이히는 무뚝뚝한 태도로 유스틴에게 물어보았다. 별로 말하고 싶은 상대는 아니지만… 저 무뚝뚝한 어조로 계속 추궁을 해온다면 그게 더 골치 아프다.

유스틴은 솔직하게 말했다.

"릴리쓰의 심장이지."

"…맙소사."

에밀 카이히는 마치 대본에 적힌 대로 놀라는 흉내를 내는 학예회 배우처럼 무뚝뚝하게 감탄사를 뱉었다.

제 딴에는 놀란다고 하는 거겠지만 아무리 봐도 감정이 좀 결여되어 있는 것 같아서 유스틴은 한숨을 내쉬었다.

"일단 실베스테르를 치료하도록 하지. 우리는 수가 적으니까 한 명 한 명이 소중한 전력이잖아? 실베스테르도 반병신 상태로 호스로 포도당 맞고 살고 싶진 않겠지? 릴리쓰의 심장은, 에… 어차피 가져간 놈이야 테트라 아낙스의 녀석일 테니 지금으로 선 방법이 없어. 쿠데타 막기에 주력하자고."

"CIS연방 회담은 무산될 텐데… 쿠데타를 계속하려고 들겠소?"

감정이 결여되어 있다고 해도 판단력은 결여되지 않았는지 에밀은 그렇게 물어보았다.

이렇게 큰 사고가 일어났는데 연방 정상회담이 계속될 리가 없다는 것을 유추해 내는 것으로 보아 그가 단순한 살인 도구가 아닌, 자신의 마음을 가진 존재라는 것은 알 수 있었다.

'그렇지만 머리는 나쁘군.'

유스틴은 약간 짜증을 내며 대답했다.

"이미 이렇게 움직인 이상 안 할 리가 없잖아?"

놈들이 움직인 이상 일을 벌이지 않을 리가 없다. 사태는 아직 끝난 게 아니다.

라이칸스로프들은 계속 쿠데타를 일으킬 테고 살아남은 흡혈귀들은 자신이 입은 불명예를 보상받고자 하리라.

아직 끝난 게 아니다.

아니, 이제부터가 바로 진정한 시작이라고 해야 한다.

"자, 일단 가져오라니 가져오긴 했는데 어쩐다?"

조반니 반테로는 릴리쓰의 심장을 봉인한 성궤를 만지작거리며 투덜거렸다.

그도 거물이라면 거물이라고 할 수 있는데 이런 짓거리나 해야 하다니 한심하다.

하지만 테트라 아낙스의 명령은 절대적이다. 마약왕 조반니 반테로가 남의 명령에 죽고 살아야 한다니⋯ 조반니는 스스로가 한심해서 어쩔 줄 몰랐다.

릴리쓰의 심장이 문제다. 이걸 가져다 바치면 테트라 아낙스는 금단의 비술을 써서 다시 젊음을 회복하리라. 그리고 세세토록 그들에 의한 통치가 계속되는 것이다.

"상상만 해도 끔찍하군."

조반니는 울렁거리는 속을 진정시키며 한숨을 내쉬었다. 그는 운전석에 앉은 흡혈귀를 노려보았다.

"무슨 불편한 것이라도 있으십니까?"

테트라 아낙스의 혈족인 이 흡혈귀 운전사는 짐짓 태연한 척 반문하고 있었다. 누군가에게 하소연이라도 하고 싶지만 이 녀석을 상대로 하소연했다가는 어떻게 될지도 모른다.

"아니, 아무것도. 그나저나 이거 냉장고나 아이스박스에 넣어야 하는 거 아냐?"

조반니는 큼지막한 손으로 성궤를 들고 물어보았다. 그러자 운전기사는 실실 웃었다.

"그럴 리가요. 지금도 썩어 없어지기는커녕 봉인 밖으로 불길한 냄새를 풀풀 풍기고 있는데요?"

"그렇군. 역시 골치 아파, 릴리쓰란……."

죽일 수도 없고 사라지지도 않는 정신 기생체. 세상이 원하는 한 얼마든지 마물을 낳아대는 모든 마물의 어머니란 존재라니.

조반니도 그 사악함에 치를 떨었다. 성궤를 처음 발견하고 그것에 손을 댔을 때는 그 자신도 암흑에 물드는 기분이었다.

이 정신 기생체에 오염된 육체는 설사 다른 곳에서 릴리쓰가 태어났다고 하더라도 파괴적인 힘을 갖는 모양이다.

그러니까 진마 유다가 부서진 성궤를 그 몸에 봉인했음에도 불구하고 그런 마물이 되었겠지.

이런저런 생각을 하고 있을 때였다. 갑자기 운전기사의 목이 우드득 부러지면서 뒤로 돌아섰다.

"윽!"

깜짝 놀란 조반니가 바라보니 그것은 안대를 한 장발의 남자 얼굴로 변해 있었다. 브리아레오스가 나타난 것이다.

"그래, 릴리쓰의 심장은 손에 넣었나?"

"아아, 브리아레오스로군. 그런 악취미는 좀 참아주지 않겠어? 볼 때마다 정신 사납군그래. 게다가 안전 운행해야지, 운전사 목을 따면 어떻게 해?"

조반니 반테로는 안전 운행을 핑계로 그리 말했지만 사실 거기에 대해서는 사실 별로 걱정할 게 없었다.

어차피 모스크바 시내는 완전히 아비규환이 되어버려서 차가 꽉꽉 막혀 있었으니까.

지금도 같은 자리에서 별로 많이 움직이지 못하고 있었으므로 운전자의 목이 부러져서 뒤를 향하고 있든 위를 향하고 있든 간에 안전 운행에 지장이 있을 리가 없다.

하지만 브리아레오스는 정중히 사과했다.

"미안하군. 내가 잘못했네, 사과하도록 하지. 하지만 테트라 아낙스의 시선을 피해서 연락하는 방법이 어디 많아야 말이지."

낮말은 새가 듣고 밤말은 쥐가 듣는다는 속담이 있지만 흡혈귀들 사이에서는 그게 단순한 비유가 아니다.

테트라 아낙스는 무수한 미개 생물을 제압해서 그들의 심령을 빼앗아 정보를 수집하는 데 쓰곤 했다. 그런 이들의 눈을 피해서 역적모의를 하기란 쉬운 게 아니다.

그래도 브리아레오스가 테트라 아낙스와 유사한 능력을 가지고 있으니 망정이지, 그렇지 않다면 진짜 말 한마디 한마디에 주의를 기울여야 하리라.

"그런데 이 릴리쓰의 심장을 어쩌지? 갖다 줘야 하나?"

"지금 안 갖다 주면, 반기를 들 셈인가?"

브리아레오스는 반문했다. 물론 조반니도 그걸 몰라서 물어본 것은 아니다.

하지만 지금 여기서 심장을 가져다줄 경우, 모든 게 테트라 아낙스의 뜻대로 풀리는 건 아닌가 하는 걱정이 들었다.

테트라 아낙스의 뜻대로 그가 재생하는 데 도움을 준다면 앞으로 천 년, 아니, 그 이상도 계속 테트라 아낙스의 지배가 유지될 게 아닌가?

"어차피 몸이 필요해. 릴리쓰의 심장이 있다고 해서 그걸로 고든이 젊어지는 건 아니니까 걱정하지 마. 그리고 릴리쓰의 심장은 깨어났어. 이제 그건 재앙을 부를 거니까 오래 손에 쥐고 있지 말라고."

"그건 다행이군……."

조반니는 릴리쓰의 심장이 가진 자에게 재앙을 부른다는 말에 내심 만족했다. 소심하고 치졸한 복수심이지만… 브리아레오스의 말은 그냥 은유가 아닐 것이다.

"얼른 넘겨줘야겠군."

"그래, 테트라 아낙스에게 예쁨 많이 받아라."

"너나 많이 받아라!"

조반니가 브리아레오스의 말에 분격했지만 그다음 순간 브리아레오스는 사라졌다.

"…이 자식 목 맞춰줘야겠네."

조반니는 목이 돌아간 흡혈귀를 원상 복구시키며 투덜거렸다.

4

하얏트 호텔 폭파사건 이후 모스크바 시내는 내전을 방불케 했다. 시가지 여기저기에 군인들과 장갑차가 보였고 경찰들도 완전무장하고 요충지마다 서 있었다.

조사에 불응하는 외국인들이 국외로 강제 추방당하고 수사 과정에서 인권이 침해되면서 모든 대사관은 연일 미어터질 지경이 되었다.

높은 곳에 올라서서 아래를 내려다보면 사람들의 공포가 느껴졌다. 흐릿하게 느껴지는 염(念)의 오라가 안개처럼 도시를 뒤덮고 있었다.

세건은 벽에 매달린 채 그 오라를 바라보고 있었다. 그 오라들 사이에서… 유달리 짙은 검은 오라 한 줄기가 하늘로 치솟았다.

이리 와…….

그것은 세건을 부르고 있었다.

이리 와…….

어머니의 목소리 같아서 그리움마저 느껴진다. 세건은 그 목소리를 들으며 몸을 떨었다.

무섭다. 목숨도 이미 내놓은 몸이거늘 공포가 느껴진다. 왜냐면 세건은 어린 시절, 자신의 어머니의 말도 별로 듣지 않았기 때문이었다.

공부해라, 학원 가라, 나쁜 친구와 어울리지 마라, 나쁜 짓 하지 마라, 인생을 생각해라.

어머니의 잔소리에 귀를 기울인 적이 없었다. 물론 그 어머니의 목소리도 지금과 같은 그리움의 정이 가득한 게 아니었다.

부르고 있구나.

세건은 깨달았다. 이 소리는 어머니의 목소리가 아니라 바로 릴리쓰의 목소리였다.

릴리쓰가 부르고 있다. 그 목소리를 듣는 것만으로도 가슴이 두근거린다. 사랑에 빠진 것 같아서 모든 것이라도 다 내어주고 싶다. 그녀가 말하는 것이라면 무엇이든지 다 해주고 싶다.

하하하하하!

웃기지 마라, 어둠의 여왕, 모든 마물의 어머니 릴리쓰여. 상대를 잘못 골랐어.

나는 유다가 되지 않아. 나를 움직일 생각 따위 하지 마라. 나는 지옥을 갈망하는 자, 달콤한 미끼가 통하지 않아. 절망과 고통만이 나를 달랠 수 있다.

적어도 이사카의 행동 중 하나는 마음에 들었다. 릴리쓰를 완전히 봉인해 버렸다는 것! 그것은 얼마나 현명한 선택이었던가?! 더러운 마녀 같으니. 어둠의 창녀, 바빌론의 창부여!

하악… 하악……. 숨이 가빠온다. 단내 나는 숨결에 그 자신도 견디지 못할 것 같다.

세건은 지독한 갈망에 눈을 떴다.

어둠 속이지만 주위는 너무나도 선명히 눈에 들어온다. 주위를 둘러보니 소파에 드러누워서 신부복을 덮고 있는 실베스테르와 그의 옆에 흔들의자를 두고 앉아서 자고 있는 유스틴이 들어왔다.

아퀴나스의 검은 놀랍게도… 잠을 자지 않고 하나뿐인 길목을 지키고 서 있었다.

"…괜찮나?"

그는 갑자기 박차고 일어난 세건을 의아한 표정으로 바라보고 있었다. 흡혈귀들도 비인간적이긴 했지만 그래도 그놈들은 좀 유기물답다는 생각이 들었다.

그렇지만 이놈은 완전 무기질이다. 모래사장의 모래라든가, 유리라든가, 돌이라든가, 그런 것으로밖에 느껴지지 않는다.

"아니! 전혀!"

세건은 모포를 던지고 샤워장으로 향했다. 물을 틀자 정말 얼음장처럼 차가운 물이 쏟아져 내렸다. 급탕기라도 쓸 것이지……. 세건은 그리 생각했지만 정신을 차리는 데는 찬물이 더 도움이 되었다.

세건은 대충 샤워를 하고 나서 무장을 챙겼다. 방탄 처리된 레이싱 슈트를 걸치고 무기고에 잔뜩 들어 있는 칼들을 집었다.

칼이야 녹티스를 쓰면 되겠지만 녹티스는 너무 무겁다. 무게가 무겁다는 게 아니라 그것을 사용할 때 세건에게 가해지는 부담이 더 컸다.

철컥!

USAS도 챙겼다. 난전이 되면 연발 샷건만큼 믿음이 가는 게 없다. SPAS—12도 비슷하지만 왠지 USAS가 손에 더 익은지라 이것을 쓰기로 마음먹었다.

"혼자 갈 생각인가? 자살행위군."

아퀴나스의 검은 그리 말했지만 말릴 생각은 없어 보였다. 마음에 드는군. 세건은 그 순간 그리 생각해 버렸다. 주제넘게 막겠다고 나서지 않는 건 환영이다. 하긴 막겠다고 나설 놈이 아니긴 하다. 무기질 같은 놈이니.

"보내주는 건가?"

"보내고 말고 할 게 없지 않소. 당신이 정한 일인데. 내가 이래라저래라 할 것도 없소."

"가톨릭 신부는 자살을 막지 않던가?"

세건은 왠지 따져 보고 싶은 생각이 들어서 그렇게 물어보았다. 그러자 아퀴나스의 검, 에밀 카이히도 정색을 했다.

"성직자로서 나에게 조언을 구하겠다면… 모두 함께 움직이는 게 성공율이 높다는 말을 해주겠소. 흡혈귀들도 우리와 힘을 합칠 테니 승산은 충분하오."

그 말에 세건의 눈살이 찌푸려졌다. 흡혈귀와 힘을 합친다라… 그런 것은 도저히 용납할 수가 없다.

세건은 선한 흡혈귀, 악한 흡혈귀 가리지 않고 모조리 다 죽여왔다. 좋은 흡혈귀는 오로지 죽은 흡혈귀뿐이다.

그가 이런 망발을 하면서 스스로의 양심에 눈을 돌리고 흡혈귀를 도륙해 온 것은 자신을 도저히 용서할 수 없기 때문이었다.

양심 때문에 양심에 눈을 돌리고 증오 때문에 증오의 대상을 왜곡시킨다. 정상적인 사람들이라면 이해할 수 없겠지만 세건에게는 그 모든 게 명확했다.

그것은 의무가 되어버린 복수다. 가장 증오하는 것은 자기 자신인데도… 복수라는 의무를 다하기 전에는 죽을 수가 없다.

가족을 죽인 흡혈귀보다 이미 그 전에 마음속에서 가족을 죽여 버린 자신에 대한 가장 처절한 복수인 것이다.

그러니까 이것은 승산을 따질 필요가 없다. 승리하기 위해 흡혈귀들과 손을 맞잡을 이유가 없다.

헤카테를 살려둔 것은… 그녀가 세건을 어린 소년 취급했었기 때문일까? 그래, 그저 변덕이었을 뿐이다.

"아니, 아니야."

세건은 무장을 챙겨 들고 고개를 저었다. 상식적으로는 에밀 카이히의 말이 백번 옳다. 백지장도 맞들면 낫다는 속담은 의심의 여지가 없다. 그렇지만 그것은 세건의 상태를 저 남자가 모르기 때문에 그렇게 말하는 것이다.

한세건은 실베스테르와 나눈 약속이 있었다.

네가 괴물이 되면 죽여주겠노라고… 실베스테르는 그리 말했다. 그 약속을 이행해야 할 때가 점차 다가오고 있었다.

"미안, 실베스테르. 약속은 했지만 지키려고 노력하지는 않겠어. 어차피 살겠다고 도망치는 것도 아니니까."

세건이 그리 중얼거렸을 때 갑자기 뭔가가 쉿소리를 내며 세건에게 날아들었다.

깜짝 놀란 세건이 무의식중에 그것을 받아 들었다.

"오토바이다. 이탈리아의 베타 오프로드용. 그럭저럭 쓸 만할 거야. 프랑스에서 필요할까 봐 하나 가져왔다."

실베스테르가 소파에 드러누운 채 그걸 던진 것이다. 세건은 열쇠를 확인하고 피식 웃었다.

"괜찮겠어요?"

"물론. 어차피 오토바이는 내 취향이 아니야. 그래도 돌려줄 때는 연료통에 연료 가득 채워서 돌려주도록."

"아니, 그런 게 아니라… 뭐, 됐어요. 오토바이에 보험은 들어 놨지요?"

세건은 미소를 지었다. 그러자 실베스테르는 코웃음 쳤다.

베타 오프로드가 그럭저럭 비싼 오토바이이긴 하지만 오프로드형의 특성상 레이싱 레플리카 등에 비해 가격이 저렴하다. 그리고 설사 레이싱용이라 하더라도 실베스테르에게는 그리 큰 부담이 아니다.

"그럼 안녕히. 다음에 보게 된다면 그때는 약속을 가차 없이 이행해도 좋아요. 아마도 그러지 못할지도 모르지만."

그러자 실베스테르는 다시금 눈을 감더니 이내 잠에 빠져들었다.

미래를 안다는 것은 즐거운 일만은 아니다. 사는 것 자체에 어떤 리스크도 없으니까. 그저 하루하루 죽지 못해서 사는 게 전부다.

테트라 아낙스라면 누구나가 그런 고통 속에서 살아왔다.

그렇다고 해서 그들이 그 삶의 방식을 바꿀 수 있는 것도 아니다. 릴리쓰가 그들에게 각인한 명령은 아무리 그들이 릴리쓰를 제거하고 말살하고 봉인한다 해도 어쩔 수 있는 게 아니었다.

그래서 그들은 흡혈귀나 라이칸스로프들에게 아무런 애정도 느끼지 못하면서 어둠의 세계를 지켜왔다.

"이런, 이런… 손님들이 오시겠군."

그래서 이따금 이런 돌발적인 일에 기뻐하는 것인지도 모르겠다. 고든은 라이칸스로프들이 자신을 상대하기 위해 준비 중이라는 걸 알아차리고 코웃음 쳤다.

물론 이사카가 있어서 능력을 쓰면 그도 미래를 보지 못한다. 하지만 그 간격만 갑자기 예지력에 구멍이 생기게 되면 상대방이 뭘 노리는지 뻔히 알게 되지 않는가?

"어리석군, 이사카 베르게네프. 힘은 뛰어나지만 머리는 부족하군."

물론 이사카의 머리가 나빠서 그렇게 움직였으리라고는 볼수 없다. 이사카도 테트라 아낙스가 그들의 움직임을 알아차릴 것이라는 건 알고 있을 것이다.

그렇지만 공격을 감행해야 한다. 이대로 앞날을 알고 있기 때문에 가만히 있는다는 건 이사카의 취향이 아니리라.

테트라 아낙스는 지배자이므로 가만히 있는 것만으로도 승리가 보장되어 있지만 가진 게 없는 이사카는 가만히 있을 수 없을 것이다.

굶주린 개가 이빨을 드러내는 법이다. 이사카는 무엇에 굶주려 있을까?

"기대되는군."

고든은 웃음을 지으며 탁자 위에 놓인 인터폰을 눌렀다.

볼코프 레보스키와 다른 라이칸스로프들 군대가 몰려오게 되면 제아무리 테트라 아낙스의 실행부대라 해도 상대할 수 있을 리 없다.

그러나 싸움을 피해 버린다면 어떨까? 테트라 아낙스가 지분을 소유하고 있는 각종 사업체나 병원들을 공격할 수는 있겠지만 그것도 한계가 있다.

보험에 들어 있는 사업체들을 부순다고 해도 고든에겐 하등 피해가 없다.

일단 보험금이 지급되기도 하고, 설령 보험사가 테트라 아낙스의 것이라 전체적으로 손실이 발생한다 해도 돈이라는 건 흡혈귀에게 있어서 휴지 조각과 같은 것이다.

벌려고 하면 얼마든지 벌 수 있다. 그런 걸 잃는다고 그게 타격이 되진 않는다.

흡혈귀들을 잃는 것은 애석한 일이지만… 인간이 있는 한 흡혈귀 개체 수는 얼마든지 늘릴 수 있다. 흡혈귀 수를 제한하는 것은 먹이가 되는 인간의 수가 한정되어 있기 때문이다.

그러므로 이사카 베르게네프가 그를 역전할 수 있는 길은 없다. 이 얼마나 우스꽝스러운 일인가.

이사카 베르게네프가 열심히 뛰어다니고 결국은 절망하는 모습을 보게 되리라는 생각에 그는 기뻐했다.

이사카 베르게네프는 가부좌를 틀고 정신을 집중했다.

꽤 잘생긴 마스크에 어울리지 않는 무장을 걸치고 주저앉은 그의 모습을 보자니 어쭙잖은 오리엔탈리즘에 편승한 사이비 종교의 교주 같다는 생각이 불현듯 들었지만 서린은 고개를 저었다.

"그러면 가도록 합시다."

루스킨은 불만스러운 표정으로 무기를 서린에게 건네주었다. 표정을 보아하니 똥과 벌레를 복합적으로 버무려서 씹은 듯한 얼굴이다.

서린이 그의 동료를 공격했으니 그가 좋아할 리 없다. 그건 서린도 당연하다고 여겼다.

동료를 공격했지만 당신은 이사카의 동생이니 우리의 가족이오, 하면서 환영했다면 되레 거북해서 죽을 것 같았다.

뭐, 그렇게까지는 하지 않는 것만 해도 어디냐. 하지만 이사카는 자신을 대신해서 서린을 보호하라고 신신당부했다.

그런데도 불구하고 이런 적의를 보이다니. 역시 임무에는 냉정해도 감정은 있는 것인가?

"군복은 몸에 맞습니까?"

"아, 예."

서린은 자신의 몸을 감싸고 있는 러시아 군복을 보며 눈살을 찌푸렸다.

호텔폭파사건 이후 시내의 경비가 삼엄해지고 모스크바 주방위군이 출동하면서 곳곳에 군인 복장을 한 사람들이 돌아다니고 있었다. 이리되면 외려 군복을 입고 접근하기 수월해진 셈이다.

"그럼 타시지요."

그는 방공호 앞에 놓여 있는 군용 트럭을 가리켰다. 찬바람을 막을 수 있게 호로가 쳐진 군용 트럭이 수줍게 꽁무니를 내밀고 있었다. 병사들은 일사불란한 동작으로 그 차량에 올라탔다.

서린과 루스킨이 올라타자 차량이 출발했다.

군용 트럭이라는 것을 그리 많이 본 서린은 아니지만 트럭 안에 들어가 있으니 복잡한 생각이 들었다.

2차 대전 이래 별반 변한 게 없는 군용 트럭 짐칸의 인테리어(?)가 오만 가지 생각을 들게 했다. 전쟁 영화를 많이 봐서 그런가?

하지만 서린은 먹고살기 힘들었기 때문에 전쟁 영화를 그다지 많이 본 것도 아니다.

문득 궁금해진 그는 루스킨을 바라보았다.

이 라이칸스로프 남자는 중국계, 혹은 몽골계의 혼혈로 보였다. 러시아도 다민족 국가기 때문에 이런 이가 있는 게 당연하다.

유리안이나 빼또쥬 같은 어린애와 달리 다 큰 남자로 보이는 이자는 실제로 이사카에게 많은 신뢰를 받고 있었다.

"목적지는 어디죠?"

서린이 물어보자 그는 피식 웃었다.

"…바실리 대성당으로 관광하러 가는 건 아닙니다."

"그렇다면?"

"테트라 아낙스의 거처 중 하나인 플렉스 메디칼 본사 건물로 이동 중입니다."

루스킨이 그리 말하자 서린은 고개를 끄덕였다.

플렉스 메디칼은 무역 통상부와 가까운 43층의 인텔리전트 건물을 세우고 난 뒤 일부는 세를 주고 일부는 회사에서 사용하는 방식으로 운영하고 있었는데 역시 흡혈귀들이 만든 건물답게 완전한 일광 차단이 가능했다.

테트라 아낙스야 기업의 오너이니 귀찮은 푼돈 가지고 신경 쓰지 않을 테고 응당 모든 서비스가 제공되는 호텔에 머물 것이다. 하지만 그들의 예지력에 이사카가 개입하면 그 순간 그 장소를 버리고 이동할 것이 분명하다.

앞뒤 사정을 잘 모르는 서린조차 일이 그렇게 흘러갈 것이라는 건 쉽게 짐작할 수 있었다.

이사카는 테트라 아낙스의 예지력을 마비시킬 수 있다고 했다. 그래서 지금 그 능력을 쓰겠다고. 그것은 항상 예지력을 과용하는 테트라 아낙스의 입장에서 보자면 어느 날 앞이 잘 보이는데 누가 그걸 수건으로 막아둔 것과 같다.

앞이 당장 보이지 않기야 하겠지만 그게 누군가의 의도에 의해서 벌어진 일이라는 것은 그 수건만큼이나 명약관화한 게 아닌가?

테트라 아낙스의 눈에 수건을 두를 만한 인물은 지극히 한정되어 있기 때문에 그들이 아무런 대책 없이 속수무책으로 당할 리 없다.

필시 테트라 아낙스는 자신의 위치를 숨기고 도망칠 것이다.

그렇기 때문에 테트라 아낙스가 있는 호텔 대신 이곳을 쳐야 한다고 이사카는 강력하게 주장했다.

"젠장."

서린은 손에 들린 총을 매만지며 눈살을 찌푸렸다. 아마도 안에는 죄다 흡혈귀가 있겠지만 그렇다 해도 총을 주다니… 왠지 기분이 이상하다.

물론 서린은 총을 쓰는 법을 훈련받았다. 흡혈귀 사냥꾼이 되기 위해서 총화기는 전공 필수이니까.

그렇지만 아무래도 직접 흡혈귀들에게 총구를 겨누라니 과연 할 수 있을까?

서울의 밤을 배회하던 저급 흡혈귀는 피에 굶주린 괴물이 대부분이었다. 그러나 고급 흡혈귀가 되면 될수록 그들은 인간에 가까워졌다.

인간의 인성이 고스란히 남아 있고 실제로 피를 마신다뿐 인간과 별다를 게 없어 보이기도 했다. 그런 놈들에게 총구를 겨눈다는 것은 굉장한 스트레스다.

아무리 노력해도 서린은 이사카나 한세건이 될 수는 없었다. 그들처럼 잔혹한 자가 되기란 쉬운 일이 아니었다.

"그런데 롯시니, 당신은 왜 싸우죠?"

"앙?"

서린은 해괴한 질문에 정신을 차려 고개를 옆으로 돌렸다. 루스킨이 손톱을 소제하며 물어보고 있었다.

흔들거리는 차 안에서도 허리를 꼿꼿이 세운 채 손톱 밑을 단검으로 쑤시고 있던 그는 눈썹을 파도처럼 좌에서 우로 웨이브하면서 자신의 질문을 반복했다.

"왜 싸우냐고 물었습니다."

"피할 방법이 없어서… 라는 게 적절한 표현일까요?"

리림으로 태어난 숙명은 굳이 언급하지 않아도 다들 안다. 그렇지만 그의 형인 이사카가 그 숙명에 정면으로 대항해 싸우는지라 루스킨은 서린을 이해하지 못했다. 아니, 애초에 질문의 방향이 달랐던 것 같다.

"그런 마음으로 그렇게 싸울 수 있는 겁니까? 당신이 해치운 유리안과 빼도쥬, 블로초프는 숭고한 사명 의식을 가지고 있었어요."

루스킨은 시비조로 말했다. 역시 동료를 공격한 서린을 좋게 볼 리가 없다.

하지만 그놈들이 숭고한 사명을 가지고 있었다고? 다른 것도 아닌 그놈들이? 서린은 기가 막혀서 반문했다.

"숭고? 무슨 숭자로 시작하는 고등학교도 아니고 그런 놈들이 무슨 숭고해요?"

"예?"

"아, 방금 건 실수. 한국어니 못 알아듣겠네."

서린은 마음을 진정시켰다. 그만큼 그도 흥분해 버렸다.

블로초프는 생각 없는 바보로 보였고 유리안과 빼또쥬도 철 없는 애들로밖에는 안 보였다.

그런데도 숭고니 뭐니 운운하는 것으로 봐서는 루스킨이 혹시 뭔가 숭고한 사명 의식을 가지고 있는 게 아닐까?

그런 결론에 도달한 서린이 물어보았다.

"당신은 무력해진 이들에게 총을 퍼부으면서 쾌락을 느끼는 게 숭고하다고 생각해요?"

"그때의 그 녀석들은 확실히 문제가 있었죠. 하지만 흡혈귀에 대한 증오가 그만큼 크다고는 생각지 않으십니까? 녀석들은 이 세상의 지배자이고 우리는 못 먹고 못살면서 물질적으로 착취 당할 뿐 아니라… 인간일 땐 언제 그놈들에게 사냥당할지 몰라 덜덜 떨었어야 했어요. 그런 놈들에게 증오심을 품는 게 그리 이상하단 말입니까? 배반을 해야 할 만큼?"

"그들 중에는 내 친구도 있었어요. 그 아이는 결코 당신들에게 직접적으로 피해를 주지 않았어요. 당신들이 그렇게 증오를 남에게 확장할 수 있다면 그건 결코 자랑거리가 되진 못하죠. 자기 성질 더럽다고 자랑할 일 있어요? 그리고… 명확히 말해두 겠는데 나는 당신들 배반한 적 없어요. 당신들이 흡혈귀들에게 증오심을 품고 그런 짓을 했던 만큼, 나도 그때의 당신들에게 혐오감과 증오심을 품었으니까. 이렇다고 해두죠."

그러는 사이에 차는 시내로 진입했다. 검문은 삼엄했지만 별

다른 일 없이 무사통과했다.

모스크바 시내 안은 각지에서 시행되는 검문으로 인해 그야말로 벌집이 되어 있었다.

여유가 있는 사람들은 계속되는 테러와 내전을 피해 시내를 벗어나 교외로 빠져나가려 했고, 군복을 입은 이들은 치안을 유지하기 위해 모스크바 시내로 집결하고 있었다.

그야말로 시가전 분위기가 되어간다.

"내려! 차량을 엄호한다!"

볼코프 레보스키 휘하의 라이칸스로프 특수부대는 차량에서 내려서 전차를 호위하며 섰다.

몇몇은 군용 트럭의 호로를 벗기고 중기관총을 대공사격 자세로 거치한 뒤 그것을 잡았다.

아주 본격적이다. 언제 어디에서 흡혈귀나 흡혈귀에게 조종받는 용병이 공격해 올지 모르니까 확실한 시가전 대형으로 이동하고 있는 것이다.

평상시 군사훈련을 받아본 적이 없는 서린은 그저 라이칸스로프 분대장이 시키는 대로 어기적어기적 걸으면서 주위를 둘러보았다. 햇살이 쨍쨍한 것을 보니 지금 이러고 있는 게 바보처럼 느껴졌다.

"대낮이니 흡혈귀들은 별로 걱정할 게 아니지 않나요? 빛이 없는 곳에 숨어 있는 게 전부일 텐데."

"하지만 짐승들은 다들 그놈의 편이고 개중에는 태양광이 큰 부담이 되지 않는 흡혈귀도 있습니다."

루스킨이 그리 말하고 귀에 단 무전기를 통해 이사카에게 보고했다.

이사카는 테트라 아낙스의 능력을 봉인하기 위해 홀로 네 마리의 뱀과 맞서고 있었으니까 여기에 올 수가 없다.

그의 무지막지한 전투 능력을 생각한다면 아깝지만 그만큼 많은 라이칸스로프가 준비를 하고 왔으니까.

볼코프 레보스키를 위시해서 레온과 루스킨, 뷔르제예프, 라토바 등이 있으니 딱히 걱정할 건 없어 보인다.

"건물을 파괴하는 일 없이 안으로 돌입합시다."

그들은 테트라 아낙스가 가지고 있는 기업, 플렉스 메디칼의 건물 앞에 섰다.

거대한 콘크리트에 테플론 코팅된 강화유리로 치장한 이 거대한 건물은 현대의 바벨탑이다. 완벽한 일광 차단이 되어 있는 이 건물 안으로 진입해야 하는 것이다.

"…일광이 들어가도록 외벽을 폭파시키는 게 낫지 않을까요?"

"너무 화려한 공격을 하게 되면 군대가 의심하게 되니 골치 아픕니다. 그리고 하늘을 보아하니 그것도 별 소용 없을 것 같구요."

루스킨은 서린의 의견에 그리 답했다.

아닌 게 아니라 방금 전까지는 매우 맑은 하늘이었는데 갑자기 어디선가 구름이 몰려오면서 삽시간에 태양을 집어삼켰다.

그 모습이 너무나 불길해서 서린은 눈살을 찌푸렸다. 그럴 리는 없겠지만 마치 테트라 아낙스가 구름을 불러서 하늘을 가려 버린 것 같았다.

그럴 리 없다. 아무리 대단한 흡혈귀라 하더라도 뜬금없이 일기를 조작할 수 있을 리는 없다. 그런 게 가능하다면 그것은 신이리라!

하지만 테트라 아낙스는 이 미친 달의 세계를 지탱하는 일종의 신이 아니었던가?

서린은 불길한 생각에 아랫입술을 깨물었다. 왜 자신이 여기에 있는지 모르겠다. 자신의 생활을 지키기 위해서 여기에 와 있긴 하지만 그것이 과연 진정으로 바란 일이었나.

생활을 지키기 위해서 총화기를 들고 흡혈귀들을 쏘란 말인가? 다 쏴 죽여 버리면 서린이 바라던 뭔가가 성취된단 말인가?

5

공기가 급격히 식었다. 햇빛이 가려지고 나자 금세 기온이 급강하하는 것일까? 입 밖으로 내뿜어지는 입김이 새하얗게 엉겼다.

세건은 차가운 공기를 느끼며 천천히 걸어갔다. 릴리쓰의 심장이 그를 부르고 있다. 테트라 아낙스가 어디에 있는지는 그걸로 충분하다.

걸어 다닐 때마다 안개와 같은 어둠이 그를 뒤따른다. 어둠의 저편에서는 망령들이 들어서 그를 부른다.

흡혈귀의 피에 녹아든 원령들이 그를 저주하고 증오하며 따라다녔다. 흡혈귀들이나 따라다닐 것이지 왜 애꿎은 헌터들에게만 이런 망령들이 달라붙는지 모르겠다.

이 망령들이 만들어진 이유는 흡혈귀들 때문인데 흡혈귀 잡는 놈에게 무슨 원한이 있어서…….

거기까지 생각하던 세건은 고개를 저었다.

잘 알고 있다. 이 망령들은 흡혈귀의 피를 탐욕에 이용한 죄과다. 사이키델릭 문, 흡혈귀의 피에서 정제해 낸 마약의 수요는 지금도 폭발적이다.

다른 어떤 마약보다 더 뛰어난 그것 때문에 사람은 흡혈귀를 잡는다. 세건도 흡혈귀의 피를 팔아서 돈을 벌었다.

그게 마약으로 유통되리라는 걸 잘 알면서도 그저 흡혈귀와 싸우는 데 돈이 필요해서 팔았다.

도덕적인 고지를 차지하지 않기 위해서란 것도 있었다. 스스로 악이 되어야 한다. 한순간도 회개하고 참회하고 뉘우쳐서는 안 된다.

'그러다 정말 구원이라도 받을까 봐?'

스스로 생각해도 어처구니가 없다. 세건은 미친놈처럼 혼자 키득키득 웃었다.

아니, 미친놈 맞지. 의심의 여지가 없지. 한세건, 지금 이놈이 미친놈이 아니라면 누가 미친놈이겠는가? 구원이 두려워서 계속 죄를 짓는다. 자신이 죄지었다는 사실을 잊을까 봐 계속 죄를 범한다.

그래서 지옥의 제일 밑바닥 층에 떨어져 영겁의 고통을 받기 위해서, 누구에게도 동정의 여지가 없는 악당이 되어 모두에게 손가락질받기 위해서다.

그러니까 이 망령들조차 즐겁다. 유쾌하다. 원망하고 미워해라. 너희의 증오는 합당하다. 나는 너희가 증오해 마땅한 쓰레기니까!

"그러니까… 갈 때는 끝을 보고 가야지."

세건은 황량해진 시내를 들개처럼 휘저으며 돌아다녔다.

릴리쓰가 불러줘서 흡혈귀들의 위치는 알았다. 저 하늘 무서운 줄 모르고 치솟은 빌딩이다.

콘크리트 덩어리에 강화유리로 치장을 해서 외관은 아주 매끈하다. 얼핏 보아도 100% 일광 차단이 가능한 인텔리전트 건물이다. 저런 게 바로 테트라 아낙스의 취향이었다.

이전 한국에 테트라 아낙스가 진출했을 때 놈들의 수법은 이러했다. 우선 플렉스 메디칼이라는 의료기업을 진출시킨다.

의료기업이 있어야 피를 합법적으로 사들일 수 있고 그 기업이 건물을 세울 수 있어야 일광에 약한 흡혈귀들이 숨을 공간이 만들어진다.

100% 일광 차단이 가능한 건물을 만들어냄으로써 흡혈귀들의 거주 공간이 만들어지는 것이다.

즉 플렉스 메디칼이 소유하고 있는 건물은 즉 흡혈귀들의 온상이다. 온상에 불을 지르면 되겠지. 또 저런 거대한 건물을 상대로 난입하게 되면… 역시 테러범 한세건이라고 하겠지?

세건은 그리 생각하며 오토바이를 몰았다.

"정지!"

검문소의 경찰들이 제지했다. 모스크바의 경찰들은 개방 이전에는 검문에 불응하는 자에 대해서 발포했다고 했다. 그리고 지금 인상을 보니까 역시 이번에도 발포할 것 같았다.

모스크바 하얏트 호텔이 통째로 무너져 내렸으니 저들의 반응이 당연하다.

9.11테러라든가 런던 킹스 크로스 역의 폭탄테러사건 이후, 현지 사람들의 반응이 얼마나 격렬했던가? 자유와 평등? 상호주의와 상대주의? 그런 건 어디까지나 자신이 한 번 피를 보기 전의 이야기이다.

일단 피를 보고 나면 그다음에는 이성적인 판단으로 살기가 그리 녹록치 않다. 다들 복수심에 불타서 앞뒤 안 가리게 마련이지.

그런 판국인데 원래부터 힘깨나 쓴다는 모스크바 경찰들이 검문에 불응하는 수상한 남자를 쏘는 데 주저할 것 같지는 않다.

"그러니까!"

세건은 앞바퀴를 세우고는 옆에 주차한 경찰차를 밟고 올라갔다. 검문소 앞에는 장갑차도 막을 수 있어 보이는 거대한 핀 바리케이드가 몇 겹이나 세워져 있었지만 공중으로 넘어버리면 된다.

세건은 경찰차를 발판으로 점프해서 검문소를 통째로 넘어버렸다.

"맙소사!"

경찰들은 즉시 총을 빼 들고 세건의 뒤를 겨눴지만 세건은 검문소를 뛰어넘어서 그들의 시야에서 순식간에 사라져 버렸다.

"젠장! 날개 달면 날아다니겠네? 뭐야, 저거? 스턴트맨인가?"

"아, 무슨 영화 찍는 거 아냐?"

"뭣들 하는 거야! 차 타! 젠장 앞 유리 다 나가서 아무것도 안 보이네!"

경찰들은 기겁을 하고 경찰차에 올라탔다.

한세건이 한 번 짓밟고 가는 바람에 유리창이 쫙 금이 가서 아무것도 안 보이자 경찰은 대뜸 총으로 앞 유리를 쏴버리고 곤봉으로 파편을 털어냈다. 그리고 즉시 시동을 걸었다.

하지만 오토바이로 날아다니는 놈을 경찰차로 잡을 수 있을 리가 없다.

"본부에 지원 요청 해보지!"

그들이 그리 말할 때 마침 무전이 들어온다. 상황실의 여직원이 다급한 목소리로 외쳤다.

─순찰 중인 모든 차량에 알립니다. 플렉스 메디칼 본사 건물 근처 일대 다 봉쇄하라는 명령입니다!

"자, 잠깐! 지금 오토바이 차량 한 대가 검문소를 뚫고 들어갔다! 이거는⋯⋯."

─예외 없습니다. 봉쇄하고 전부 라인에서 대기, 무슨 일이 있어도 그 안에 지금 들어가면 안 됩니다.

여직원도 황당해하는 게 분명했다.

어처구니없는 명령이다. 이건 건물을 격리시키는 것이나 다름없었다. 이번엔 무슨 생화학 병기라도 되는가? 아웃 브레이크라도 일어나는 건가? 경찰들은 황당해져서 시동을 껐다.

"무슨 일이 있어도?"

"예를 들면 빌딩이 또 폭발해서 가라앉기라도?!"

그들은 모두들 놀라서 방금 전 오토바이가 사라진 쪽을 바라보았다.

"…설마."

"말도 안 돼!"

경찰들은 자신들의 머릿속에 떠오른 생각을 억지로 지워 버렸다.

언제부터인가 빌딩 최상층은 꼭 그럴듯한 장소로 이용되었다.

가장 잘나신 분들이 그곳에 자리 잡고 큼지막한 책상을 두고, 사람이 살아도 서른 가구쯤은 살 것 같은 공간을 혼자 차지한 채……. 서류 좀 보다가 허리 좀 펼 것 같으면 세상을 내려다보며 자신의 잘남을 만끽하고 싶어서 그런 건지, 빌딩 최상층은 꼭 힘깨나 쓰고 돈푼깨나 있다는 잘나신 분들의 차지였다.

그렇지만 지금 플렉스 메디칼 러시아 지부의 최상층에 위치한 이는 조반니 반테로였다.

릴리쓰의 심장을 앞에 둔 그는 눈살을 찌푸렸다.

"개… 새끼."

입을 벌리니 욕이 절로 나온다.

테트라 아낙스는 그에게 너무나도 쉽게 명령을 내렸다. 여기서 릴리쓰의 심장을 지키고 있다가 찾아오는 손님들에게 손님 대접을 해주라는 것이 그 명령의 골자였다.

쉽게 말하면 혼자서 미친 라이칸스로프를 죄다 상대해 주라는 소리나 다를 바가 없었다.

그나 브리아레오스나 다른 석세서들 모두가 테트라 아낙스에게 반감을 품고 있다는 건 알려져 있었다.

그러니까 이런 식으로 써먹다가 폐기 처분하려는 모양인데, 그가 머리에 총 맞았다고 라이칸스로프와 목숨 걸고 싸워서 테트라 아낙스 면목을 세워주겠는가?

그렇지만 달아나자니 또 난감하다.

테트라 아낙스는 말하자면 미국이다. 압도적인 힘을 가지고 있고 그걸로 횡포 부리기도 즐겨 하는 전형적인 깡패다.

지금 당장 달아나면 그가 가지고 있는 기반은 철저히 밟힌다. 마약 농장은 다른 놈에게 넘어갈 테고 그를 믿고 있는 조직원은 죄다 몰살당한다.

그가 지원한 정치가는 실각하거나 암살당할 테고 농장 일꾼들은 그나마 좀 살아남을까?

"제기랄!"

역시 뭔가 소중한 것 따위 만드는 게 아니다. 그런 게 있으면 운신의 폭이 너무 좁아져 버린다.

테트라 아낙스는 그걸 가지고 얼마든지 그를 협박할 수 있는데 비해 그는 테트라 아낙스를 협박할 게 없다.

이게 또 문제였다. 테트라 아낙스의 진정한 강함은 그들의 예지 능력이 아니라 이런 막가는 것에 있지 않나 하는 엉뚱한 생각마저 들었다.

아무리 그래도 죽어줄 생각은 없다. 여기서 라이칸스로프들을 상대해서 죽을 수는 없고 테트라 아낙스도 그 정도 충성까지는 바라지 않겠지.

그에게는 텔레포트 능력이 있으니 적당히 상대해 주다 도망치기에는 가장 적절한 인물이기도 했다. 그러니까 적당히 손님 대접 정도만 해주고 텔레포트로 탈출하면 되리라.

문제는 이번에도 이 빌딩을 통째로 가라앉혀 버리면 어쩌냐는 것이다.

하지만 그런 걱정은 잠시뿐이었다. 빌딩을 통째로 가라앉혀 버리는 거야 한세건의 특기이자 취미인지는 모르겠지만 모스크바 하얏트 호텔을 가라앉혀 버린 후 시가지의 분위기가 어찌 변했던가?

여기서 또 빌딩을 가라앉혀 버리면 민심이 크게 흔들려서 쿠데타가 성공하기 좋아진다.

볼코프가 만약 이 쿠데타의 원인이 무슨 CIA라고 주장하면서 정권이라도 잡으면 전 국민이 일치단결해서 미제국주의를 몰아내자고 난리 법석일 게 틀림없다.

그렇게 되면 강경파가 득세할 테고 볼코프 레보스키의 집권이 장기화될 가능성도 높아진다.

이것을 막기 위해서는 그들의 주장이 거짓이라는 명확한 증거가 있어야 하는데, CIA도 지은 죄가 많으니 무슨 사고가 났다 하면 'CIA의 음모다'라는 주장이 고개를 들지 않았던가?

JFK 암살 사건이나 기타 등등의 음모론에는 꼭 CIA가 거론되는 것도 한몫 단단히 했다.

원래 죄 없는 놈보고 너의 무죄를 입증하라 하면 아무리 죄가 없어도 입증하지 못하는 경우가 대부분이니… CIA라 해도 뾰족한 수는 없으리라.

이런저런 앞서 나가는 생각을 하고 있자니 곧 총성이 들렸다. 지하 주차장에서부터 라이칸스로프 군대의 공격이 시작된 것이다.

엘리베이터를 다 막아버리고, 계단과 엘리베이터 통로에 부비트랩을 설치해 두고, 복도에는 벙커를 설치하고, 기관총 진지를 배치시켜 두었다.

한세건에게 한 번 쓴맛을 본 이후 테트라 아낙스의 재난 대비 훈련은 농성전을 중심으로 재개편되었다. 이런 식으로 농성을 하면 그때 당시의 한세건으로서는 도저히 이 빌딩을 함락시키지 못하리라.

그러나 잠시 후 인터폰으로 비명 소리가 들려왔다.

─당했습니다! 으아아악!

"…맙소사."

탁자에 앉아서 금반지를 매만지던 조반니는 눈살을 찌푸렸다. 역시 라이칸스로프 특수부대는 대단하다. 어느 정도는 견딜 줄 알았는데 파죽지세로 밀고 들어온다.

위이이잉!

화재 경보가 울리면서 여기저기서 스프링클러가 작동했다.

CCTV를 보건대 건물 안에 화염방사기를 들고 들어온 것 같았다. 이 건물이야 최고급 인텔리전트 빌딩답게 다 내연 처리되어 있으니 그리 쉽게 불이 붙지는 않겠지만 화염방사기라니!

보디 벙커를 세워서 구축한 기관총 진지 같은 것도 아무런 소용이 없지 않은가?

"역시 군대 놈들이라 스케일이 다르긴 하군."

화염방사기뿐만이 아니라 스마트 봄 등을 사용하기 때문에 보디 벙커로는 턱도 없다.

파죽지세로 치고 들어오는데 막을 도리가 없다니, 흡혈귀들도 미치고 환장할 노릇일 것이다.

조반니야 텔레포트로 도망갈 수단이나 있다지만… 저놈들은 그야말로 총알받이, 칼받이로 죽어나가지 않는가?

촤아아악!

조반니가 위치한 최상층의 스프링클러도 잠깐 동안 물을 뿌리며 예비 작동 시범을 했다.

빌딩의 기온이 점차로 올라가자 스프링클러가 작동한 것 같았다. 조반니는 왠지 초조한 기분이 들어서 일어나서 몸을 풀었다. 분명히 걱정이 되긴 하지만… 그가 여기서 안달해야 할 이유는 없다. 어차피 도망칠 수 있을 것이다.

적당히 상대해서 면목만 세우고 도망치면 된다.

"테트라 아낙스의 면목 따위 내가 알 바 아닌데."

그는 투덜거리며 릴리쓰의 심장을 바라보았다. 성궤 안에 봉인되어 있으니 심장 그 자체가 보이는 것은 아니다. 하지만 봉인 밖으로도 검은 연기가 피어오르는 것을 보니… 저것이 얼마나 사악하고 위험한 것인지 알 수 있었다.

저것을 매개로 몸을 옮겨 젊어지겠다는 테트라 아낙스의, 아니, 고든의 한심한 자기 보신엔 치가 떨린다. 이미 살 거 다 산 노인네가 추잡해도 정도가 있지…….

그가 몸을 풀며 그리 생각할 때였다. 갑자기 성궤로부터 드라이아이스에서 뿜어져 나오는 이산화탄소 증기처럼 시커먼 오러가 쏟아졌다.

서린은 그저 하염없이 따라다니기만 했다. 라이칸스로프 군대는 유탄 발사기와 화염방사기 등을 앞세워 순식간에 건물을 제압했다.

지하 주차장으로부터 1층 로비를 지나 계속해서 올라간다. 포인트 맨들이 돌입해서 적들을 제압하는 동안 공병이 부비트랩을 제거하고 위로 올라갈 길을 확보한다. 그런 동작들이 어찌나 빠른지 눈이 핑핑 돌 지경이었다.

이런 이들이 쿠데타를 일으킨다면… 모스크바 주 방위군이나 대통령 경호대가 불쌍할 지경이었다. 서린은 얼굴도 보지 못한 그들을 애도했다. 이들이 지상 최강의 군대라는 데는 이견의 여지조차 없으리라.

콰직!

발에 핏물이 밟힌다. 흡혈귀의 피가 사방을 물들였다. 너무나 깔끔한 이런 초대형 빌딩 안에서 가장 야만적이고 원시적인 학살이 시작되었다.

"아아아!"

서린은 자신의 발에 밟힌 시신을 확인하고 경악했다.

영화에서나 나올 법한 섹시한 용모의 백인 여자가 죽어 있었다. 작은 총상 하나로 죽어버린 것으로 보아서 이 여자는 흡혈귀가 아니라 인간이다.

흡혈귀들이라고 해도 그들은 사회적인 얼굴을 가지고 있으니 인간 고용인을 두고 있다. 하지만 이 라이칸스로프들은 인간 고용인이든 흡혈귀든 가리지 않고 죽여대는 것이다.

"제기랄! 뭐야, 이건! 이런 건 납득할 수 없어!"

그는 기계적으로 사람과 흡혈귀들을 죽여 버리는 라이칸스로프들을 보며 치를 떨었다.

그러나 그때 그의 옆에서 빈정대는 소리가 들렸다.

"그래서 누구는 방아쇠에 손가락 하나 안 걸었잖아. 착한 아이지, 책임질 필요 없으니까 천국 가겠어?"

깜짝 놀란 서린이 고개를 돌려보니 거기에는 러시아 특수부대복을 걸친 젊은 남자가 히죽 웃고 있었다.

바로 레온이었다.

웃고 떠들고 유쾌한 모습을 하고 있지만 이 남자는 할 건 다한다. 반드시 해버리고 만다. 명령만 내린다면 민간인들도 거리낌 없이 죽이는 그의 웃음은 왠지 가짜 같다.

서린이 세상을 잘 아는 것은 아니지만 이 레온 시마노프라는 놈의 웃음은 하나부터 열까지 다 가짜 같았다. 하는 짓거리도 수상하고 팬텀이라는 흡혈귀나 그런 놈들이 저 녀석을 아는 체 하는 것도 마음에 걸렸다.

"비아냥거리는 겁니까?"

"아니, 사실이지. 총을 쏠 필요 없어. 마음에 걸린다면 그냥 따라오기나 하라고, 친구. 괜히 어쭙잖게 도와주겠다고 적성에 도 안 맞는 짓 하다가 배반 때리고 전향하는 것보다는 그게 낫 지. 제로는 마이너스보다 낫다, 당연한 거 아닌가?"

레온은 정색하며 말했다. 서린으로서는 의외였다. 그에게 여 기에 오라고 한 것은 전투원으로서 역할을 다하라는 게 아니었 던가?

"그래도 되는 거예요?"

"나는 여기에 테트라 아낙스의 강력한 흡혈귀들이나 진마는 될 법한 놈들이 득실거릴 줄 알았지. 그러면 병사들로는 좀 힘 들거든. 그런데 이제 보니까 별거 없네?"

레온은 그리 말하며 벽을 향해 수류탄을 던졌다. 벽을 치고 반대쪽 코너로 빨려 들어간 수류탄이 폭발하자 보이지도 않는 곳에 있던 흡혈귀들이 비명을 지르며 쓰러졌다. 레온은 어깨를 으쓱해 보이며 웃었다.

물론 이 흡혈귀들의 방어선이 별게 없는 건 아니다.

만약 인간 병사들끼리 싸우는데 이렇게 엄청난 방어벽을 구 축하고 있다면 이쪽의 희생자가 대단했으리라.

기관총 진지에, 벙커에, 부비트랩에… 갖춰야 할 것은 다 갖추지 않았는가? 그저 수준 차이가 너무 나서 이렇게 된 것뿐이다.

"테트라 아낙스가 알아차렸군. 역시, 실세는 다 빠지고 총알받이뿐이라니. 이사카가 예지력을 묶는 것까지야 가능하더라도 묶였다는 사실을 테트라 아낙스가 알아내면 아무런 의미도 없잖아?"

레온은 투덜거리며 히죽 웃었다. 화사한 금발에 능글맞아 보이는 표정을 보니 웃는 얼굴은 참으로 어울린다고 생각되었다. 사내놈이 여우 같아 가지고……. 서린은 속으로 생각했지만 그걸 입 밖으로 내지는 않았다.

그보다 더 신경 쓰이는 건 이 정도의 저항 세력이 총알받이에 불과하다는 사실이다.

"이 많은 흡혈귀가 총알받이라고요? 이 빌딩도요? 엄청난 돈과 인력일 텐데?"

역시 가난하게 산 놈은 가난한 티가 난다고 서린은 적들이 떨어야 할 궁상을 대신 떨어주었다. 그걸 본 레온은 하품을 했다.

"천 년 이상 살아온 흡혈귀가, 그것도 예지력이 있는 놈에게 돈이 뭔 문제야? 너 혹시 외환 딜러라고 아냐?"

"아, 외화 사서 환차익 올리는 놈들이요?"

"예지력이 있으면 어떻게 될 것 같냐? 주식도 그렇지, 곡물도 그렇지, 아니, 그냥 복권만 매주 맞아도 엄청나겠지? 돈이란 건 그놈들에게 휴지 조각이나 다름없어. 그냥 천 년이라니까 감이 안 잡히는 모양인데 연 금리 오 퍼센트 복리로 천 년이면 일 달러만 넣어도 전 세계 모든 통화량을 씹어 먹어."

레온이 그리 말하자 서린은 고개를 끄덕였다.

"역시 빚이란 무서운 거군요. 빚지고 못 살지, 암."

"……."

레온은 잠시 꿀 먹은 벙어리가 되어서 2급 장애우 신세를 만끽했다. 그런 의도로 말한 게 아니지만 어린 시절부터 빚쟁이들에게 시달려 온 서린은 자연히 빚의 무서움 정도로 해석한 것이었다.

"내가 말하는 건 빚이 무섭다기보다는… 복리가 무섭다는 거지."

"그렇군요."

서린은 고개를 끄덕인다. 뭔가 이게 아닌 것 같은데 이리 흘러가니 레온은 화들짝 놀랐다.

"에잇! 내가 말하는 건 이게 아니라 테트라 아낙스에게는 돈 따위 무용지물이라는 거야! 돈 버는 거야 그놈들에겐 별거 아니니까!"

"그 말을 들으니 갑자기 테트라 아낙스에 대한 맹렬한 증오가 타오르는군요."

서린의 눈동자가 불타올랐다. 자신은 그것을 갖기 위해서 얼마나 노력해야 하는가. 죽어라 쫓아다녀도 옷자락 한 번 못 스칠 정도로 인연이 없는 부라는 것을 발로 뻥뻥 차는 미친놈이 있었다니?!

레온은 그런 서린의 반응을 보며 혀를 찼다. 이러니까 프롤레

타리아 혁명이 그렇게 일어났고 공산주의가 기승을 부렸지 하는 생각마저 들었다.

"뭐, 그래서 아무래도 여긴 이미 버린 곳 같은데."

레온은 별 반응 없는 주위를 돌아보며 하품을 했다. 그러자 서린이 물어보았다.

"혹시 다 몰아넣은 다음에 나중에 빌딩을 뻥 가라앉혀서 일소시키려는 건 아닐까요?"

"폭탄은 없던걸?"

공병들이 이 잡듯 뒤져서 폭탄을 찾아보았지만 그런 건 없었다. 애초에 건설 중에 자폭장치를 만들겠다고 건물 기초 밑에 폭탄을 매설하지 않는 이상 어림도 없는 일이다.

"아니면 9.11테러처럼 비행기를 보내서 쾅 들이받는다든가."

서린이 그리 말했지만 그것도 레온은 회의적이었다. 여차하면 창문을 깨고 스팅어라도 발사해서 비행기 방향을 틀어버리면 된다. 라이칸스로프 군대의 능력은 그 정도는 된다.

그렇지만 이놈도 참 속없는 놈이긴 하다.

레온은 새삼 놀라워서 서린을 바라보았다. 서린이 흡혈귀들을 구하기 위해서 덤벼들었을 때 레온이 직접 그를 두들겨 패서 피투성이로 만들어 버렸다.

그럼에도 불구하고 그는 여전히 레온에게 살갑게 굴었다. 속이 넓다고 해야 하는지 생각이 없다고 해야 하는지……

하긴 그런 식으로 따지면 볼코프의 태도도 의외였다. 본디 군대라는 건 상명하복이 기본인 사회이다. 이런 곳에서 하극상이나 배반은 죽음으로 다스리는 게 원칙이 아닌가?

설사 아무리 민주화되고 선진화되어 있고 인권을 생각하는 곳이라 해도 동료에게 의도적으로 칼을 겨눈 놈을 살려두는 군대는 세상천지 어디에도 없다.

그런데 볼코프는 서린의 죄를 묻지 않았다.

볼코프뿐만이 아니라 이사카도 그렇다.

이사카 저놈은 반군이나 테러 단체 활동을 통해서 군사훈련을 받은 걸로 아는데 왜 배반자를 그냥 내버려 두는가? 서린이 리림이기 때문에? 아니면 그냥 머리에 피 한 번 올라서 저지른 사고쯤으로 치부하는 것인가?

"뭐, 나도 처벌 안 하는 쪽이 좋지만."

레온은 투덜거리며 앞으로 나섰다. 복도에 방어진을 치고 있는 이들이 그들을 발견하고 총을 쏘려고 했지만 그다음 순간 레온은 그들의 옆에 가 섰다.

너무나 빠른 그의 움직임에 흡혈귀도 라이칸스로프도 그의 속도를 인지하지 못했다.

"안녕!"

레온은 윙크와 동시에 수도를 휘둘러 흡혈귀의 목을 쳐버렸다. 마치 예리하게 날을 세운 도끼로 쳐 날린 것처럼 머리가 허공으로 치솟으며 선혈이 튀었다.

그러나 그 선혈을 뒤집어쓰기 전에 레온은 다시 서린의 옆으로 돌아왔다.

"이 정도 차이면 정말 진지가 있으나 마나로군요."

서린은 레온의 능력을 눈여겨보았다. 이 라이칸스로프조차 인지하지 못하는 순간 가속 능력은 한창 기세 오르던 서린을 굴복시킨 힘이었다.

나중에 또 레온과 싸우지 말라는 법이 없으니 봐두는 것도 나쁘지 않겠지만… 레온이 이렇게 보여주는 것은, 봐도 대책이 별로 없는 기술이기 때문이었다.

"어?"

그때 문득 서린은 익숙한 기척을 느끼고 창밖을 바라보았다. 빌딩 안에선 한창 벙커 진입 작전이 수행되고 있음에도 불구하고 밖으로 바라보는 도시는 평온해 보였다.

물론 마천루들 위를 쳐다보니 평온한 것이지 그 밑에 시가를 보면 장갑차니 바리케이드니 줄줄이 사탕으로 늘어서 있어서 분위기 한번 화기애매하게 만들고 있었다.

그렇지만 안의 아비규환에 비하면 충분히 평온한 모습이다. 이 평온한 모습의 하늘과 마천루들 사이로 뭔가 익숙한 것이 다가오는 느낌이 들었다.

"형?"

서린은 무의식중에 입 밖으로 소리를 내었다. 그러자 레온이 의아해했다.

"형이라니? 이사카 말하는 거야?"

레온이 물어보았지만 서린은 대답하지 않았다.

6

한세건은 테트라 아낙스가 차지하고 있는 플렉스 메디칼 건물을 피해 인근 빌딩으로 향했다.

부아아앙!

경쾌한 소리와 함께 오토바이가 점프하며 두꺼운 로비 유리창을 꿰뚫고 들어갔다. 와장창 하고 유리가 부서지자 로비에 서 있던 건물 경비원들이 혼비백산했다.

"누구냐!"

라고 물어봤자… 러시아어를 모르는 한세건으로서는 달나라 말이랑 별로 다를 게 없었다.

그는 로비에서 턴한 뒤 주위를 둘러보았다. 그의 눈에 곧 계단 입구가 들어왔다.

"저 자식이!"

경비원들이 총을 빼 들고 응사할 준비를 취하는 그 순간 세건은 주저 없이 계단 쪽으로 오토바이를 몰았다. 고주파의 엔진음과 함께 오토바이는 순식간에 계단으로 올라섰다.

끼기기긱!

세건은 발도 지면에 대지 않고 계단을 거침없이 올랐다. 'ㄷ'자로 된 계단에서 터닝할 때는 앞바퀴를 벽면에 대고 벽을 타듯이 부드럽게 돌아섰는데 그 실력이 정말 이만저만한 게 아니었다.

그는 엘리베이터보다도 훨씬 더 빨리 정상으로 향했다.

"후후후후!"

세건은 웃음을 흘리며 오토바이를 몰았다. 건물의 옥상에서 플렉스 메디칼 빌딩을 향해 뛰어든다.

누가 봐도 미친 짓이지만 한세건은 할 수 있었다. 단숨에 난입해서 릴리쓰의 심장을 되찾고 말리라.

그러나 이런 건물의 특징상 옥상에는 응당 꽉 잠긴 방화벽이 설치되어 있다. 별로 문제 될 것은 없지만.

세건은 녹티스를 꺼내서 방화벽을 향해 휘둘렀다.

콰앙!

묵직한 방화벽이 쓰러지며 요란한 소리를 냈다. 경비들이 땀 내며 쫓아오고 있지만 그들이 올 때는 이미 모든 사태가 끝나 있으리라.

세건은 뒤에서 쫓아오는 경비병을 비웃기라도 하듯 웃음을 흘리며 빌딩 옥상으로 오토바이를 끌고 나왔다.

하늘은 밤이 된 것처럼 어두컴컴했다. 구름이 끌려와서 어둡기 그지없다. 도심을 바라보니 곳곳에 스모그가 일어나 있었다.

모스크바 근교는 조금만 가도 우거진 숲이 조성되어 있어서 공기가 좀 좋으려나 했는데 역시 차가 너무 많이 불어난 탓이다.

세건은 어깨를 으쓱해 보이고 옥상을 살펴보았다.

태양이 구름에 잠겨 빛이 바랜 옥상에는 헬리포트가 설치되어 있었다.

건물 외곽으로 아슬아슬하게 비껴져 있는 이 헬리포트의 옆에는 펜트하우스 전용 엘리베이터 박스가 보였다.

이 빌딩의 펜트하우스에서 사는 사람이 헬리포트를 쓰기 쉽

게 40층에서 헬리포트로 나오게 되어 있는 전용 엘리베이터이
리라.

세건은 그것에 흥미를 잃고 다시 헬리포트를 바라보았다. 헬
리포트와 엘리베이터 사이를 연결하는 기다란 계단이 눈에 들
어왔다.

계단이야 점프대로 쓰긴 무리지만 그 옆에는 오토바이 한 대
가 지날 만한 빗면이 보였다.

빗면을 타고 점프하면 플렉스 메디칼 건물까지 무난하게 날
아갈 수 있을 것 같다.

물론 스턴트맨보고 하라면 10억을 준대도 시도하지 않을 미
친 짓이었다. 밑에는 그물도 없고 떨어지면 40층 높이에서의
추락을 경험하게 되는 것이다. 40층이면 어지간한 흡혈귀들에
게도 목숨이 오락가락하는 높이다.

"…저걸 쓸까?"

세건은 플렉스 메디칼 건물을 바라보며 스로틀을 열었다. 부
아아앙 하는 호쾌한 소리와 함께 엔진이 울부짖었다. 마음에 드
는군, 이 오토바이.

실베스테르가 준비해 준 놈이지만 계속 손에 익은 놈처럼 말
을 잘 듣는다. 세건은 그것에 내심 만족하며 빌딩의 빗면을 향
해 달렸다.

투웅!

몸이 공중으로 치솟아 오른다. 중력으로부터의 해방감, 아찔
한 느낌이 전신을 휘감는다. 세건은 까마득한 하늘 위를 날면서

문득 미소를 지었다.

인간일 때는… 아무것도 모르는 양지에서 살던 때, 그는 이 느낌을 동경했다. 이것으로 자신을 해방시키고 싶었다. 트라이얼 선수가 되고, 적당히 다른 직업을 가져서 생활하고 싶었었다. 소박하면서도 결코 소박하지만은 않은 꿈이었다.

그러나 언제부터인가 그것에는 신경도 쓰지 않았다. 자신을 용서할 수 없게 된 그날부터 그는 자신을 죽이기 위해 살아왔다. 용서할 수 없는 자신을 해치기 위해서 살아왔으니까 그런 꿈은 사치에 지나지 않는다.

"그러고 보니……."

세건은 공중에서 도폭선을 하나 꺼내서 플렉스 메디칼 빌딩의 외벽을 향해 날려 유리창을 깨버렸다.

기껏 날아왔는데 힘이 부족해서 유리창을 못 깨고 튕겨 나가면 죽을 수밖에 없지 않겠는가?

와장창!

폭발로 인해서 무너지는 유리창을 꿰뚫고 오토바이가 뛰어들었다. 깜짝 놀란 흡혈귀들이 그를 막으려 했지만 한세건은 오토바이를 파워 슬라이드로 돌리면서 바퀴로 그들의 다리를 쳐버렸다.

"크아악!"

흡혈귀들이 오토바이에 걸려 넘어지며 엉망진창이 되었다. 세건은 즉시 일본도를 뽑아서 쓰러진 흡혈귀의 목을 쳐 날리고 왼손으로 글록을 뽑아 들었다.

타타탕!

일본도로 흡혈귀의 목을 치면서 옆에서 도망치는 흡혈귀의 뒤통수를 정확하게 갈겨 버렸다.

9㎜ 파라블럼탄에 불과하지만 셀룰러 할로우 포인트 탄이라는 게 문제였다. 이것이 뇌나 신경계로 들어가게 되면 어지간한 흡혈귀는 소생이 불가능할 정도로 치명상을 입는다.

역시 이 흡혈귀는 세건의 총격에 견디지 못하고 죽어버렸다. 몸은 꿈틀거리지만 생명이 끊기는 것은 확실히 보았다.

그의 몸에서 검은 연기가 피어오르며 무엇인가가 망령의 일부로 전환되는 게 보였기 때문이다.

"하하하하."

세건은 폭소를 터뜨리며 앞으로 걸어 나갔다. 흡혈귀들은 밑에서 치고 올라오는 라이칸스로프들을 방어하느라 정신이 없었다.

그렇다면 이야기는 간단하다. 릴리쓰의 심장만 가지고 나가도록 하지. 세건은 그리 각오하고 안으로 향했다.

그럴듯한 회의실 앞을 역시 그럴듯한 검은 양복 차림의 흡혈귀들이 지키고 있었다.

"네놈은!"

그들은 세건을 알아보고 경악하며 기관단총을 꺼내 들었다. 하지만 세건은 이미 한 놈에게 뛰어들어서 일본도를 그놈의 배에 박고 밀어서 총알받이로 만들었다.

두두두두두!

흡혈귀들이 총격을 가했지만 세건은 검은 양복의 흡혈귀를 방패막이로 삼고 돌진해 그들의 앞까지 달려갔다.

스칵!

배에 박아 넣은 일본도를 양손으로 잡고 크게 휘두른다. 흡혈귀의 옆구리를 찢고 나와 자유롭게 된 일본도가 총격을 퍼붓던 흡혈귀들 위로 피 비를 뿌렸다.

놀란 흡혈귀들이 물러서거나 도주했지만 세건은 그들을 살려 보내지 않았다.

좌아아악!

도폭선이 살아 숨 쉬는 뱀처럼 지면을 내달린다. 앗 하는 순간 도폭선에 흡혈귀가 휘감기고 토막 시체로 변해 버렸다.

콰앙!

"흡!"

그사이에 부러져 버린 일본도를 투창처럼 던지니 도망치던 놈의 목 뒤에 칼이 꽂혔다. 세건은 그놈에게 달려가서 목 뒤에 박힌 칼자루를 발로 걷어차 버렸다.

투확!

흡혈귀의 목이 잘리며 나가떨어졌다. 하지만 세건은 그것에 그치지 않고 자유로워진 양손으로 어깨에 메고 있던 USAS—12를 뽑아 들었다. 그 순간 문이 열리며 안에 있던 흡혈귀들이 뛰쳐나왔다.

"이야아아아아아!"

"아! 아니?!"

기세 좋게 뛰쳐나온 흡혈귀들을 향해 기세 좋게 샷건이 불을 뿜었다.

세건은 익숙한 솜씨로 탄창을 갈며 흡혈귀들을 향해 총을 계속 퍼부었다. 흡혈귀들이 기세 좋게 뛰쳐나온 건 좋은데 결국 대부분이 죽어서 피투성이가 되어 쓰러져 버렸다.

"하악! 하악… 하악! 제기랄."

세건도 집중력을 많이 소모했다. 가져온 USAS─12용 탄창을 회의실 하나 뚫는 데 다 써버렸다.

더 이상 들고 다녀봐야 짐만 될 것 같아서 세건은 USAS─12를 내버리고 앞으로 향했다.

회의실 안쪽에는 사장실로 보이는 큼지막한 방이 있었는데 그 문이 저절로 열리며 안에서 시커먼 오라가 뿜어져 나왔다.

"릴리쓰!"

그녀가 세건을 부르고 있다.

추잡한 것. 이런 추잡한 수법으로 자신의 도구를 만든 것인가? 세건은 어처구니가 없어서 그것을 바라보았다.

그녀의 유혹이 대단하긴 하지만, 세건은 저주받은 자, 'The Haunted'였다.

망령들이 끊임없이 속삭여 결국은 미치게 만들어 버리는 혼팅을 겪어낼 정도로 강한 정신력을 가지고 있는 그에게, 릴리쓰의 유혹은 그다지 신기할 것도 못 되었다.

세건은 흡혈귀들의 시신을 넘어서 회의실 안쪽을 향해 달려갔다. 그 순간 그의 옆으로 거구의 흡혈귀가 나타났다.

촤악!

세건이 몸을 굴리자 아슬아슬하게 뭔가가 지나갔다. 바로 조반니 반테로의 독수였다.

"여어, 비스트! 네가 오다니 의외로군! 라이칸스로프랑 손잡고 온 건 아닌 것 같은데?"

"너 정도 거물이 미끼 신세냐? 한심하군. 테트라 아낙스의 집 지키는 개 같으니!"

세건은 지면을 양손으로 짚고 멈춰 서서 그를 노려보았다. 그러자 조반니가 싱긋 웃었다.

자신을 거물이라고 불러주니 기분이 좋아진 모양이었다. 뒤에 붙은 욕이 더 심하다고 생각하는데 저렇게까지 좋아하다니 단순한 놈 같으니. 세건은 그리 생각했지만 지금은 웃고 즐길 때가 아니다.

"릴리쓰의 심장을 찾으러 온 거라면 가져가라."

하지만 세건이 막상 손을 쓰기도 전에 먼저 조반니가 알아서 기고 말았다.

세건은 어처구니가 없어서 그를 바라보았다.

"테트라 아낙스에게 충성할 생각이 없는 건가? 아니, 그건 너무 당연한 질문이니 빼더라도 나에게 주면 뒤탈이 생길 텐데?"

"지금은 테트라 아낙스의 힘이 이사카 베르게네프에게 묶여 있으니 내가 이 정도 한다고 해서 알아차릴 리 없지. 가져가, 쓸데없이 힘 빼고 싶지 않으니까."

조반니 반테로는 그리 말하고 손가락을 우둑우둑 꺾더니 품속에 손을 넣었다. 세건이 깜짝 놀랐지만 그가 꺼낸 것은 시가와 라이터였다.

"놀라기는, 가져가."

"......."

세건은 아무 말 없이 조반니 반테로를 지나쳐서 앞으로 걸어
갔다.

그리고 그다음 순간,

조반니와 한세건이 거의 동시에 총을 뒤로 겨누었다. 상대방
을 바라보지도 않고 정확하게 급소를 겨눈 그들은 동시에 방아
쇠를 당겼다.

탕!

두 개의 총성이 하나로 합쳐진다.

세건과 조반니가 몸을 젖히며 서로의 공격을 피했지만 둘 다
총상을 입고 말았다. 세건은 왼쪽 눈을 잃었고 조반니는 목에
총탄을 맞았다.

"크윽!"

"하하하하! 역시, 그냥 가기엔 섭섭했지?"

세건은 즉시 몸을 날려서 릴리쓰의 심장을 벽으로 밀치고 테
이블을 세워서 방벽으로 만들었다. 그러나 조반니는 테이블 따
위는 우습지도 않다는 듯 총을 갈겼다.

슈우우욱!

테이블 앞에서 뭔가가 텔레포트를 하더니 아무런 여과 없이
총탄이 날아든다. 세건의 몸이 총에 맞고 벽으로 밀렸다.

크윽!

방탄복에 구멍이 뚫리고 피가 튀었다.

그러나 세건은 쓰러지거나 굴하지 않고 등허리에 비스듬히 메고 있던 비스트를 조반니에게 겨누었다. 홀스터에서 뽑지도 않고 옆으로 돌려서 조반니를 겨누는 기괴한 사격 자세였다.

"미친!"

조반니는 경악했지만 세건은 아랑곳하지 않고 그에게 비스트를 갈겼다.

그러나 그다음 순간 조반니의 모습이 그 공간에서 사라져 버렸다. 텔레포트를 자유자재로 쓰는 그를 상대로 제대로 싸우기란 그리 쉬운 일이 아니다.

도망쳐 버렸나? 하는 생각이 일순 들었지만 다음 순간 옆의 벽에서부터 총성이 들려왔다.

"제길!"

세건은 녹티스를 뽑아 들고 총탄을 막으면서 앞으로 달렸다.

조반니는 총탄을 텔레포트시키면서 사방에서 현란하게 총알을 퍼부었다. 벽을 뚫고 날아오는 총탄, 지붕을, 바닥을 뚫고 사방에서 현란한 충격이 퍼부어졌다.

순식간에 세건은 피투성이가 되어버리고 말았다. 열심히 회피 동작을 취하긴 하지만 사방에서 쏟아지는 총탄을 완전히 피하기란 불가능하다.

게다가 상대방은 벽 너머로도 한세건을 잘 파악하고 있었다.

"그, 그렇다면!"

세건은 타이밍을 재다가 불현듯 녹티스를 뽑아 들어 벽을 찔렀다. 콘크리트로 이뤄진 벽에 검이 박히며 칼끝에 물컹한 느낌이 들었다.

세건은 즉시 칼을 당기며 벽을 발로 차서 부숴 버렸다.

"크윽!"

조반니가 황당하다는 표정으로 세건을 바라보며 물러났다. 칼에 찔려서 피를 좀 흘리긴 했지만 그사이에 회복되는 것을 보니 역시 이놈은 진마 이상이다.

"흐! 어떻게 알았지?"

벽과 벽 사이를 텔레포트하며 총탄을 퍼붓는 조반니의 움직임은 약간의 리듬을 가지고 있었다.

세건은 그 리듬을 읽고 벽을 꿰뚫어 그에게 부상을 입힌 것이었다. 조반니가 놀라서 총을 들었지만 세건이 다시 녹티스를 휘두르자 총이 불꽃을 내며 부서졌다.

세건은 빙글 돌아서 다른 한 손으로 일본도를 잡고 휘둘러서 칼집을 던진 다음에 조반니의 옆구리로 쑤욱 찔렀다. 조반니는 즉시 텔레포트로 피했지만 이번에도 약간 늦었다.

스칵!

조반니의 손목이 잘려 나갔다.

"아직이다!"

세건은 조반니를 잡기 위해 앞으로 달려 나갔다. 그러나 그때였다.

콰아앙!

폭발음과 함께 파편이 쏟아지는 소리가 들려왔다. 마침내 라이칸스로프들이 이곳 최상층까지 도달한 것이었다.

한세건은 눈썹을 찡그리며 바닥에 떨어진 릴리쓰의 성궤를 주웠다. 어차피 목표는 이것의 회수다.

조반니 반테로에게는 빚을 좀 졌지만 그 빚은 이 라이칸스로프들이 갚아줄 터. 세건은 여기서 빠지는 게 적당하리라.

무엇보다도 실베스테르조차 한 방에 떡으로 만드는 볼코프는 별로 상대하고 싶은 적이 아니다.

'그러고 보니 정말 떡메 치듯 메쳐 버리던데.'

왠지 적절한 어휘 선택 같아서 세건은 미친놈처럼 혼자 피식 웃었다. 그는 릴리쓰의 성궤를 군장 끈으로 등 뒤에 매고는 복도로 빠져나왔다.

"오오?"

하지만 그때 누군가와 딱 마주치고 말았다.

"호랑이도 제 말하면 온다더니, 양반은 못 되겠군. 하긴 정말 호랑이지."

세건은 상대방을 알아보고 눈살을 찌푸렸다. 뒷짐을 진 채로 태연히 걸어오는 그는 화강암 같은 회색 머리칼의 장년 군인이었다.

어깨에 반짝이는 금속 휘장이 그가 육군 소장임을 알려주었다. 이미 소장 자리에서 잘렸는데 저걸 뻔뻔스럽게 달고 다니다니…… 세건은 그리 생각했지만 지금 남의 계급장에 신경 쓸 때가 아니었다.

가장 만나기 싫은 볼코프 레보스키가 그의 눈앞에 있는 게 아닌가?

"비스트로군. 어딜 그리 바쁘게 가는가? 등에 진 건 뭐지?"

"함. 친구가 결혼해서 말야."

"함(Harm)?"

"그런 게 있어."

세건은 그리 말하고 볼코프의 틈을 노렸다. 그런데 그때 다시 천장을 뚫고 총탄이 쏟아졌다.

"읍!"

볼코프는 뒷짐 지고 있던 팔을 들어 총탄을 막아냈다. 딱히 방탄복을 챙겨 입은 것도 아닌데 총탄이 몸에 박히지 않는다.

똑또그르르르. 구슬 굴러가는 소리와 함께 지면으로 탄환이 굴러떨어졌다. 세건은 그걸 보고 기겁했다.

"이런!"

볼코프는 즉시 지면을 찍으며 위쪽으로 주먹을 날렸다. 콰앙! 콘크리트 벽이 폭발하듯 부서지더니 우르르 무너지며 조반니가 떨어졌다.

"커억!"

놀랍게도… 조반니의 두 다리가 증발해 있었다. 마치 장갑차나 전차의 무한궤도 밑에 깔린 것처럼 으깨져 없어진 것이다.

"크악!"

조반니는 지면을 손바닥으로 짚으며 텀블링해 볼코프의 앞에서 피했다.

방금 그가 누워 있던 자리로 볼코프의 발차기가 찍히자 바닥을 덮고 있던 대리석 타일들이 일제히 일어나서 도미노처럼 넘어졌다.

우지지지직!

플로어 전체가 태풍이라도 만난 것처럼 휘청거린다.

"설마?"

세건은 하얏트 호텔에 있었을 때 갑자기 호텔 전체가 요동쳤던 걸 떠올리고 눈살을 찌푸렸다. 설마… 그때 호텔이 요동친 것도 이놈의 짓이었단 말인가?

"허억! 허억! 제기랄! 뭐야, 네놈은?"

조반니도 상당한 거구지만 볼코프 레보스키의 턱까지밖에 오지 않는다. 그리고 지금은 운신도 못 하고 누워서 그를 올려다보고 있었다. 볼코프는 차가운 눈초리로 그를 노려보았다.

"석세서인가. 꽤 굉장하다고 들었지만 너무 자신을 과신하는군."

한세건과의 싸움에 맞추느라 약간의 부상을 감수하고 공격을 퍼붓는 버릇이 든 게 실수였다.

잠깐의 실수로도 볼코프는 상대방을 죽일 수 있다. 한세건처럼 발이 빠른 자를 공격하느라 무리하게 속도를 높이다 보니 그만큼 의식의 허점이 생긴 것이다.

최대한 멀리 도망치면서 건드리는 수밖에 없는 상대를 그리 대했으니 다리 두 개 정도면 제법 저렴한 수업료였다.

"크윽!"

조반니는 텔레포트로 자리를 피했다. 역시 편리한 능력이다. 이런 텔레포트 능력을 가진 놈을 그놈의 사혁은 용케도 잡았다.

세건은 예전에 한국에서 벌어진 일을 떠올렸다. 텔레포트 능력을 가진 자인을 사혁은 집요하게 쫓아가 살해해 버렸다.

그때의 일을 떠올리면 텔레포트 능력에도 분명히 허점은 있으리라. 그걸 파악하기 전에는 이 조반니 반테로라는 놈을 잡기는 불가능에 가까울 것 같았다.

그나저나 조반니가 도망치면서 남은 건 세건 하나뿐이다. 세건은 볼코프를 바라보며 뒤로 물러났다.

"테트라 아낙스는 역시 없나 보군. 어쩔 수 없지. 이사카가 호언장담하기에 내심 기대했었는데 말야. 그렇다면 그 심장을 주실까?"

볼코프는 한세건에게 손을 벌렸다. 물론 그걸 곧이곧대로 응할 세건은 아니다. 그는 물러나면서 코웃음 쳤다.

"함값으로 네놈 목숨 정도는 받아야겠는데?"

"나도 그게 가능하길 바라겠네."

볼코프는 그리 말하더니 한세건을 향해 뛰어들었다. 무시무시한 빠르기의 뛰어들기다.

세건은 즉시 옆으로 몸을 날리며 도폭선을 뽑았다. 볼코프의 몸이 그렇게까지 단단하다면 도폭선으로 잘라 버릴 수밖에 없다.

아무리 대단한 놈이라 하더라도 도폭선으로도 상처가 안 나진 않을 테니까!

그러나 볼코프의 발길질이 한 번 휘둘러지자 염동력에 이끌려 움직이던 도폭선들이 기세에 밀려 나가떨어졌다. 볼코프의 몸을 감싸야 폭발시킬 수 있는데 그러지도 못하고 떨어져 나간 것이다.

"젠장!"

세건은 기가 막혀서 그를 바라보았다. 말도 안 된다! 이 공격을 이렇게 쉽게 막아낸 놈은 없었다. 그사이 볼코프의 주먹이 얼굴을 향해 날아들었다.

"큭!"

세건은 몸을 숙여서 아슬아슬하게 주먹을 피하며 볼코프의 안면에 팔꿈치를 넣었다.

완벽한 카운터다. 크게 위에서 아래로 내리긋는 팔꿈치가 볼코프에 주먹에 카운터로 들어가 안면을 가격했다. 아니, 했었어야 했다.

턱!

그러나 볼코프는 가드를 올렸던 반대 팔로 세건의 공격을 여유롭게 막았다.

깜짝 놀란 세건이 허리를 튕겨 간격을 벌리는 듯하다가 위빙으로 볼코프의 공격을 피했다.

주먹이 스치는 순간 무슨 제트기 이륙하는 듯한 무서운 소리가 들린다. 한 방만 맞아도 목숨이 날아가 버릴 위험한 기술이다.

세건은 주먹을 피하자마자 단검을 뽑아서 볼코프의 옆구리를 찌르려 했다.

그러나…….

왈칵!

갑자기 지면이 피로 물들며 세건의 몸이 주저앉았다. 코피가 쏟아지고 옆구리 근육이 경련을 일으켰다. 한세건 자신도 모르는 사이에 당한 것이다.

"이, 이런!"

방금 전 볼코프의 공격을 피할 때 옆구리를 아주 살짝 스쳐 지나간, 아니, 실상 맞지도 않은 주먹이 세건의 몸을 길게 베어버린 것이었다. 원래 상처는 그다지 깊지 않으나 길이가 문제였다.

세건은 즉시 재생력을 발휘해 상처를 치유하면서 볼코프의 공격 거리에서 물러났다.

볼코프 레보스키는 과연 터무니없는 놈이다. 스치기만 해도 이 정도로 깊은 부상을 주다니… 맞기라도 하면 즉사할 게 분명하다.

어차피 정면 승부는 무리다. 지금 여기서 장렬하게 옥쇄하는 것도 그리 나쁘진 않다고 생각되었지만 적은 많이 남아 있었고 세건은 혼자뿐이었다.

기왕이면 좀 더 많은 놈을 엿 먹이고 가야 이 더러운 목숨 부지한 값은 하지 않을까?

세건은 그리 생각하며 코웃음 쳤다. 그는 즉시 지면에 깔아둔 도폭선을 터뜨려 볼코프를 물러나게 하고 수류탄을 깠다. 수류탄이라면 제아무리 볼코프 레보스키라도 당할 수밖에 없겠지?

그러나 볼코프는 태연히 지면에서 일어난 대리석 타일을 양손으로 잡았다. 설마 저걸로 수류탄을 막아보겠다는 건가?

하지만 세건이 들고 있는 파편 수류탄은 폭발력으로 파편을 발사하는 것으로 파편 하나하나의 위력은 라이플 탄보다 딱히 낮다고 할 수 없었다. 타일을 일단 한 장 뚫고 그다음에는 저놈의 강체를 뚫을 수 있을까?

세건은 그런 생각을 하다가 수류탄을 던져 버렸다. 어차피 깐 거 던지지 않으면 안 된다. 손에 들고 있다가 폭발하면 한국식 표현으로는 혼자 피박 쓰는 꼴이다.

콰아앙!

과연 볼코프는 타일 두 장으로 수류탄 파편을 막아버렸다. 대리석 타일은 순식간에 와장창 깨졌지만 볼코프는 별반 상처 없이 멀쩡했다.

피부가 약간 찢어져서 피를 흘릴 뿐이었는데 그것도 순식간에 치유되었다. 정말 전차에 수류탄 까 던지는 기분이 이럴까?

"제길!"

세건은 옆으로 뛰어서 오토바이를 향해 달렸다. 그는 쓰러진 오토바이를 세워서 잡아타고 밀면서 시동을 걸었다.

부르르르릉!

경쾌하게 단번에 시동이 걸렸다. 볼코프는 그런 세건을 붙잡으려고 했지만 오토바이에 탄 세건은 지금까지의 반응과는 전혀 다른 날렵한 움직임으로 볼코프의 손길을 피해 빠져나갔다.

"저놈 막아!"

라이칸스로프들이 총화기를 들고 한세건을 잡으려 했다. 그러나 세건이 먼저 총을 뽑아 들었다. 가뜩이나 거친 오토바이의 핸들을 놓고 양손에 글록 18을 뽑아 든 세건은 전방을 트기 위해 무차별 사격을 가했다.

드드드득!

놀란 라이칸스로프들이 일제히 옆으로 빠진 순간 세건은 가볍게 그들을 피해서 계단으로 향했다.

그러나 계단에는 방화셔터를 뜯어서 바리케이드를 친 라이칸 스로프들이 기다리고 있었다.

두두두두두!

RPK 분대 기관총이 불을 뿜었다. 깜짝 놀란 세건이 몸을 낮추었지만 총탄 몇 발이 그의 몸을 스치고 지나며 피를 흘리게 했다.

분대 기관총쯤 되니까 방탄복도 그리 큰 도움이 되지 못했다. 게다가 볼코프와의 접전으로 이미 여기저기 많이 상한 뒤였다.

"젠장!"

세건은 대신 정지된 엘리베이터 박스로 향했다. 그는 글록을 거두고 녹티스를 뽑아서 휘둘러 엘리베이터 박스를 열고 안으로 뛰어들었다.

그리고 즉시 등허리에 맨 군장 끈을 뒤로 돌려서 정지된 엘리베이터 와이어에 걸고 당기는 한편, 오토바이의 기어를 낮추고 스로틀을 열었다.

부아아아아앙!

오토바이의 엔진이 굉음을 내지르며 뒷바퀴로 열심히 벽을 긁어댔다. 세건은 그렇게 떨어지는 속도를 줄이며 밑으로 내려갔다.

"이, 이런 제길! 저놈이 사람이냐, 괴물이냐?"

괴물인 라이칸스로프들이 뒤늦게 쫓아와서 밑으로 내려가는 한세건을 보며 기겁했다. 그들은 소총을 들어서 밑에 겨누고 갈겼지만 그러는 찰나에 이미 세건은 엘리베이터 박스를 뜯고 밑의 층으로 내려갔다.

"밑에 조심……!"

미처 말을 다 하기도 전에 무선 여기저기에서 라이칸스로프들의 비명이 들려왔다.

7

서린은 아무런 생각 없이 주위를 둘러보고 있었다.

이사카가 그들을 여기로 보냈다면 그것은 틀림없이 어떤 쓸모가 있기 때문이다.

모두들 이사카가 테트라 아낙스의 예지력을 막는 데 급급해서 아무 생각 없이 일을 벌였다고 생각하겠지만 서린은 이사카가 그런 얼간이가 아니라는 걸 잘 알고 있었다.

모두가 생각할 만한 실수를 할 만큼 엉성한 놈이었다면 지금 여기까지 오지도 못했을 것이다.

아무리 이사카가 막강한 힘을 지니고 있다고 해도 혼자서는 도저히 지금까지 살아남지 못했을 테니까.

"그런데 말야, 그래서 그게 이렇게 돌리면 되거든? 그래 갖고 양다리가 되었는데 당시 그 애가 누구 애인이었는가 하면 톨스토이가 그 애가 좋다고 쫓아다녔……."

레온은 시시덕거리며 자기가 여자 꾄 이야기를 하고 있었다. 어딜 가나 사내새끼란 하여튼……. 그래도 등장인물로 톨스토이가 나오다니 스케일이 다르긴 하네. 대체 레온 이놈은 몇 살일까?

서린은 그리 생각하면서 옆을 바라보았다.

루스킨은 레온을 불편한 눈초리로 쳐다보고 있었다. 오월동주라고 하던가? 잠깐 치고받던 사이끼리 한배를 타고 있으니 분위기 싸한 것도 이해가 간다.

가뜩이나 날씨도 추워지는데 분위기까지 이리 싸해지다니… 서린은 내심 걱정했다.

그런데 그때 갑자기 엘리베이터 박스가 소란스러운 소리를 내더니 폭발했다.

콰앙!

그리고 먼지를 꿰뚫고 오토바이 한 대가 나타났다. 서린은 그걸 보고 굳어버렸다. 이런 등장 방식을 관철하는 인간이라면 너무나 잘 알고 있었다.

"세건 형?!"

먼지를 꿰뚫고 나타난 한세건이 머리칼을 쓸어 올렸다. 그도 서린을 알아보고 눈살을 찌푸렸다. 그다지 반가워하는 표정은 아니다. 하긴 그의 옆에는 레온과 루스킨이 붙어 있었으니까 당연하다.

"아아… 이런, 한창 재미있는 부분이었는데."

레온은 투덜거리며 머리를 털고 세건을 바라보았다. 루스킨도 긴장한 표정이었다.

비스트, 흡혈귀 사냥꾼 중 가장 급격하게 떠오른 이놈은 정말 미쳐도 제대로 미친놈이었다.

테트라 아낙스에게 홀몸으로 싸움을 건 한국 사건은 너무나 유명해서 월야의 주민이라면 누구나가 그를 주목하고 있었다. 그리고 실제로 그와 접전을 벌여본 결과 그의 명성이 결코 허명이 아니라는 걸 알 수 있었다.

말 그대로 제대로 미친놈이다. 그놈이 앞에 멀쩡하게 나타났으니 누군들 걱정하지 않을까?

세건은 그들을 바라보고 인상을 찡그렸다.

"서린… 동족들이랑 잘 먹고 잘사니 기분이 좋은가 본데, 벌써 많이 친해진 모양이구나?"

순간 서린은 그가 예전에 볼코프에게 잡혔을 때 고문당한 것에 대한 앙금이 남아 있나 의심했다.

그때 한세건은 볼코프 레보스키 일당에게 잡혀가 있었고 그동안 서린은 음식을 대접받고 샤워도 하고 비교적 쾌적한 환경에 있었다. 뭐로 봐도 이건 엄청난 차별이었다.

물론 서린은 리림이고, 또 엄밀히 따져 보면 볼코프 레보스키의 외손자이기 때문에 차별을 하는 게 당연하지만 차별 대우 받은 입장에서 그게 당연하다고는 할 수가 없었다.

게다가 서린이 이제 와서 볼코프가 제 외할아버지예요, 라고 말하면 한세건이 뭐라고 응답할지 짐작도 가지 않는다. 화가 나서 쏴버리지 않을까? 어느 쪽이 되었든 미친 듯이 격분하리라는 것만은 분명했다.

"뭐라는 거야?"

레온은 한국어를 알아듣지 못하자 궁금해져서 즉시 서린에게 물어보았지만 서린은 대답하지 않았다.

한세건은 오토바이의 스로틀을 당겼다. 그러자 위압적인 엔진음이 울려 퍼졌다.

"잡아!"

그때 위에서부터 엘리베이터 와이어를 타고 내려온 특수부대원들이 나타났다. 그들은 밑에 있던 레온을 바라보며 외쳤다.

"뭐 하는 건가! 대위! 얼른 잡지 않고!"

"…켁, 알겠습니다!"

레온은 그들에게 경례를 붙이고 싸울 태세를 취했다.

사실 그야 저런 허접한 라이칸스로프들과는 차원이 다른 군 경험을 한 인물이지만 지금 당장 달고 있는 계급장이 그러니 어쩔 수 없었다.

게다가 원래 그는 군대 체질인지라 자신보다 능력이 떨어지는 상관이라고 해서 괜히 문제를 일으키거나 하는 일이 없었다.

부아앙!

세건은 그들을 뚫고 계단 쪽으로 뛰어들었다.

레온이 초속을 발휘해서 그를 추격하려 했지만 레온에게 명령을 내린 군인들이 앞을 가로막고 있어서 초속을 발휘할 경우 보디 체크를 할 우려가 있었다.

레온 시마노프의 능력을 모르는 것도 아닐 텐데 잡으라면서 이렇게 길을 막다니… 갑자기 짜증이 났지만 그는 한숨을 내쉬고 그들을 뛰어넘었다.

"먼저 가도록 하지요. 다들 따라와."

"아, 예!"

루스킨도 눈살을 찌푸리던 것치고는 순순히 따라갔다.

서린은 그들이 가는 것을 보고 내심 안심해서 제자리에 멈춰 섰지만 그 순간 다른 라이칸스로프 군인들의 눈총이 몸에 느껴졌다.

정말 피부에 압정이라도 꽂아 넣는 기분이라서 서린도 앞으로 뛰었다.

"제기랄!"

그러나 그때 갑자기 뭔가 비릿한 냄새가 코를 찔렀다.

혈향이다.

그것도 이만저만한 양이 아니다. 마치 피로 가득 찬 풀에 빠진 듯한 느낌이었다. 공기 중에 갑자기 이런 피 냄새라니… 에어컨이 미치기라도 했단 말인가?

그런 생각을 하고 있을 때 갑자기 빌딩 위 환풍기를 따라서 피가 쏟아져 내렸다.

"아니?!"

그뿐만이 아니라 벽에서도 핏물이 배어 나왔다. 깜짝 놀란 서린이 뒤를 돌아보니 곳곳에서 비명 소리가 들렸다.

"으아아악!"

"괴, 괴물이다!"

"젠장! 이건 뭐야?"

무전기에서 쉴 새 없이 비명이 쏟아져 나왔다. 놀란 서린은 자신의 소총을 뒤로 돌려 메고 수류탄을 잡았다.

테트라 아낙스는 이 상황을 즐기고 있었다.

그들은 절대로 안전하다. 무슨 일이 있어도 플렉스 메디칼 건물로는 향하지 않을 것이고 적들이 분노해서 인근 호텔을 뒤진다 해도 그들을 찾을 수는 없으리라.

왜냐면 그들은 지금 에어버스를 통해 하늘을 날고 있는 중이니까.

"그놈들의 면상을 보고 싶긴 하군. 대체 무슨 표정을 짓고 있을까?"

고든은 비아냥거렸다. 너무 오래 살아서 성격만 나빠진 것일까? 하긴, 그렇게까지 해서 우월감을 확인하지 않으면 자신들이 과연 정말 밤의 지배자인지 실감할 수 없으니까.

날 때부터 이미 밤의 지배자로 점지된 그들은 자신들의 피지배자를 학대하는 것을 지배권의 확인 작업쯤으로 여겼다.

그것은 불사자들의 뒤틀린 욕망이다. 그들 모두가 그것이 뒤틀린 욕망이라는 걸 잘 알고 있다. 자신들의 추악함을 너무나 잘 인지하고 있고 그것을 경멸했다.

하지만 그럼에도 불구하고 고든은 자신의 불로불사를 추구했다. 어둠의 지식을 위해 소모한 젊음을 되찾아 영원히 이 세계에 남아 지배하기를 갈망했다.

더러운 늙은이.

베이런이 피식 웃었다. 그는 고든의 젊은 시절, 청년 시절의 모습을 하고 있는 존재였다.

테트라 아낙스는 네 마리 뱀이지만, 수장인 고든을 제외하면 나머지는 그의 분신에 지나지 않는다.

붉은 드레스의 여자 흡혈귀 레베카는 고든의, 아니, 젊음을 유지한 베이런의 여성체였고 소년인 마틴이 고든의 어린 모습이었다.

그들은 모두들 고든의 복제. 필요하다면 고든은 이들 중 한 명을 자신의 다음 몸으로 선택할지도 모른다. 그렇기 때문에 그들은 리림을 잡는 데 혈안이 되어 있었다.

하지만 그게 옳을까? 베이런은 눈살을 찌푸렸다. 그들은 전혀 아름다운 존재가 아니지만 여기서 더 살겠다고 발버둥 치는 것은 추악함의 극치다.

고든이 리림의 몸을 빼앗아 더더욱 수명을 늘리고 다른 테트라 아낙스는 고든의 몸이 되지 않은 것에 안도의 한숨을 내쉬며 구차히 살아야 하나?

베이런은 눈을 감았다. 눈을 감으면 항상 뒤따르는 예지력이 일어나지 않는다. 이것이 바로 리림, 이사카의 힘인가?

"이사카 덕분에 뭔가 궁금하다는 감정이 생기는군요. 아주 오래간만이에요."

"그렇긴 하군. 알고 싶으면 다 예지하면 되니까. 그래도 오라클들을 많이 만들기 전엔 이 정도는 아니었지."

고든은 오라클 시스템을 상기하며 코웃음 쳤다. 고든이 만들어낸 가장 최악의 시스템, 모든 인류의 미래를 예지하는 흡혈귀들의 예지력 허브, 그것이 바로 오라클 시스템이다.

거창한 이름에 비해 실상은 굉장히 간단했다.

테트라 아낙스는 예지력을 지닌 자신들의 혈족의 눈을 뽑고 예지력을 강화하게 하여 무수한 예지자, 오라클들을 만들어내었다.

그들은 그 오라클들의 인생을 착취하고, 필요하면 약물로 심령을 제어하여 그들을 그저 도구로 전락시켜 버렸다.

테트라 아낙스의 예지력을 더더욱 강화해 주는 도구가 있는 한 그들의 지배는 영원할 것이다.

그들을 이용하는 시스템이 만들어진 게 19세기 말. 21세기가 되도록 백삼십 년 정도의 시간이 흘렀다.

테트라 아낙스가 살아온 인생을 생각하면 이것은 그리 대단한 게 아니다. 하지만 그들은 오라클이 없던 시절엔 자신들이 어떻게 살았는지조차 기억하기 힘들었다. 그만큼 그들에게 과거란 의미가 없는 나날들의 집합이었기에.

"TV를 보도록 하지요."

테트라 아낙스의 소년 미하일이 그리 말하고 스위치에 손을 대었다. 그러자 에어버스 안에 설치된 TV가 뉴스를 내보냈다.

"이번에도 또 우리 빌딩이군."

고든은 즐거운 표정으로 화면을 바라보았다.

모스크바에 위치한 플렉스 메디칼 건물이 소란스러운 게 보였다. 이번엔 그래도 저쪽도 양심이 있는지 빌딩을 통째로 폭파시키는 퍼포먼스는 자제하려는 모양이었다.

그저 한쪽 유리창이 깨지고 안에서 총탄이 빠져나와서 유리창에 흠집을 낸 정도밖에 안 보였다.

"빌딩을 부수면 우리의 권위나 힘에 손상을 줄 수 있을 거라고 믿는 건 아니겠지요? 왜 저런 곳에……."

테트라 아낙스의 홍일점 레베카는 한숨을 내쉬며 TV를 바라보았다. 그러자 베이런이 어깨를 으쓱해 보였다.

"그렇지만 릴리쓰의 심장을 다시 빼앗긴다는 건 마음에 들지 않는군. 어렵사리 찾아왔는데 꼭 그렇게 해야겠나?"

"아니, 다시 찾아온다."

"어떻게?"

"다 방법이 있지. 스팅레이를 준비시켰으니까."

고든이 그리 말하자 모두들 정색했다. 마지막 석세서, 스팅레이. 그것은 갖가지 사도의 마법을 집결해 만들어낸 최악의 흡혈귀 중 하나였다.

테트라 아낙스는 그것을 다루는 게 불가능하다는 판단하에 그것을 봉인해 버렸다.

"스팅레이를?!"

"그, 그놈은 위험하지 않아?"

"그놈은 봉인한 게 아니었습니까? 고든, 아니, 루드비히?"

모두들 고든을 살펴보았다.

스팅레이는 그들이 석세서들을 만들기 위해 이것저것 시험할 때 만들어진 실패작이었다. 실패작이기는 하지만 잠재력만은 엄청나서 이후 석세서의 반열에 들게 되었다.

하지만 석세서라고는 해도 그는 다른 흡혈귀들과 마찬가지로 지금의 진마를 대체하기 위한 도구로 만들어진 게 아니다.

그 녀석이 가진 무한한 식욕은 전 인류를 먹어치울 때까지 결코 만족을 모를 테니까.

그것은 그저 시도를 위해 만들어진 흡혈귀였다.

"실패작이라고 버리는 성격이 못 되어서 말이지. 게다가 스팅레이가 가진 능력 자체는 매우 뛰어나지 않나?"

고든은 태연히 말하며 손가락을 튕겼다. 그러자 눈이 먼 흡혈귀 한 명이 슈트 케이스를 가져왔다.

흡사 무슨 냉전 시절 영화에서나 나올 법한 암호화된 신호를 발신하는 스위치 박스 같아 보였다.

아니나 다를까, 슈트 케이스를 열자 안에는 열쇠를 꽂아야 발동하는 스위치가 있었다.

"그럼 길어지기 전에 봉인을 풀까. 스팅레이가 그들을 상대하는 사이에 앙리 유이가 무사히 리림과 릴리쓰의 심장을 회수해 오면 좋겠군. 그놈의 호기심이 문제겠지만 말야."

고든은 그런 바람을 드러내며 열쇠를 꽂아 넣고 스위치를 눌렀다.

콰앙!

플렉스 메디칼 빌딩 전체가 흔들렸다. 그리고 무전에서는 계속해서 비명이 들렸다.

"함정인가?"

볼코프 레보스키는 태연한 표정으로 라토바에게 손을 벌렸다. 그녀가 무전기를 들려주자 그는 부하들에게 명령했다.

"다들 퇴각하도록! 여기서 볼일은 없다! 지하 주차장으로 퇴각하도록!"

하지만 그때 무전을 통해 그에 대한 반발이 들려왔다. 장군의 명령에 토를 다는 경우란 그리 흔치 않은 일이기 때문에 사태가 얼마나 급박하게 돌아가는지 알 수 있었다.

—그, 그게… 밑에서부터 그것이 나왔습니다!

"그것? 그게 뭔데?"

볼코프가 의문을 품고 있을 때 갑자기 그의 어깨로 새빨간 액체가 한 방울 떨어졌다.

깜짝 놀란 볼코프는 몸을 옆으로 돌려 핏방울을 피하고 천장을 올려다보았다. 그곳에서는 핏물이 배어 나와서 물처럼 뚝뚝 흐르고 있었다. 냄새로 보나 뭐로 보나 그것은 피였다.

"이게 웬 미친 노릇이지?"

볼코프는 그리 말하고 부하들을 돌아보았지만 모두들 이 상황에 대해서 만족스럽게 대답할 수 없는 것 같았다.

"그래… 파티마의 기적이라도 일어나려는 건가? 여자는 조심해야겠군. 적그리스도라도 낳을지 모르니까."

볼코프는 핏방울을 받아 입에 대어 보았다.

"퉤엣! 흡혈귀의 피군."

볼코프는 즉시 피를 뱉어냈다.

사람의 피라면 육즙 맛으로라도 먹겠지만 흡혈귀의 피는 라이칸스로프에게 독으로 작용한다. 먹기야 맛이 있지만 먹고 나면 시름시름 앓다가 죽게 마련이었다.

흡혈귀가 라이칸스로프의 피를 마시고 쓰러지는 것과 맥락을 같이한다.

"기적이라도 되는 건가? 정 떨어지는군. 대체 무슨 일이지?"

볼코프는 그리 중얼거리며 부서진 엘리베이터 박스를 살펴보았다. 한세건이 내려간 이 통로는 지하로 30층 이상 일직선으로 뚫려 있었다.

그는 한 손으로 와이어를 잡고 자신의 손이 무슨 금속으로라도 되어 있는 양 다른 한 손으로 몸을 지탱하며 뛰어내렸다.

끼이이이이!

와이어에서 쇠가 비틀리는 듯한 기괴한 소리와 함께 볼코프의 손아귀가 찢어져 피가 튀었다.

그러나 그는 무사히 30층 밑으로 도착했다. 그가 와이어에서 손을 떼자 손도 언제 상했냐는 듯 순식간에 재생해 버렸다. 하긴 팔이나 다리를 잘려도 그렇게 재생하는 자다. 이 정도 상처는 그에겐 대수롭지 않은 생채기에 지나지 않았다.

"그러면 어디, 봐볼까?"

볼코프는 그리 말하며 엘리베이터 박스 밖으로 향했다.

第30夜

Blood Surge

1

"아아아… 싫어, 싫어. 뭐야, 이거."

새카만 머리칼을 무릎까지 늘어뜨린 소녀가 손톱을 깨물었다. 그런 그녀를 중심으로 군복 차림의 사람이 무수히 쓰러져 있었다.

"머, 먹을 수가 없어."

그녀는 신경쇠약에라도 걸린 것처럼 손톱을 물어뜯었다.

아프다. 그렇지만 그녀는 아랑곳하지 않고 손톱을 깨물었다. 손톱이 뒤틀리며 피가 흘러나왔다.

그러자 그녀는 세상에서 무엇보다도 맛있는 감로처럼 자신의 피를 핥았다.

지하 주차장의 수은등이 흔들리면서 소녀의 몸에 빛을 뿌렸다. 환자였었는지 새하얀 병원용 원피스에 슬리퍼를 걸친 소녀는 너무나 매력적이었다.

키는 약 170센티미터 정도, 잘록한 허리와 병원 원피스로도 감춰지지 않는 날씬한 팔과 다리, 허리가 가는 데 비해서 가슴은 너무 크지 않은 정도로 있어서 성인 여성과 소녀의 경계를 아슬아슬하게 지키고 있었다.

하지만 더더욱 놀라운 것은 새하얀 피부였다.

우윳빛의 새하얀 피부에 인간 같지 않은 검푸른 눈동자가 빛을 발한다. 그녀는 고개를 돌리며 문득 뒤에 선 남자를 바라보았다.

"당신… 먹을 수 있는 거군?"

그녀는 러시아에선 좀처럼 드물게 영어로 말을 걸었다. 영어를 듣는 건 좋은데 하는 말이 가관이다. 먹을 수 있는 거라니? 남자는 아연실색했다.

그는 낡은 체크무늬 망토를 걸치고 있었다. 모자는 쓰지 않았지만 모자를 쓰고 파이프라도 물면 셜록 홈즈 같아 보일지도 모른다.

셜록 홈즈가 되기에는… 너무나도 날씬하고 젊어 보인다는 게 좀 문제일까? 아니, 긴 금발 머리채도 그렇다.

게다가 그의 허리춤에는 시대착오적인 무기, 레이피어가 걸려 있었다.

"스팅레이라고 해서 무슨 해물같이 생긴 놈일 줄 알았는데 의외인걸?"

"난… 레이야, 스팅레이가 아니야."

"레이도 해물 맞아."

금발 남자는 귀를 후벼 파면서 무성의하게 대답했다. 대답하는 태도도 짜증 나는데 하는 말은 그 세 배쯤은 짜증 난다.

그 때문일까? 소녀의 인상이 붉으락푸르락 변화했다. 그것을 보니 이 인형 같은 소녀도 감정이 있긴 있나 보다. 남자는 안도의 한숨을 내쉬었다.

"그, 그래?! 해물? 당신 지금 레이를 놀리는 거지? 살려두지 않겠어."

"그럼 어쩔 건데?"

"먹을 거야!"

"…다른 방법으로 먹어라."

금발 남자는 그리 말했지만 곧 고개를 돌렸다. 어차피 이 아이는 위험한 존재. 그녀와는 도저히 그 '다른 방법'으로 얽힐 리가 없었다.

흡혈귀에겐 성욕보다 식욕이 우선이니까 그녀처럼 자제력 없는 이는 정을 통한 사람이든 말든 관계없이 목을 물어뜯어 버릴 것이다.

아니면 구속력을 사용해서 살아 있는 이의 생피를 짤까?

어느 쪽이 되었든 좋은 배드 메이트는 못 된다. 나쁜 침실 매너로군……. 앙리 유이는 그리 생각하고 머리칼을 쓸어 올렸다.

그는 이전 팬텀의 앞에 나타날 때 입었던 허름한 양복 대신 망토를 걸치고 있었다. 망토 안에는 고대 드루이드의 사제복을 입고 있지만 망토의 인상이 너무나 강렬하다. 아마도 남들이 보면 홈즈부터 생각할 것이었다.

이것도 역시 좋은 옷은 아니다. 만약 팬텀의 에스콰이어인 빌헬름이 이걸 본다면 대체 또 뭐라고 할까? 그는 자신의 옷을 한번 쓱쓱 털면서 레이라는 소녀를 바라보았다.

"취소, 날 먹지 마."

"웃기지 마, 못 먹는 것들 사이에서 먹을 게 나타났는데 왜 내가 먹지 않아야 할……."

레이는 앙리 유이를 보고 탐욕에 불타고 있었다.

이렇게 아름다운 소녀가 남자를 보고 이렇게 탐욕에 불탄다면… 남자로서는 행복하리라. 만약 그녀가 암컷 거미처럼 남자를 먹어치워 버리지만 않는다면.

게다가 교미 후 먹어치우는 거면 모르되 바로 먹어치워 버리겠다면 더더욱 손해가 아닌가? 어쨌거나 분위기는 계속 험악해지고 있었다.

이대로라면 바로 덤벼들겠다 싶은 바로 그때, 그들 사이로 한 대의 오토바이가 나타났다.

오토바이는 비상계단을 통해 뛰쳐나와서 그들의 사이를 가로지르더니 순식간에 출구 쪽으로 향했다.

끼이이익!

그러나 그때 오토바이가 멈춰 서나 했더니 지하 주차장 출구 입구에서 끼이익 하고 터닝을 했다. 타이어가 다 타버릴 듯한 광폭한 터닝에 모두들 놀라서 그를 바라보았다.

오토바이 위에 탄 남자는 소녀와 앙리 유이를 번갈아 쳐다보았다. 그의 눈동자 안에선 푸른 불길이 일어나고 있었고 몸에서는 끔찍한 검은 오라를 뿌리고 있었다.

앙리 유이는 그걸 보더니 문득 그의 등 뒤에 있는 성궤를 알아차렸다.

"이런! 제 발로 여기에 오다니?! 하나는 수고를 덜었군!"

"그래? 관에 드러눕는 수고 말인가?"

오토바이에 타고 있던 남자는 곳곳에 쓰러져 있는 라이칸스로프 병사들을 보고 마치 선심이라도 쓰듯 폭탄을 하나씩 던져주었다. 깜짝 놀란 앙리 유이와 달리 소녀는 그것을 알아차리지 못했다.

"뭐지?"

그다음 순간 폭발이 일어났다.

콰아아앙!

엄청난 충격파가 앙리 유이와 그녀를 덮쳤다. 하지만 앙리 유이는 허공에 원을 그려서 가볍게 충격파를 갈라내 피했다.

"훌륭한 기습 공격! 한 대쯤 맞아주는 것도 예의겠지만 릴리쓰가 급해서 그렇게는 못 하겠군!"

그러나 그와 달리 소녀는 폭발에 맞아 쓰러지고 말았다. 폭풍에 실려 나가 그대로 군용 트럭에 들이받은 소녀의 목이 기괴하게 꺾였다.

가느다란 팔다리가 모조리 부러져서 선혈을 토했다.

"아!"

소녀는 어안이 벙벙해져서 세건을 바라보았다. 병원용 원피스가 폭풍에 찢겨져 나와 순백색의 새하얀 피부가 고스란히 드러났다.

눈부시게 흰 피부를 찢고 뼈와 내장이 튀어나와서 그다지 아름답다고는 할 수 없었다.

"공격이었구나."

그녀는 손을 들어서 피를 핥으며 천천히 일어났다.

하지만 한세건은 코웃음 치며 등 뒤에 걸고 있던 비스트를 돌려 그녀에게 겨누었다.

콰앙!

제2차 공격! 그녀는 단숨에 피투성이가 되어 나가떨어졌다. 일격에 허리가 끊겨서 두 동강 났다.

깜짝 놀란 앙리 유이가 그를 막으려 했지만 세건은 허리에 차고 있던 일본도를 뽑아서 수평으로 휘둘렀다.

챙!

앙리 유이가 레이피어로 일본도를 막아냈다. 하지만 세건은 오토바이로 앙리 유이를 치고 달렸다.

"그래, 몽테크리스토! 검술은 좀 늘었나?!"

세건은 앞바퀴를 세워서 벽을 타오르며 점프 턴을 한 뒤 다시 앙리 유이에게 돌진해 왔다.

"오토모빌 사무라이 따위에 질 정도는 아냐!"

앙리 유이는 그리 대답하면서 꽉 쥔 왼손을 펼쳤다. 그러자 어둠이 퍼져 나가며 순식간에 주위를 뒤덮었다. 흡혈귀의 눈조차 꿰뚫어 보지 못하는 진정한 어둠이 앞을 가렸다.

하지만 다음 순간 오토바이로 어둠을 꿰뚫고 튀어나온 세건의 칼날에는 피가 묻어 있었다.

"흥!"

세건은 칼을 휘둘러서 피를 털어냈다. 그러자 지면에 떨어진 피가 또르르 굴러서 어둠 속으로 빨려 들어갔다.

이 녀석 뭔가 이상하다.

진마이긴 한데… 왠지 모르게 불길하다. 생글거리며 웃고 다니는 것에 비해서 바닥을 모르겠다. 칼로 베기는 했지만 별반 반응이 없는 것도 마음에 거슬렸다.

"…아아아아아!"

그때 갑자기 소녀가 경기를 일으키듯 비명을 질렀다. 앙리 유이에 신경 쓰느라 소녀에게 신경 쓰지 못했었다. 하지만 비스트를 맞은 이상 치명상이었을 텐데?

우우우우우웅!

그 순간 갑자기 모든 것이 공진했다. 소녀의 비명에 호응해서 모든 게 흔들린다. 세건은 깜짝 놀라서 비스트를 그녀에게 다시 겨누었지만 그 순간 그녀로부터 무엇인가가 폭발했다.

우우우우우웅!

소리가 들리긴 하지만 그것은 소리가 아니었다. 그저 자신이 들었다고 생각하는 것일 뿐, 좀 더 말하자면 염파(念波)에 가까운 것이었다.

"어?"

세건은 그녀로부터 하늘을 향해 빛의 기둥이 열리는 것을 보았다. 그리고 그 빛의 기둥에서부터 무수한 입이 나타나 노래하는 게 들렸다.

그것은 천사들의 진군가이고 마를 징벌하는 징계의 노래였다. 마치 기독교 묵시록에서 나오는 천사들의 노래와 같았다.

그리고 그다음 순간 무시무시한 힘이 그를 엄습했다. 빛의 기둥으로부터 힘이 해방되고 노래는 절정에 달한다. 천사들이 일제히 그들을 덮치나 싶더니…….

"으으으으으윽!"

세건은 이를 악물고 견뎠다. 전신이 덜덜 떨려서 윗니와 아랫니가 딱딱 부딪히고 혀를 깨물어 피가 튀었다.

그렇게 그녀를 통해서 곳곳으로 퍼져 나간 빛이 이번엔 폭발했다. 망막을 찌르는 강력한 빛에 눈이 멀 듯하고, 고막, 청신경, 시신경을 통해 뇌가 혹사당한다. 미칠 것 같다!

하지만 세건은 참아냈다.

"헉, 헉헉… 제기랄."

세건은 숨을 고르며 눈앞을 확인했다. 눈이 멀었다고 생각했는데 먼 것은 아니다. 다만 뜨거운 코피가 흘러나오고 있었다. 안구 안의 모세혈관도 파열해서 혈안이 되어 있으리라.

우드드득!

소녀는 부러진 육신을 맞추고 아리아를 노래하는 프리마돈나처럼 양손을 들어 올렸다. 그러자 벽을 통해서 핏방울이 맺히더니 그녀에게 날아들었다.

그녀는 그 피를 받아 마시고 만족스러운 표정을 지었다. 초점을 살짝 잃은 그녀의 눈동자는 너무나 요염해 보였다. 긴 머리칼이 바람도 없는데 휘날리며 찢어진 옷을 대신해 그녀의 가슴과 치부를 가렸다.

"뭐, 뭐야, 이거는……?"

뇌의 신경이 다 타들어간 것 같은 기분이다. 이 이상 사고하는 것 자체가 뇌 회로를 태워 먹을 듯하다.

세건은 휘청거리다가 그제야 자신이 오토바이에서 떨어져 있다는 걸 깨달았다. 세건을 떨어뜨린 오토바이는 뒷바퀴를 힘없이 돌리며 시동이 꺼져 있었다. 언제 떨어졌지?

아니, 생각해 보면 엄청나게 오랜 시간이 지난 것 같았다. 저 소녀 흡혈귀의 노래가 시작된 뒤로 한 시간쯤은 지난 것 같았다.

"대단하군, 이게……."

앙리 유이도 넋을 놓고 그녀를 바라보았다. 세건이 엉망이 되어버린 것에 비해 그는 상처 하나 없이 멀쩡했다. 저 능력이 타깃을 선별할 수 있는 것인가? 아니면 앙리 유이가 뭔가 특별한 재주를 부려서 자신을 보호한 것일까? 어느 쪽이 되었든 간에 저 소녀… 보통이 아니다!

"하아아아!"

세건은 기합을 넣으며 몸을 일으켜 세웠다. 그러자 레이라는 소녀가 이상하다는 듯 고개를 갸우뚱거리며 세건을 바라보았다.

"아, 아직도 살아 있네. 신기하네."

"…그렇게 신기하냐?"

세건은 비스트를 그녀에게 겨누었다. 그러자 레이가 당황스러워했다. 역시 저 여자애는 다른 흡혈귀들과 달리 아직 백지 상태다. 총화기에 대해서 자신을 방어하는 법을 모르는 것 같았다. 빠르게 움직여서 피하기라도 할 것이지……. 세건은 가차 없이 그녀에게 총을 쏘았다.

"엇차!"

그러나 그다음 순간 앙리 유이가 소녀의 앞을 가로막았다.

쾅!

세건의 팔이 날아가 버렸다. 놀란 세건이 몸을 수습하고 뒤로 물러나 보니 이 상처는 바로 비스트에 맞은 흔적이었다.

앙리 유이는 한세건에게 총탄을 돌려보낸 것이다.

세건은 그제야 이놈이 정말 보통 놈이 아니라는 걸 깨달았다.

"…머리통을 날릴 셈이었는데 엄청나게 감이 좋군그래?"

앙리 유이는 되레 자신의 공격을 피해 낸 세건을 칭찬했다.

"와아… 뭐야, 뭐?"

레이는 신기하다는 듯 앙리 유이와 세건을 번갈아 바라보았다. 그러자 앙리 유이는 우아하게 인사를 하면서 히죽 웃었다.

"그렇지만 이렇게 어여쁜 꼬마 숙녀의 이름이… 하필이면 가오리(Stingray)라니, 참……."

앙리 유이는 어깨를 으쓱해 보이고 세건을 돌아보았다. 세건은 아직도 눈빛이 죽지 않았다.

팔 하나를 잃었음에도 불구하고 입에 일본도를 물고 권총을 손에 든 채로 노려보고 있었다. 눈빛만으로도 그 집념이 전해져 오는 무서운 놈이다.

"뭐, 헌터 중엔 이런 놈이 많았지. 가족이라도 잃고 나면 인간은 무섭게 변하더군. 흡혈귀 따위와는 비교도 안 되게 말야. 하지만 비스트… 현실적으로 넌 졌다. 릴리쓰의 심장을 내놔. 돌아가서 상처를 회복하면 기회는 주어진다. 나쁘지 않잖아?"

"그냥 뺏지그래?"

세건은 그리 반문했지만 앙리 유이는 고개를 설레설레 저었다. 이전과 달리 길어진 금발이 찰랑거렸다. 빌헬름이 그를 본다면 더 이상 70년대 영화에서 튀어나왔느니 하고 면박 주진 못하리라.

앙리 유이는 머리칼을 쓸어 올리며 혀를 찼다.

"난 달리 세력이 있는 것도 아니니까 너 같은 놈을 죽여서 남 좋은 일 시키고 싶지 않은데? 나 외의 흡혈귀들이 너에게 죽는다면 그건 오히려 반기는 일이라."

"늘 그따위 식이지?"

세건은 이를 악물고 일어났다. 머신 건 하트라도 써서 단숨에 공세로 전환해 해치우지 않으면 승산이 없지만… 이런 상처를 입고 그런 짓을 했다간 즉사한다.

그때 레이가 다가왔다. 그녀는 애초에 진마 앙리 유이에게 눈독을 들이고 있었다. 흡혈귀인 그녀에게 흡혈귀만큼 맛있는 먹이는 없을 테니까. 그러나 그녀는 세건에게도 호기심을 보였다.

"그런데 당신, 맛있어 보인다."

"못 하는 소리가 없군."

세건은 그리 말하며 권총을 겨누었다. 그러나 그때 앙리 유이가 움직이더니 단숨에 세건의 등에 매여 있던 성궤를 빼앗았다.

"모양이 안 좋지만 이렇게 받게 되는군."

"이……!"

한세건은 앙리 유이의 움직임을 눈으로 쫓았다. 고개를 돌리자 푸른 불꽃이 궤적을 그리며 이어졌다.

엄청난 적의가 느껴진다. 적의만으로 피부를 찢어 먹을 듯하다. 이런 적의를 품었던 헌터는 많았지만 그 의지가 이렇게 정순한 증오로 표현되는 놈은 없었다.

그야말로 증오의 화신 같은 놈이군. 그 순수함은 확실히 넋을 잃게 만드는 불꽃의 윤무 같았다.

하지만 그때 계단이 열리고 라이칸스로프들이 내려왔다. 모두들 코피투성이가 되어서 제정신이 아닌 걸 보니 레이의 공격이란 벽을 꿰뚫고 모두에게 타격을 가하는 것 같았다.

"저기다!"

라이칸스로프들은 혼미한 상태로 달려와서 총탄을 퍼부었다. 깜짝 놀란 레이가 그제야 움직였다. 하지만 아무래도 총알을 피하는 훈련이 제대로 되어 있지 않은 듯하다. 아는 게 없는데 몸은 받쳐 주니까 그냥 피한다고 해야 할까?

이 소녀 흡혈귀는 말 그대로 방금 태어난 상태였다. 필요한 지식만을 갖춘 채 필요에 따라 봉인되어 있다가 테트라 아낙스가 봉인을 깰 때 그제야 움직이는…….

'로봇 같군.'

앙리 유이는 그리 생각하며 눈살을 찌푸렸다. 레이는 총탄을 피하다 말고 멈춰 서서 정신을 집중했다.

"큭……."

세건은 그녀의 모습을 보며 눈살을 찌푸렸다. 다시 그 능력이 발동되면 진짜 위험하다. 죽일까? 죽일 수 있을까?

그때 총알을 피하는 레이에게 군용 트럭 뒤에서 수류탄이 날아들었다.

라이칸스로프 병사들은 익숙한 솜씨로 수류탄을 천장을 통해 트럭 위로 넘기거나 밑으로 굴렸다. 그렇게 트럭 밑으로 기어들어온 파편 수류탄이 터지는 데도 그녀는 아무것도 모르고 있다가 파편에 당해 버렸다.

"아아!"

아픔을 아는 걸까 모르는 걸까? 그녀는 자신의 몸에서 피가 나는 것을 신기하다는 듯 바라보았다.

테트라 아낙스에 의해서 인공적으로 만들어진 그녀는 아직 아픔이라는 것을 인지하지 못했다.

테트라 아낙스는 그녀와 같은 이들, 조반니나 브리아레오스 등등을 만들며 한없이 신에 가까운 권력을 자랑했다. 그래, 그들이야말로 신에 가장 가까운 이들이다. 그리고 저 소녀는 바로 그들이 만들어낸…….

"괴물이지."

세건은 라이칸스로프의 공격에 레이와 앙리 유이가 신경을 파는 틈을 타서 쓰러진 오토바이를 일으켜 세웠다. 그러고는 즉시 그 자리를 빠져나갔다.

"아, 가네?"

레이는 고개를 돌려서 세건이 빠져나가는 것을 바라보았다. 그렇지만 계속되는 총격이 그녀의 정신을 다시 앞으로 돌렸다. 하긴, 도망친 남자는 이미 반쯤 죽어 있었다. 이번에도 그녀의 힘을 해방하면 죽게 되겠지?

레이는 다시 노래를 불렀다.

우우우우우웅!

그녀의 노래에 호응해 공진이 일어나기 시작했다.

2

라이칸스로프 병사들은 그 공진을 들으며 아까 전의 그 일이 다시 일어나려 한다는 것을 알아차렸다.

그건 정말 끔찍했다. 어마어마한 염파가 그들의 신경계에 작용해 뇌를 태워 버릴 듯했다. 거리가 멀었으니 망정이지 가까웠다면 모두들 죽음을 면치 못했으리라.

그런데 이제 그게 이렇게 가까운 거리에서 터지려 하고 있었다.

라이칸스로프들은 모두 긴장했다.

"젠장! 또 그거냐?"

"막아! 절대로 막아!"

화염방사기와 수류탄이 잇달아 터졌다. 방탄복은커녕 의복조차 걸치지 않은 레이의 몸이 순식간에 피투성이가 되었다.

보다 못한 앙리 유이가 레이피어를 들고 레이를 지켰다. 자신을 잡아먹겠다고 한 소녀지만 그는 그녀를 지켜야 했다.

앙리 유이는 레이를 망토로 감싸고 결계를 펼쳐서 그녀와 자신의 몸을 막았다.

파편들이 결계에 닿는 순간 그들을 무시하고 곡선을 그려서 결계 면을 타고 다시 원래의 방향으로 날아갔다. 물리력의 방향을 왜곡하는 이 결계는 앙리 유이가 배운 아주 사소한 마법이었다.

하지만 물리력을 주 무기로 삼는 이들에게는 훌륭한 무기가 된다. 그래, 볼코프 같은 놈도 이것에는 어쩔 수 없을 것이다.

"아아, 아아아아아."

레이는 앙리 유이가 자신을 보호하는 걸 확인하고 그를 물어뜯는 대신 힘을 해방하려고 했다. 그러자 앙리 유이가 그녀를 제지했다.

"잠자코 기다려! 결계는 상호적이라 네가 힘을 해방해도 저들에게 영향을 못 줘! 힘 모을 수 있지?"

레이는 말없이 고개를 끄덕였다. 그러자 앙리 유이는 조심스럽게 손가락 세 개를 폈다.

"다 접으면 개방해! 하나, 둘, 셋!"

그 순간 다시 레이의 힘이 폭발했다.

우우우우웅!

또다시 신경계를 태워 버릴 듯한 강력한 염파가 터져 나왔다. 하지만 앙리 유이는 결계를 펼쳐서 자신을 보호하고 느긋하게 그것을 구경했다.

"으아아아악!"

염파의 힘에 휩쓸린 라이칸스로프들은 다들 쓰러져서 움직이질 못했다. 몸은 살아 있지만 정신이 죽어버린 것이다.

"휘유… 대단하군, 오라클들의 힘이란."

앙리 유이는 이 힘의 구동 방식을 한눈에 알아차렸다.

그녀가 사용하는 염파의 근원은 놀랍게도 테트라 아낙스가 평상시 예지력을 강화하기 위해 사용하는 뱀파이어 오라클들의 것이었다.

그녀는 그 염파를 모으는 일종의 중계기로 그 능력을 통해서 염파 병기로서 활용하는 것이다.

그렇다면 그녀의 석세서로서의 능력은 따로 있으리라. 아마 저 벽으로 핏방울이 배어 나오는 현상이 그것일 것 같은데 아무리 뛰어난 마법사인 앙리 유이라 해도 그 이상 자세한 것은 알 수 없었다. 사실 지금의 그가 알아차린 사실도 어디까지나 가설에 불과했다.

그러나 그 가설이 틀릴 확률은 별로 높지 않다. 무엇보다도 레이가 발휘하는 저 염파, 저것은 한 개체의 정신력이 지닐 수 있는 힘을 넘어서는 것이다.

만약 이게 그녀 혼자만의 힘이라면 테트라 아낙스는 굳이 몸을 옮길 만한 리림을 기다릴 것 없이 그녀의 몸에 자신의 영혼을 옮길 수 있으리라.

'고든이 이런 예쁜 소녀가 된다는 건 사양하고 싶지만.'

하도 흑마법 연구를 많이 해서 흡혈귀이면서도 쭈그렁바가지 영감이 되어버린 고든이 이제 와서 미소녀로 변한다니… 상상만 해도 구역질이 나온다. 게다가 그건 성전환 아닌가?

안 돼서 다행이야.

앙리 유이는 그리 생각하며 한숨을 내쉬었다.

여하튼 지하 주차장에 내려온 라이칸스로프들은 방금 전의 일격으로 죄다 전멸해 버렸다.

"이래서 마법을 못 쓰는 것들은 안 된다니까. 한 방에 몰살이라니, 간단한 보호도 할 줄 모르는 건가?"

앙리 유이는 릴리쓰의 심장이 담긴 성궤를 집어 들고는 코웃음 쳤다. 물론 그의 주장은 말도 안 되는 것이다. 간단한 보호의 주문이라고는 하지만 저런 강력한 염파로부터 자신을 보호하는 마법은 상당한 고등 마법이다.

그리고 흡혈귀든 라이칸스로프든 마법에 그리 능통한 이는 많지 않다. 재능이 있고 없고를 떠나서 접하기가 쉽지 않기 때문이었다.

어쨌거나 그는 성궤를 얻었다. 테트라 아낙스는 그에게 자신의 비술을 보여주는 조건으로 협력을 요구했다. 성배와 그의 몸이 될 리림을 구하라는 것.

그로서는 이거 하나만 얻어도 충분했다. 굳이 '몸'을 잡아가는 것까지 도울 필요는 없었다.

테트라 아낙스가 성질 좀 내겠지만 그에게 보복할 방법은 없다.

테트라 아낙스가 어둠의 왕이고 또 한 명의 아크 메이지긴 하지만 역시 4대 아크 메이지 중의 한 명인 앙리 유이를 적으로 돌릴 만큼 그 통치에 여유가 있는 건 아니다.

하지만… 저 레이라는 소녀가 신경 쓰였다. 저대로 혼자 두면 아마 죽을 텐데… 아니, 그녀가 죽는 건 별로 신경 쓰이지 않지만 그녀를 이루고 있는 메커니즘이 궁금하다.

테트라 아낙스는 과연 무슨 비술을 어떻게 써서 저런 강력한 흡혈귀를 만들어낼 수 있었을까? 그걸 생각하면 탐구욕이 불끈 불끈 솟는 것이다.

그도 천생 마법사였다. 그가 이해하지 못하는 신비와 비의를 보면 연구하고 싶다는 마음이 드는 것은 어찌할 도리가 없었다.

여기서 릴리쓰의 성궤를 들고 가면 테트라 아낙스가 몸을 옮기는 것은 막을 수 있으니 고든은 시름시름 앓다가 죽으리라.

그러나 그러면 고든이 알고 있는 지식과 지혜가 너무나 아깝다. 그렇다면 어떻게든 어깨너머로라도 훔쳐볼 기회가 있어야 하는데…….

"에라, 모르겠다. 이놈의 짓거리 때문에 친구도 많이 잃었는데도 여전히 이 모양이네. 나도 죽기 전엔 못 고칠 것 같다."

앙리 유이는 편집증적인 호기심을 견디지 못하고 레이의 옆에 섰다. 레이는 깜짝 놀라서 앙리 유이를 바라보았다.

"당신, 잃을 친구가 있긴… 했었어?"

"…노코멘트."

"…미안."

"사과하지 마라. 몸을 구해서 돌아갈 때까지는 도와주지. 괜찮겠지?"

"아, 으응."

그녀는 의아한 표정을 지으며 고개를 끄덕였다. 처음에는 앙리 유이를 먹을 것쯤으로 생각했지만… 곧 그녀는 앙리 유이가 자신의 예상보다 많이 강력한 존재라는 걸 알았다.

그리 쉽게 먹을 수 있는 상대가 아닌 것이다. 그런데도 앙리 유이는 자신에게 공격 의사를 가졌던 그녀를 적대하기보다는 왠지 불쌍하다는 듯 편하게 대하고 있었다.

친구인 걸까?

레이는 그리 생각했지만 이내 고개를 갸우뚱했다. 그가 자신의 편이라고 하기엔 아직 거리끼는 게 너무 많았다.

뭔가 불길한 기운이 느껴지는 이자는… 언젠가는 반드시 먹어야겠다. 일단 힘을 좀 찾고 난 뒤에…….

팬텀을 따르는 흡혈귀들도 플렉스 메디칼 건물이 타깃이 될 거라는 것 정도는 알고 있었다.

플렉스 메디칼 건물은 흡혈귀들이 해를 피하기 위한 장소를 제공해 주는 인텔리전스 빌딩이고 테트라 아낙스를 공격하려면 필연적으로 거기를 쳐야 했다.

그리고 플렉스 메디칼 건물 근처가 봉쇄되었을 때 그들은 이미 이곳에서 일이 벌어지리라는 걸 알았다. 하지만 문제는 해가 하늘에 떠 있다는 것이다.

태양 아래 전투력 저하가 별로 없는 라이칸스로프들과 달리 일광 아래에서 제힘을 발휘하는 흡혈귀는 진마나 그에 준하는 이들을 제외하곤 없다.

게다가 다들 이미 라이칸스로프들에게 당해서 아직 부상에서 완전히 회복되지 않은 상태가 아니던가?

그래서 그들은 하다못해 헬기를 이용해 건물에 진입하는 방법을 생각해 보았다. 헬리포트로 진입하면 바로 건물 안으로 들어갈 수 있기 때문에 일광을 피할 수 있다.

그러나 아르곤은 그들과 달리 지상으로 잠입하기로 결의했다. 한두 명쯤은 시선을 끌어줘야 공중 투입이 수월해진다는 게 표면적인 이유였지만 그도 내심 라이칸스로프들에게 농락당한 게 분한 모양이었다.

그래서 이번 기회에 자신의 명예를 만회하고 싶어 했다.

아니, 명예에 대한 개념이 희박한 그로서는 명예를 만회한다기보다는 분풀이라고 하는 게 더 적절하리라.

아르곤이 그리 말하니 아그니도 자연히 그의 뒤를 따르겠다고 하였다. 그래서 아르곤과 아그니는 지상으로, 나머지는 둘이 시선을 끄는 동안 헬기를 통해 옥상으로 잠입하기로 하였다.

아르곤은 마지막으로 자신의 총, 오리콘 차트를 점검했다.

함포에 달아 쓰는 30㎜ 오리콘 포탄을 발사하도록 되어 있는 이 휴대용 포는 개인화기로는 거의 한계에 도달한 위력을 지니고 있었다.

아니, 이건 인간은 쓸 수 없으니까 개인화기라고 할 수도 없다.

하지만 아무리 생각해도 이것만으로는 도저히 볼코프를 상대할 수 있을 것 같지 않았다. 포탄이 너무 커서 가지고 다닐 수 있는 게 한정되어 있는 데다가 제대로 써본 일이 없었다. 즉, 제대로 날아간다는 보장이 없었다.

진마사냥꾼 실베스테르처럼 간단한 마법을 걸어서 포탄을 소매 등에 숨겨 다닌다 하더라도 신뢰도가 떨어지는 무기를 그렇게까지 잔뜩 들고 다녀야 하나 하는 의문이 들었다.

"내 참."

그는 모자를 눌러쓰고 차 문을 열었다.

오리콘 차트와 장도를 큼지막한 기타 케이스에 넣고 양손에는 또 각각의 트렁크를 들고 앞으로 걸어갔다. 눈이 내릴 것처럼 어두운 하늘을 향해 우뚝 솟아 있는 플렉스 메디칼 건물이 눈에 들어왔다.

그 일대에는 이미 경찰들이 쫙 깔려서 빌딩으로 접근하는 이를 모두 막고 있었다.

안에서 도망쳐 나오는 사람들이 있을 뿐 들어가는 사람은 없다. 군인도 경찰도 안에 들어가 사태를 진압할 생각이 없는 걸로 보아 이미 이놈들은 테트라 아낙스의 종복이 되어 있는 것 같았다.

아르곤이 다가서자 경찰들은 그를 가로막았다.

"들어갈 수 없습니다."

"물러나시지요."

경찰들은 그리 말하며 아르곤을 밀쳐 냈다. 아르곤은 한숨을 내쉬고 그들을 바라보았다. 양손에 짐짝을 들고 가려는데 짐짝에는 시선을 별로 안 주는 것으로 보아 정상적인 인간의 반응이 아니다. 그것뿐만이 아니다.

가까이 다가가자 나는 고약한 냄새가 이미 그들의 정체를 말해주고 있었다.

"…너희들, 나 모르냐?"

아르곤의 눈이 일순 빛났다. 이 경찰 놈들은 이미 인간이 아니다. 흡혈귀들에 의해 물려서 죽은 시체가 움직이고 있는 것에 불과했다. 아르곤은 그놈들에게서 풍겨 나오는 역겨운 냄새를 맡으며 눈살을 찌푸렸다.

"이런, 이런, 아르곤 씨. 여기까지 오다니. 그런데 왜 다 같이 안 오고 혼자 왔지요? 다 같이 와서 두들겨 부수는 게 더 나을 텐데요. 아니, 아그니 씨도 있나?"

경찰들은 그의 귀에 익숙한 목소리로 말을 걸었다. 놈들의 뒤에는 브리아레오스가 있다. 아르곤은 한숨을 내쉬고 그를 바라보았다.

"브리아레오스, 네놈 정도의 담으로 테트라 아낙스를 배신한다는 건 불가능해, 얼간이. 스스로 잘 알 텐데도 끝까지 자기 운명을 거부하는군. 남의 뒤에 숨어서 조작이나 하는 놈이."

아르곤은 경멸을 숨기지 않았다.

원래 뒤끝이 없고 화끈한 성격인 그로서는 테트라 아낙스나 언젠가는 테트라 아낙스에게 배반할 거야, 하고 깝죽대는 그 밑의 놈들이나 똑같아 보였다.

"…고작 그 말을 하려고 대낮에 여기까지 온 겁니까? 구름이 끼어 있다고 해도 자외선은 피부 건강에 나빠요. 흡혈귀에겐 더욱 그렇죠."

브리아레오스는 자존심이 상했을 텐데도 유연하게 대처했다. 그때 갑자기 경찰의 머리가 펑 하고 타버렸다. 보다 못한 아그니가 불을 질러 버린 모양이었다.

"뭔 잡설이 그리 길어? 비키라고. 방해할 생각이라면 네놈도 테트라 아낙스랑 같은 묘를 쓰는 거지, 뭐."

"너 말야."

아르곤은 불쾌한 표정으로 차에서 뛰쳐나온 아그니를 노려보았다. 어쨌거나 남들 눈에는 라인을 지키고 있던 경찰관이 살해당한 걸로밖에는 안 보일 거다.

"제기랄."

아르곤은 라인 안으로 뛰어들어서 가급적 그늘로 이동했다. 그러자 아그니도 뒤따랐다.

"그런데 우리 둘만 먼저 와도 되나?"

"됐어. 나머지 애들 상태가 다 안 좋으니 여기선 내가 좀 활약해야지. 그놈들에게 갚을 것도 좀 있고… 아그니는 왜 따라온 거야?"

"그야 바늘 가는 데 실 가야지."

아그니는 태연하게 그렇게 말했다.

"난 너의 바늘이 되고 싶지 않은데?"

아르곤이 눈살을 찌푸리자 아그니가 시시덕거리며 선글라스를 고쳐 썼다. 하늘도 어두운데 이놈은 곧 죽어도 선글라스다. 눈 생긴 거에 자신이 없나? 하는 해괴한 생각마저 들 정도였다.

"짜식, 부끄러워하긴. 그럼 내가 바늘 할게, 네가 실 해라."

아그니는 억지를 부렸다. 그러자 아르곤이 히죽 웃었다.

새하얀 머리칼을 가지고 있긴 하지만 야구 모자를 푹 눌러쓰고 소년처럼 웃어대는 그 얼굴을 보고 그가 천 년 넘게 살아온 흡혈귀라는 것을 상상하는 이는 없었다.

아니, 설사 얼굴이 팍삭 늙어 있다고 해도 정상적인 사고방식의 소유자라면 그를 흡혈귀라고 생각하진 않겠지. 아르곤은 콧잔등에 붙인 밴드를 쓱쓱 문지르면서 말했다.

"어디 동네방네 자랑해 봐라. 내가 부끄러운가, 네가 부끄러운가. 난 부끄러울 거 없어. 스토커 붙었다고 동정할걸? 그나저나 싸울 준비는 해 왔어?"

아르곤은 그리 말하며 문득 자신의 상태도 생각났는지 자신의 옷을 살펴보았다.

볼코프의 메치기 등을 당하지 않기 위해서 상반신의 옷은 평상시의 진즈 조끼나 재킷이 아니라 일부러 넉넉한 라운드 티를 골랐다.

방탄 소재도 아니고 진즈도 아니다. 볼코프의 괴력으로 잡아당기면 그냥 찢어지도록 만든 것이다.

"너무 안일했어. 유도 선수랑 싸울 때는 이 정도가 기본이지."

아예 상의를 벗으면 좋겠지만 모스크바에서 상의를 벗고 다니면 미친놈으로 본다.

아르곤은 아그니와 함께 말을 나누며 앞으로 걸어 들어갔다. 그때 인근 건물로부터 그들을 향해 저격이 시작되었다.

"흥."

아그니는 손가락을 튕겨서 탄환들을 공중에서 증발시키곤 코웃음 쳤다. 아르곤은 그 틈에 잽싸게 저격수의 위치를 파악하고 그들에게 손을 뻗었다.

빠직!

순식간에 얼음 기둥이 저격수를 휘감아 버렸다.

"아, 젠장. 힘 빠진다, 바꿔… 내가 총알 막을게. 그쪽이 내 적성에 더 맞아."

"내가 그럼 목 날린다?"

이번엔 아르곤이 얼음 방패로 총탄을 막았고 아그니가 발화 능력으로 저격수의 머리를 날려 버렸다. 이렇게 하니 방금 전보다는 확실히 능률이 올랐다.

"얼음과 불이 만나니 멋진 콤보야, 우후후. 역시 우린 이렇게 될 운명이었다니까."

아그니는 기어코 그 이야기를 떠들며 좋아했다. 이게 그렇게 좋을까? 진마씩이나 되어서 이런 사소한 것으로 기뻐하다니 좀 어처구니가 없다.

하긴 어쩌면 진마이니까 이런 것일지도 모르겠다. 흡혈귀의 인생이라는 거… 그것은 확실히 따분하기 이를 데 없는 것이다.

"좋아하기는."

아르곤은 투덜거리며 앞으로 걸어갔다. 그때 그들의 앞으로 한 대의 오토바이가 달려오는 게 보였다.

"어라, 저게 누구야?"

"한세건이네?"

깜짝 놀란 아르곤은 즉시 아그니를 잡고 차도 앞으로 아그니를 휙 밀어버렸다.

물론 한세건이 그렇다고 오토바이를 멈출 놈은 아니다. 그대로 아그니를 치고 지나가려 하는 그때였다.

쩌적!

노면에 얼음이 생기면서 한세건의 오토바이가 옆으로 미끄러졌다. 깜짝 놀란 한세건이 오토바이에서 뛰어내리자 오토바이는 아슬아슬하게 아그니를 비껴 지나갔다.

물론 그렇게 미끄러지던 오토바이도 곧 지면에 얼어붙어서 멈춰 섰다.

"멋진 히치하이크였어. 그나저나 내가 한 번 살려줬지? 생명의 은인이다. 두 번 달아둬."

아르곤은 전혀 장난기 없는 표정으로 진지하게 말하며 아그니에게 자신의 모자를 툭 씌워주었다.

새하얀 백발의 포니테일이 어두운 하늘 아래서 그나마 빛을 발했다. 아그니는 황당해져서 모자를 매만지며 반문했다.

"치인다고 안 죽어. 그리고 네가 밀쳤잖아. 게다가 한 번이면 모를까 두 번이 뭐야? 한 번인데 두 번을 달아두라니?"

아그니가 따지고 들자 아르곤은 히죽 웃으며 그의 머리에 씌웠던 자신의 모자를 회수했다.

"원래 외상이란 이자가 붙게 마련 아냐. 그래도 한 번이 좋아? 콜, 그럼 한 번으로 달아둬."

"그런 이야기가 아니잖아……."

"내가 좀 쿨가이인 거 알지. 더 이상 토 달지 말고 거기서 합의 보자. 그나저나 일어나, 세건. 왜 길에서 자고 그래?"

자기가 넘어뜨려 놓고선 태연히 세건을 부축하는 아르곤이다.

세건은 어처구니가 없어서 아르곤을 바라보았지만 아르곤은 태연자약 싱글벙글 웃으며 그를 마주했다. 그는 세건의 절단된 팔을 바라보며 히죽 웃었다.

"염려 마. 피 흘린다고 안 잡아먹어."

"나는 먹고 싶은데?"

아그니가 그리 말하자 세건의 인상이 찡그려졌다. 아르곤도 피식 웃으며 의미심장하게 중얼거렸다.

아그니 자식이 한세건을 먹고 싶어 하다니 하면서. 그러자 한세건이 그의 손을 쳐냈다.

"일어날 수 있으니까 신경 끄고… 뭐야, 이 빌어먹을 흡혈귀들은? 왜 대낮에 어기적어기적 기어 다녀?"

당장에라도 지고 다니던 칼을 배에 쑤셔 박고 싶은 생각마저 들었다.

게다가 아르곤 이 녀석은 한세건을 이틀 동안 물에 처박은 장본인 아니었던가? 그의 동결 저주는 인간인 세건에게는 너무나 감당하기 힘든 것이었다.

세건은 칼을 세워서 아르곤과 아그니에게 겨누었다.

"아무리 쿠데타 막는 게 중요하고 우선이라 해도 네놈들이랑 노닥거릴 생각은 전혀 없어."

"도와주러 왔는데 박정하기는……."

아르곤은 한숨을 내쉬며 트렁크에서 칼을 빼 들었다. 그도 이번 싸움은 꽤 길어질 거라 예상해서 평상시 쓰던 것 같은 장도 외에 서양 검 몇 개를 가지고 나왔다.

그중 몇 개는 스페인의 도검 회사에서 영화용 소품으로 주문 제작한 영화 소품용 디자인을 하고 있었다.

한세건은 그나마 420 도검용 스테인리스로 제작한 일본도를 썼었다. 그런데 아르곤은 아예 영화 소품용 장식 칼을 들고 나오다니… 그의 기행에는 혀가 절로 내둘러졌다.

"괜찮아, 날 세워서 쓰면 이런 게 의외로 일본도보다 쓸 만해, 잘 안 부러지거든. 진짜야, 일본도보다 낫다고."

아르곤은 한세건의 눈치를 보고 그리 말했다.

그러자 한세건은 어깨를 으쓱해 보였다.

아르곤에게 빚진 걸 갚고 싶은 마음이야 굴뚝같지만 그는 싸움을 즐겨서 하는 게 아니다.

그가 흡혈귀를 사냥하는 것은 어디까지나 그 자신에게 부여된 고행 같은 것. 개인적인 원한을 위해서 무기를 휘두른다면 그것은 쾌감이 될 것이다.

복수, 정의를 위한 수단으로 흡혈귀를 사냥하면 자신은 쾌감을 얻게 될 테고… 그러면 더더욱 자신을 용서할 수 없게 되리라. 그래서 세건은 철저하게 자신의 욕망에 반하는 길을 택해 왔다.

그래서 그는 칼을 거두었다. 흡혈귀와 협력할 생각은 없다. 흡혈귀를 살려둘 생각도 없다. 그런데 굳이 쓰지도 않을 칼 뽑아서 위협하는 짓을 할 수는 없지 않은가?

"내가 일본도를 쓰는 건 부러지니까 쓰는 거야, 그게 얼마나 잘 먹히는데. 아니, 그게 아니라 대체 뭐 하러 왔어? 당신들이랑 내가 한편이라도 된 것처럼 생각하지 말아줬으면 하는데? 쿠데타라는 발등의 불이 급한 것뿐이야."

"어련하시겠어. 너는 됐고 우리는 우리 엿 먹인 라이칸스로프들에게 인사나 좀 해야겠다."

아그니는 씩씩거리면서 방한복 차림으로 안으로 들어가려 했다. 그러자 아르곤이 그의 옷자락을 잡고 말렸다.

"가만히 좀 있어봐. 안의 사정이나 좀 듣……."

그때 갑자기 안에서 뭔가 강력한 힘이 해방되었다. 깜짝 놀랄 새도 없이 엄청난 공진과 함께 정신파가 그들을 덮쳤다. 그렇지 않아도 너덜너덜한 상태인 세건으로서는 이번엔 정말 감당할 수 있을지 의문이었다.

그러나 폭심지로부터 멀리 떨어진 탓인지 이번에는 그리 대단하지 않았다.

하지만 아직까지 이런 걸 겪어보지 못한 아그니와 아르곤은 놀라운 표정을 지어 보였다.

"으으윽! 눈이 머는 줄 알았네. 뭐야, 이건?"

"무서운 염파다. 대체 뭐지? 이, 이런 게 우리와 같은 흡혈귀나 무슨 생물인 거야?"

아그니와 아르곤은 처음 경험해 보는 공격 형태에 놀라서 안을 바라보았다. 세건이 한숨을 내쉬고 그들에게 설명했다.

"안에 웬 여자애 흡혈귀가 한 명 있는데 특이한 능력을 쓰더군. 바로 그거. 난 그 애가 테트라 아낙스계의 진마이거나 석세서라고 생각했는데? 모르고 있었나?"

한세건이 그렇게 묻자 아르곤과 아그니는 서로서로 멀뚱멀뚱 얼굴을 쳐다보았다.

잠시 후 아르곤이 헛기침을 하더니 모자를 빙글 뒤집어썼다. 그러고는 풍선껌을 하나씩 돌리면서 말했다.

"나는 우리 클랜 애들 몇 명인지… 뭐 하는 애들인지도 모르거든?"

"별로 많지도 않은데 말이지."

아그니가 아르곤의 말을 받았다. 그러자 아르곤이 끄덕이면서 대답했다.

"나는 그러니까 내 집안 사정도 몰라. 그런데 내가 남의 집안 사정이니, 누가 석세서고 누가 뭔지 그런 거 알 리가 있나."

"…자랑이다."

한세건은 어처구니가 없어서 아르곤이 건네주는 풍선껌을 거부했다. 이 녀석들… 증오해야 할 흡혈귀임에는 분명하다. 특히 아그니 저 녀석과는 한국에서 몇 번 총을 섞은 적이 있었다.

그런데 신기하게도 인간적으로는 밉지 않은 녀석이다.

이 녀석들의 카리스마라고 해야 하나? 사람을 대하는 수완이나 그런 면에서 너무 능청스러운 면이 있어서… 사실 솔직히 한세건도 싫지 않았다.

그렇기 때문에 세건은 이 녀석들을 죽여야 한다. 흡혈귀를 사냥하는 것은 한세건에게도 고통이어야 한다.

물론 지금까지 그것은 충분히 고통이었다. 죽이고 그들의 피를 내어 팔고 그들의 피를 자신의 몸에 주사했다.

이 비인외도의 사악한 짓은 충분히 그를 상처 입혔다. 자신조차 용서하지 못할 만큼 도덕적 가치관이 높은 세건이었다. 그런 그가 자신을 학대하고 괴롭히고… 두 번 다시 용서할 수 없는 나락으로 떨어뜨리기 위해 벌여온 짓이 바로 사냥이다.

신이여, 저는 저를 용서할 수 없나이다.

그러므로 구원은 바라는 이들에게 주소서.

내게는 죄의 나락, 무간옥이 합당하나이다.

세건은 기도하고 또 기도했다. 그러므로 흡혈귀들과의 타협은 없다.

"일단 실베스테르도, 다른 흡혈귀 사냥꾼들도 연락은 해뒀어. 협력할 생각은 있나?"

아르곤은 한세건을 보며 히죽 웃었다. 한세건이 그에게 비록 몇 번 지기는 했지만 그 실력은 분명히 다른 진마들 이상이라고 할 만했다. 그런 이가 도와준다면 확실히 일이 수월할 것이라.

게다가 그는 팔이 잘렸으니… 이대로 그냥 달아나고 싶은 생각이 없겠지.

아니나 다를까, 한세건의 얼굴에 순간적으로 갈등의 빛이 떠올랐다. 평시의 한세건 성격을 생각하면 이 정도 표정 변화가 있는 것만으로도 대사건이다.

그러나 한세건은 독한 태도로 일관했다.

"웃기지 마! 나는 내 방식대로 놈들을 상대하고 너희는 너희 방식대로 하지? 그게 더 효율이 높다고 생각하는데."

"그럼 잠시 휴전인가?"

아르곤은 악수를 하자며 손을 내밀었다. 순간 한세건은 그를 불신의 눈초리로 쳐다보았다. 그러니까 믿을 수 없다고 쳐다본다기보다는 과연 이놈이 제정신인가 하는 회의가 비쳤다.

"…확인하려고 하지 마. 그런 약속은 도저히 할 수 없으니까. 흡혈귀들과는 약속하지 않겠어, 어떤 것도."

한세건은 그 말을 남기고 고개를 돌렸다.

3

"어쨌거나 방금 전의 염파는 뭐지? 굉장한데. 이걸 흡혈귀 하나가 할 수 있단 말이야?"

아르곤은 회의적이었다. 그도 나이를 헛먹은 것은 아니라서 뭐가 가능하고 뭐가 불가능한지는 알고 있다. 그러자 한세건이 불만스럽게 그를 노려보았다.

"내가 직접 봤어."

그는 비스트에 맞아서 잘린 팔을 상처에 댔다. 그렇지만 워낙 많은 부분이 날아가 버린 바람에 이상하고 어색해 보일 뿐이었다. 팔꿈치에서 바로 손이 나오면 이상하겠지? 팔뚝이 없으니 붙을 리가 없다.

"젠장."

한세건은 손을 내던지고 상처를 테이프로 묶었다. 폭탄을 벽에 달기 위해 쓰는 테이프긴 하지만 지혈을 하는 데는 충분했다.

"그럼 갈까."

아르곤은 칼을 아그니에게 주려고 했지만 아그니는 그를 거부했다. 아그니는 대신 그가 쓰던 MG50을 들었다.

"볼코프라는 놈에게 이건 먹힐 것 같은데 어때?"

"그래야지. 안 그러면 또 된통 당할 테니까."

아그니와 아르곤은 한세건을 뒤에 남겨두고 성큼성큼 지하 주차장으로 향했다.

서린은 겨우 정신을 차리고 주위를 둘러보았다.

"이, 이건 뭐야?"

대부분의 라이칸스로프가 쓰러져 있었다. 아직 숨이 붙어 있는 이도 많았지만 그들의 대부분은 이성을 잃고 숨만 붙어 있는 상태였다.

서린은 본능적으로 그들이 죽어버렸다는 걸 알았다. 식물인간이 되든가 해서 숨은 붙어 있을지 몰라도 그들의 영혼은 죽어 버렸다.

이런 게 가능하단 말인가?

"아, 레온은?"

깜짝 놀란 서린이 좌우를 돌아보니 레온과 루스킨 역시 약간 당황한 채로 살아 있었다. 아마도 정신력이 뛰어난 개체는 살아 남을 수 있는 공격 같았다.

'내가 정신력이 뛰어난가?'

서린은 그리 생각하고 잠시 으쓱했다. 그러나 이러고 있을 때가 아니다. 아까 전의 그게 뭔지 알아야 할 것 아닌가?

그때 레온이 서린을 밀쳤다.

"피해!"

"앗?"

깜짝 놀란 서린이 옆으로 뛰어넘으니 시커먼 연기 같은 게 발 밑에서 피어올라 레온을 휘감았다. 그러나 레온은 순식간에 순 발력을 발휘해서 그 연기를 끊어내고 빠져나왔다.

"하아! 뭐지?!"

"이런!"

루스킨은 검은 연기가 계속 허공에 떠다니는 것을 보며 혀를 찼다. 그것이 떠다니자 벽에서부터 핏방울이 방울지면서 나타 나는데 그 모습이 섬뜩하기 그지없었다.

"가오리인가?"

서린은 허공에서 헤엄치듯 돌아다니는 검은 연기의 모습에서 문득 그것을 연상했다. 레온은 그 말을 듣고 고개를 끄덕였다.

"만타(Manta)인지 레이(Ray)인지 모르겠지만. 하여튼 간에 여긴 바다가 아니니 꺼지지!"

레온은 이를 악물고 허리띠를 잡고 휘둘렀다. 그 순간 짝 하는 소리와 함께 공기가 갈라졌다.

레온의 특기, 초가속을 이용한 빠른 베기였다. 허리띠만으로도 공기를 가르기엔 충분한 위력이 나왔다.

검은 연기는 그 일격에 흩어져 버렸다. 그리고 그것과 동시에 벽을 타고 흘러내리던 핏방울도 멈춰 섰다. 모두들 안도의 한숨을 내쉬며 주위를 둘러보았다.

"이러다가 몰살당하겠군. 이거 함정 아냐? 이사카 베르게네프는 뭔 생각이지? 이런 데 처넣고 다 같이 죽으면 쿠데타고 뭐고 없어."

"함정은 아닙니다. 제가 알고 있는 한 이런 능력이 있는 흡혈귀는 없었어요. 라이칸스로프도 마찬가지고."

루스킨도 의아하다는 듯 고개를 갸웃거렸다.

볼코프 레보스키의 부하는 이사카에게도 중요한 병력이다. 그런 중요한 병력들을 이렇게 쉽게 죽게 내버려 둘 리가 없다. 그렇다는 것은 이것은 이사카의 예지 외의 일인 것일까?

하긴 이사카도 테트라 아낙스의 능력을 막기 위해서는 스스로의 예지력을 버려야 했다. 그렇다면 지금의 이사카는 무슨 일이 일어나는지 알지 못하리라.

"큰일이군."

루스킨은 서린을 바라보며 눈살을 찌푸렸다. 서린은 아무것도 모르고 그저 손에 총을 쥔 채로 주위를 두리번거리고 있었다.

"피해! 놈들이 노리는 건 당신이야, 롯시니!"

루스킨은 서린에게 말하고서는 스스로의 말에 어처구니없어 했다. 피하라곤 하지만 대체 여기서 어떻게 피하라는 것인가? 그러는 찰나 그들의 귀에 발소리가 들렸다.

"아니?"

금발의 흡혈귀 한 명이 당황하며 그들을 바라보았다. 그리고 그의 옆에 서 있는 흑발의 소녀도 의아한 표정을 지었다.

"이렇게 빨리 표적이 나오다니. 성궤도 그렇고 이것도 그렇고… 안의 빌딩 구경을 아직 덜 했는데 아쉽잖아?"

"젠장! 어이, 레온 시마노프 대위! 롯시니를 지켜요!"

루스킨은 상대방이 서린을 잡기 위해 나온 테트라 아낙스의 흡혈귀라고 생각하고 AK 소총을 그들에게 겨누었다.

두두두두두!

그가 총을 쏘자 금발의 흡혈귀 앙리 유이가 나서서 레이피어를 휘둘렀다.

설마 칼로 총을 막아보기라도 하겠다는 것인가? 미친 녀석! 그 광기가 제 몸을 상하게 하리라. 루스킨은 정확하게 흡혈귀의 머리통을 노리고 총알을 퍼부었다.

그러나 그 순간 그의 몸에 총알이 박혔다. 마치 돌격소총을 연발로 갈긴 것 같은 상처였다. 이게 어찌 된 일인가?

"이건 말도 안 돼!"

루스킨은 눈앞에서 벌어지는 일에 경악했다. 분명히 총구의 일직선상에 있는 앙리 유이는 아무런 상처도 없다. 총알이 스친 흔적도 없다. 그런데 그를 쏜 루스킨과 그와 같은 방향에 있던 레온이 총에 피격된 것이다.

방탄복을 입고 있어서 치명상은 피했지만 갑자기 총알이 되돌아올 줄은 상상도 못했다.

저놈은 칼을 휘둘러서 총알을 쳐낸 게 아니라 칼을 휘둘러서 결계를 만들어낸 것이다.

"이런 제기랄. 흡혈귀 마법사잖아?"

레온이 지면을 박차고 그에게 뛰어들며 주먹을 날렸지만 결계에 충돌한 순간 레온의 팔이 부러져 버렸다.

물리력을 그대로 돌려주는 탄성계수 1의 특수 마학 결계에 충돌했으니 부러지는 게 당연했다.

"어리석은 라이칸스로프들 같으니. 스팅레이의 실력을 좀 보려고 했는데 왜 나에게만 덤벼드는 거야? 성차별하는 건가?"

앙리 유이는 머리를 긁적이며 서린을 바라보았다. 서린은 기가 막혀서 총구를 내리고 그와 소녀를 바라보았다.

소녀의 아름다움이 눈에 띄게 빼어나고 알몸이라는 게 눈에 들어왔지만 아무리 그가 사춘기 혈기왕성한 소년이래도 지금 소녀에게 눈 돌릴 때가 아니라는 건 잘 알고 있었다.

"뭡니까, 당신들은?"

서린이 그리 물어보니 대답도 간결했다.

"널 데리러 왔다, 롯시니라고 했나?"

앙리 유이는 그리 말하고 스팅레이를 바라보았다.

그녀는 고개를 끄덕이며 서린의 얼굴을 찬찬히 뜯어보았다. 서린은 얼굴이 약간 벌게져서 그녀를 힐끗 보았다. 아무것도 모르는 순진무구한… 나쁘게 말하면 엄청나게 멍청해 보이는 소녀다.

그녀는 서린을 찬찬히 뜯어보더니 고개를 끄덕였다.

"…맞네. 테트라 아낙스가 말한 대로야. 릴리쓰의 냄새가 나."

그녀는 영어로 말해서 서린이 알아듣기 힘들었다. 앙리 유이는 히죽 웃으면서 서린에게 다가왔다.

"따라와라, 순순히. 말 잘 듣는 게 장수의 지름길이다."

"자, 잠깐. 왜 나죠?"

서린은 의아해서 반문했다.

왜 서린을 데려간단 말인가? 그냥 리림이라서? 리림이면 아무거나 상관없었단 말인가?

"아직도 모르겠냐? 테트라 아낙스가 몸으로 노리는 건 바로 너야, 이사카가 아니라. 하긴 다들 이사카를 노린다고 알고 있었나?"

앙리 유이는 기가 막힌다는 듯 그리 말했다.

그러자 서린은 눈을 휘둥그레 떴다. 아니, 그러니까 테트라 아낙스가 몸으로 노리다니… 설마 테트라 아낙스는 동성애자였단 말인가? 아니면 여자?

이런 하여튼 이 몸의 인기란… 서린은 그런 식으로 받아들였지만 지금은 농담할 때가 아니었다.

이미 그는 라이칸스로프들에게 잡혔지만 여기서 한술 더 떠서 흡혈귀들에게 잡혀가는 건 더 싫었다.

라이칸스로프들은 그래도 참을 만했다. 볼코프는 그의 외할아버지였고 이사카는 형이었으니까 사실 대접도 좋은 편이었다. 결코 포로 취급하지 않았다. 그런데 라이칸스로프의 적인 흡혈귀들에게 잡혀가면 어떻게 될까?

'내가 무슨 루크 스카이워커도 아닌데, 이번엔 아임 유어 파더라고 하는 건 아니겠지?'

지금까지 할아버지와 형을 만났기 때문에 이제 그런 게 나와도 놀라지 않으리라. 그나저나 신경 쓰이는 말이 하나 있었다. 물어보나 마나겠지만 서린은 확인차 다시 물어보았다.

"그나저나 테트라 아낙스가 몸을 노린다니요? 어떤 의미로?"

"굳이… 설명을 해야 따라오겠나? 지금 뒈지는 것보단 따라오는 게 나을 텐데?"

앙리 유이의 인상이 거칠어졌다.

이 녀석, 되게 무서운 놈이다. 방금 전까지 실실 웃더니 순식간에 살기를 띠는데 그 모습을 보아하니 정말 사람 죽이길 파리 죽이는 것만 못하게 생각하는 놈 같았다.

그러고 보니 이 녀석들은 흡혈귀가 아닌가? 당연히 사람 목숨을 파리 목숨으로 아는 놈이리라.

서린은 상대방의 말이 그저 위협이 아니라는 걸 깨닫고 총을 확인해 보았다. 쏴도 어차피 저놈의 결계를 뚫지 못한다.

저항해 볼까? 도망쳐 볼까? 그런 생각이 들었지만 도망친다고 하면 저놈을 자극할 뿐이다. 볼코프도 이쪽으로 오고 있을 테니까 그가 올 때까지 시간을 좀 끄는 게 나을 것 같다.

볼코프라면 이놈을 이길 수 있을까? 그런 의문이 들었지만 글쎄… 볼코프가 질 것 같다는 생각은 들지 않았다. 서린은 시간을 끌기 위해 다시 말을 꺼냈다.

"아니, 당신… 알았어요. 따라갈 테니까, 어째서 테트라 아낙스가 나를 노린다는 거죠? 그거나 좀 속 시원히 말해줘요."

여기서 말하면 당신은 떠벌리겠지. 서린은 그렇게 생각했지만 생각을 입 밖으로 내지는 않았다.

문득 인터넷에서 본 악당들의 자신의 계획을 떠벌리는 병에 관한 에피소드가 떠올랐다.

악당들은 꼭 자신의 계획을 직접 입으로 떠벌려서 사람들에게 경계심을 부각시켜 준다던가? 이 흡혈귀가 테트라 아낙스의 계획에 대해서 말해준다면 아마도 그 짝일 것이다.

그렇지만 굳이 그런 말을 입 밖으로 내서 정말 말하려는 사람의 의욕을 꺾을 필요는 없다.

"테트라 아낙스는 늙고, 자신을 옮길 새로운 몸이 필요해. 그 정도면 되겠지?"

앙리 유이는 그리 말하며 레온과 루스킨을 바라보았다. 그들은 앙리 유이의 틈을 노리고 있지만 그게 어디 가당키나 한 일인가?

"…눈이 살아 있군."

앙리 유이가 레온에게 손을 뻗자 갑자기 보랏빛의 벌레 한 마리가 그림자에서 뛰쳐나와 레온을 덮쳤다. 깜짝 놀란 레온이 그것을 막았지만 벌레는 순식간에 레온의 살을 파고 피부 속으로 머리를 들이밀었다.

"크악!"

"아니!"

서린은 벌레를 알아보고 기겁했다. 저것은 사준을 죽여 버린 저주받은 벌레였다. 그렇다면 이자가 바로 사준을 죽인 장본인이란 말인가?

물론 저것만 가지고는 증거가 부족하다. 속단할 수 없다는 것은 잘 안다. 그렇지만 지금으로서는 아무리 생각해도 그가 바로 사준을 죽인 장본인이라고밖에는 생각되지 않았다.

"쳇!"

그러나 레온은 사준처럼 만만한 놈이 아니다. 그는 순식간에 벌레를 찢어버리고 뒤로 물러났다.

"기생충을 몸에 키우고 다니냐? 구충제는 미리미리 먹어둬야지!"

레온은 그리 말했지만 역시 공격할 방법이 없었다. 상대방이 결계를 쓰는 걸 알고 있는 한 함부로 공격할 수가 없다. 앙리 유이는 그런 그들을 바라보며 코웃음 쳤다.

"내 벌레를 막다니, 제법이긴 하지만 너무 입이 살아 있는 거 아냐?"

그 순간 벌레들이 지면에서 콘크리트를 꿰뚫고 꾸물꾸물 머리를 들이밀었다. 이번엔 아까 전보다 훨씬 많다.

그러나 루스킨이 손을 세워서 크게 휘두르자 바람이 일면서 벌레들을 일소했다.

"이 자식! 이건 어떠냐?"

루스킨은 수류탄을 까서 그에게 던졌다. 그러나 그 순간 허공에서 어둠이 나타나더니 루스킨의 등 뒤로 수류탄이 떨어졌다.

땅⋯⋯.

쇳소리가 울리자 루스킨은 멍한 표정으로 뒤를 돌아보았다. 대체 저 흡혈귀는 뭐란 말인가?

"정신 팔지 마!"

레온은 즉시 루스킨을 낚아채서 달렸다. 그가 루스킨을 안전한 곳에 옮겨두고 나서야 폭발이 일어났다.

쾅!

파편이 어지럽게 튀고 플로어 안을 충격파가 휩쓸었다.

서린은 지면에 엎드려서 파편을 피하며 주위를 둘러보았다.

루스킨과 레온도 옆에 엎드려서 파편을 피하고 있었는데 결계를 사용하는 앙리 유이만이 태연히 서서 그들을 내려다보고 있었다.

"해치울까?"

레이는 의아한 표정으로 레온과 루스킨을 바라보았다. 그러나 앙리 유이는 그녀를 제쳤다.

"건드리지 마."

"자, 잠깐. 왜 나에게 이렇게까지 구애받는지 모르겠군요. 이사카가 훨씬 강하잖아요? 그만큼 더 역량이 뛰어난 몸이니 테트라 아낙스를 받아들이기 좋지 않나요?"

서린은 사태가 돌아가는 것을 아직도 이해하지 못하고 앙리유이를 돌아보았다. 그러자 루스킨이 눈살을 찌푸렸다.

"…롯시니, 얼른 피해요. 레온! 도망칩시다."

"아, 그러지. 장군님 올 때까지만 피해보자."

레온과 루스킨은 서린을 보호하며 뒤로 물러났다.

4

청색 야구 모자를 눌러쓴 백발의 백인 청년과 노란 머리로 염색한 동양인 남자가 지하 주차장에 들어왔다.

지하 주차장 안에는 수많은 시체가 널브러져 있었다.

군용 트럭이 서 있는 곳 근처에는 수류탄이 터진 흔적이 있고 곳곳에 총알 자국이 선명한 것으로 보아 시가전이라도 벌어진 모양이었다.

"이게 뭐야?"

아르곤과 아그니는 지하 주차장에 널린 라이칸스로프들의 시체를 보며 눈살을 찌푸렸다. 라이칸스로프들에게 당해서 복수를 하러 온 몸이긴 하지만… 이렇게 많이 죽어 있는 것을 보니 불길한 생각이 들었다.

직접 겪어본 바에 의하면 이들의 전투 능력은 이만저만한 게 아니었다. 잡병 하나하나만 하더라도 매우 뛰어난 능력의 소유자들이었는데, 이렇게 쉽게 몰살당하다니?

"아까 전의 염파 때문인가?"

아르곤은 손가락을 꺾으며 트렁크를 내려놓았다.

그는 트렁크 안에 있던 칼과 총화기 등을 몸 여기저기에 매달고 트렁크를 버렸다. 아그니는 코웃음 치며 주위를 둘러보았다.

"정말 이런 게 가능하다면 보통 놈이 아니겠는걸? 한꺼번에 와장창 다 죽여 버리는 힘이 있는 거야?"

"듣기로는 여자아이라던데?"

"이거 괜히 끼어들었다가 크게 당하는 거 아냐? 동료들이 올 때까지 기다릴까?"

아그니가 그답지 않게 신중론을 제시했다. 저번에 이사카에게 당한 게 너무 충격이 컸나 보다.

"아니, 그냥 간다."

아르곤은 그리 말하고 계단으로 향했다. 엘리베이터는 이미 못 쓰게 되었을 테니 계단이 그나마 낫지. 그런데 그가 몸을 움직일 때였다.

우우우우웅!

강력한 터빈 엔진음과 함께 장갑차 한 대가 주차장 입구로 들어왔다. 장갑차는 지하 주차장에 들어서자마자 아르곤과 아그니를 향해 기관총을 퍼부었다.

"우앗!"

아르곤은 콘크리트 기둥으로 피했다. 정말 어떻게 일이 돌아가는지 모르겠다. 이번엔 또 왜 뒤에서 장갑차가 나타난 것일까? 한세건이 마음을 바꿔서 그들의 뒤를 쑤시기로 작정한 것일까?

그렇지만 한세건이 무슨 수로 갑자기 장갑차를 끌고 온 거지?

"테트라 아낙스 놈들이다!"

아그니는 상대방을 알아차리고 발화 능력을 장갑차에 걸었다. 그는 금속마저도 발화시킬 수 있는 최고급의 발화 능력자였다.

테트라 아낙스의 진압 부대는 아마도 자신들을 습격한 라이칸스로프를 잡기 위해 온 것이겠지만… 테트라 아낙스에게도 불만은 많았다.

게다가 놈들이 먼저 총질을 가했으니 이쪽이 곱게 넘어가야 할 이유는 없다.

퍼엉!

금속이 타오르면서 격렬하게 폭발했다. 장갑차 앞판이 X자 형태로 시뻘겋게 타오르면서 갈라지자 안에 있던 흡혈귀들이 기겁하며 뛰어나왔다.

두두두두두두!

흡혈귀들은 나오자마자 무작정 소총부터 갈겨 대었다.

"어딜!"

그런 반응쯤은 미리 예상하고 있었다!

아르곤은 천장을 박차고 달려가 그들의 머리 위로 뛰어내렸다. 놀란 흡혈귀들이 소총을 들고 하늘을 쳐다보았지만 자기들끼리 부딪쳐서 뜻을 이루지 못했다.

콰직!

아르곤이 흡혈귀들 사이로 착륙하며 그들에게 검을 찍었다. 양손에 한 자루씩, 영화 '코난'에서 아놀드 슈왈츠제네거가 휘두르던 '코난 소드'와 반지의 제왕에서 간달프가 쓰던 '그람트 링'을 들고 흡혈귀들 사이로 뛰어든 아르곤이 빙글 돌며 두 자루 검을 휘둘렀다.

쉬이익!

선혈이 튀며 흡혈귀들의 몸이 토막 났다.

"엇차!"

아르곤은 상반신이 잘려 튀어 오르는 놈의 목을 물어뜯었다. 으적하는 소리와 함께 단숨에 목이 부러지고 그 몸통이 얼어붙었다.

와작!

아르곤은 얼어버린 시신을 칼자루로 쳐서 깨부숴 버리고 제자리에서 선풍각으로 주위를 향해 다리를 크게 휘둘렀다. 눈보라와 냉기가 그를 휘감으며 삽시간에 흡혈귀들을 얼어붙게 만들었다. 그리고 그 눈보라에 뒤이어 칼날이 춤췄다.

"차아!"

아르곤이 검무를 추자 얼음 기둥으로 변한 흡혈귀들이 산산조각 나서 무너져 내렸다.

원래 아그니가 과격하게 나오면 그것을 말리던 게 아르곤이다. 하지만 볼코프 레보스키와 상대하기 위해서는 피를, 기왕이면 흡혈귀들의 피를 많이 빨아야 할 필요가 있었다.

그런 의미에서 먼저 공격해 오는 테트라 아낙스의 하급 흡혈귀는 그에게 있어서 매우 좋은 먹잇감이었다. 어차피 이놈들도 실수로 공격한 건 아닌 것 같고 하니 가슴 아파해야 할 이유는 없다.

우우우웅!

얼어붙은 흡혈귀들의 시체로부터 핏방울이 솟아올라서 아르곤에게 빨려 들어갔다. 그러자 아그니도 투덜거리며 뛰쳐나왔다.

"나도 좀 먹어야지! 내가 더 부상을 많이 입었다고. 혼자 먹을 셈이야?"

"별로 먹을 거 탐내서 이러는 거 아냐. 나를 네 수준에서 생각하지 말아줬으면 좋겠어."

아르곤은 뛰쳐나오는 흡혈귀들을 물리치고 검을 거두었다. 일본도와 달리 두꺼운 이 칼들은 날이 무뎌져도 여전히 무기로서의 역할을 다할 수 있다. 비록 모조품 장식용 칼들이지만.

"그건 그렇다 치고, 테트라 아낙스 이 얍삽한 놈. 반격의 타이밍을 재고 있었던 건가? 여긴 함정이군그래?"

"그렇지."

우우우웅!

아그니와 아르곤이 테트라 아낙스의 부대를 정리했을 즈음에 다시금 위에서 염파가 폭발했다. 이번에는 아까 전보다 훨씬 거리가 가까워졌는지 위력이 더더욱 대단했다.

"크으으윽!"

아그니와 아르곤이 동시에 무릎을 꿇고 그 염파를 견뎌내야

했다. 묵시록의 천사들이 나팔을 부는 듯한 소리에 죄인이 되어 무릎을 꿇는 기분이 들었다.

"이, 이거 접근하면 할수록 위험한 거 아냐?"

"그렇다고 놀 수는 없잖아."

아르곤은 먼저 일어나서 아그니에게 손을 뻗어 그를 일으켜 세웠다. 그러자 아그니가 흥 하고 코웃음 치며 위를 올려다보았다.

"그래도 계속 갈 거지?"

"물론, 우리가 처리하지 못하면 헬기에서 내린 팬텀이나 다른 친구들이 꼼짝 못 하고 당할 수 있어."

아르곤은 그 말을 하며 앞으로 걸어갔다. 아그니는 그의 뒤에서 '팬텀 되게 챙겨주네' 하며 구시렁거렸지만… 그도 팬텀은 싫지 않았으니까 따를 수밖에 없었다.

루스킨과 레온이 서린을 잡고 도망치자 앙리 유이는 기겁했다. 루스킨과 레온, 심지어 서린조차도 앙리 유이보다 신체적 능력이 뛰어나다. 그들이 도망치겠다고 마음먹으면 앙리 유이로서는 따라잡을 방법이 애매한 것이다.

"젠장!"

앙리 유이는 그들을 쫓아서 달렸지만 그때 그를 가볍게 추월해서 레이가 달려 나갔다. 전라의 소녀가 자신을 추월하는 것을 보고 앙리 유이는 눈살을 찌푸렸다.

"정말… 느리군, 나는."

그러는 사이에 상층에서 내려오던 라이칸스로프들이 그들을 발견했다. 역시 스팅레이의 노래 때문에 많은 이가 코피를 흘리고 있었다.

"무슨 일이지, 대위!"

"저 여자애가 소리의 원흉입니다!"

레온은 자신에게 물어보는 상관들에게 그리 대답하고 그들을 뛰어넘었다. 라이칸스로프들은 일단 영문을 모르겠지만 그들의 말을 믿기로 하고 달려오는 흡혈귀 두 명에게 총구를 겨누었다.

두두두두두두두두!

하지만 그다음 순간 그들이 발사한 총알 모두가 그들에게 돌아갔다.

"어억!"

"아니?!"

라이칸스로프 병사들은 모두들 놀라서 그를 바라보았다. 선두의 병사들이 보디 벙커를 앞세우고 총격을 가했지만 그 순간 그들의 보디 벙커에 총격이 가해졌다.

이건 말도 안 된다! 총알을 반사하다니?

그때 레이가 문득 멈춰 서더니 앙리 유이를 돌아보았다.

"어떻게 할까? 공격해도 될까?"

"그래, 공격해! 다만 저 아이는 죽이지 마! 생포해라!"

앙리 유이는 서린을 가리키며 외쳤다. 그러자 그녀는 즉시 힘을 해방하면서 노래를 불렀다.

우우우우웅!

"모두 피해!"

레온이 그리 외쳤지만 이미 늦었다. 그녀의 힘이 해방되는 동안 모두들 눈을 그녀에게 고정시키지 않을 수 없었다. 이윽고 하늘로부터 빛의 기둥이 내려오고 묵시의 천사들이 노래를 부른다.

"으아아아아아아아아아!"

서린은 스팅레이가 힘을 발휘해서 라이칸스로프들을 파죽지세로 쓰러뜨리는 것을 보고 귀를 막았다. 무지막지한 염파다.

인간의 정신이 뇌세포라는 소자의 화학반응으로 이뤄진 것이라면 그녀가 발휘하는 염파는 바로 이 소자에 작용하는 일종의 전자파였다.

EMP 쇼크웨이브라고 해야 하나? 뇌 속의 신경 기판이 전부 다 타버릴 것 같은 끔찍한 과부하를 불러일으키는 이 염파는 그렇게밖에 설명되지 않으리라.

하지만 이런 엄청난 공격 속에서도 서린은 비교적 멀쩡했다. 신기한 일이었다. 방금 전에는 분명히 당하기 힘들었는데 어째서 이렇게 되었을까? 그사이에 적응이라도 한 것일까?

"정신력이 대단하군… 생포하려는 안일한 생각으로는 무린가?"

앙리 유이는 멀쩡히 서 있는 서린을 바라보며 의아해했다.

저 앞에 놓인 라이칸스로프들은 죄다 죽어버렸고 서린과 함께 도망치던 레온과 루스킨조차 지면을 기고 있었다. 그런데 서린은 약간 어안이 벙벙한 채로 멀쩡히 서 있는 게 아닌가?

정신력이 강하거나 뛰어난 마법적 재능이 있다면 가능한 일이다. 그렇지만 서린은 그 어느 쪽에도 해당 사항이 없어 보였다.

"으음."

서린은 주저앉아서 숨을 몰아쉬는 레온과 루스킨을 바라보았다. 둘 다 눈에 핏발이 서 있고 코에선 피를 철철 흘리고 있는 게 곧 죽어도 이상하지 않아 보였다.

"할 수 없군. 따라가도록 하지요."

또 이렇게 끌려가는 신세가 되는 것인가? 서린은 스스로 한탄했지만 어쩔 수가 없었다. 상대방의 힘이 월등히 강한데…….

"그래."

"그런데 왜 내가 이사카보다 더 나은지 모르겠군요. 아무런 힘도 없어서 이렇게 당신들이 오라 가라 하면 오고 가는 신세인데?"

서린은 대뜸 그리 말했다. 자신의 가련한 신세를 한탄하려는 것일까? 아니면 비아냥거리는 것일까? 과히 듣기 좋은 소리는 못 되었다.

그러나 앙리 유이는 화를 내지 않았다. 아니, 도리어 그는 서린을 불쌍하다는 듯 쳐다보았다.

몸을 빼앗기고 테트라 아낙스에게 기생당한다는 것은 최악의 인생이니까 한탄할 만도 하다.

"그러면 좋겠지만… 안됐지만 이사카 베르게네프는 수명이 짧다고 하더군. 곧 죽을 몸에 흡혈귀의 불로불사의 힘을 얹어봤자 위험이 크니까…….

앙리 유이는 그리 말하고 히죽 웃었다. 이건 일부러 들으라고

한 말일 거다.

루스킨은 걱정이 되어서 레온을 바라보았다. 이사카의 목숨이 얼마 남지 않았다는 사실이 볼코프에게도 알려진다면 어찌 될까? 아마 지금처럼 대등한 조건으로 대하진 않으리라.

그리 생각한 것이었는데… 레온은 별로 개의치 않았다. 이사카가 단명할 팔자라는 것은 그리 놀라운 사실이 못 되는 것일까? 아니면 레온 시마노프의 표정 관리가 그만큼 뛰어난 것일까?

"후후후, 잔소리가 많구나, 악당 녀석들! 잔소리 많이 하다 인생 조진 놈이 한둘이 아니지."

"뭐?"

앙리 유이가 의아해하는 사이 갑자기 천장이 무너지며 한 남자가 뛰어내렸다. 깜짝 놀란 앙리 유이가 뒤로 물러섰다.

"볼코프?!"

그의 눈앞에는 무시무시한 거구의 라이칸스로프 남자가 무표정하게 서 있었다.

군복 코트를 펄럭여 주위의 콘크리트 먼지를 털어낸 그는 서린과 레온, 루스킨과 죽어 있는 자신의 부하들을 바라보며 눈썹을 꿈틀거렸다.

네가 한 짓이냐고 물어보는 것도 필요가 없는지 볼코프는 당장 뛰어들었다.

"장군님! 녀석은 물리 결계가……."

레온이 조언하기도 전에 볼코프는 앙리 유이의 앞에 뛰어들었다. 물론 앙리 유이는 코웃음 쳤다. 그에게는 물리력의 방향을 고스란히 반사하는 결계가 있다. 강하게 치면 강하게 칠수록 부상만 커질 뿐이다. 아니, 볼코프의 주먹 위력을 생각하면 죽을 수도 있겠다.

하지만 다음 순간 볼코프는 손을 뻗어서 앙리 유이의 옷을 잡아버렸다.

"아차?!"

메치기로 붙으면 물리력을 반사할 것도 뭐도 없다! 일단 결계가 뚫려서 몸을 잡히면… 막을 방법이 없다!

"흡!"

볼코프가 숨을 들이쉬며 앙리 유이를 메칠 준비를 했다.

쫘아아아악!

그 순간 옷이 찢어지면서 앙리 유이의 몸이 빠져나왔다. 방탄복이 아니어서 볼코프의 악력을 견디지 못하고 바로 찢어져 버린 것이었다.

케블라로 이뤄진 방탄복을 입고 있었다면 그대로 바닥에 메다꽂혔을 판이었다.

"이, 이런!"

앙리 유이는 구사일생으로 살아서 뒤로 물러났다.

볼코프는 한 번의 공격이 실패로 돌아가도 개의치 않고 앙리 유이에게 다시 몸을 돌렸다.

"운이 좋군."

배 속을 울리는 듯한 저음이다. 앙리 유이는 기가 막혀서 벌레들을 다시 불러일으켰다.

우웅!

볼코프가 손가락을 갈퀴처럼 만들어서 휘두르자 콘크리트에 깊은 손톱자국이 패였다. 물론 덤벼들던 벌레들 역시 거기에 죄다 걸려서 작살났다.

"큭!"

앙리 유이는 화염을 가득 담은 아가트석을 그에게 던졌다. 마법의 힘이 해방되며 폭염이 볼코프를 덮쳤지만 볼코프는 강체 능력을 발동시키고 발길질을 날렸다.

화르르륵!

화염이 씷어지며 공기가 드러난다. 그 장면을 본 순간 힘이 쫙 빠져 버린다. 이 정도 되면 뭐… 볼 것 다 봤다고 해도 과언이 아니다.

"어처구니가 없어서 말이 안 나오네?"

발길질로 화염을 가르고, 주먹으로는 호텔을 쪼개고, 몸은 워낙에 단단해서 어지간한 건 씨도 안 먹히는 데다가, 옷깃만 스쳐도 바닥에 메쳐 버리는 괴물이다. 놀란 레이가 앙리 유이를 바라보며 물어보았다.

"다시 할까?"

"해!"

"아아아아아아아!"

소녀는 다시 노래를 불렀다. 그러나 그 노래가 채 완성되기 전에 볼코프의 중단차기가 소녀의 허리를 후려갈겼다.

투학!

소녀의 몸이 그대로 두 동강 나며 사방으로 피와 내장을 흩뿌렸다. 마치 소녀의 허리에 폭탄을 감아두고 폭발시킨 듯한 끔찍한 광경이었다.

그러나 볼코프는 그 끔찍한 장면에도 전혀 주눅 들지 않고 앞으로 뛰어들며 다시 앙리 유이에게 손을 뻗었다. 잡히면 이번엔 끝장이다! 피부를 찢든 팔을 자르든 해서 빠져나가지 않는 이상 죽으리라.

그리 생각한 앙리 유이는 뒤로 빠지며 눈을 찌푸렸다.

하지만 그때였다.

"우우우우우우우!"

소녀의 몸이 갑자기 허공으로 떠올랐다.

석세서 스팅레이의 잘린 상반신이 허공으로 떠오르며 주위의 공기로부터 힘을 끌어모았다.

"아아아아아!"

갑자기 그녀로부터 검은 어둠이 쏟아져 나오며 주위에서 피 냄새가 물씬 피어올랐다.

볼코프는 볼 것 없다는 듯 그녀에게 뛰어들어 주먹을 날리려 했지만 갑자기 그의 몸이 느려졌다.

"이건?!"

마치 물속을 헤엄치는 것 같다. 그리고 그녀로부터 검은 그림자들이 쏟아져 나와 볼코프를 덮쳤다.

콰직!

볼코프는 주먹과 발길질로 다가오는 검은 그림자들을 모조리 분쇄했다. 느려지긴 했지만 여전히 호쾌한 위력을 가진 공격이었다.

검은 그림자들이 무슨 분무기로 뿌린 안개처럼 볼코프 앞에서 흩어져 버렸다. 그러나 아무리 볼코프라고 해도 그 이상 그녀에게 다가갈 수는 없었다.

"흐음… 뭐지?"

"아아아아아아아아!"

검은 그림자들이 허공을 떠돌아다니며 노래를 불렀다. 그러자 다시금 염파가 주위를 덮쳤다.

우우우우웅!

"제길!"

레온은 루스킨을 끌어안고 엘리베이터 박스 안으로 뛰어들었다. 이렇게 가까운 거리에서 한 번 더 염파 공격을 받으면 제아무리 그들이라고 해도 회생 불가의 타격을 입으리라.

콰아아앙!

염파가 폭발하며 주위를 덮쳤다. 눈이 멀고, 귀가 먹고, 전신의 신경이 타오르는 듯하다. 머릿속을 바늘로 찌르는 것처럼 따끔한 느낌이 그들을 괴롭혔다.

하지만 볼코프는 약간 현기증을 느낄 뿐 멀쩡했다. 서린 역시 그처럼 약간 현기증을 느낄 뿐이었다.

"아윽."

벽으로부터 핏방울이 배어 나오더니 이내 허공을 무중력 상태로 떠다녔다.

마치 바닷물 속을 떠다니는 듯한 느낌에 서린도, 볼코프도, 앙리 유이조차도 어리둥절해 있었다.

테트라 아낙스가 만든 석세서, 스팅레이는 자신이 만든 피와 어둠의 바닷속에 숨어서 모습이 보이지 않았다.

"아아아아아아아!"

"또인가?"

볼코프는 노래가 들려오는 곳을 향해 다짜고짜 주먹을 뻗었다. 어둠을 몰고 다니는 거대한 가오리 같은 그림자가 볼코프의 신경질적인 주먹을 견디지 못하고 박살 났지만 그녀의 노래는 계속되었다.

우우우우웅!

공진하며 염파가 폭발한다. 앙리 유이는 그 모습을 보며 치를 떨었다.

그가 가지고 있는 네크로노미콘 사본과 아카드어로 쓰인 사령 문서 등에는 죽은 자라면 흡혈귀든 라이칸스로프든 관계없이 그 기억을 빼내는 법이 적혀 있었다.

어둠의 사법을 다루는 사법사 앙리 유이가 테트라 아낙스를 죽이고 그의 머릿속을 조사해 보고 싶어 하지 않으리라고 믿는 이는 없었다.

그렇기 때문에 테트라 아낙스는 그에게 자신들의 석세서를 보여주었다. 틀림없이 호기심을 느끼게 될 거라는 말과 함께.

테트라 아낙스의 말은 옳았다. 그는 어떻게 해서 이런 소녀를 진마에 버금갈 정도로 높은 VT를 갖게 만들어냈는지 궁금해졌다. 그녀를 만들어낸 비법도 놀랍고 그녀가 사용하는 혈인 능력 또한 관심을 끌었다.

게다가 이 염파… 이것은 바로 오라클들의 염파가 아닌가? 그녀는 오라클들에 대한 지배력을 지니지도 않았는데 그녀의 힘에 의해서 오라클들이 눈뜨고 그 힘을 강력한 염파로 바꾸어 다른 이들을 공격하다니?

그렇다면 테트라 아낙스도 이러한 염파 공격을 할 수 있는 것일까? 이런 점에서 볼 때 역시 고든은 정말 대단하다. 앙리 유이도 마법과 주술에 대해 일가견이 있지만, 아니, 대가라 할 만하지만 아무리 노력해도 그는 테트라 아낙스에게 한 수 처진다는 것을 인정해야 했다.

역시 이 정도는 되어야 흡혈귀의 왕이란 자리가 합당하다.

4대 아크메이지 중의 한 명이며 어둠의 왕자, 테트라 아낙스는 이런 소녀를 만들어낼 힘을 가지고 사치에 낭비하고 있었다. 녀석들이, 아니, 고든이 가진 사악한 마법들이 탐이 난다. 알고 싶다. 고대의 비의와 신비들이……!

5

아르곤과 아그니는 무시무시한 힘이 가득 찬 플로어에 도착했다. 빌딩의 엘리베이터와 계단이 맞물리는 복도 한가운데에는 그들의 눈에 익숙한 배반자 앙리 유이와 서린, 그리고 볼코프와 라이칸스로프들이 있었다.

"저놈은?!"

"가만!"

아르곤은 뛰어드려는 아그니를 제지했다. 주위에는 어둠이 가득 차 있는데 그 어둠은 흡혈귀의 눈으로도 꿰뚫어 볼 수 없었다. 그리고 그것들에는 불길한 기미가 가득했다.

"뭐 하는 거지?"

볼코프가 주먹으로 어둠을 부수는 것을 보며 아르곤은 치를 떨었다. 보기만 해도 정말 겁나는 주먹이었다. 저거에 맞으면 호텔 전체가 구멍이 난다.

물론 피와 살로 이뤄진 흡혈귀 따위는 아무것도 아니다.

볼코프가 있는 이상 함부로 뛰어들 수가 없었다.

게다가 그런 볼코프를 상대하고 있는 저 어둠은 뭐란 말인가?

"으윽!"

그때 서린이 일어나 자리를 빠져나오는 게 보였다. 그런 그를 레온과 루스킨이 보호한다.

"어이!"

앙리 유이는 그런 그들을 쫓아가려다가 자신을 휘감는 어둠들을 보며 눈살을 찌푸렸다.

아무리 그가 아크 메이지라고 해도 이 칠흑의 피바다는 듣도 보도 못한 능력이었다.

소녀는 어둠 속에 완전히 동화되어서 주위로부터 피를 계속 빨아들이고 있었다. 흡혈귀는 없고… 아마 인간들의 피이리라.

그녀는 그 피를 탐욕스럽게 빨아들이는데 구속력이 조금만 약해지면 진마인 앙리 유이의 피조차 그녀에게 빨려 들어가리라.

"…앙리 유이!"

그때 백발의 야구 모자 청년이 풍선껌을 불며 그의 앞에 나타났다. 아르곤이 어느 틈에 그를 쫓아온 것이었다.

"여어, 아르곤. 그때는 미안……."

앙리 유이가 그리 대답했지만 다음 순간 그의 머리를 향해 불꽃이 치솟아 올랐다. 물론 앙리 유이는 보호의 마법으로 그것을 빗나가게 만들었다.

"인사치곤 과격하군. 내가 아니라면 목이 날아갈 뻔했잖아."

"그게 심히 애석하다, 이 자식아!"

아그니는 그리 말하고 MG50을 양손에 들었다. 그러자 볼코프가 뒤로 물러나며 방어 태세를 취했다.

"흡혈귀들! 무슨 생각이지?"

아마도 그는 앙리 유이나 아르곤, 아그니가 한패라고 본 모양이었다. 그렇게 생각해도 딱히 할 말은 없군. 아르곤은 볼코프와 간격을 벌리며 조심스럽게 앙리 유이를 노렸다.

"조심해. 우리가 있는 곳은 피바다 속이야."

"그런 것 같다."

아르곤은 자신에게 달려드는 검은 가오리 같은 것을 향해 칼을 휘둘렀다. 스팟 하는 소리와 함께 칼이 명중하는 순간 어둠이 흩어져 버렸다. 그의 냉기와 검세를 조합해서 단숨에 안개를 제압해 버린 것이었다.

"아아아아아아!"

갑자기 안개 속에서 소녀의 외침이 울려 퍼졌다.

"이런!"

볼코프나 아르곤, 아그니가 뭐라 반응하기도 전에 다시금 염파가 터졌다. 그들의 뇌리 속을 뭔가가 강하게 훑고 지나가면서 모두들 주저앉았다. 다만 볼코프와 앙리 유이만이 멀쩡히 서 있을 뿐이었다.

"아윽!"

"젠장!"

아르곤과 아그니는 깜짝 놀라서 몸을 추슬렀다. 큰 타격은 아니었지만… 계속 당하면 확실히 목숨이 위험한 그런 성격의 공격이다. 미치거나 죽는 것은 흡혈귀든 인간이든 별 차이가 없으니까.

진마인 그들의 의지력이 비록 보통 사람보다는 강하지만… 글쎄, 헌터들보다 강하다고 자부할 수 있을지는 모르겠다.

다만 볼코프만은 엄청나게 굳건한 의지로 스팅레이의 목소리가 범접하는 걸 허락하지 않았다.

"아아아아아아."

소녀는 피를 찾아 허공을 헤매며 돌았다.

처음에는 볼코프에게 집중하던 그녀였지만 방금 전의 염파 방출로 아르곤과 아그니가 걸려들자 이내 방향을 선회했다.

흡혈귀인 아르곤과 아그니의 피는 그녀에게 있어서 세상 어느 것보다 감미로운 미주였다.

그러다 보니 먹지도 못하고 방어가 거센 볼코프보다는 흡혈 귀들에게 이빨을 들이미는 게 당연했다.

우우우웅!

검은 연기가, 피의 바다가 더더욱 커진다. 핏방울이 어둠 속으로 빨려들면서 어둠 자체가 거대한 심장이 된 것처럼 맥동했다.

"이게 테트라 아낙스의 비밀 병기인가?"

아르곤은 그것을 보며 눈살을 찌푸렸다. 볼코프는 멀쩡히 서 있는데 자신은 무릎을 꿇었다니, 그 수치감을 참기가 힘들었다.

"크윽!"

아르곤은 검을 좌우로 휘둘러 다가오는 어둠의 스팅레이들을 쳐 버렸다. 검에 부딪힐 때마다 어둠이 흩어지지만 이 강력한 저주는 사라지지 않았다.

"젠장!"

아그니는 불꽃을 연달아 터뜨리며 퇴로를 확보했다. 여기서는 도망치지 않으면 안 되겠다. 이 어둠의 심장이 무엇인지 모르고 가만히 있다간 여기서 죽을 판이었다.

앙리 유이는 이 상황이 되자 멍한 눈으로 레이를 바라보았다. 스팅레이의 예상 밖의 힘에 놀라지 않을 수 없었다.

처음에는 소녀에게 어울리지 않는 이름이라 놀랐고 두 번째는 소녀에게 어울리지 않는 힘이라 놀랐지만… 이번에는 이런 소녀를 만든 테트라 아낙스에게 놀랐다.

"그야말로 대마물 병기로군."

마법에 능통한 그이니 이런 곳을 무사히 다닐 수 있지 그렇지 않았다면 진마들조차 그녀에게 잡아먹히리라.

게다가 그녀는 어느 정도 라이칸스로프의 피에 대해 내성이 있는 듯했다. 벽에 맺혀서 빨려 들어오는 핏방울의 일부는 라이칸스로프의 피였다.

그녀는 그것을 빨아들여서 자신의 피로 바꾸고 있었다. 마치 그녀 자신이 거대한 정수 펌프라도 되는 것처럼…….

앙리 유이는 더 이상 자신이 이곳에 있을 필요가 없다고 생각했다.

게다가 릴리쓰의 심장이 성궤 안에서 요동치는 게 느껴졌다.

스팅레이의 힘이 폭주할 때마다 그에 호응해서 릴리쓰의 심장도 요동친다. 그 묘한 싱커페이션을 느끼며 앙리 유이는 손뼉을 쳤다.

레이는… 릴리쓰의 몸으로 만들어졌구나. 그걸 그제야 깨달을 수 있었다. 기왕이면 미인이어야 릴리쓰에게도 좋겠지?

릴리쓰의 성궤를 해방시킨다면 릴리쓰는 순백의 백지와 같은 그녀에게 빨려 들어갈 것이다.

그래서 그 심장은 매개체로 쓰이고 아름다운 처녀… 릴리쓰는 다시금 테트라 아낙스의 손에 돌아갈 것이다.

문제는 그가 만들어낼 때 지금의 레이를 너무 강하게 만들었다는 것 정도? 갖가지 비술을 시험해서 이상한 걸 대폭 달아놓은 덕분에 그녀는 초기의 목적인 릴리쓰를 받아들이기 위한 성체에서 많이 어긋나 있었다.

"어느 쪽이든 간에 나의 임무는 끝이군. 스팅레이! 스스로의 힘으로 돌아오도록 해!"

앙리 유이는 그 말을 남기고 자신을 어둠 속에 녹였다. 볼코프가 앙리 유이를 붙잡을 뻔했지만 도망치기로 마음먹은 앙리 유이를 그리 쉽게 잡을 수는 없었다. 그는 투명해져서 용케도 볼코프의 손을 피해 사라졌다.

"제기랄!"

계속해서 몰려드는 검은 가오리들을 상대하며 아그니와 아르곤은 괴로워했다. 볼코프 레보스키가 살아서 이쪽을 바라보고 있었다. 그리고 그런 다급한 심정도 모르고 스팅레이라는 소녀는 그들 둘만을 집요하게 공격했다.

"아아아아아!"

또다시 소녀의 노랫소리가 작렬했다. 아그니와 아르곤은 그녀의 강력한 염파 해방에 심각한 부상을 입었다.

이것은 전 세계 테트라 아낙스의 오라클들이 힘을 하나로 합친 결과다! 아무리 강력한 흡혈귀라 해도 쓰러지는 게 당연했다.

"으으윽!"

아르곤은 힘겹게 검을 휘두르며 마지막 저항을 했다. 아그니는 이미 많이 기력을 잃어서 쓰러지기 직전이었다.

'설마 옥상의 동료들도 이 염파에 당하는 건 아니겠지?'

아르곤은 그걸 생각하며 끔찍이 여겼다. 이 흡혈귀는 싸우면 싸울수록 점차 강해지고 있었다. 어둠은 점점 확장되었고 그녀의 염파는 점차로 주기가 짧아지고 있었다.

서린은 쓰러져 있는 레온과 루스킨을 부축하며 빌딩의 1층 로비로 향했다.

별로 무거운 것도 아닌데 발이 안 떨어지고 숨이 가쁘다. 그도 염파에 영향을 받지 않은 것은 아니기 때문일까? 그래도 레온과 루스킨이 거의 죽어가는 것에 비하면 매우 양호한 상처였다.

왜 그런 것일까?

처음에는 서린도 타격을 받았었다. 그러나 곧 맑은 힘이 흘러들어 오면서 그의 타격을 줄여주었다. 아마도… 그것은 볼코프의 힘이리라.

서린과 볼코프의 연결이 더더욱 굳건해지면서 서린이 볼코프의 능력 일부를 지원받기 시작한 것이었다.

처음엔 서린 자신도 몰랐지만 볼코프가 이 정신 염파에 대해서 별 타격을 입지 않는 것을 보고 알았다.

그렇지만 볼코프는 정말 대단하다. 심신 양면이 강철과 같다는 게 바로 그런 것일까? 육신은 총탄을 막아내고 정신은 아무리 찢어질 듯한 염파라도 견뎌낸다. 서린에게 힘을 흘려보내면서도 그 정도라니…….

그런 모습에서 서린은 존경심까지 느꼈다. 그가 믿고 있는 것은 비록 다 낡아 빠진 공산주의와 민족주의를 결합한 해괴한 이론이지만 그러한 이론을 실천하고자 하는, 그가 치르고자 하는 희생과 봉사, 투철함은 누구도 따르지 못할 미덕이었다.

그러니까 이런 정신 공격에도 끄떡없는 것이리라.

"대체… 너랑 장군님은 어떻게 되어 있기에……."

비교적 눈치가 좋은 레온이 숨을 고르며 물어보았다. 죽어라 달아나고 있는 판인데도 그걸 물어보는 걸 보니 역시 이 남자는 너무나 뒤끝이 없었다.

레온이 그에게 손을 좀 대서 서먹서먹한 사이가 되긴 했지만… 역시 뒤끝 없는 놈은 그리 싫어하지 않는다. 레온은 서린과 싸움을 벌여두고서도 결코 미워하거나 그러지 않았다.

사실은 그게 더 무서운 것이다. 실실 웃으면서 사람을 거리낌 없이 죽일 수 있는 진정으로 잔혹한 놈. 그런 놈은 정 때문에 일을 그르치는 법이 없다. 정을 아무리 쌓아봤자 필요에 의해서 사람 죽이는 걸 수월히 수행할 수 있는 놈이다.

세상 경험 없는 서린도 왠지 그럴 거라는 걸 알아차릴 수 있었다. 그렇지만 그것과는 별개로 이 녀석을 죽게 내버려 둘 수 없었다.

루스킨도 마찬가지다.

이사카의 명령 때문인지 그냥인지 잘 모르겠지만 루스킨은 그를 살리기 위해 많은 노력을 기울였다.

자신의 동료를 습격한 서린을 좋지 않게 보고 있었을 텐데도. 그런 성실함이 마음에 든다.

문제는 계속되는 염파 방출에 의해서 레온과 루스킨도 위험한 상태가 되어버렸다는 것이다. 이대로 내버려 두면 죽을 게 분명했다.

"제길, 날 내버려 두고 가!"

루스킨은 몸을 가누지도 못하면서 독기를 내뱉었다. 그러나 서린은 고개를 가로저었다.

"아니! 그럴 수는……."

"그럴 수는, 은 뭐가? 여긴 위험해지고 있어! 정신 차려! 네가 당하면 난 이사카를 볼 면목이 없단 말이다!"

핏물이 벽에서 몽글몽글 배어 나오는 것을 보며 루스킨은 눈살을 찌푸렸다. 그 소녀 흡혈귀의 힘이 빌딩 전역을 휘어잡고 있었다.

그리고 이윽고… 소녀가 로비의 입구에 나타났다. 햇빛이 쏟아지고 있는 곳을 피해 그늘에 서 있는 소녀는 고개를 갸웃거렸다. 창백한 피부, 눈처럼 새하얀 피부를 덮은 긴 검은 머리칼이 요염하고 요사스러웠다.

분명히 위에서는 뭔가가 싸우고 있는데… 왜 갑자기 여기에 나타났단 말인가?

"…나 당신 잡아가야 해. 그러면 그는 내게 영혼을 줄지도 몰라."

소녀는 그리 말하며 미소를 지었다. 잘은 모르겠지만 서린을 잡아가면 자신에게 영혼이 생긴다고 믿고 있는 듯했다.

"영혼을 받으면 영혼이 생기는 게 아니야."

서린은 그리 대답하며 부축하던 루스킨과 레온을 내려놓았다.

여기서 자칫 어설프게 저항하다간 그녀의 노래가 해방되어 루스킨과 레온을 죽여 버릴지도 모른다. 그것만은 피해야 했다.

그렇다면 어떻게 할까? 그녀에게 호응하는 척하면서 접근해서 단숨에 목을 따버려야 할까?

하지만 서린의 힘으로 그녀를 죽일 수 있을지도 모르고 지금 저 여자애가 본체라는 증거 또한 없다.

"그럼 곱게 따라와."

그녀는 그리 말하고 서린에게 손을 뻗었다. 그 순간 우드드득! 천장과 유리창, 바닥이 깨지면서 거대한 검은 촉수 같은 것이 서린을 덮쳤다.

"아아아악!"

서린은 검은 촉수들에게 양손을 휘둘러 그것을 끊고는 점프 후 공중제비를 넘어 가장 위험한 장소를 빠져나왔다.

아슬아슬하게 검은 촉수들을 피하기긴 했지만 그녀는 계속해서 추격해 왔다.

쿠르릉! 쿠르르릉!

지면이 붕괴하면서 검은 촉수가 계속해서 덤벼들었다. 서린은 그동안 장식처럼 들고 다니던 소총을 꺼내서 총알을 퍼부으며 뛰어들었다. 그는 벽을 차고 달리면서 자신에게 달려드는 촉수들을 쏘며 빠져나갔다.

'햇빛이 쏟아지는 쪽으로 가야 해!'

서린은 이를 악물고 총을 쏘면서 로비를 향해 달렸다. 탄창이 순식간에 비어버려서 그는 총을 내던지고 수화했다.

그래서 손톱을 만들고 그것을 좌우로 휘두르면서, 빛이 쏟아지는 로비 밖을 향해 뛰었다.

"아하하하하."

소녀의 해맑은 웃음소리와 함께… 시커먼 뭔가가 치솟아 올라 밑에서부터 서린을 낚아챘다.

부우우웅!

서린의 몸이 그대로 딸려 올라가 3층 정도의 플로어를 부숴 버리고 하늘 높이 치솟아 올랐다. 그러고는 그렇게 서린을 붙잡은 촉수가 바닥으로 떨어지며 무수한 콘크리트들을 깨버렸다.

우드드드드드득!

콘크리트 먼지가 치솟아 오르며 서린의 몸이 바닥을 부쉈다.

쿠웅!

서린의 몸은 다시 지하 주차장으로 떨어져 버렸다.

"아, 안 돼!"

서린은 몸을 뒤틀어 전력을 다해 촉수에서 벗어나려 했다. 하지만 헤어나지 못할 악몽에서 몸부림치는 것처럼 힘이 빠져나가고 무력해질 뿐이다.

"후후훗."

소녀는 천진난만한 웃음을 지으며 그를 내려다보았다.

석세스, 스팅레이. 찬란한 미모의 어린 소녀는 그를 내려다보며 웃었다.

"으아아아악!"

공포가 밀려온다. 테트라 아낙스가… 이사카가 아니라 그의 몸을 노린다니! 그게 무슨 의미인지 잘 알고 있었다.

정신 기생체가 되어서, 혹은 뇌를 외과 수술로 적출해서라도 서린의 존재는 사라지고 테트라 아낙스가 그 자리를 대신할 것이다.

그럴 수가……. 갑자기 가족들의 얼굴이 눈앞에 떠올랐다. 친구들의 모습도 떠올랐다. 아무것도 모르고 한국에서 살던 시절의 기억들이 주마등처럼 스쳐 지나갔다.

청승맞게도 서린은 그때서야 자신이 왜 테트라 아낙스에 저항하고 왜 그에게는 고향이지만 이런 만리타향이나 다름없는 땅에 와 있는지 깨달았다.

그는 가족과 친구들과 살고 싶었다. 그저 그 소박한 꿈을 위해서 그는 라이칸스로프가 되었든 흡혈귀가 되었든 손을 더럽히지 않으려고 노력하며 여태껏 살아왔던 것이다.

하지만… 이제는 돌아갈 수 없겠지.

혁진을 죽인 순간부터, 아니, 어쩌면 그 외에 더 죽인 뭔가가 있을지도 모른다. 그날 이후 서린은 자신을 믿지 않았으니까.

"으으윽!"

우드드드득!

그리고 곧 촉수들이 순식간에 그를 얽어매어서 마침내는 모습조차 보이지 않게 되었다.

"자아, 내가 이길 것 같군."

고든은 비어 있는 체스판을 바라보며 히죽 웃었다. 그들의 비행기는 쓸데없이 허공을 돌다가 천천히 다시 모스크바를 향해 돌아가고 있었다. 비싼 항공연료만 허공에 퍼부은, 별로 좋지 못한 소비 습관이었다.

그렇지만 그들은 목적을 달성했다. 누구의 습격도 받지 않을 위치에서 라이칸스로프의 군대를 멋지게 피했을 뿐 아니라 최고의 자객으로 그들을 고통받게 했다.

그들의 목적이 달성된 기쁨을 생각해 보면 이 정도 비행기의 연료 낭비야 아무것도 아니었다.

"이제 자네의 수명은 얼마나 남았나, 이사카?"

그는 체스판의 맞은편에 위치한 자에게 물어보았다. 이사카 베르게네프는 거기에 없었지만 그의 의지가 목소리가 되어 들려왔다. 침통하고… 우울한 목소리였다.

"얼마 안 남았지."

하긴 목숨을 사르며 모든 것을 건 도박이었을 텐데 그게 실패했다. 음울해하는 게 당연했다. 그 목숨이 다하면 다시금 테트라 아낙스가 승리한다.

영원히 계속될 그들의 세계, 미친 달의 세계의 왕으로 또다시 다음 리림을 기다려야 하는가? 고든은 쓸쓸한 미소를 지었다. 승리는 승리지만 그다지 좋은 기분은 아니다.

"그렇다면 이번 싸움은 끝이군. 릴리쓰의 대리인, 이번에도 우리가 이겼어. 아니, 내가 이겼다고 봐야겠군. 슬슬 다른 테트라 아낙스는 나를 두려워하기 시작했으니까."

고든은 그리 말하며 손가락을 튕겼다. 그러나 이사카의 목소리는 끈질겼다. 방금 전의 음울함을 싹 씻은 기백에 가득 찬 목소리였다.

"나는 과거의 싸움을 기억 못 해. 왜냐면 나는 관여하지 않았기 때문이지. 그리고 아직 너희의 승리가 아니야."

"그래? 나는 자네의 동생을 손에 넣었다네. 어디 그뿐인가? 볼코프 레보스키의 금쪽같은 부하들도 상당수 죽였지. 그리고 너는 실패했어. 이제 무슨 수로 볼코프의 분노를 막을 셈인가? 그의 외손자이기 때문에? 하하하, 군인 중의 군인이 그런 혈연에 얽매일 리가 없지?"

가련한 것 같으니. 고든은 이사카를 동정했다.

그것은 이사카를 정말로 동정한다기보다는 그가 이사카를 동정하는 게 이사카에겐 가장 더러운 일이기 때문이었다.

"가련한 이사카 베르게네프⋯ 네 어머니는 우리를 능가하고 싶다는 욕심 때문에 쓸데없는 능력을 참으로 많이 달아주었지만 그 결과가 이거야. 거지와 깡패들을 조성해 만든 부대의 지휘관일 뿐⋯ 쓸데없이 많은 능력은 목숨을 갉아먹지. 네 자신은 예지력으로 자신의 파멸을 바라볼 수 있겠지만, 그것을 몇 번이나 직시할 수 있을까? 곧 끝이 다가온다는데⋯⋯. 그래서 화가 났겠지, 릴리쓰의 어리석음에. 그녀 자신은 미래를 예지 못 하면서 날 때부터 모든 것을 그녀에게 희생당한 리림으로서 증오했을 거다. 그래서 릴리쓰를 죽였나?"

이사카는 고든의 말을 묵묵히 듣더니 씨익 웃었다.

"어느 정도는 맞았지만⋯ 정말 늙는다는 건 추하군그래. 그렇게 잔소리가 많아지다니."

이사카는 그리 말하며 그들의 앞에서 사라졌다. 그 순간 테트라 아낙스의 예지력이 회복되었다.

"후후후……."

고든은 비어 있는 체스판을 바라보며 다시 손가락을 튕겼다.

체크메이트, 이 체스는 그의 승리다.

"하악, 하악, 하악……."

이사카 베르게네프는 체스판을 앞에 둔 흔들의자에서 정신을 차리고 숨을 몰아쉬었다. 코와 입에서는 피가 흘렀고 눈에서도 피눈물이 흘러내렸다. 유리안의 누나인 세실이 그의 몸을 열심히 수건으로 닦아냈다.

"괘, 괜찮아? 이사카?"

"아아… 괜찮아."

이사카는 어느 틈에 움직여 위기에 처한 자신의 말, 킹을 바라보며 눈살을 찌푸렸다.

테트라 아낙스가 말한 대로다. 그는 릴리쓰에 의해서 테트라 아낙스를 파멸시키기 위해 만들어진… 필요에 의한 존재다.

릴리쓰는 테트라 아낙스를 능가하기 위해 그에게 많은 힘을 부여했다. 하지만 그것은 되레 이사카의 수명을 줄일 뿐이었다.

테트라 아낙스와 이사카에게는 미래를 엿보는 힘이 있었지만, 릴리쓰에겐 없었다. 릴리쓰가 바라보지 못하는 미래를 보았을 때 이사카는 그녀에게 분노했었나?

테트라 아낙스의 말이 아주 틀린 것은 아니다. 분노하지 않을 수 없었다. 그래, 인정할 건 인정해야지. 맞는 말이다. 하지만 테트라 아낙스, 너는 뭔가 잘못 안 모양인데…….

"이제 겨우 계획대로 되어가는군."

이사카는 코웃음 치며 몸을 일으켜 세웠다.

코피가 흐르든 뭐가 흐르든 아랑곳하지 않고 그는 앞으로 걸어 나갔다. 그를 신기하게 쳐다보고 있는 라이칸스로프들의 시선을 무시한 채로⋯⋯.

"얼마 남지 않았다."

그것이 쿠데타 결행에 대해서인지, 아니면 테트라 아낙스의 치세인지, 아니면 자신의 목숨인지⋯ 여러 가지로 받아들여질 말을 하며 이사카 베르게네프는 눈을 감았다.

第31夜

Day of Fire Storm

1

피의 바다 속에 잠긴 지 얼마나 지났을까?

아그니와 아르곤은 천천히 기력을 빼앗기고 있었다. 검은 그림자의 가오리와 촉수가 나타나 그들을 옥죌 때 그들은 마치 물속에서 헤엄치는 것처럼 힘겹게 움직여야 했다. 처음에는 별거 아니라 생각했지만 이제 이곳은 정말 물속같이 변해 버렸다. 공기 그 자체가 끈적끈적한 점성을 지니게 되어서 그들을 옭아맸다.

그것뿐만이 아니다.

원래는 지칠 줄 모르는 그들이다. 그렇지만 이 소녀 흡혈귀가 만들어낸 공기는 그들에게서 체력을 앗아가고 있었다.

아니, 정말 그게 소녀 흡혈귀일지도 의문이었다. 흡혈귀들이야 어차피 나이를 먹어도 모습이 크게 변하지 않으니 소녀의 모습을 하면 나이를 아무리 먹어도 소녀라고 부르는 게 원칙이었지만… 그녀의 모습은 과연 진실한 모습인가? 어쩌면 이미지나 사념체가 그들의 뇌리에 자신의 모습을 각인시킨, 일종의 주입 허상이 아닐까? 실체는 좀 더 거대한 악의 존재이지만 살아 있는 생명체들이 그것을 보면 다른 것으로 보게 하는 법. 이러한 사법은 그리 신기할 것도 없는 오랜 기술이었다.

그렇게 의심될 만큼 스팅레이의 능력은 특이하고 막강했다.

"볼코프는 어디 갔지?"

아르곤은 칼날을 털어 피를 떨구곤 주위를 둘러보았다. 그가 쥐고 있는 칼은 이미 무수히 많은 놈을 베어서 너덜너덜해진 상태였다. 디스플레이용 가짜 칼의 모습을 하고 있지만 그건 밀수를 위해 위장한 가짜 모습이고 실제로는 도검용 합금강을 써서 만들어진 것이다. 일본도와 비슷한 형태지만 칼날이 더 두껍고 크기 때문에 한세건이 즐겨 쓰는 것들처럼 쉽게 부러지진 않는다. 그렇지만 칼날이 이리 상해서야 더 이상 무기로서 기대할 수가 없다.

"쇠파이프만 못하겠군."

아르곤은 너덜너덜해진 칼을 버리고 새 검을 뽑았다. 대체 얼마나 많은 적을 상대했을까? 피의 바다에 빠져 버린 지 많은 시간이 지난 듯했다. 그사이에 볼코프의 모습은 보이지 않게 되었다. 설마 죽은 건가? 아니면 빠져나간 건가?

아마도 후자 쪽이 맞으리라. 어차피 스팅레이는 흡혈귀에 대한 욕구 때문에 아르곤과 아그니만을 공격하고 있었다. 라이칸 스로프인 그를 노려서 덤벼들 이유가 없다. 그사이에 빠져나가는 것쯤이야 볼코프에겐 별로 어려운 일도 아니다.

"된통 잘못 걸렸는데……."

아그니는 눈살을 찌푸리며 주위에 불꽃을 뿌리고 빠져나왔다. 아르곤도 아그니의 뒤를 따라서 피의 바다로부터 빠져나가려 했다. 아닌 게 아니라 지금 그들을 상대하고 있는 이 어둠들에는 실체가 없는 듯했다. 처음에는 확고한 살의가 담겨 있었지만 지금은 그냥 벌어지는 일들이 반복될 뿐 의지가 느껴지지 않았다. 석세서 스팅레이는 이미 이 자리를 빠져나간 것이다. 그렇지만 이미 자리를 떠났는데도 진마 둘을 잡아놓을 만한 힘이라니. 테트라 아낙스는 대체 저런 괴물을 어떻게 만들어낸 것일까?

"뭔지 모르지만 덕분에 라이칸스로프도 피 봤군. 기뻐해야 하나? 쿠데타군이 약해져서?"

쿠데타를 주도하는 세력인 라이칸스로프가 상당수 죽어버렸다. 이 어둠과 염파를 끌고 다니는 소녀 흡혈귀는 탐욕스럽게도 그들을 죽여댔다. 라이칸스로프니까 망정이지 인간이나 흡혈귀를 이렇게 죽였다면 그녀의 힘이 더더욱 늘어났으리라. 지금으로서도 오한이 들 정도의 강력함인데 거기서 더 흡혈귀나 사람의 피를 빨아들인다면 어찌 될 것인가? 상상이 되질 않는다.

"슬퍼해야지. 라이칸스로프가 우리의 적이긴 했지만 테트라 아낙스에게 이렇게 무가치하게 죽을 만한 이들은 아니었어."

아르곤은 아랫입술을 깨물었다. 피의 바다가 점차로 짙어지며 심연으로 변하고 있었다. 마치 바닷속 깊이, 감당할 수 없는 깊이로 가라앉는 기분이다.

"이곳에 계속 남아 있을 필요성을 못 느끼겠군. 그도 도망쳤고 지금 이건 우리의 발을 묶으려 할 뿐이니까."

아그니가 아르곤에 앞서서 먼저 엘리베이터 박스로 뛰어들었다.

그러나 그때였다.

추아악!

갑자기 엘리베이터 박스를 가득 메우는 거대한 촉수가 나타나 아그니를 휘감았다. 깜짝 놀란 아그니가 발화 능력을 발휘하며 발버둥 쳤지만 촉수는 불꽃에 타면서도 아그니를 놓지 않았다.

"이런!"

아르곤이 검을 양손으로 잡고 좌우 교차하며 촉수를 베어버렸다. 검광이 흩뿌려지며 아그니를 붙잡고 있던 촉수가 성둥성둥 잘려 나갔다.

아그니는 그 틈을 타서 벽을 박차고 빠져나와 공중제비를 넘었지만 그가 착지하는 지점의 바닥이 깨지며 검은 촉수들이 다시 치솟아 올랐다.

"큭! 끝이 없군!"

아그니와 아르곤이 뒤로 물러났지만 둘 다 동시에 촉수에 발목을 잡혔다. 그 순간 촉수가 무시무시한 힘으로 그들을 집어들었다. 아무리 흡혈귀가 괴력을 가지고 있다고 해도 체중 자체는 그리 많이 나가지 않기 때문에 이런 거대한 짐승이 위로 드는 데는 속수무책이다. 아르곤은 즉시 검을 휘둘러 자신의 발목을 잡은 촉수를 베어버렸지만 그 순간 또 다른 촉수가 날아들어 아르곤의 팔을 붙잡았다.

우드드득!

"으읍!"

아르곤은 팔이 부러지지 않게 하기 위해서 촉수에 대항했다. 아르곤의 힘이 더 강한지 촉수가 질질 끌려 나오긴 하지만 그래도 촉수는 아르곤의 살점을 붙잡고 떨어지지 않았다.

아르곤의 몸이 줄에 걸린 인형처럼 기괴하게 허공에 떠버렸다. 아그니 역시 아르곤과 사정은 크게 다르지 않았다. 이 촉수는 엄청난 힘으로 아그니와 아르곤을 동시에 찢어버리려고 하는 듯했다.

"정말 열 받게 만들어주는군! 난 엄청 뜨거운 남자라고! 자기가 감당할 수 있을까?!"

그 순간 아그니의 몸 주위에서 화륜이 만들어지더니 무시무시한 기세로 사방으로 쏘아졌다. 그와 동시에 아르곤 역시 전신에서 냉기를 뿜어냈다. 촉수가 순식간에 얼어붙고 안에서부터 얼음이 돋아나 터졌다. 아르곤은 얼어붙은 촉수들을 주먹과 발로 후려쳐서 깨고는 촉수들에게서 벗어났다.

콰아아아앙!

무차별적으로 날아간 아그니의 화륜이 물질과 접촉하는 순간 폭염으로 바뀌며 그것들을 잿더미로 만들어 버렸다. 콘크리트나 금속조차 산소와 강제 결합시켜서 태워 버리는 것을 보니 아르곤조차 오싹한 느낌이 들었다. 아그니의 발화 능력은 그냥 불을 다룬다는 표현으로 끝낼 만한 능력이 아니다. 보통의 발화 능력자는 명함도 내밀지 못할 엄청난 능력이다.

하지만 이리되면 아르곤도 놀고 있을 수만은 없다.

"아그니, 아프겠지만 조금만 참아."

아르곤은 칼 한 자루를 뽑아서 콘크리트 덩어리가 마치 두부라도 되는 양 플로어 바닥에 간단히 꽂아버렸다. 그러자 아그니도 아르곤이 뭘 하려는지 알고 눈살을 찌푸렸다. 추위에 약한 그로서는 그 자체가 고통이 되는, 아르곤의 주특기 중의 하나가 발동하리라.

"처음에만 아프고 나중엔 나도 즐기게 되는 그런 부류의 아픔이라면 얼마든지."

아그니가 그렇게 투덜거리자 아르곤은 대답 대신 씨익 웃었다. 그는 다른 검을 빼 들고 크게 머리 위로 붕 휘둘렀다. 그러자 서리가 칼끝에서 일어나 허공에 엉겼다.

"간다!"

순간 아르곤은 자신이 지면에 박아 넣은 칼을 박차고 도약했다. 플로어의 높이는 일반 주택보다는 낮지만 그렇다 해도 흡혈귀의 도약을 용인할 만큼은 아니었다. 하지만 아르곤은 가차 없이 도약하며 검을 휘둘렀다.

촤아아악!

위 플로어가 날아가며 콘크리트 파편들이 치솟아 올랐다. 아르곤은 그 콘크리트 파편들 틈으로 솟구쳐 올랐다.

쉬이이익!

위층도 이미 심해로 변해 있었다. 벽에서는 피가 흘러내리고 공기는 깊은 바닷속의 물처럼 끈적거린다. 그리고 그 어둠으로부터 문어 다리 같은 촉수가 나타나 아르곤을 덮쳤다.

"흥!"

아르곤은 공중에서 검을 휘둘러 촉수들을 쳐내고 발아래를 향해 좌장을 펼쳤다. 냉기가 지면을 고속으로 내달려 폭발했다.

쩡!

순백의 서리가 플로어에 충돌하고 주위로 뻗어 나갔다. 첫 번째 냉기의 열파였다. 이미 대비하고 있던 아그니는 자신의 앞에 화륜을 둘러서 냉기로부터 스스로의 몸을 지켰다. 하지만 그 정도로도 역부족이었다. 강력한 냉기가 화륜을 넘어 아그니의 몸을 침범했다. 진마 체면이고 뭐고 간에 숨이 턱 막히는 냉기였다.

'러시아에서 아르곤이랑 같이 놀다니 내가 미쳤지.'

아그니가 자신의 우둔함(?)을 한탄하는 사이 아르곤은 공중에서 빙글 몸을 돌려 양발을 다음 플로어의 천장에 댔다. 흡사 최대한도로 굽혀진 용수철처럼, 아르곤의 몸이 납작해진 게 아닐까 싶을 정도로 굽혀졌다.

다음 순간 아르곤이 고개를 들었다. 그의 긴 백발이 한 올 한 올 살아 숨 쉬는 것처럼 펄럭이며 마기를 뿜어냈다.

쉬익!

아르곤의 몸이 쏜살처럼 쏘아져 나간다. 천장을 박차고 돌아온 아르곤이 지면을 칼로 내려찍었다.

쩡!

플로어를 꿰뚫고 검이 자루까지 박히며 다시 주위로 무시무시한 냉기가 원형으로 뿜어져 나갔다. 마치 하늘로부터 눈보라가 쏟아져 내려 지면을 강타한 것 같았다. 이것이 제2파, 처음보다 훨씬 더 강력한 눈보라다. 처음 것은 이것에 비하면 애들 장난에 지나지 않았다.

아르곤을 향해 덤벼들던 촉수가 새하얗게 얼어붙었다. 아르곤은 원형으로 퍼져 나가는 냉기의 중심에 서서 그 촉수들을 맞이하다가 문득 왼발을 들어 선풍각을 펼쳤다.

표적 없는 발차기가 허공을 가르자 허공에 백색의 길이 생겨났다. 깨끗한 선풍각이 백색원무를 그리며 끝나는 순간 아르곤은 처음에 도약의 발판으로 쓴 검과 나중에 하늘로부터 내려찍은 검, 두 자루의 검을 동시에 잡고 지면으로부터 뽑았다.

쐐애애액!

제트기가 이륙하는 듯한 요란한 소리와 함께 검이 백색원무를 갈랐다. 그리고 그 궤적으로부터 세 번째 냉기의 열풍이 플로어 전역으로 뿜어져 나갔다.

콰아아아앙!

플렉스 메디칼 빌딩의 로비 입구로부터 눈보라가 쏟아져 나왔다. 아르곤이 있던 층과 그 위아래, 건물의 7층 정도가 거대한 냉동고처럼 변해 버렸다. 촉수는 얼어붙고 벽도 얼어붙고 모든 것이 얼어붙어서 고요만이 이 속을 가득 메웠다. 마치 소리조차 얼어붙어 버린 것 같았다.

아르곤은 그 한가운데에서 양손에 검을 하나씩 들고 휘둘렀던 자세 그대로 조각상처럼 멈춰 있었다. 야구 모자 틈으로 나온 긴 백발이 찰랑거리며 시간이 멈추지 않았다는 것을 증명해 주지 않았다면 모두들 시간조차 얼어붙은 것으로 알리라.

잠시 후 아르곤이 처음으로 그 정적에서 움직였다.

"착한 어린이들, 학교 갈 시간이야. 이제 일어나야지?"

아르곤은 지면을 발로 두 번 차면서 박수를 쳤다. 박수 소리, 발 구르는 소리가 정적을 깨자 동결되었던 시간이 일제히 흐르기 시작했다.

얼어붙은 촉수들이 무너져 내리며 산산조각 나고 플로어에 설치된 조명 기구 등의 램프가 얼어 터졌다.

콰르르르르릉!

눈보라가 멈추며 얼음꽃이 휘날린다. 청바지와 라운드 티 차림의 아르곤은 풍선껌을 불면서 모자의 챙에 손가락을 대고 쓰윽 문질렀다. 자신이 한 짓을 자랑스러워하면서도 수줍어하는 그 소년 같은 모습에 길게 자란 백발이 흔들린다.

아르곤의 냉동 저주 3연발의 위력으로 스팅레이가 만들어낸 피의 바다는 대부분 사라졌다. 그렇지만 만족하고 있을 수는 없다. 이걸로 스팅레이가 죽은 것도 아니고 어디까지나 그녀가 남겨둔 잔영을 처리한 것에 불과했으니까. 이 잔영에 얽매여 있는 동안 그녀의 본체는 얼마나 멀리 달아났을지?

"아니, 그놈은 이 정도에 만족할 놈이 아니지. 더 있을 거야. 더……."

"으으… 여기서 더해야겠어?"

어디선가 다 죽어가는 소리가 들려서 아르곤은 그제야 아그니를 떠올렸다. 옆으로 고개를 돌리니 그곳에는 눈썹까지 얼어붙은 아그니가 화륜들로 몸을 보호하며 오들오들 떨고 있었다.

가뜩이나 추위에 약한 체질인 그이다 보니 방어 자세를 완전히 취했어도 이 모양이 된 것이다. 하긴 보통 사람이었다면 순식간에 얼어 죽었을 것을, 그는 화염을 결계로 쳐서 자신을 지켜냈다. 아르곤은 풍선껌을 불면서 그에게 다가갔다.

"이런, 미안. 그나저나 아무래도 본체는 이 밑에 있는 것 같은데?"

아르곤은 지하를 엄지손가락으로 가리켰다. 그러자 아그니도 동의의 뜻으로 고개를 끄덕였다. 지하 주차장의 더 밑은… 어둠의 무저갱처럼 보였다. 스팅레이의 기척은 그 밑으로 느껴졌지만 지금 뛰어드는 것은 너무 무방비하다는 생각이 들었다.

"어떻게 하지?"

"테트라 아낙스는 여기에 없어. 그런 이상 더 난리 법석 떠는 것도 불쾌하군. 녀석의 손바닥 위에서 노는 것 같은 기분이라서 말야."

"그것도 그렇군. 그러면 일단 동료들과 합류할까?"

아그니가 물어보자 아르곤은 고개를 끄덕였다. 시커멓게 돌변한 지하는 마치 무저갱의 입구 같아 보였다. 끝없이 피어오르는 한기와 저주가 마물의 숨결 같아서 더더욱 꺼려진다.

2

라이칸스로프가 자식을 낳기란 그렇게 쉬운 일이 아니다. 인간과 유전자 레벨로 이미 별격의 존재가 되어버린 그들이 인간과 관계하여 자손을 낳는다는 건 기적에 가까운 일이니까.

그러나 때로는 그런 불가능이 가능하게 되기도 한다. 우연의 일치라고 해야 하나? 인간에게서 갈라져 나온 그들에게는 아직 무수한 가능성이 남아 있었으니까. 하나 그렇게 어렵게 낳은 자식이 그와 똑같은, 아니, 더 가혹한 운명에 처하게 될 줄이야……. 하나뿐인 딸이 정신 기생체 릴리쓰에 의해 감염되어 릴리쓰가 되어버렸을 때 볼코프는 하늘을 원망하고 저주했다. 하지만 그녀를 내버려 둘 수는 없었다. 그의 딸은 죽고, 그 자리를 그녀를 흉내 내는 릴리쓰가 메웠다 하더라도 그녀를 테트라 아낙스에게는 넘길 수 없었다.

어둠의 제왕, 운명을 희롱하고 재단하는 마왕, 테트라 아낙스가 릴리쓰를 증오하고 그녀를 이러저러한 시험에 이용하고 있다는 것은 공공연한 비밀이었다. 어둠의 세계에 별반 관심이 없던 볼코프조차 그것을 알 수 있을 정도였다.

자신의 딸이든 아니든 간에, 릴리쓰를 테트라 아낙스에게 넘길 수는 없다. 그리 생각한 볼코프는 그녀를 지키기 위해 방어선을 펼쳤다. 당시 자본주의의 극단을 달리던 흡혈귀들로서는 철의 장막을 넘기 힘들었기 때문에, 아니, 누구도 철의 장막을 넘기 쉽지 않았기 때문에 동구권에는 아직 그들의 손길이 완전히 미치지 못했다. 그래서 그는 테트라 아낙스로부터 그녀를 지킬 수 있었다.

하지만 릴리쓰를 아무리 가두어도, 그녀의 본성을 어쩔 수는 없었다. 그녀는 결국 이사카와 롯시나라는 쌍둥이를 낳았고 스스로 볼코프의 통제에서 도망쳐 버렸다. 그로써 그녀는 릴리쓰로서의 사명을 다하고 죽음을 맞이했다.

슬픔 따위는 느끼지 않았다. 애초에 그녀는 릴리쓰라는 희대의 정신 기생체에 감염되었을 때 죽었으니까. 이제 그 육신이 마음을 따라 죽었을 뿐이다.

그렇지만… 나무에 기대어 시집을 읽던 소녀를 기억한다. 밀밭에서 자신을 아버지라고 부르며 달려오던 소녀를 기억한다.

볼코프는 천천히 눈을 떴다.

차가운 회색의 눈동자 위로 송충이같이 굵은 눈썹이 꿈틀거렸다.

"몇 시지?"

"십오 시 오 분입니다. 피곤해 보이시기에 깨우지 않았습니다. 눈을 붙이신 지 얼마 지나지도 않았습니다만."

레온 시마노프가 손목시계를 살펴보며 대답했다. 볼코프는 한숨을 내쉬며 등을 시트에 기대었다. 군용 지휘 차량에 탑승한 채로 테트라 아낙스의 회사, 플렉스 메디칼 본사로부터 빠져나온 지 이제 10분 정도밖에 지나지 않았다. 그사이에 잠깐 잠든 것인가? 그런 것치고는 꿈이 길었다. 너무 길었어…….

"괜찮겠습니까? 서린은 잡혀 버린 것 같은데요? 구출하러 가지 않아도?"

라토바는 약간 걱정되는지 미간을 찡그리며 물어보았다.

"그것을 상대로 지하로 들어가는 건 그리 현명한 선택이 못 된다. 그리고 어쩌면 이사카는 그를 테트라 아낙스에게 넘겨주려고 한 것일지도 모르지. 어찌 되었든 간에 테트라 아낙스는 그 건물 내에 없었고……. 피했다면 아마 우리가 상상할 수 없는 방법으로 피했을 테니 돌아오는 데도 시간이 좀 걸리겠지. 그동안 이사카를 추궁해서 다음 이야기를 듣는 게 먼저다. 아니, 테트라 아낙스가 이사카를 그냥 내버려 두고 있을 리는 없겠군. 얼른 가봐야겠어."

볼코프는 이리저리 머리를 굴리다가 테트라 아낙스의 반격이 시작될 거라고 단정 지었다. 테트라 아낙스가 숨겨둔 무기는 서린을 붙잡고 지하로 숨어들었다. 테트라 아낙스가 자신의 몸으로 쓰기 위해 서린이나 이사카를 노리고 있다는 사실은 알고 있었지만 그래도 이사카의 능력이 뛰어났기에 그를 노릴 거라고 생각했었다. 그릇으로는 이사카가 훨씬 더 컸으니까. 하지만 테트라 아낙스가 이사카가 아니라 서린을 목표로 하고 있었다니……. 그렇다면 애초에 한국에 있었을 때 잡아가는 게 편하지 않았을까? 왜 이제 와서 새삼스럽게 서린을 선택한 것일까?

게다가 이사카는 서린을 꼬드겨서 볼코프 레보스키 자신을 그의 정신적 유대에 억지로 집어넣게 했다. 그 정도는 볼코프에게 간지러운 수준에 지나지 않는다. 정신적 유대에 넣는다 하더라도 그것은 강제력이 거의 없는 것이나 다름이 없어서 위협이 되지 않는다. 그렇지만 대체 왜 그랬는가? 이사카도 볼코프를 강제할 수 없다는 것을 알고 있었을 텐데 왜 그런 불필요한 짓을 했단 말인가? 그리고 왜 테트라 아낙스의 예지력을 막으면서 이룬 게 고작 함정에 빠지는 것이었단 말인가?

본디 한 번 실패는 병가지상사라 한다. 싸우다 보면 이기는 때도 있고 질 때도 있는데 졌다고 해서 매번 그 책임을 물어서야 장수의 목이 남아나지 않는다는 소리다. 그러나 이 정도로 큰 실패를 하면 책임을 묻지 않을 수 없다. 처음부터 이사카는 그의 편이 아니었으므로 이건 실패가 아니라 어쩌면 의도적이었는지도 모른다.

"옵니다."

무전기를 잡고 있던 라토바는 기척을 느끼고 기관단총을 꺼내 들었다. 대낮인데 움직일 수 있는 뭔가가 쫓아오기라도 한단 말인가? 아무리 테트라 아낙스라고 해도 진마급의 흡혈귀를 양산하는 미친 짓은 하지 않았을 것 같고… 그렇다면 저건 흡혈귀들만이라고 볼 게 아니다.

"테트라 아낙스의 부대는 흡혈귀만 있는 게 아닌 것 같군."

"데이워커… 아니면 마인들일 겁니다."

라토바는 침착하게 그것들을 바라보았다. 데이워커. 한낮을 걸어 다닐 수 있는 흡혈귀를 의미하는 말로 본디 진마급에 해당하는 흡혈귀들을 일컬었지만 지금 그 단어가 의미하는 것은 테트라 아낙스가 만들어낸 변종 괴물이었다. 흡혈귀를 응용해서 만들어진 괴물들은 인간을 초월한 힘을 지니고 있으면서도 태양 아래를 자유롭게 다닐 수 있었다. 예전에는 매우 불안정해서 별 쓸모가 없었지만, 지금에 와서는 그것도 꽤나 완성된 것 같다.

"역시, 자본이 들어서면서 조국의 심장에 흡혈귀의 독이 스며들었군. 이런 곳에 테트라 아낙스의 손이 움직이다니, 불쾌해."

볼코프는 투덜거리며 백미러를 바라보았다. 거리는 연이은 테러로 패닉을 일으켜 탈출하려는 사람들로 가득했다. 그 사람들의 뒤로는 플렉스 메디칼 건물이 위치한 마천루 지구가 보였다. 이미 외무성 쪽은 하얏트 호텔이 붕괴하면서 쑥대밭이 되어 있었는데 그 맞은편 블록에 위치한 플렉스 메디칼 건물로부터는 불이라도 난 것처럼 먼지가 뭉게뭉게 피어올랐다.

먼지가 너무나 크고 두터워서 흡사 화산 분화 같았다. 빌딩이 무너진 것도 아닌데 저 정도의 연기가 치솟아 오르다니, 사람들이 놀라 도망칠 만했다.

그 주차된 차들, 패닉을 일으키고 있는 사람들 머리 위, 건물들의 벽을 따라 투명한 뭔가가 달려오고 있었다. 벽을 타고 달려오다니 이미 인간의 움직임이 아니다. 그렇다면 테트라 아낙스가 보낸 부대일 텐데, 이렇게 사람이 많은데 사건을 벌일 셈인가? 지금까지 보아왔던 테트라 아낙스의 방침과는 많이 다르다. 그만큼 급한 것인가, 아니면 테트라 아낙스가 미치기라도 했단 말인가?

'이 무슨 방만함인가!'

적의 방침에 기대어 최악의 사태를 도외시하다니. 볼코프는 자신의 한심함에 혀를 찼다. 적이 평상시 사람들의 이목을 피해서 사고를 쳐왔기 때문에 사람들 사이에 숨으면 되리라고 생각하는 건 너무나 안일하다. 적들이 방침을 바꾸면 언제든지 일어날 일 아닌가?

타타탓!

경쾌한 발소리와 함께 벽을 타고 달리던 투명한 것들은 볼코프가 타고 있는 차량을 지나치며 앞으로 사라졌다. 그들이 차량 옆을 지나가는 것과 동시에 경쾌한 금속음이 딱 하고 바닥에서부터 울려 퍼졌다.

"수류탄!"

라토바는 상대방의 공격을 알아내고 비명에 가까운 외침으로 그걸 알렸다. 적들은 옆을 지나면서 정확하게 차량 밑으로 수류탄을 까 넣은 것이다.

콰아아앙!

수류탄이 폭발하며 연료통에 불이 붙었다. 연료통이 폭발하면서 불기둥이 치솟아 오르자 여기저기에서 비명 소리가 터져 나왔다. 그러나 볼코프와 라토바, 레온은 이미 차를 버리고 가로등 위로 몸을 날린 뒤였다.

레온과 라토바, 볼코프가 차례차례 가로등 위로 내려앉자 방금 전까지 모습을 숨기고 있던 데이워커들이 모습을 드러내었다. 붕대로 창백한 몸을 가린 인간 같은 모습이었는데 팔꿈치와 무릎으로부터 칼날 같은 게 돋아나 있었다. 그런 흉측한 모습으로 건물 벽이나 간판 등에 매달려서 거미처럼 기어 다니는 것이다.

"캬아아아!"

데이워커들이 입을 벌리자 너무나 기다란 혀가 늘어나서 시뻘건 피를 흘렸다. 그 모습이 기괴하고 혐오스러웠지만 라이칸스로프 자신들도 괴물인지라 저런 것에 놀랄 이유가 없었다.

"…여긴 제가 상대하겠습니다. 장군님은 이사카를 추궁하러 가시지요."

라토바가 그리 말하자 레온도 그것에 동의했다.

"그러는 게 나을 것 같군요. 저런 놈들 상대하시면 장군님 격이 떨어집니다."

"그런 격엔 별 관심이 없지만 일단 이사카에게 뭔가 말을 듣긴 들어봐야겠군."

볼코프 레보스키는 그 말을 남기고 가로등에서 뛰어내렸다. 군복 외투가 펄럭이나 싶더니 아수라장이 된 시가지 위를 대포알처럼 날아간다. 볼코프는 가로수를 박차고 방향을 틀어서 그들이 출발한 방공호를 향해 달렸다.

테트라 아낙스가 마침내 리림을 손에 넣었다.

그 사실은 빠르게 전 세계로 퍼져 나갔다. 옛날 같았으면 정보가 이렇게 빨리 전파되기란 쉽지 않았을 것이나 지금은 사정이 달랐다. 인간들이 열심히 문명을 진보시켜 준 덕분에 흡혈귀와 라이칸스로프, 기타 다른 마물들도 충분히 빠른 정보 전달 시스템을 갖추게 되었다. 아니, 테트라 아낙스의 예지는 이미 무엇보다도 빠른 정보 전달 시스템이지만 그것은 논외로 두자. 지금 정보의 주체는 바로 테트라 아낙스니까.

여하튼 이 정보는 모두에게 크나큰 충격을 안겼다. 그동안 테트라 아낙스의 이미지는 권태를 이기지 못하는 거대한 마왕이었다. 하지만 그 테트라 아낙스가 마침내 자신들의 욕심을 앞세워 움직이기 시작한 것이다. 하긴 그동안 잠자코 있었던 게 이상했다. 아무리 숭고한 사상과 인격을 가지고 있던 흡혈귀라 하더라도 오랜 시간을 살면 미치거나 돌아버리지 않을 수 없다. 하물며 막대한 정보 처리량을 자랑하는 테트라 아낙스라면 더 말할 것도 없다.

다른 모든 흡혈귀도 겪는 그 광증이 이제야 테트라 아낙스를 덮쳤다고⋯ 모두 생각할 것이다. 그리고 사실 테트라 아낙스의 일원인 베이런은 그것을 부인할 생각이 없었다. 공항으로 되돌아오는 에어버스 속에서 그는 중얼거렸다.

"이 세상에 제정신을 가지고 있는 놈이 대체 몇이나 있단 말이지?"

그건 자기 자신에 대한 의문이기도 했다. 우습지 않은가? 뭐든지 다 알고 있다고 자부하는 예언자 테트라 아낙스의 일원인 그가 그런 말을 주워섬기고 있다는 게?

3

어느 순간 갑자기 허기가 사라졌다.

쉴 새 없이 영양분을 요구하던 몸이 마침내 요구에 지쳐 잠든 것일까?

아니면 이제 변이가 얼마 남지 않은 것일까?

한세건은 자신에게 주어진 시간이 이제 얼마 남지 않았다는 것을 직감했다. 이성과 감성, 모든 것을 통해 도출한 결론은 한결같았다. 그는 곧… 인간이 아닌 것이 된다. 아니, 사실 헌터일 때부터 그는 인간이 아니었다. 흡혈귀들을 죽이겠다는 일념을 품었을 때부터 그는 괴물이었다. 살의를 품은 추악한 괴물, 흡혈귀의 피를 팔며 스스로를 나락으로 몰아넣은 그가 이제 와서 흡혈귀가 된다 해도 그것이 더한 타락을 의미하는 것은 아니리라.

부아아아아앙!

흉포한 엔진음이 콘크리트 토관에 부딪쳐 반사된다. 배기구가 물에 잠기지 않게 한껏 위로 치솟아 오른 바이크가 거칠게 물길을 가르며 달렸다. 좁은 토관 안, 헤드라이트가 던지는 빛에 비쳐 보이는 앞길은 흡사 거대한 괴수의 목구멍 같았다. 몸을 숙인 채 그 안을 고속으로 달려 나가면 무엇이 튀어나올지 모른다는 두려움이 앞선다.

피의 바다를 만들어내는 흉악한 흡혈귀, 천사의 목소리로 노래하는 사악한 마물이 리림 서린을 납치했다. 지하로 사라진 그것은 이 거대한 지하 수로를 이동했으리라. 하지만 오물들이 흐르는 하수의 강을 달리다 보니 곧 오수 정화 시설들과 **빽빽**하게 이어져 있는 건물들의 지하에 맞물린다.

세건은 오토바이를 멈춰 세웠다.

"놓쳤군."

더 이상 서린을 쫓는 것은 불가능하다. 그가 그리 생각했을 때 뒤에서 발소리가 들려왔다. 오수를 밟을 때 나는 물소리는 묘하게 귓가에 거슬린다.

세건은 돌아보지도 않고 총을 뽑아 들어 뒤를 겨눴다. 그러나 그때 들어본 적 있는 목소리가 들려왔다.

"리림은 이미 테트라 아낙스의 손에 들어갔습니다."

"그렇게 빨리?"

세건이 돌아보니 눈을 가린 흡혈귀가 거기에 서 있었다. 브리아레오스, 스스로를 테트라 아낙스의 예비품 중 하나라고 밝힌 석세서가 거기에 서 있었다.

"스팅레이는 오라클들의 정신을 연결해 강력한 텔레파시를 방출하는 것으로 다른 것들의 영혼을 태워 버릴 수 있습니다. 그게 아니더라도 그녀가 가지고 있는 힘은 이만저만한 게 아니지요."

"그래서 어쩌라는 거지?"

세건은 총구를 겨눈 채 미동도 하지 않고 물어보았다. 물방울 떨어지는 소리만이 정적을 깬다. 등 뒤에는 더러운 흡혈귀가 있다. 하지만 그 흡혈귀보다 더욱더 더러운 것은 바로 세건 자신이다. 이 오물 가득한 하수도를 달린 대가로… 아니, 뭐가 묻었든 그건 중요치 않다. 이 하수야 씻어낼 수 있지만 악에 물든 더러운 마음은 구원받지 못한다.

"스팅레이는 지금의 당신이 상대할 수 있는 적이 아닙니다, 비스트. 아무리 당신이 증오의 화신이라 해도 말이죠."

브리아레오스는 그리 말하다가 세건의 표정을 바라보았다. 그는 헤드라이트의 반사광을 등진 채 오토바이에서 몸을 돌려 그를 바라보고 있었다. 반사광에 의해서 얼굴은 잘 보이지 않지만 타오르는 눈동자 속의 귀화가 그의 심정을 대신해 주었다.

"그렇군요. 당신에게 남아 있는 시간은 얼마 없으니 서두르는 것도 이해는 갑니다."

"…잘도 지껄이는군, 더러운 흡혈귀. 너는 미래를 바라본다지만 아무것도 몰라. 네가 나를 이해해? 아주 구역질 나는 발언이군. 네가 나의 뭘 이해하는데?"

한세건은 그리 말하며 오토바이를 돌렸다. 당장에라도 들이받을 듯한 기세였다. 그 혈기, 그 야만성 속에 잠든 슬픔과 증오는 불꽃과도 같다.

"이 건에 대해서는 내 무지를 부인할 수 없군요. 죄송합니다. 하지만 적어도 지금 이 순간 당신 혼자 스팅레이를 쫓는 건 자살행위입니다. 예지력을 가진 자의 호의를 조금은 들어주시지요."

브리아레오스는 단언했다. 바로 그게 한세건을 이해하지 못한다는 것이다. 자살행위? 한세건이 언제 목숨을 아낀 적이라도 있었단 말인가? 세건이 자신을 죽음으로 던지지 않는 것은 오직 하나, 그는 아직 죽어서 편해질 만큼 자신을 용서하지 못하기 때문이었다.

"좋아. 그건 그렇다 치고 그럼 테트라 아낙스는 어디에 가 있지? 앞으로 어쩌라는 거지?"

브리아레오스도 예지 능력자라면 정보원으로서 그럭저럭 쓸 만할 것이다. 신뢰할 수 있는 놈은 아니지만 지금은 지푸라기라도 잡아야 할 때다. 아니, 세건은 언제나 지푸라기를 잡아야 했다. 지배 계급인 흡혈귀들을 쓰러뜨리기 위해 밑바닥에서부터 기어올라야 하는 세건으로서는 당연했다.

그러나 브리아레오스도 그 점은 잘 알고 있었다.

"그건 나중에 알려 드리지요. 당신에게 지금 알려주면 나를 죽이겠다고 덤벼들 것 같군요."

약은 녀석 같으니라고. 세건은 방아쇠를 당기려 했지만 브리아레오스는 이미 어둠 속에 녹아서 사라진 뒤였다.

"조심하시지요. 총알은 아껴두는 게 좋아요. 스팅레이가 옵니다."

브리아레오스의 빈정거림이 도플러효과를 일으키며 사라졌다. 총성이 좁은 토관 안을 울렸다.

그리고 잠시 후, 등 뒤에서 거친 바람이 불어온다. 한기를 머금은 그 바람에 세건은 깜짝 놀라 정신을 차렸다.

마치 막힌 하수구에 물이 급격히 차오르듯 새카만 어둠이 토관을 메우며 밀려들고 있었다.

콰드드드득!

토관이 갈라지며 그로부터 시커먼 어둠의 촉수가 뻗어 나왔다. 그리고 순식간에 주위가 심연으로 변해 버렸다. 미국의 소설가 러브크래프트가 심해 공포증이 있어서 크툴루 이야기를 만들었다고 했던가? 그럴 만하다고 세건은 생각했다. 빛 한 점 없는 어둠 속에서 부유하는 거대한 검은 촉수는 그 모습만으로도 충분히 공포를 불러일으켰으니까.

하지만 세건은 그런 걸로 공포를 느끼지는 않았다. 저주받은 흡혈귀의 냄새가 하수도의 악취조차 무색하게 만드는데 저 정도쯤이야 뭐가 문제겠는가?

오토바이가 무시무시한 소리를 내뱉으며 물살을 뿜어 올렸다. 세건은 즉시 촉수를 피해 달리면서 보지도 않고 뒤를 향해 방아쇠를 당겼다.

두두두두둑!

빠른 속도로 권총탄이 쏟아져 나갔다. 그렇지만 검은 어둠은 잠시 주춤할 뿐, 늦춰짐 없는 기세로 세건의 뒤를 추격했다.

"칫!"

맞서 싸울까 잠시 망설였지만 브리아레오스의 경고가 머릿속을 떠돌았다. 지금으로서는 혼자서 도저히 이길 수 없다니, 해보지 않으면 모르는 일 아닌가? 그러나 만약 해보고 지게 된다면 세건은 목숨을 잃는다. 그 자신은 목숨을 아끼지 않지만… 그가 죽게 되면 누가 흡혈귀들에게 그의 의지를 보여줄 것인가?

그의 목숨은 그의 의지를 관철하기 위한 단 한 발의 탄환이다. 테트라 아낙스의 장기말에 불과한 흡혈귀에게 쓰기에는 아까운 단 한 발의 마탄.

'문제는 테트라 아낙스에게 쓴다고 그놈들이 죽느냐, 그거긴

한데.'

세건이 잠시 상념에 빠져 있을 때 그의 등 뒤에서 스팅레이의 비명 소리가 들려왔다. 세건은 그 목소리에 이끌리듯 손을 뻗어 등에 지고 있던 장검을 빼 들었다.

철컥!

칼집에서 빠져나온 칼날이 스스로 운다. 다마스커스 강으로 만들어진 이 클레이모어는 그야말로 어둠을 깃들게 하는 데 합당하다. 릴리쓰의 어둠을 담은 검은 인문(刀紋)에 암흑이 스스로 깃들어 춤추는데 그 모습이 불꽃과 같았다. 세건은 그것을 보이지도 않는 등 뒤로 휘두르며 훑었다. 칼날이 그의 등 뒤에서 삼각형을 그리며 다가오는 촉수를 베어냈다.

스칵!

가볍게 휘두르는 일격에 적어도 200근은 나갈 듯한 촉수가 단숨에 잘린다. 잘려 나간 촉수는 아직 힘을 잃지 않아서 하수 속에 떨어져도 요동쳐 대는데 그사이에 세건이 탄 오토바이가 좁은 하수도를 날래게 빠져나갔다. 스팅레이가 세건을 쫓으려 했지만 오토바이가 더 빠르다.

그러나 세건이 들어왔던 방향의 수로는 벌써 붕괴되어 있었다. 지진이 휩쓸고 지나간 것도 아닌데 멀쩡한 토관이 붕괴되다니. 세건은 눈살을 찌푸리며 방향을 틀었다. 얼마 가지 않아서 환기구가 붙은 둥근 원형의 맨홀이 눈에 들어왔다. 원통형에 사다리가 없고 위 뚜껑만 철망으로 되어 있는데 높이가 약 7미터 정도 되었다.

이 정도라면 할 수 있을 것 같다. 그리 생각한 세건은 풀 스로
틀로 오토바이의 침장을 채찍질하며 앞으로 달렸다. 그러고는
비스듬하게 옆으로 뛰면서 원형의 맨홀 벽에 두 바퀴를 같이 접
지시켰다.

부아아아아앙!

오토바이가 고함을 지르며 맨홀 벽을 타고 나선으로 달렸다.
세건은 왼손만으로 핸들을 고정한 채 손에 쥔 칠흑의 검을 휘둘
렀다.

투확!

칠흑의 검이 어두운 궤적을 그리자 맨홀 위를 막고 있던 철망
이 허망하게 찢겨져 나가고 오토바이 한 대가 치솟아 올랐다.
오토바이는 공중에서 가볍게 균형을 회복하더니 뒷바퀴부터 정
확하게 아스팔트 도로를 짚으며 여유롭게 착지했다.

끼이이익!

브레이크를 밟으며 오토바이를 멈춰 세우자 바퀴에 묻은 진
흙과 하수가 아스팔트 위를 더럽힌다. 그야말로 곡예 중의 곡
예, 기예 중의 기예를 펼치며 하수도를 탈출한 세건은 별로 대
수롭지 않다는 듯 맨홀을 바라보았다. 스팅레이는 빛을 싫어하
는지 맨홀을 빠져나오지 않고 있었다.

"음?"

빛을 싫어하는 것인가. 역시 흡혈귀답다는 생각이 들었지만
생각해 보면 이렇게까지 빛에 약한 흡혈귀는 오래간만에 보는
것 같았다.

그건 그렇다 치고… 밖의 공기가 이상하다. 지하도에 처박혀 있다가 이제 밖에 나온 세건은 왠지 이상한 공기가 감도는 것을 느끼고 눈살을 찌푸렸다. 하늘에 전투 헬기가 떠다니고 도시 전체에 긴장된 사람들의 상념이 떠돌아다닌다.

앞으로 벌어질 살상 때문인지 가만히 있으면 무슨 TV의 노이즈처럼 잡음 섞인 속삭임이 들려온다. 이게 바로 전운이라는 것일까?

"제길."

세건은 아쉬운 대로 허리에 차고 다니던 TNT 바에 신관을 세팅하고 맨홀 아래로 던져 버린 뒤 등을 돌렸다. 브리아레오스의 말에 놀아나는 것 같긴 하지만 지금은 일단 돌아가서 다른 흡혈귀 사냥꾼들에게 정보를 좀 얻어야겠다.

회색의 도시를 가로지르는 도로 위로 큼지막한 군용 수송 차량들이 이동하고 있었다. 하늘을 장악하고 있는 지상 공격 헬기와 건십들, 도로에 늘어선 수송차와 장갑차 등이 전쟁 분위기를 조성하고 있었다.

러시아 대통령 보리야는 계속되는 과격한 테러와 쿠데타에 대항하기 위해 계엄을 선포했다. 도시 곳곳의 차들이 강제로 치워지고 장갑차와 전차들, 그리고 보병들이 물밀듯 밀려들었다. 순식간에 시가지는 전쟁터가 되었다. 보리스 옐친 대통령 집권 시절 벌어진 군부 쿠데타의 모습이 다시금 재현되는 듯했다. 하지만 지금 모스크바에 들어온 이들은 바로 계엄군이고 계엄군

사령관은 현재 대통령인 보리야 푸도브킨이다.

그리고 그의 배후에는 바로 테트라 아낙스가 있다. 나약한 인간의 심령쯤은 언제라도 자신의 것으로 만들 수 있는 그들에게 있어서 각국의 대통령은 매우 좋은 먹잇감이다. 정치가라고 해서 딱히 다른 인간들보다 뛰어난 정신력을 지니고 있는 것도 아닌데, 그에 반해서 그들을 세뇌시키면 세상 돌아가는 것을 자기 멋대로 할 수 있기 때문에 테트라 아낙스로서도 손을 안 대려야 안 댈 수가 없었다.

그러나 지금까지는 그들을 장악해도 이렇게 노골적으로 움직인 적은 없었다. 암묵적인 합의라고 해야 하나?

월야의 세계와 인간들의 세계를 선 긋던 것이 바로 그들이다. 그렇기에 그들은 인간들을 조종해도 어디까지나 그들의 안전을 지키기 위한 선에서 움직일 뿐 결코 그들을 이용해 적을 치거나 압박하려고 한 적이 없었다. 그래서 모두가 테트라 아낙스의 지배를 암묵적으로 받아들이고 있었던 것이다.

그러나 지금 테트라 아낙스는 보리야 푸도브킨을 움직여 라이칸스로프들의 뿌리를 뽑아버리려 했다.

자세한 위치를 알고 군인들이 투입된다면 제아무리 강력한 라이칸스로프라고 해도 인간을 상대하기 버겁다. 승산은 충분히 있다.

"모두들 제대로 준비하도록 해! 사람을 상대하는 게 아니라 탱크를 상대한다고 생각해!"

군용 트럭에서 뛰어내린 선임 상사가 병사들을 독려했다. 사실 그도 명령을 완전히 이해하지 못하고 있었지만 만약 쿠데타 군의 리더가 볼코프 레보스키 장군이라면 이렇게 주의하는 게 당연했다.

그렇지만 전차라니, 상부도 제법 유머감각이 있잖아? 선임 상사는 그리 생각하면서도 병사들을 완전무장시켰다. 화염방사기와 로켓포 등으로 무장한 병사들이 꾸역꾸역 수송용 차량에서 내려섰다.

모스크바 근교 방공호의 공기 정화 시스템은 완벽하다. 냉전 시대에 지어진 방공호는 대부분 핵 공격에도 견딜 수 있도록 견고하게 만들어져 있었다. 방사능 분진이나 화학 가스 등도 공기 정화 시스템에 의해서 걸러지게 되어 있다. 하지만 냉전이 종결된 이후 필터는 쓰던 것을 계속 검사필증만 붙여서 재활용하고 있었고 그나마도 대충대충이라 실효가 있을지 미지수였다. 한마디로 말해서 이 시설은 낡았다.

하지만 공조기를 부숴둘 필요는 있었다.

"얼른 가! 이 굼벵이들아!"

공병대 선임 하사가 무슨 미국의 흔한 월남전 영화에서나 나올 법한 욕설로 대원들을 내몬다. 공병대가 채찍에 맞아 뛰어다니는 가축이라도 되는 양 폭약을 장착하기 위해 공기 정화 시스템으로 향했다. 그들은 필터를 날려 버리기 위해서 무선 헬기에 폭약을 달고 안으로 들여보냈다. 잠시 후 필터가 폭발하자마자 화학 가스 살포차가 공기 정화 시스템에 접근해 가스를 셸터 안으로 쏟아부었다. 대량 살상 무기 확산 금지 조약 같은 건 동네 개가 짖는 소리쯤으로 여기는 태도였다. 하긴 인질극이 벌어진 극장에 신경가스를 퍼부은 사건도 있었는데 쿠데타의 위기에 직면한 지금에 와서 이 정도는 애교다.

"돌입!"

화학 방호복을 입은 병사들이 돌입했다. 가스가 들어간 것만으로도 대부분 무력화되어 있겠지만 도저히 방심할 수가 없다. 그들은 방공호의 입구를 로켓포로 부숴 버리고 안으로 돌입했다.

그러나…….

"이런!"

"텅텅 비었습니다!"

"뭐?"

병사들이 잠입해서 안을 살펴보았지만 안은 이미 텅 비어 있었다. 정보가 미리 새어 나갔단 말인가?

"말도 안 돼. 어떻게 그사이에 빠져나갈 수가 있지?"

그러나 그들이 LSD를 한 말 정도 투여한 게 아니라면 지금 눈앞에서 벌어지는 일을 믿을 수밖에 없었다. 적들은 그들의 진입을 미리 예측하고 있었고 그보다 훨씬 전에 교묘하게 자취를 감춰 버린 것이다.

텅 비어버린 방공호, 병영에는 찬바람만이 휘몰아치고 있었다.

4

군용 건물임을 우직스럽게 나타내고 있는 큼지막한 벽돌 벽이 있었다. 페인트로 위장 무늬가 칠해진 벽돌 벽 위에는 가시철조망이 설치되어 있고 곳곳에는 감시탑이 서 있다. 이 차가운 대륙 한복판의 감시탑이라는 건 바람이란 파도에 혼자 돌출되어 있는 바위섬이나 다름없다. 그 위에 올라서면 옛날 모 냉장고 CF처럼 삼면 입체 냉각을 당하게 된다. 하지만 그럼에도 불구하고 경비를 서는 이들의 자세는 물샐틈없었다.

물론 계엄이 발동된 판에 느슨하게 아이 좋아 하고 망루 위에 서 있을 만한 얼간이는 별로 없다. 언제 머리통에 총알이 박혀도 이상하지 않은 상황이니 더더욱 그렇다.

그러나 이미 충분한 이유가 있음에도 불구하고 억지로라도 이들의 경계가 삼엄한 이유를 하나 더 꼽자면, 여기가 바로 모스크바 주 방위군의 사령부이기 때문이다. 현재는 형식상으로는 계엄사령부에 지휘권을 인도했지만 계엄사령관인 보리야 푸도브킨은 군인이 아니다. 군인이 아닌 자에게 군대의 지휘를 맡겨서 떡을 친 사례는 전사를 뒤져 보면 끝도 없이 쏟아져 나와 주체를 못 할 지경이다. 그렇기 때문에 실질적인 지휘는 그들이 하고 있었다.

그래서일까? 그들의 앞에는 장갑차와 전차가 서서 일종의 대형 진지를 형성하고 있었다. 그뿐 아니라 곳곳에는 모래주머니와 방탄판을 쌓아서 만든 기관총 진지가 있었다. 쿠데타군에게는 공군과 포병 병력이 전무하다시피 했기 때문에 이렇게 방어하고 있으면 보병만으로 뚫기에는 너무나 힘든 종심 방어진이 세워진다.

하지만 적은 그런 그들의 앞으로 대담하게 모습을 드러냈다. 처음에는 모든 병사가 어처구니가 없어서 그가 진짜 적인지조차 의심스러워했다. 낡은 방수포로 만든 우의를 망토처럼 두른 청년이 홀로 선두에 서서 그들을 바라보고 있었으니까. 언제 나타났는지는 모르지만 무수한 총구 앞에 스스로 모습을 드러낸 그는 일견 너무나 무방비한 자세로 그들 앞에 서 있었다.

방아쇠를 당기기만 하면 시체를 찾기도 힘들게 될 텐데도 태연하다. 마치 그들이 들고 있는 총이 장난감이라도 되는 양 태연한 그 모습에 반감까지 느껴질 정도였다. 목숨이 경각에 달려 바람 소리, 움직임, 그 하나하나에 촉각을 곤두세우고 있는 그들을 바보로 만드는 것 같았다.

"이익!"

러시아 군대에는 아주 간단하면서도 효과적인 전통이 있었는데 그것은 상대에게 투항을 하라든가 하는 인도적인 절차가 없다는 것이다. 물론 공식적으로는 각종 국제 협약과 인권, 그 외다수 지킬 만한 미덕은 다 지킨다고 주장하지만 예로부터 그들의 군사 규범은 섬멸전에 무게를 싣고 있었다.

섬멸전, 즉 적의 병력을 파괴함으로써 전술적 승리를 전략적 승리로 바꾸는 것을 말한다.

머릿속에 총알만 든 군인 정치가들이 각종 복잡한 정치 상황을 해결하는 데는 이것만큼 명쾌한 답도 없다. 적을 다 쏴 죽이는 것. 그게 가능하다면 어떤 무모한 정치적 술책도 다 받아들여진다.

뭐, 그런 정책적이고 전술적인 문제를 떠나서도 그들이 별로 그런 규정에 신경 쓰는 성격이 아니라는 것은 만천하가 아는 사실이다.

잡설이 길었는데, 결국 병사들은 그 청년이 등장했을 때 아무런 주저 없이 방아쇠를 당겨 버렸다. 기관총 진지와 소총, 만약 준비되었더라면 박격포까지, 한 인간에게 퍼붓는 화력으로는 과분할 정도의 살의가 그에게 쏟아져 내렸다. 그러나 그다음 순간!

"하아!"

상황은 순식간에 정리되었다. 그를 대면하고 있던 소총수들은 왠지 소총이 잠깐 불을 뿜다가 침묵해 버렸다는 사실을 깨달았다. 탄창이 배출구 구멍에 낀 것도 아닌데 총이 아예 격발하지 않는다. 그리고 그 총구 앞에 있어야 할 청년은 우의를 펄럭이며 옆으로 약 10여 미터는 떨어진 곳에 가 있었다. 공간 이동은 아닌 것 같지만 무서운 빠르기다.

두두두두두!

뒤늦게 기관총 진지의 총구가 따라오며 불을 뿜어댔지만 그가 기관총을 향해 손을 뻗자 기관총도 격발되지 않았다. 사수가 깜짝 놀라며 소총으로 갈아 쥐는 순간 그 청년의 손이 하늘로 들어 올려졌다. 마치 하늘을 보라고 하는 듯한 그 동작에 취한 병사 중 일부는 하늘을 올려다보기까지 했다. 그러나 그때였다.

콰드득!

모래주머니를 쌓아 만든 기관총 진지가 폭약이라도 묻어둔 것처럼 폭발했다. 진지가 세로로 쪼개지며 기관총과 인간이 함께 쓸려 나갔다. 마치 삼류 영화의 특수 효과처럼 사람이 수직으로 쪼개지는데, 정육점용 전기톱으로 썰어도 저렇게 깔끔하게 썰릴지 의심스러울 정도로 단면이 깨끗했다.

바람이 회색의 청년을 휘감는지 바람 맞은 범선의 돛처럼 그의 망토, 아니, 우의가 펄럭인다. 아직 어린 청년에 불과했지만 그렇게 바람을 받은 그의 모습은 생각 이상으로 거대해 보여서, 마치 자연계에서 자신의 몸을 크게 해 보여 적을 쫓는 여러 생물을 떠올리게 했다.

"쳐라! 새로운 역사의 시작이다!"

청년의 스산한 목소리와 함께 그동안 배경에 불과했던 것들이 움직이기 시작했다.

그래, 이것은 새로운 역사의 시작, 그리고 또 미친 달의 세계, 그 종착점이기도 하지.

회색의 청년은 그리 생각하며 입가에 미소를 띠었다. 그를 중심으로 돌풍과 충격파가 회전하며 뿜어져 나가 엄폐물에 숨은 소총수들을 덮쳤다. 충격파를 정면으로 들이받은 이들은 즉시 내장이 파열되고 칠공에서 피를 토하며 쓰러졌다. 질주하는 트럭에 치인 것처럼 나동그라지고, 내던져지고, 파괴되는 그 모습은 인간의 존엄을 찾을 수 없는 고깃덩이 그대로였다.

"아니!"

건물 옥상과 감시탑 등에 배치된 저격수들은 그제야 상황의 심각함을 알고 청년에게 총구를 돌렸다. 그러나 그때였다.

탕!

가장 먼저 저격을 시작한 건 그들이 아니라 적이었다. 어디선 가부터 총알이 날아와 정확하게 저격수들을 제거했다. 그리고 그들이 저격당하는 것과 동시에 곳곳에 박격포가 떨어졌다.

포병대는 출동하지 않았지만 보병들은 박격포를 들고 다닐수 있었다. 전차를 부수기에는 역부족이지만 시가전에서는 박격포의 위력으로도 많은 것을 할 수 있었다. 기동성이 갖춰진 보병들이 박격포를 쓴다면 그 효과는 극대화된다.

게다가 보통 1/4톤 트럭에 실려서 움직이는 지원용 박격포탄이 여기저기서 날아들어서 진지를 쑥대밭으로 만들었다. 박격포탄이 닿지 않는 곳을 향해서는 계속해서 저격이 퍼부어져 기관총 진지와 장갑차의 총좌를 무력화시켰다. 전차병들은 그제야 허겁지겁 총좌를 버리고 장갑차 안으로 들어갔지만 이미 늦었다. 골목길 등지에서 갑자기 뛰어나온 수많은 병사가 빠르게 이동하며 다가왔다. 사람의 다리를 써서 움직이고 있지만 그 빠르기는 무쇠로 만든 군용 수송 트럭이 둔할 정도였다. 장갑차와 전차가 움직여 그들을 막으려 했지만 골목에서 뛰쳐나온 그들은 RPG—7을 기동사격으로 발사했다. 발사관 뒤로 충격파를 뿜어내는 데다가 무게도 엄청난 이 RPG—7을 들고 이동하며 발사한다는 것은 상당히 무모한 짓이다. 이동하고 쏘기에는 정확도가 많이 떨어지는 정도가 아니라 심하면 바로 코앞의 땅에 찍어버리는 경우도 허다했다.

그러나 그들은 이동하면서 정확하게 RPG—7을 탱크에 박아 넣고 즉시 발사관을 버린 뒤 몸을 굴리며 소총으로 무기를 바꾸었다. 기계적인 움직임 때문인지 체격이 큰 자나 작은 자 모두 일정한 거리를 굴러가 멈추는데 멈추는 자리가 정확히 사선을 이루고 있었다. 그들이 소총을 퍼붓는 사이 골목에서 또 다른 RPG—7병이 나타나 전차를 향해 로켓을 발사하고 다시 소총으로 무기를 갈았다.

콰콰콰쾅!

연달아 RPG—7이 꽂히는 통에 전차병들은 정신을 못 차렸다. 그렇게 전차와 토치카가 RPG—7과 박격포의 위압에 억눌려 있는 사이 이 수수께끼의 보병 부대는 빠르게 담을 뛰어넘었다.

"제길! 지원을 요청… 아!"

군용 1/4톤 트럭에 올라탄 무전병은 무전기를 들고 회선 개통을 위해 그것을 조작하다가 하늘을 올려다보았다. 군단 사령부를 방어하기 위해 초계비행을 하던 공격 헬기 한 대가 옆구리에 미사일을 맞고 불꽃에 휩싸인 채로 추락하고 있었다.

놀란 무전병이 허겁지겁 차를 버리고 뛰었지만 불꽃에 휩싸인 공격 헬기는 아스팔트로 포장된 도로 위에 떨어지며 군용 트럭을 깔아뭉갠 뒤 무서운 기세로 미끄러지며 그를 덮쳤다.

콰쾅!

그와 동시에 기지 사방에서 폭음이 일어났다. 각 방향에서 발사한 박격포가 진지를 유린했다.

현대전에서 보병이란 기계화 사단, 포병, 공군의 도움이 없이는 결코 독자적인 작전 수행을 할 수 없다. 방위사령부도 그러한 것을 염두에 두었고 애초에 볼코프 레보스키와 함께 잠적한 특수부대에는 포병도, 공군도, 전투 헬기조차 없었다. 만약 그들이 일반적인 보병이었다면 벌써 예전에 진압당했을 것이다. 하나 그들은 방위사령부로 다가서는 길에 설치된 몇 겹이나 되는 방어선을 비 오는 날 헌 집에 물이 스며들 듯 자연스럽게 지나왔다.

그 결과 방위군은 되레 각개격파를 당할 지경이었다.

모스크바 붉은 광장 일대는 삼엄한 경비 체제가 형성되어 있었다. 그 안에서 그들의 본부인 모스크바 주 방위군 군단 본부가 공격받고 있었다. 하지만 아직 모스크바 국방성은 멀쩡하고 크렘린 궁도 공격받지 않고 있다. 이 붉은 광장을 중심으로 설치된 기관총 진지와 저격 진지는 백 개가 넘는다. 거기에 길거리 곳곳에는 방어진지가 형성되어 있고 장갑차량이 즐비했다.

아무리 군단 본부가 위험에 처한다 하더라도 그들은 국방성과 크렘린 궁을 지켜야 했다. 그래서인지 그 공격을 받고 있어도 이들은 비교적 침착했다. 그저 언제든지 나타날 적을 기다리고 있을 뿐.

하늘은 구름이 잔뜩 껴 희뿌옇고 곳곳에는 먼지가 크게 일어나 공기가 가히 좋지 않았다. 회색으로 물든 모스크바 시가지에는 겁에 질린 시민들의 움직임을 제외하고는 아직 군사적인 움직임이 없었다. 그때 그 정적을 깨고 박격포탄이 날아들었다.

피유우우우우우우!

박격포탄 특유의 소리와 함께 폭발이 주위를 강타했다.

원래 박격포라는 것은 그렇게 강력한 위력을 지니고 있다고는 할 수 없었다. 튼튼한 벙커나 콘크리트 장벽 같은 것은 박격포탄의 충격을 제법 많이 견딜 수 있었고 애매한 사거리와 정확도를 가진 박격포는 오직 보병들을 상대하기 위한 무기였다.

그러나 이렇게 시가전이 되면 박격포는 매우 유용한 무기가된다. 기관총 진지가 순식간에 파괴되고 병사들이 비명을 지르며 쓰러졌다. 박격포 사격이 계속되자 방위군의 지상 보병들이즉시 앞으로 달리며 박격포가 날아오는 방향으로 향했다. 빌딩들 때문에 박격포가 날아갈 방향이 뻔한지라 어렵지 않게 박격포를 발사하는 이들을 찾을 수 있었다.

두두두두두두두!

방위군의 반격이 시작되었다.

뷔르제예프는 방위군과 쿠데타군이 접전을 벌이는 것을 보며빌딩을 기어올랐다. 애초에 쿠데타군의 박격포 공격은 저격수들을 심어두기 위한 포석이었다. 본래 사각이 없어야 할 곳이지만 박격포 공격에 의해 몇몇 저격 진지가 무너지면서 사각이 생겨났다. 뷔르제예프와 다른 저격수들은 바로 그 틈을 타고 매끈매끈한 빌딩을 기어오르는 것이다. 이러한 전략에 당한다 해서 방위군의 군사적 자질을 의심해서는 안 된다. 왜냐면 보통의 인간 저격수는 이런 빌딩을 기어오를 수 없기 때문이다.

"흥!"

뷔르제예프는 입에 물고 있던 담배가 입술이 델 만큼 타들어 가자 그제야 그걸 내뱉었다.

그는 그와 함께 움직이고 있는 군인들을 돌아보았다. 뷔르제예프에 뒤지지 않는 속력으로 매끈매끈한 벽을 타고 오르거나 몇몇은 이미 비스듬한 경면을 발로 박차고 수직으로 달려 올라가 적들의 진지를 습격한 상황이었다. 뷔르제예프보다는 못하지만 인간들로서는 도저히 막을 수 없는 뛰어난 전사들이다. 볼코프 레보스키 장군이 굳이 자신의 모든 사단 병력을 동원하지 않은 것에는 그만한 이유가 있었던 것이다.

"나도 이럴 때가 아니군!"

주위의 전력을 유심히 살펴보는 것도 중요하다. 그와 함께 행동하는 이들은 어쩔 수 없이 한배를 타긴 했지만 일이 뒤틀릴 경우 바로 적으로 돌아설 놈들이었으니까. 그들도 내심 뷔르제예프에게 총알을 박아 넣길 학수고대하고 있을 것이다. 그렇지만 그렇다 해도 지금의 그들이 소중한 동맹임은 부인할 수 없는 사실, 이래저래 신경 쓰는 것보다는 자기 일을 우선 제대로 하는 게 좋으리라.

뷔르제예프는 건물의 경면을 강하게 붙잡고 전력을 다해 위로 몸을 쏘아 올렸다. 수직으로 7미터 정도를 훌쩍 날아오른 뷔르제예프는 공중제비를 돌아서 방향을 틀고 공중에서 회전하는 그 순간 드래그노프 저격 소총으로 밑에서 놀라고 있는 병사들을 겨누었다.

병사들은 여기저기서 울려 퍼지는 총성과 비명 소리에도 불구하고 아직 전장에 임할 준비가 되어 있지 않았다. 밑에서 불쑥 나타난 뷔르제예프의 모습에 놀란 기색이 역력하다. 하긴 매끈매끈해서 파리가 미끄러질 지경인, 100미터가 훨씬 넘는 외벽을 타고 인간이 올라오리라고 누가 예측이나 했겠는가.

뷔르제예프는 조준선을 통해서 얼빠진 병사들의 머리통을 하나하나 꼼꼼히, 시장 나온 아줌마가 사과 고르듯 자세히 살펴보다가 그에게 가장 위협적인 고사포 사수를 향해 총을 발사했다. 고사포 사수는 멍청히 서 있다가 라이플 탄 일격을 맞고 즉사해 버렸다.

"마, 말도 안 돼!"

"그래, 말도 안 되지!"

뷔르제예프는 병사들의 말에 대꾸하며 공중에서 총을 두 발정도 더 쏜 뒤 착지했다. 그가 건물 옥상에 내려섰을 때는 이미 고사포 진지는 점령된 거나 다름없었다. 병사들은 더 이상 싸울 의욕을 잃어서 뒤도 안 돌아보고 도망쳤다.

"으아아악! 괴, 괴물이다!"

뷔르제예프는 권총으로 무기를 바꿔 들고 연발해 도망치려 하는 남은 병사들도 모조리 죽여 버렸다. 싸울 의지를 상실한 자들을 군이 죽일 것까진 없다고 볼 수도 있었다. 하지만 그런 안일한 자비를 베풀었다가 정보가 새어 나가서 이후 적들의 방어가 튼튼해지면 곤란하다.

뷔르제예프는 쓰러진 인간의 사체를 발로 걷어차고 건물 외벽에 붙어 저격총을 들이밀었다. 모든 행동이 너무나 무미건조해서 그 자신도 종종 자신이 인간이었다는 사실을 까먹곤 했다.

애초에 뷔르제예프는 인간이었을 때부터 사람을 죽이거나 먹는 것에 대해서 전혀 감흥을 느끼지 못했다. 그렇다고 그가 구제불능의 악당이라거나 불한당이었다는 것은 아니다. 그가 죽이거나 먹는 것에 감흥을 느끼지 못하는 것은 그가 인간이었을 때부터 이미 인간의 도덕을 초월하였기 때문이었다.

한때는 그도 신앙심 깊은 다른 사람들처럼 신에게 경의를 표하며 세상에 자비가 있기를 빌었다. 그러나 계속되는 공습과 포격, 보병대의 무자비한 진압이 시작되면 우물 근처에는 무고한 사람들의 시체가 한가득 쌓였다.

선량하고 무고한 사람들이 하루가 멀다 하고 죽어서 썩었는데 쇠파리들이 들러붙어 시체에 알을 까든 말든 누구도 시체에 다가가지 못했다. 그러다가 군인들이 철수를 할 때 즈음에 휘발유를 부어서 시체를 태워 버리는데 살아남은 이들은 멀뚱멀뚱 그 장면을 바라볼 수밖에 없었다. 자신의 아들딸, 혹은 부모형제의 시체가 그렇게 무가치한 쓰레기처럼 타버리는 데도 모두들 꼼짝도 할 수 없었다. 죽은 자는 총포에 의해 죽었지만 살아남은 자는 바로 그러한 그들의 폭정에 의해 죽었다.

그것이 현실이다.

인간의 목숨과 인간의 권리를 하늘이 보증 서주기라도 하는 것처럼 말하지 마라.

쑤시면 죽고 쏘면 죽어버리는 게 인간이다. 결국 그 정도일 뿐, 그 이상 의미를 부여하며 다른 사람들을 속여봤자 얇은 금 도금에 지나지 않는다. 싸구려 기만에 불과하다.

그렇지만 사실 그 기만을 얼마나 믿고 싶었던가?

"……."

뷔르제예프는 잠시 생각에 잠겼다. 그러나 곧 그는 과거의 기억을 떨쳐 냈다. 그 기만을 믿었기 때문에 소중한 것을 잃어야 했다. 기만에 농락당하던 과거를 떠올려 봐야 상처를 후벼 팔 뿐이다. 지금은 그저 그의 임무에 충실할 수밖에 없다.

그는 즉시 진지를 무력화한 뒤 건물 외벽에 달라붙어서 아직 살아서 움직이는 적들의 진지에 저격을 퍼부었다. 까마득한 마천루 위에서 저격하는 것은 그다지 효율이 좋지는 않았지만 뷔르제예프의 능력은 탁월했다. 그는 순식간에 다른 진지들을 무력화해서 방위군의 힘을 약화시켰다.

다른 쿠데타 저격병들도 진지에서 저격을 개시해 방위군의 방어선을 무너뜨렸다. 일단 안쪽의 저격 진지를 장악하게 되자 방위군은 앞뒤에서 협공을 당하게 되어서 순식간에 무너져 내렸다.

라이칸스로프 보병대는 간단히 전차를 파괴하고 크렘린 궁으로 향했다.

"이런, 이런. 정말 빠르군."

뷔르제예프도 저격병들과 함께 다음 저격 진지로 이동했다.

방위군 사령부와 국방성, 크렘린 궁을 동시에 타격하는 이 작전은 그야말로 과감하기 이를 데 없는 것이다. 가뜩이나 적은 병력을 분산시켜서 적의 급소 양방을 동시에 타격한다는 이것은 자신의 병력이 일기당천이라고 확신하지 않고서는 도저히 감행할 수 없는 미친 짓이다.

아무리 그들이 라이칸스로프라고 하지만 그렇다 하더라도 상식 외였다.

게다가 이 작전을 수립한 이는 볼코프 레보스키였다. 이사카 베르게네프가 지시를 내리긴 했지만 그는 볼코프의 작전을 그대로 계승했다. 부하들을 끔찍이 아낀다고 하는 볼코프 레보스키가 이렇게 무모해 보이는 작전을 수립했다는 것은 그만큼 이 병력들을 신뢰하고 있고 이들의 능력이 또 그만큼 된다는 뜻이었다.

하긴 그러니까 이 라이칸스로프들이 움직인 것이다. 같은 라이칸스로프이긴 하지만 그들은 볼코프를 따르는 이들이다. 원래 볼코프의 명령이 없었다면 움직이지 않을 이들이었지만 볼코프 레보스키의 부재로 이사카가 그들에게 지휘를 내렸다. 이사카는 환술로 볼코프의 모습을 빌리고 또한 서린에게 걸어둔 비약을 통해 볼코프만의 특성을 복사하는 데 성공했다.

상위 라이칸스로프들은 환술이나 환각 등에 저항력을 가지고 있었지만 볼코프의 특성마저 복사한 이사카에게는 속을 수밖에 없었다. 그래서 그들은 이사카 베르게네프를 볼코프 레보스키로 여기고 그의 명령에 따르게 되었다.

이로써 지금 이 순간, 쿠데타의 주도권은 완전히 이사카 베르게네프에게 주어졌다.

그러나 과연 그게 얼마나 갈 것인가?

뷔르제예프는 이게 그리 오래가지 못할 영화라는 걸 알고 있었다. 하지만 그런들 어떠랴?

"마지막은 화려하게… 그래, 그래야지."

뷔르제예프는 스스로에게 다짐하며 20층이 훌쩍 넘는 고층 빌딩 옥상에서 몸을 날렸다.

우드드득!

머리가 부서지며 뇌수와 피가 쏟아져 내렸다. 회색 머리칼의 거구의 장년인은 머리가 으깨져 버린 상대를 가볍게 집어 던지고 뒤를 돌아보았다.

"캬아아아아!"

양손에 스콜피온 기관단총을 든 남자가 양발을 이해 불가능한 각도로 벌린 채 거미처럼 기어 오며 총을 퍼부었다. 그러나 이 거구의 남자는 양팔을 휘둘러 총알들을 팔로 막아내고 앞으로 뛰어들어 주먹을 날렸다.

쿵!

주먹이 표적에 적중하는 것과 그가 뛰어들어 땅을 구르는 것이 정확히 동시에 일어났다. 주먹에 맞은 남자의 몸이 일순 요동치나 싶더니 등골이 우악스러운 힘을 이기지 못하고 부러지고 내장들이 튀어나왔다.

"아가가각!"

몸통이 산산조각 나버린 남자는 그럼에도 불구하고 아직 살아서 움직였다. 하지만 기관단총을 겨누려 해도 그는 더 이상 자기 몸조차 가눌 수 없었다. 그 모습은 흡사 차에 치인 개를 보는 듯 불쌍하기까지 했다.

물론 그를 그렇게 만든 장본인은 동정심을 느끼지 않았다. 회색의 거한, 볼코프 레보스키 장군은 걸레같이 변한 남자를 발로 걸어찬 뒤 떠오른 몸을 다시 옆차기로 차 날렸다. 공을 차도 그렇게 가볍고 빠르게 차내진 못하리라. 찼다기보다는 발사했다고 하는 게 더 어울릴 속도로 그것은 날아갔다. 이미 더 이상 인간의 형체를 갖추지 못한 살점과 뼈들이 막 골목을 돌아 뛰어드는 병사들 앞으로 쏟아졌다.

"으아아악!"

선두의 병사들이 순식간에 쓰러지자 나머지 병사들이 놀라서 그를 바라본다. 이리 떼 앞에 겁먹은 양의 눈길이 그러할까? 볼코프 레보스키가 그들을 쏘아보자 모두들 북풍에 사시나무 떨듯 오들오들 떨었다. 결국 견디지 못한 그들은 전의를 완전히 상실하고 도망쳤다.

"완전히 당했군."

볼코프는 그들이 도망치자 다시 방향을 잡고 달렸다. 적들이 그의 움직임을 손바닥 들여다보듯 하는지 나름대로는 인적 드문 곳으로 피해 다녔다고 생각하는데도 벌써 네 번이나 적들에게 걸린 것이다.

사관학교 교수 시절, 경우에 따라서 정찰은 장교 자신이 직접

해야 한다고 역설한 그로서는 참 추태가 아닐 수 없었다. 그나되니까 적의 척후를 홀로 박살 낼 수 있는 거지, 인간 장교가 이렇게 정찰했다가 걸리면 그냥 죽거나 포로가 되었을 게 아닌가? 이래서야 그가 설파한 게 바보 같다.

그렇게 생각하며 걷고 있을 때 그의 앞에 갑자기 소용돌이가 일어났다. 깜짝 놀란 그가 방어 태세를 취하고 있으니 그 소용돌이 속에서 사람의 말소리가 들렸다.

'볼코프, 들립니까?'

비록 그리 많이 듣지는 못했지만 볼코프는 그 목소리의 주인을 금세 알아냈다. 이사카 베르게네프. 그의 딸이 릴리쓰에 감염되긴 했지만, 인연을 따지자면 그에게는 외손자가 되는 자의 음성이었다.

"무슨 짓이지?"

해괴한 마법이지만 볼코프는 놀라지 않았다. 그는 자신의 육체와 정신에 신앙에 가까운 확신을 가지고 있었다. 어떤 불가해한 마법도 그를 굴복시킬 수 없다고, 그를 굴복시키는 것은 오로지 실체 있는 진정한 역량뿐이라고 믿었기에 그는 당당하게 가슴을 펴고 소용돌이로 향했다.

'지금 그쪽으로 가봤자 소용없을 겁니다. 나는 당신의 부대를 이끌고 당신이 계획했던 공격을 감행하고 있습니다.'

"어떻게 그럴 수 있지? 그들은 내 명령이 아니면 듣지 않을 텐데? 그리고 이게 목적이었나?"

'목적이 아니었다고는 말할 수 없겠습니다만, 제가 당신의 권위를 빌려 그들을 움직이지 않았다면 지금쯤 몰살당했을 겁니다. 테트라 아낙스가 선수를 쳤으니까. 그러니 조금쯤은 고마워하는 모습을 보이시지요. 당신의 부재 시 지휘를 맡아서 병력들을 무사히 남겨뒀으니까.'

이사카는 그리 말하고 이내 자신의 말을 번복했다.

'아니, 당신에게 공치사를 듣는 나를 상상할 수 없군요. 상상력이 많이 부족해져서 그런지… 이 정도로 해둡시다.'

이사카가 만들어낸 소용돌이는 이윽고 자취를 감추고 그의 기척도 사라졌다. 볼코프는 텅 빈 공터를 바라보며 이사카가 한 말을 곱씹었다. 즉 볼코프의 작전을 그가 실행시켰다는 것인데 무슨 수로 병사들을 다루는 건지는 모르지만 저렇게 자신만만해하는 걸로 봐서는 아직 큰 피해는 없는 듯했다.

"또 다른 함정일지도 모르겠으나… 어쩔 수 없지."

지금은 그를 믿을 수밖에. 볼코프는 방향을 돌려서 붉은 광장 쪽으로 달려 나갔다.

5

태양을 회색의 연기로 뒤덮으며 포탄이 도시 곳곳을 때렸다. 박격포탄이 바람을 가르고 요란한 휘파람을 불며 시가지를 강타한다.

나폴레옹도 히틀러도 지배하지 못한 동방제국의 수도에 또다시 내란이 일어나고 있는 것이다.

인간들에 비해 몇 배, 몇십 배, 때로는 몇백 배나 되는 수명을 누려온 흡혈귀들로서는 지금 일어나고 있는 이 일이 몇 년 뒤에는 그저 일종의 해프닝으로 치부될 것이라는 것을 잘 알고 있었다. 역사에 남고 역사 속으로 사라진다는 이야기를 인간은 그다지 실감할 수 없으리라. 그들 역시 역사와 함께 사라지니까. 하지만 역사를 뒤로 흘려보내고 앞으로 계속 살아가야 하는 흡혈귀들은 이런 대단한 일이 있다 하더라도 그리 큰 걱정은 하지 않았다.

"내일은 내일의 태양이 뜬다. 비비안 리였던가?"

긴 백발을 묶어서 포니테일로 만든 젊은 남자가 창틀에 기대어 창밖을 바라보았다. 회색의 먼지로 하늘은 가려져 있다지만 그가 있던 건물이 워낙 어두워서 그런지 창문과 그림자는 강렬한 콘트라스트로 나뉘어져 있었다. 같은 공기를 공유한다고 믿을 수 없을 만큼 강렬한 대비, 그 속에서 빛에 드러난 남자의 손은 큼지막한 일렉 기타 케이스를 매만지고 있었다.

"작중에선 스칼렛 오하라였어."

붉은 머리칼의 여성이 대답했다. 마스카라를 듬뿍 바른 것처럼 길쭉한 속눈썹에 약간 깔보는 듯한 입 모양이 인상적인 그녀는 나이를 가늠할 수 없는 깊이의 눈동자를 하고는 나직이 숨을 내쉬었다.

후우우우우우.

담배 연기라도 내뿜은 것처럼 입김이 응결된다. 그렇게 응결

된 입김이 그림자와 빛의 경계선에 닿아서 빛을 발한다.

그것은 추운 날씨에서는 누구나 볼 수 있는 흔한 일이었지만, 그들은 그 외에 다른 볼거리는 없다는 사람처럼 경계면에서 산란되는 입김을 바라보았다.

"내가 세상에서 참아주지 못하는 게 딱 하나 있는데……."

너무나 무거운 침묵을 깨고 백발의 남자가 먼저 운을 떼었다. 그러자 듣던 여성이 기가 질려서 피식 웃었다.

"거짓말도. 하나뿐일 리가 없어."

"아냐. 정말 하나뿐이야."

남자는 호언장담했다. 그러자 그의 앞 소파 등받이에 걸터앉아 있던 그녀는 몸을 일으켜 세웠다.

"뭔데?"

궁금할 것도 없었지만 그녀는 왠지 의무감을 느끼고는 그것을 물었다.

"이 세상 전부."

"퍽이나……."

백발의 남자가 일어났다. 그는 모서리가 닳아서 속의 실밥이 드러나 보이는 낡은 야구 모자를 눌러쓰고 악동처럼 씨익 웃어 보였다.

"그렇지만 그래도 이건 아니야. 테트라 아낙스가 제멋대로 세상을 조율했다 하더라도 세상을 바꾸는 데는 피를 흘려야 하지. 그러나 그 피와 희생의 대열에 동참하라고 이 세상 사람들에게 강제할 권리는… 아무에게도 없지."

"그렇다고 테트라 아낙스를 대신해 테트라 아낙스의 적을 물리쳐 주겠다는 것도 아니잖아? 그놈의 배짱에 놀아나는 것도 이제는 지긋지긋해. 그리고 과연 그 테트라 아낙스의 적을 우리가 물리칠 수 있을지도 의문이지 않아?"

여성은 남자의 의견에 약간은 동조하면서도 그렇게 물어보았다. 지금 저 시가지를 불사르고 있는 자들은 거역 못 할 힘을 지니고 있었다. 나중에 가면 결국 쓰러지겠지만 적어도 그들이 성벽을 허무는 철추가 되어 있을 때만큼은, 약점이 없다. 이대로 내버려 두면 그들은 모스크바를 함락시키고, 유린하고, 세상을 그들의 도박판에 끌어내릴 것이다.

그때 문이 열리고 금발의 소년이 들어왔다. 아담한 체구에 꼭 끼는 정장을 입은 그 소년은 차분한 목소리로 그들의 이름을 불렀다.

"아르곤, 헤카테. 마스터께서 결정을 내렸습니다. 따라와 주세요."

그 소년의 말을 들은 두 남녀는 말없이 고개를 끄덕인다. 비장미의 바다에 흠뻑 젖었다 튀어나온 솜처럼… 공기가 무겁다.

그들이 문을 열고 나온 곳은 기자재를 다 치워 버리면 그럴듯한 펜트하우스가 될지도 모르는 사무실이다. 물론 최상층이 아니니 펜트하우스라고는 할 수 없겠지만 눈에 들어오는 전경을 보면 그렇다. 벽면이 죄 유리로 되어 있는데 주위의 시선을 아랑곳할 필요 없는 절묘한 위치에 있었다.

그 창문을 통해 내려다보이는 시내는 정말 가관이었다. 전쟁터를 방불케 한다는 소리를 많이 하긴 하는데 이것은 이미 전쟁이었다. 도시 곳곳에 박격포가 떨어지고 있었고 수도 방위군의 장비도 그대로 탈환당해서 수도 공격에 이용되고 있었다.

그 광경을 바라보며 의자에 앉아 있던 남자가 지면을 발로 박차니 의자가 빙글 돌아간다. 직접 고급 원단을 가봉해서 만든 백색의 슈트를 걸친 젊은 백인 남자가 빗으로 머리를 빗어 올리고는 그들을 바라보았다.

"다들 모였나?"

"아마도. 이제 별로 모일 사람도 없군요."

흑색 공단으로 만든 차이나드레스를 입은 검은 머리칼의 여성이 부채를 손에 쥔 채 차가운 표정으로 그리 말했다. 그들과 행동을 함께했던 자 한 명이 그들을 배신하고 적으로 돌아섰다.

아니, 정확히는 적으로 돌아섰다기보다는 자신이 하고 싶은 대로 일을 저질렀다고 하는 쪽이 옳겠지만, 어느 쪽이든 간에 신뢰가 깨지고 깊은 타격을 주었다는 것은 분명하다.

"우선적으로 문제시 삼는 것은… 여기서 우리가 열심히 뛰어야 하는 게 화난다는 사실이지. 왜 테트라 아낙스의 지배를 굳건히 하기 위해 우리가 열심히 뛰어줘야 하고 테트라 아낙스는 일이 어찌 되든 말든 손가락 쪽쪽 빨면서 우리가 열심히 뛰어다니는 걸 구경하고 있냐고. 남의 일이야? 자기 일인데 이게 뭔 배짱이야?"

붉은 머리칼의 여성은 역성부터 냈다. 하지만 그녀라고 괜히 화내고 있는 것은 아니다.

지금 저 시가지를 불바다로 만들고 있는 놈들은 바로 서방세계가 틀어쥔 헤게모니를 쟁탈하기 위해 일어난 동구의 유령이다. 차가운 철의 장막 뒤에서 은둔하고 있던 이 유령들은 그 헤게모니를 빼앗기 위해서 전 세계의 인구가 절반으로 줄든 그 이하로 줄든 개의치 않는다. 핵의 불꽃으로 세계가 불타오른다 하더라도 되레 반길 것이다.

반면 헤게모니를 틀어쥐고 권력의 정점에 선 이, 테트라 아낙스라는 이놈들은 너무나 태연하다. 그들은 세상이야 어찌 되든 말든 리림에게 더 신경을 쓰고 있었다. 물론 테트라 아낙스라고 아예 손을 놓고 있지는 않은지 러시아군을 움직이기도 하고 데이워커를 풀어놓기도 한 것 같지만 그것은 어디까지나 최소한의 움직임일 뿐이다. 외려 테트라 아낙스의 주력이라 할 수 있는 석세서들은 서린이라는 소년의 확보에 투입되었고, 정작 중요한 쿠데타 저지에는 잡병들이 투입되었으니 일이 잘못되어도 한참 잘못되어 가고 있었다.

볼코프 레보스키와 이사카 베르게네프, 동부 라이칸스로프의 제왕과 릴리쓰의 가장 강력한 아들. 이들은 지금까지 흡혈귀 역사상 가장 큰 적이라고 해도 과언이 아니다. 테트라 아낙스도 저능아가 아닌 한 상대방이 어느 정도의 정예인지 모르는 것도 아닐 텐데 그들의 행동을 저지하기보다는 자신의 이익에 더 혈안이 되어 있지 않은가?

그러나 그렇다고 테트라 아낙스가 망하라고 그냥 내버려 둘 수도 없는 게 그들의 입장이었다. 무엇보다도 흡혈귀든 라이칸스로프든 간에 그들에게는 이 세상을 좌우할 권리가 없다. 시간은 그들을 남겨두고 흘러가는 것과 같다. 역사의 흐름도, 그 속에서 나타나는 영웅과 위인들의 업적도, 오랜 세월을 살아가는 흡혈귀의 입장에서는 시간에 묻힌 일종의 해프닝에 지나지 않는다. 지금 일어나는 이런 격동 역시 시간이 지나고 나면 지나간 과거가 되어버리리라는 것을 잘 알기에 그들은 그저 세상에 적응할 뿐 세상을 바꾸는 주체가 되지는 않는다. 이것이 암묵적인 룰이었다.

사람의 피를 빨고 그 고기를 먹고 사는 마물들에게 암묵적인 룰이 어느 정도의 구속력을 가지고 있을지는 모르지만 지금까지는 그랬다. 그런데 적들이 그 룰을 깨고 나온 것이다. 이제 그들이 바로 사건의 주역이 되고 있다. 아마 역사에도 길이길이 남겠지.

"하지만 결론은 변할 게 없다는 것도 알고 있겠지?"

의자에 앉아 있던 백의의 남자는 그리 말하고 탁자 위에 총을 내려놓았다. 보는 것만으로도 육중한 무게가 느껴지는, 투박한 느낌의 총이다.

"솔직히 말하자면 나는 감정적으로 저 라이칸스로프에게 동조하고 있어."

"엥?"

모포를 둘둘 말고 소파에 앉아 있던 동양인, 아그니가 깜짝 놀라 일어났다.

"갑자기 무슨 생각이야? 쿠데타에 가담하고 싶어졌다는 거야, 팬텀? 이제 와서 한자리 끼워달라고 하기에는 늦었어."

"그런 이야기가 아니라고. 다만 테트라 아낙스를 뒤엎는 데 어느 정도 피를 흘리는 것도 감수해야 한다는 거지. 어차피 깨끗한 수단으로 혁명을 일으킬 수는 없으니까. 그렇다고는 해도 저들을 내버려 둘 수도 없어. 테트라 아낙스의 배짱을 생각하면 속이 쓰리지만 어쩔 수 없는 거지. 생각하지 말자고. 속만 쓰리니까."

"좋아. 그러면 막기로 한다 치고, 이제 저놈들을 어떻게 막을 거지?"

백발의 남자가 물어보자 팬텀은 어깨를 으쓱해 보였다.

"아르곤은 어찌 생각하지? 전쟁터에서 잔뼈가 굵었으니 뭔가 생각이 있겠지?"

"녀석들은 양동작전으로 크렘린 궁을 치고 있어. 애초에 놈들의 병력은 그다지 많지 않았으니까. 사실 저들의 병력은 많아 봐야 백오십 정도에 불과해. 그래도 한 놈이 백 명씩만 죽여도 만오천 명의 병력을 해치우는 거니까 그게 문제지."

전쟁터의 병사 한 명이 백 명을 죽인다니……. 유명한 저격수 '사모 하이하'나 '바실리 자이체프' 등이 수백 명 이상을 쏴 죽이긴 했지만 그건 전투 기간 중의 누계였지 단 하루 만의 기록이 아니다. 단 하룻밤 만에 100명이라니. 아무리 라이칸스로프라고 해도 무리가 아닐까?

그러나 아르곤은 그렇게 생각하지 않았다. 저 '아무르의 호랑이' 볼코프 레보스키가 벌이는 일이다. 그의 부하들은 정말 정예 중의 최정예로 테트라 아낙스의 흡혈귀 군대는 그 앞에서는 그야말로 종이호랑이나 다름없다.

"요컨대, 우리가 직접 뛰어서 적들의 수를 줄여야 한다 이 말이군. 엉덩이 무겁게 평생을 살아온 진마로서는 참 귀찮은 일이야."

"마스터의 경우는 진마가 아니라고 하더라도 꽤 엉덩이가 무거운 걸로 아는데요."

소년 급사, 빌헬름은 한마디 덧붙이는 것을 잊지 않았다. 그러자 다들 그의 말에 피식 웃어버렸다.

"이, 이놈, 무슨 유언비어를……."

"유언비어라고 믿고 싶군요, 저도."

빌헬름이 그리 말하고 한숨을 푸욱 내쉬는데 정말 그의 고통이 절절히 느껴졌다.

"그렇지. 지금 이러고 있을 시간이 없어. 아니, 엄밀히 말하자면 우리가 움직이지 않으면 테트라 아낙스도 더 많은 예비 병력을 투입하겠지만……. 크렘린 궁이 놈들 손에 떨어진다고 해도 ICBM이 그렇게 비스킷 깡통에서 비스킷 꺼내듯 쉽게 나올 물건도 아니고. 그렇지만 그렇다고 손 놓고 놀고 있을 수도 없잖아? 빨리빨리 움직이자고."

아르곤이 그리 재촉하자 모두들 동의했다. 그러나 그때 팬텀이 고개를 저었다. 이대로 내버려 두면 쿠데타가 성공해서 저 미친 라이칸스로프들이 미합중국을 향해 ICBM을 발사할지도 모른다. 냉전 시대에나 있을 법한 핵전쟁 시나리오가 그대로 재현되는 것이다. 그리되면 당연히 보복 공격에 의해서 이 땅도 초토화되고 전 세계가 휩쓸리는 대참사가 벌어질 것이다.

"나 참, 설마 내가 정의의 사도가 될 줄은 몰랐는걸. 막 항체 반응이 일어나서 간지럽다, 간지러워."

아그니는 투덜거리며 벽면에 세워둔 중기관총을 공깃돌처럼 가볍게 집어 들었다. 사람을 상대로 쓰기에는 많이 넘치는 무기지만 라이칸스로프를 상대한다면 이 정도는 되어야 한다. 그렇지만 생각 없는 여행객 같은 차림을 하고 중기관총을 들고 있는 그 모습은 심히 역설적이다.

그뿐만 아니라 다른 이들도 마음이 급한지 서두르고 있었다. 이러니저러니 해도 라이칸스로프들의 움직임이 그들에게 묘한 자극과 긴장을 주었나 보다. 오래 사는 동안 나태에 찌들어 버린 흡혈귀들에게 있어서 이런 자극과 긴장은 매우 중요한 요소다. 돈 주고 사서 고생한다는 말이 있는데 진짜 사서 고생을 자처할 정도로 소중한 게 자극과 긴장이니까. 더구나 그 라이칸스로프들에게 이미 한 번 호되게 당했으니 보복하고 싶은 마음이 굴뚝같은 것도 무리는 아니다. 그러나 팬텀은 그런 흡혈귀들의 마음을 알면서도 제지했다.

"잠깐. 내 이야기 아직 안 끝났어."

"거 되게 뜸들이네. 뭔데?"

"여기서 오히려 발상을 뒤집는 건 어때?"

"뭐?"

"발상을 뒤집어서 쿠데타를 내버려 두고 테트라 아낙스를 밀어버리자는 거지."

팬텀의 말이 끝나자 모두들 깜짝 놀라서 그를 바라보았다. 아니, 이게 무슨 소리란 말인가? 그들은 쿠데타를 저지하여서 곧 일어날 세계대전을 막아보자고 모인 게 아니었던가? 그런데 갑자기 테트라 아낙스를 친다?

"이대로 질질 끌려다니면 평생 테트라 아낙스의 개밖에 안 돼. 놈도 그것을 알기 때문에 이렇게 방약무인한 짓을 벌이는 거지. 그렇다면 역으로 한번 허를 찔러주자는 거지."

"그렇지만 테트라 아낙스는 미래를 읽는 예지자. 이런 것도 그의 예상 안이라면 어쩌겠어요?"

검은 차이나드레스의 여성 흡혈귀, 파군은 신중론을 꺼냈다. 흡혈귀들의 정점에 군림한 테트라 아낙스의 독재는 벌써 천 년이 넘게 지속되어 왔다.

그의 지배를 받던 흡혈귀들로서는 그가 언제 어디서나, 한 톨의 역심을 품더라도 알아내지 않을까 하는 막연한 공포를 가지고 있었고 진마들도 그 예외는 아니었다.

"그렇지 않을 거야. 나도 마도를 연구하는 자로서 테트라 아낙스의 예지 능력에 대해서 계속해서 분석해 봤는데, '라플라스의 마'는 존재할 수 없다고 하지. 완벽한 예지라는 것은 그만큼 많은 모순을 부르니까. 테트라 아낙스는 무수한 가능성을 보고 그것들을 취사선택할 수밖에 없어."

팬텀은 그리 말하고 일어났다.

"그리고 지금, 그의 움직임을 통해서 나는 그가 무엇을 선택했는지 알았지. 그가 미래를 보고 움직이는 자라면 그의 움직임을 보고 그가 본 미래가 무엇인지 알아채는 것도 그다지 어려운 일은 아니지 않아? 그렇기 때문에 하자는 거야. 그 빌어먹을 예지를 깨고 테트라 아낙스가 전지전능한 존재가 아니라는 걸, 우리 손으로 증명해 보자고."

팬텀의 그 말은 충격적인 발상 전환이었다. 그동안 테트라 아낙스에게 질질 끌려다니면서 내심 불만을 품기는 했지만 그렇다고 이렇게 확 뒤집자고 할 줄은 몰랐다. 아그니나 아르곤이 그런다면 원래 반테트라 아낙스 성향이 강한 그들이니 그냥 그러려니 하겠지만 평상시 얌전하던 팬텀이 이리도 과격한 제안을 할 줄이야?

"그러다 쿠데타가 성공해 버리면?"

헤카테조차 약간 걱정되어서 물어보았다. 그러자 아르곤이 박수를 치며 팬텀의 옆에 가 섰다.

"아, 좋아. 아주 화끈해서 좋아. 쿠데타가 성공해 버리면, 이라고 물었지, 헤카테? 아니, 그런데 대체 왜 그걸 우리가 걱정해야 하는 거야? 테트라 아낙스보고 하라고 해! 우리가 먼저 알아서 걱정하니까 테트라 아낙스가 우리를 믿고 저렇게 제멋대로 구는 거 아냐? 그리고 우리는 테트라 아낙스를 두려워하면서 왜 테트라 아낙스가 이 일을 완전히 막을 수 있을 거라고는 생각지 않는 거지? 이 아르곤이 무서워서 벌벌 떠는 잘나신 테트라 아낙스 님이니까 우리가 뒤돌아서더라도 알아서 쿠데타 좀 막아내겠지. 인색하게 아끼던 돈과 인력을 맘껏 퍼부어서라도 말야. 안 그래?"

아르곤은 신이 나서 팬텀의 어깨를 툭툭 두들겼다. 그가 말하는 것도, 애초에 팬텀이 들고 나온 제안도 모두가 다 어처구니없는 궤변이다. 조금만 이성적으로 생각해 보면 말도 안 된다는 것을 알 수 있다. 설령 그렇다 하더라도 쿠데타는 절대로 허용해서는 안 되는 일인 반면 테트라 아낙스의 지배가 계속되는 것은 별로 새로울 것도 없는 일이다. 잃어서는 안 되는 평화와 구태의연한 독재의 청산, 이 두 가지를 저울에 놓으면 어느 쪽으로 추가 기울어질지는 일목요연하다.

'그러고 보면 테트라 아낙스는 꽤나 건전한 독재자였군.'

천 년의 시간 동안 테트라 아낙스가 저지른 만행은 헤아릴 수도 없지만 그럼에도 불구하고 세계대전이란 희생을 치르면서까지 그의 독재를 뒤엎을 필요는 없다고 생각되는 것을 보면 테트라 아낙스는 정녕 현명한 독재자임에 틀림없다. 파군은 그리 생각하면서 팬텀과 아르곤을 바라보았다. 물론 생각 없는 흡혈귀의 대명사라고 할 수 있는 아그니도 동조하고 있었다. 헤카테는 어딘가 만족스럽지 않은 표정이지만 그녀는 항상 불평불만 덩어리였기 때문에 그러려니 했다. 그리고 마리아는… 역시 적극 찬동이었다.

"테트라 아낙스가 서린을 잡아갔잖아요! 얼른 빨리 구출하지 않으면 안 돼요! 지금 이 순간에도 그 늙은 변태가 서린에게 뭔 짓을 할지 모르잖아요!"

당연히 뭔 짓을 하려고 납치했겠지만 저렇게까지 난리 법석을 떠는 것은 이해가 가지 않는다. 하긴 마리아와 서린 간에는 단순히 흡혈귀와 리림이라는 것 이외의 교감이 있다고 했다. 그러니 저렇게 집착하고 소란을 피우는 거겠지.

여기서는 그녀가 현명한 의견을 내서 정신을 좀 차리게 해줘야 할 텐데……

"좋아요. 그것도 그리 나쁘지는 않은 생각이군요. 테트라아낙스도 이런 일이 벌어질 것을 아예 염두에 안 두진 않았을 테니."

파군은 생각한 것과 전혀 다른 말을 내뱉고 말았다.

6

"쿨럭쿨럭."

서린은 차가운 바닥을 이마로 들이받고 나서야 깜짝 놀라서 정신을 차렸다. 입안에 피가 고여 있고 누구 것인지 모를 피와 살점이 잔뜩 들어가 있다. 서린은 얼른 그것을 뱉어내고 고개를 좌우로 흔들어 주위를 둘러보았다.

차르륵.

목과 팔에 걸린 쇠사슬이 마찰음을 낸다. 쇠사슬에 케블라 밴드. 상처 입고 날뛰는 그리즐리 베어라도 시댁 앞 새색시처럼 얌전하게 만들 수 있는 구속구였다. 역시 이 정도 구속구는 걸

어뒀을 거라 예상했다. 팔다리를 잘라두지 않은 것만 해도 어디인가?

"여어, 리림. 일어났나."

"아!"

그의 앞에는 의자에 앉아서 이어폰을 꽂고 있는 거구의 혼혈아 남자가 있었다. 이자는 바로 서린의 친구 혁진을 라이칸스로프로 만들어 버린 장본인이자 한국에서 서린의 목숨을 위협한 조반니 반테로였다. 그의 양옆에는 무표정한 흡혈귀들이 있었는데 이들은 정말 영화에서나 나오는 흡혈귀처럼 창백하고 무표정했다. 조반니 반테로나 마리아, 아르곤 등의 흡혈귀들은 아무리 피를 빨아 먹고 사는 괴물이라 하더라도 혈색도 좋고 하는 짓도 상당히 인간다웠는데 이들은 정말 흡혈귀의 모범이라고 할 만큼 비인간적인 분위기를 풍기고 있었다.

게다가 이곳은 빛 한 줌 없는 완전한 어둠이다. 서린의 눈은 이런 완전한 어둠을 꿰뚫어 볼 수가 있었고 그것은 여기에 있는 이 흡혈귀들도 마찬가지였다. 그렇다고는 하지만 정말 전등을 다 꺼버리다니. 전기료를 아끼려고 그러는 것도 아닐 테고, 정말 빛을 싫어하는 것일까?

"여기는 어딥니까?"

서린은 침착하게 옷을 털고 일어났다. 어차피 겁에 질려 난리 법석을 피워봤자 사태가 더 나아질 것 같진 않고, 굳이 죽이지 않고 납치했다면 이제 와서 그에게 더 큰 위해를 가할 것 같지도 않았다. 아니, 팔다리를 자르거나 그럴 수는 있겠지만 비굴하게 벌벌 떤다고 자를 팔다리를 안 자르진 않을 거 아닌가?

물론 애초에 팔다리를 자르려고 하지 말아줬으면 고맙겠지만.

서린은 태연히 조반니 반테로에게서 시선을 떼고 주위를 둘러보았다.

"살풍경하군요. 감성이 메마를 지경이에요."

"리림, 네 감성을 걱정할 때가 아닐 텐데."

조반니는 태연한 서린을 바라보고 약간 질렸는지 혀를 내둘렀다. 이 상황에서 겁먹는 것까진 바라지 않지만 적어도 놀라는 시늉 정도는 해줘야 하는 거 아닌가? 어떻게 납치당한 놈이 이다지도 태연할 수가 있담?

그때 서린이 깜짝 놀라서 주위를 휙휙 둘러보았다.

"아아아니!"

이제야 놀라는 건가? 조반니 반테로는 약간 의외라는 듯 눈썹을 꿈틀거렸다. 그러나…….

"그러고 보니 그 아가씨는 어디 갔어요? 왜 어여쁜 아가씨는 사라지고 당신처럼 덩치 큰 흉악한 흡혈귀가?"

"정말 시건방진 주둥이로군."

조반니 반테로는 서린의 버릇을 잡아두기 위해서라도 한 대 때릴까 하는 마음을 품었지만 곧 그만뒀다. 테트라 아낙스가 자신의 몸을 옮기려고 예정하고 있는 녀석이다. 손대는 버릇이 들면 안 된다고 테트라 아낙스가 금제를 가할 게 분명하니 내버려둘 수밖에. 어차피 이 시건방진 놈의 뇌는 파내어져 사라질 게 아닌가? 그리고 영혼이 텅 빈 육신은 테트라 아낙스의 손에 들어가 새로운 고든이 태어나겠지.

물론 그런 일이 벌어지지 않도록 막을 셈이지만… 그러기 위해서는 고든이 무방비가 되는 상황이 되어야 한다. 그가 서린에게 몸을 옮기려 하는 바로 그 순간, 그때까지 기다린다고 치면 서린의 영혼은 이미 회복 불능의 상처를 입고 파괴될 것이다.

"마음대로 떠들어라. 어차피 테트라 아낙스가 네 몸을 빼앗으면 떠들고 싶어도 떠들 수 없게 될 테니."

아무리 악독한 수용소의 간수라 하더라도 사형수에게는 자비롭다고 하던가? 조반니 반테로는 쓴웃음을 지으며 그를 내버려두었다. 서린도 바보는 아니니 조반니 반테로가 무슨 의미에서 그런 말을 하는지 알 수 있었다.

이대로라면 그는 죽는다.

테트라 아낙스의 욕망, 젊어지고자 하는 그의 욕망은 서린의 몸을 빼앗는 극단적인 방법을 택하게 만들었다. 몸을 빼앗긴다니, 그렇다면 만약 고든이 정녕 원한다면… 다른 사람들은 그가 바꿔치기 당했는지도 모를 것이다. 아버지도, 동생도, 친구들도. 모두들 강력한 힘을 가진 흡혈귀에게 무방비로 호의를 보일 것이다. 단지 자신과 친분이 있다는 이유만으로 그런 위협에 노출된다면… 서린은 자신을 용서할 수 없을 것이다. 설령 그가 이미 죽어서 없어진 뒤의 일이라 하더라도.

"그런데 당신은 왜 흡혈귀인데 마약왕 노릇을 하고 있는 거죠?"

"무슨 의미에서 묻는 말이지?"

조반니는 기가 막혀서 서린을 노려보았다. 살기까지 담긴 눈빛이다. 이걸 대수롭지 않게 받아치는 놈이라면 눈치가 없는 바보거나 정말 거물이리라.

서린이라고 왜 조반니가 기막혀 하는 것을 모르겠는가? 그러나 그는 태연히 질문을 던졌다.

"아니, 그러니까, 굳이 '더러운 짓으로 돈을 벌지만 지역사회에 이바지하는 민족주의자' 흉내를 낼 이유가 있냐는 거죠."

조반니 반테로가 마약 농장의 오너이긴 하지만 지역사회에 이바지하고 있다는 이야기를 물어보는 것이다. 테트라 아낙스라는 인정사정없는 독재자의 밑에서 일하는 자가 왜 그런 쓸데없는 짓을 하는 것일까? 흡혈귀들 입장에서는 지금 살아가는 인간들이야 어차피 후대 역사서에나 남을 인물, 혹은 후대에는 기록조차 남지 않을 인물에 불과할 텐데 어째서 그런 사람들을 위해 굳이 어려운 일을 자초하는 것일까?

"이 상황에서 그게 궁금한가?"

조반니 반테로는 서린에게 질려 버렸다. 이 녀석의 정신은 어딘가 이상하다. 그렇지 않고서야 이 상황에서 어떻게 이런 걸 물어볼까?

"이런 상황이니까 더더욱 궁금하지요. 그리고 이런 상황이 아니라면 말도 안 해줬을 거 아닌가요?"

그것도 그렇기는 하다만… 놀라운 녀석이다. 조반니 반테로는 혀를 내두르고는 결국 대답했다.

"…그냥. 이거면 대답이 되나?"

"정말 심플한 이유군요."

서린은 조반니의 말을 듣고 고개를 끄덕거리며 피식 웃었다.

"그나저나 그 아가씬 어때요?"

"리림 보이가 물어뜯어서 중상을 입고 쓰러져 있다."

"예?"

리림 보이라는 민망한 호칭은 서린을 부르는 것일 텐데 서린이 물어뜯어서 중상을 입다니?

"…모르고 있었나? 제법 잘 저항했더군."

"으음."

또 기억에 없이 야성만으로 움직인 건가? 그렇다고는 해도 스팅레이가 당할 정도라니, 서린은 이해가 되지 않았다. 그가 단시간 안에 그 정도로 강해졌다고는 생각지 않는데?

"아, 그럼?! 우엑, 젠장."

그럼 방금 전 서린의 입에 차 있던 것은 바로 그 소녀 흡혈귀의 것이란 말인가? 그리 생각하니 욕지기가 치밀어 올랐지만 마음만 그럴 뿐이고 실제로 구토는 일어나지 않았다. 사람이든 짐승이든, 날고기든 익은 고기든 간에 뭐든지 먹을 수 있는 게 아닐까? 그리 생각하니 자신 역시 괴물이라는 걸 인정할 수밖에 없었다.

조반니 반테로의 옆에 서 있는 저 창백한 흡혈귀들처럼 외모마저 괴물같이 생기지 않은 걸 다행으로 여겨야 하나? 서린은 그리 생각하며 자신의 팔을 살펴보았다.

"그래서 석세서나 되는 당신이 날 지키고 있는 거였군요."

"그래. 반쯤 죽여놓은 채 냉동시키자니 테트라 아낙스가 곧

자기 몸 될 거라고 여간 아껴야 말이지. 리림과 비스트, 둘이 얼마나 귀찮게 굴었었는지를 생각하면 너무나도 인도적인 대접이지. 이 정도 시설이면 특급 호텔과 맞먹는다고 할 수 있지."

냉기가 풀풀 피어오르는 차가운 지하실 바닥으로 보이는데 이게 특급 호텔에 준하는 대우라니, 감격해서 눈물이 날 지경이다.

"하하하하하."

서린은 창백한 표정으로 웃었다.

"그럼 그 늙은이가 내 몸을 빼앗는 건 대체 언제 한대요? 여기서 하나요?"

"그건 말해줄 수가 없군. 아무리 죽을 팔자라 하더라도 말이지. 잔말이 너무 많아. 좀 더 자도록 해."

조반니가 그리 말하자 백색의 옷을 입은 남자 흡혈귀 둘이 큼지막한 유리병을 가져오더니 도저히 사람에게 쓸 것 같지 않은 커다란 주사기로 유리병 안의 약재를 빨아들였다. 주사기라기보다는 펌프라는 게 더 어울리는 물건 안으로 약재가 한 양동이는 빨려 들어갔다.

서린은 기가 막혀서 그것을 보고 기겁했다.

"뭐, 뭡니까? 한 이 리터는 되는 것 같은데."

"포도당과 안정제. 라이칸스로프니까 이 정도는 주사해야겠지?"

맞는 순간 2킬로그램 정도는 불어날 만큼 엄청난 주사라니. 보통 인간이라면 쇼크사할 엄청난 양이지만 라이칸스로프니까 죽진 않으리라. 애초에 서린은 테트라 아낙스의 몸으로 쓰일 것이기 때문에 죽이지도 않을 거고. 그런 사실은 이미 알고 있지만 저걸 맞아야 하는 당사자 입장에서는 참으로 겁나는 상황이었다.

'우와, 그야말로 무슨 코미디 영화에나 나올 법한 주사기로군.'

서린은 그 와중에도 이런 생각을 품고 실소를 터뜨렸다. 서린은 저항도 못 하고 그저 주삿바늘이 자신의 몸을 꿰뚫고 몸 안에 약액을 토해내는 것을 멍청히 지켜보았다.

쿵!

갑자기 기괴한 소리가 들려온다. 서린은 그게 자신의 머리가 지면에 떨어지면서 바닥과 충돌해서 나는 소리라는 것을 알았다. 눈앞이 빙글빙글 돌고 주위가 가물가물하다.

조반니 반테로는 서린이 혼수상태에 빠지는 것을 보며 안도의 한숨을 내쉬었다.

"이 녀석 정말 골치 아프군. 그래서 무슨 일이지?"

주사기를 가져온 남자 흡혈귀는 불안한 표정으로 서린을 힐끗힐끗 바라보더니 조반니 반테로의 귀에 대고 속삭였다.

"역시 그렇게 나오는군. 그럼 쿠데타는 우리가 저지해야 하잖아? 이거 참 본의 아니게… 빌어먹을 놈들."

백의의 흡혈귀가 조반니에게 알려준 것은 테트라 아낙스의 수에 끌려다니는 데 지쳐 버린 진마들이 쿠데타야 일어나든 말든 내버려 두고 테트라 아낙스의 은신처로 직접 쳐들어올 예정이라는 사실이었다.

그걸 들은 조반니는 빌어먹을 놈이라느니, 번거롭다느니, 떠들어대긴 했지만 매우 기뻐하는 표정이었다. 나이만 들입다 먹어서 속이 늙어버린 흡혈귀 녀석들이라고 생각했는데 그렇지만도 않은 모양이다. 이렇게 과감한 결단을 내려주다니, 고마울 정도다.

"그럼 이 녀석은 너희가 지키고 있어. 혹시 도망칠지도 모르니."

약물을 들이부었다 하더라도 서린이 완전히 쓰러져 있을 거라고는 생각지 않았다. 그가 한국에서 보았던 서린은 보통 라이칸스로프에 지나지 않았지만 테트라 아낙스가 몸으로 선택했을 정도의 녀석이다. 설령 서린에게 별다른 능력이 없다고 하더라도 조심해서 손해 볼 것은 없다.

도시 곳곳이 불바다가 된 이 상황에서도 유스틴의 정보망은 살아 움직였다. 각지에 암약하는 그녀의 조직원들은 포탄이 떨어지는 시가지 내에서도 신속하게 정보를 전달했다. 놀랍게도 시가전 중임에도 불구하고 휴대폰은 종종 터졌다. 무수히 많은 중계기와 중계기를 연결하는 중앙 회선은 통신사의 난립으로 일원화되어 있지 않기 때문에 아무리 정예 병력이라 하더라도 그리 쉽게 휴대폰을 두절시킬 수 없었다.

게다가 볼코프 레보스키의 군대는 사실 얼마 되지 않기 때문에 최단 시간 안에 크렘린 궁을 장악하는 데에만 중점을 두고 있어 통신 차단을 위해 많은 병력을 투입할 수는 없었다.

소규모 부대로 적의 심장부를 타격하기 위해서는 정보 교란

이 필수라 할 수 있는데 그런 정보 교란을 할 만한 인원이 없다는 것은 치명적인 약점이다.

그래서 볼코프 레보스키는 병력을 돌려서 정보를 차단하기보다는 정보가 집결되고 분석되는 참모부 자체를 때려 부순다는 과격하고 무모하기 짝이 없는 작전을 수립한 것이었다. 아니, 과격하고 무모하다기보다는 그들로서는 그 방법밖에 없었다.

문제는 그 작전의 진행 속도가 너무나 빠르다는 것이다. 너무나 빠르고 급박하게 돌아가는 이 상황은, 이대로 두었다간 어떻게 흘러갈지 모른다.

"하지만 이런 작전의 경우는 역시 약점이 뻔하죠. 예봉이 꺾이면 모든 게 꺾인다는 것. 그러니까… 우리가 예봉(銳鋒)을 꺾어주자고요."

유스틴은 방탄 특수차량을 끌며 급한 대로 샌드위치를 입으로 가져갔다. 고대 수도사들이 흡혈귀와 라이칸스로프들에 대항하기 위해 비법으로 잉태시킨 그녀는 보통 인간과는 전혀 다른 신체 특성을 가지고 있지만 먹지 않을 수는 없다.

"왜 우리가……."

서린을 잃고 돌아온 한세건은 투덜거리며 샌드위치를 입에 구겨 넣었다. 벌써 6개째지만 그로서는 한참 모자라는 양이다. 아니, 더 이상 허기는 느껴지지 않지만, 세건은 그 감각을 지우기 위해 억지로 먹었다. 허기가 느껴지지 않는다는 건 몸이 더이상 정상적인 방식으로 에너지를 얻을 필요가 없어진다는 뜻,

그것은 즉 그가 완전히 흡혈귀가 되어버렸다는 것을 의미한다. 여기서 음식을 억지로 구겨 넣는다고 흡혈귀화가 늦춰지진 않겠지만 지푸라기라도 잡는 심정이라고 해야 하나? 세건은 억지로 음식을 씹어 삼켰다. 그의 맞은편에 앉아 있는 은발의 신부는 탄약을 점검하며 그에게 물어보았다.

"테트라 아낙스가 서린을 납치한 게 그를 몸으로 쓰기 위해서라고?"

몰라서 묻는다기보다는 확인차 묻는 느낌이다. 세건은 차의 흔들림에 맞추어 고개를 끄덕였다.

"예."

"그는 라이칸스로프인데 어떻게 그럴 수 있지? 테트라 아낙스가 자신의 영혼과 흡혈인자를 이동시킨다면 라이칸스로프의 항체와 충돌해서 파괴될 텐데."

"그렇지만 라이칸스로프였던 사혁은 성구를 꽂고 유다를 계승할 수 있었죠. 말하기도 짜증 나는 일인데 기억나지 않나요?"

세건은 그리 말하며 짜증 난다는 듯 실베스테르를 바라보았다. 그러자 실베스테르는 어깨를 으쓱해 보였다. 사혁, 어떤 의미로는 세건과 너무나도 닮았고, 또 어떤 의미로는 정반대였던 흡혈귀 사냥꾼. 한세건이 그에게 갖는 증오와 혐오는 대단한 것이어서 그가 죽어버린 지금도 이 정도 반응은 나온다.

"그렇군. 피의 구속력을 잃지 않는다면… 성구라는 그릇이 있을 때 그리 불가능한 것도 아니지."

성구를 빼앗긴 것이 얼마나 큰 타격이었는지를 다시 한 번 통감하며 실베스테르는 앞을 바라보았다.

"그런데 쿠데타를 막는 것도 중요하겠지만 이대로라면 저 테트라 아낙스가 서린의 몸을 빼앗아 전생할 겁니다. 그걸 막는 것도 중요하지 않나요?"

"임무에는, 쿠데타를 막는 것을 최우선으로 하고 있다. 헌터, 당신은 교회의 인물이 아니니 마음대로 행동해도 좋다. 단……."

에밀 카이히는 그리 대답했다. 오직 임무에만 충실한 이 금색 눈의 마인은 흔들리는 차량 안에서도 고행하는 수도사처럼 엄숙한 자세를 유지했다.

"단?"

"그 몸, 흡혈귀가 될 날이 얼마 안 남았군."

"아아, 알고 있으니까 좀 닥치시지."

세건은 짜증을 냈다. 이놈이나 저놈이나 그를 아는 체하고, 또 그의 상황을 아는 체하고 있는데 한세건 자신도 그걸 몰라서 이러는 게 아니다. 누구보다도 더 잘 알고 있고 그 자신도 다 생각이 있는데 참견하다니.

"내가 흡혈귀가 되면 찢어 죽이든 태워 죽이든 그때 가서 마음대로 하시고 지금은 제발 내버려 두라고. 윽."

말하던 한세건의 몸이 옆으로 기울어져 밴 안에 눕혀두었던 오토바이 위를 덮쳤다. 실베스테르나 팬텀도 그랬지만 곱상해 보이는 유스틴조차 차를 격하게 몰았다. 월야, 혹은 미친 달의 세계라고 부르기는 하지만 정말 운전하는 걸 보면 미친 작자들

밖에 없는 것 같다. 물론 그렇게 생각하고 있는 세건도 남 말 할
처지는 아니지만.

부아아아앙!

유스틴이 모는 큼지막한 SUV 차량이 담벼락을 들이받고는
정지한 장갑차와 장갑차 사이를 속도도 줄이지 않고 지나간다.
옆구리가 긁혀서 도장이 벗겨지고 불꽃조차 튀는데도 유스틴은
거리낌이 없었다. 자기 차를 소중히 여기는 오너들이라면 기절
할 만한 큼지막한 스크래치였는데도 그녀는 그저 이렇게 말하
는 것이었다.

"괜찮아! 차축하고 엔진만 살면 차는 굴러가는 법이야!"

자동차 액세서리와 카오디오의 미래를 부정하는 유스틴의 말
에 어느 정도는 동감이 가지만 여기서 동감해 버리면 앞날이 걱
정된다. 그렇지 않아도 도로 사정이 엉망인데 그녀는 속도를 줄
일 생각이 없다.

"아, 꽉 잡아요!"

유스틴의 경고가 끝나기 무섭게 묵직한 충격음이 들려왔다.

쿠웅!

무너진 가로등이 비스듬히 진로를 막고 있자 이번엔 숫제 들
이받아 버린 것이다. 그녀 특유의 강화술을 써서 차량이 퍼지는
것은 막았지만 차체가 심하게 흔들리며 안의 사람들을 뒤흔들
었는데, 칵테일 셰이커(Cocktail Shaker) 속에 들어간 얼음이 된
기분이었다.

하나 실베스테르도, 세건도, 에밀 카이히도 다들 무표정하게

그 충격을 견뎌냈다.

그렇게 얼마나 들어갔을까? 라이칸스로프들과 정규군의 전선이 형성된 붉은 광장 인근으로 접근하는 순간 사방에서 총탄이 날아들었다. 민간 차량임에도 불구하고 전선으로 다가오는 즉시 적이 사격을 가한 것이다.

쩌저적!

유스틴의 앞, 운전석 유리창에 균열이 가고 총알이 박혔다.

"저격이네?"

7.62㎜, 혹은 7.63㎜ 라이플 탄을 주로 쓰는 저격용 라이플은 보통의 차량용 방탄유리로는 막을 수 없다. 즉 적들은 민간 차량을 확인해 보지도 않고 죽이려고 총질을 한 것이다. 하긴 전쟁 통인데 전선 한복판으로 달려드는 민간 차량을 막연히 민간인이라고 생각할 바보는 없겠지.

그래도 유스틴의 강화술에 의해서 보통 방탄유리 이상의 강도로 유리가 강화되지 않았던들―보통 자동차 안전유리였다―공격당했으리라.

"어쩔 수 없지!"

유스틴은 총탄에 균열이 가 시야가 불투명해진 것을 보고 단검을 꺼내 유리창을 향해 내리그었다. 균열이 간 유리가 자로 잰 듯 정확하게 잘려 나가며 시야가 확보되었다.

"모두 자기 몸은 자기가 챙겨요!"

"자기의 일은 스스로 하자. 알아서 척척척. 스스로 어린이."

한세건은 전혀 웃지도 않고 차갑고 무뚝뚝한 표정으로 모 어린이 학습지 광고의 CM송을 부르며 차량에 준비된 방탄 실드를 집어서 머리 위쪽으로 들었다. 총알이 퍼붓는 곳에서 그런 노래를 부르며 태연한 표정이라니.

두두두두두두두!

건물 위나 사무실 등에 설치된 기관총 진지에서 총탄이 쏟아졌다. 유스틴은 자동차를 몰며 그 총탄의 빗속을 누비고 그녀의 옆자리로 향한 실베스테르는 한 손으로 M82A1 소총—바렛—을 기관총 진지를 향해 겨누었다.

쾅!

실베스테르가 호위 사격을 하는 동안 에밀 카이히는 무장을 챙겨 들고 달리는 차량에서 뛰어내렸다.

"나는 여기서 따로 행동하지! 그럼!"

"…저도 여기서 따로 움직이죠. 테트라 아낙스의 부대가 얼른 투입되면 좋겠는데요. 흡혈귀들이랑 라이칸스로프들이 치고받게 만드는 게 원래 목적이었는데."

한세건은 눕혀둔 오토바이를 세우고 밴의 뒷문을 바라보았다.

"차축과 엔진만 살면 차는 굴러간다고 했지?"

쾅!

폭탄이라도 터뜨린 것처럼 문짝이 날아가며 오토바이 한 대가 차량의 뒤로 뛰쳐나갔다.

끼이이이익!

파워 슬라이드로 호쾌하게 아스팔트 위에 족적을 남기며 돌아서는 그 바이크 위에는 한세건이 올라타 있었다.

"저도 따로 행동하겠습니다."

브리아레오스는 합류해서 행동을 정리하라고 했지만 지금 같은 상황에서는 함께 움직인다고 해서 뾰족한 수가 생길 것 같지는 않았다. 게다가 그놈이 노리는 것은 몸을 옮길 때 R. 고든을 제거하는 것. 그렇다면 서린이 납치당할 때 세건이 추격하는 게 귀찮았을 테지.

"어찌 되었든 간에 흡혈귀 놈들끼리 놀아나게 내버려 둘 수는 없지."

세건은 차량을 피해서 포연이 가득한 시가지를 향해 달려 나갔다.

7

뚜두두둑!

뼈가 부러지는 기괴한 소리가 지하실 안에 울려 퍼졌다.

털썩.

서린이 손을 놓자 그의 손에 잡혀 있던 흡혈귀가 힘없이 고꾸라져 바닥에 쓰러졌다. 조반니 반테로가 그를 경비하라고 남기고 간 흡혈귀들이 줄 끊어진 꼭두각시 인형처럼 지면에 널려 있었다. 잔혹하기 이를 데 없는 괴악한 장면이었다. 그런데 정작 이 장면을 연출한 서린은 몽롱한 표정으로 서서 가만히 시체들을 바라보고 있었다. 그러다가 그의 눈빛에 이성이 돌아왔다.

"어라? 이게 뭐야?"

서린은 소스라치게 놀라며 뒤로 물러서다 발이 걸려 넘어지고 말았다.

깜짝 놀란 그가 자신의 팔을 바라보니 케블라 밴드와 사슬이 끊어져서 덜렁덜렁 매달려 있고 손목도 뼈가 보일 정도로 상해 있었다. 그러나 곧 상처는 순식간에 아물고 핏방울이 상처 안으로 스스로 빨려 들어 자취를 감춘다.

"내, 내가 언제 이런……."

서린은 죽어버린 흡혈귀들을 보며 기겁했다. 그 자신도 모르는 사이에 흡혈귀들을 죽여 버리다니, 이게 무슨 일이란 말인가? 그놈들이 주사한 약물에 뭐가 있었나? 하지만 조반니 반테로는 그게 안정제라고 했다. 무슨 놈의 안정제가 맞고 나서 사람, 아니, 흡혈귀를 찢어 죽인단 말인가? 남미에서는 안정이란 단어가 다르게 쓰이는 건가? 역시 그렇다는 건 지금 이 일은 그들이 주사한 것과 관련이 없으리라.

"그… 그렇다면."

생긴 건 그대로 공포 영화에 나와도 될 것같이 생긴 저들이 사실은 굉장히 허약 체질이라서 건드리기만 해도 픽픽 쓰러진 걸까? 그런 것 같지는 않은데. 서린은 그리 생각하며 그들의 품을 뒤져 보았다. 자동차 키 하나랑 권총이 제각각 한 자루씩 있었다. 서린은 그것을 챙겨 들고 조심스럽게 벽에 붙어서 귀에 신경을 집중했다.

벽 너머로 인기척이 느껴지는데 약 여섯 명 정도, 하지만 움직임이 남다른 걸로 봐서 인간은 아니다. 그야 여기가 흡혈귀 소굴이니까 죄다 흡혈귀겠지.

흡혈귀 한 놈도 벅찼는데 여섯이라. 서린은 자신이 흡혈귀 하나라도 제대로 해치운 적이 있었나 회의를 느끼며 뒤돌아섰다. 그런 그의 눈앞에는 완전히 전신의 뼈가 부러진 두 마리 흡혈귀의 사체가 너부러져 있었다. 사체라고는 하지만 완전히 죽었는지 아니면 재생 중인지 모르겠다. 어찌 되었든 저게 서린이 한 짓이라면 여기를 탈출하는 것도 불가능하진 않을 것 같다.

그렇지만 어떻게?

이제 와서 저들을 어떻게 죽였나 떠올리려 해도 전혀 생각나지 않는다. 물론 서린이 완전히 민간인인 것은 절대 아니다. 그는 한세건에게 흡혈귀 사냥꾼으로서의 훈련을 받았다. 한세건이 일 년간 훈련을 받은 것에 비하면 얼마 되지 않는 기간이었지만, 처음부터 인간이었던 한세건과 달리 그는 라이칸스로프였다. 기초 체력은 이미 다 갖춰져 있는 상태였고 그것을 쓰는 요령만 배우면 되는 것이었다.

게다가 그는 상당히 순수한 라이칸스로프여서 육체 능력도 어지간한 흡혈귀는 가볍게 상회한다. 그러나 한세건이 그를 데리고 서울에 남아 있는 잔당 흡혈귀들을 사냥할 때, 서린은 되레 적에게 틈을 보이다가 당하기도 했다.

실상 서린은 그때까지도 미친 달의 세계에 적응할 각오가 없었다. 아니, 솔직히 그런 각오는 영원히 될 것 같지 않았다. 남들을 죽이고 자신은 살아남는다. 그건 전시의 병사에게 당연히 요구되는 솔저십이다. 생존의 원칙이며 약육강식의 원칙. 그러나 문명은 서린에게 굳이 약육강식의 법칙을 따르지 않아도 모두 잘 살 수 있는 길이 있다는 걸 알려주었다. 그런 길이 있는데 굳이 약육강식에 집착할 필요가 없지 않은가?

모두가 조금만 생각을 바꾸면 그렇게 피 터지게 싸울 일 없이 다들 잘살 수 있는 것이다. 바꿔 말하면 윈윈 전략이라 할 수 있겠다.

그런 생각이 머리에 박혀 있는데 상대를 죽일 수 있을 리가 없다. 하지만 지금처럼 급박한 상황에서 그런 이상론을 논할 수 없다는 것 또한 잘 알고 있다.

"막막하군."

서린은 쓰러진 흡혈귀들에게서 시선을 돌려 주위를 둘러보았다. 여전히 빛이라곤 한 줌 찾아볼 수 없는 어두운 지하실은 너무 추워서 뼈까지 덜덜 떨릴 정도다. 벽에는 살풍경하게 회색 페인트가 발라져 있을 뿐이고 벽지 같은 사치품(?)은 보이지 않았다. 쇠창살만 있으면 딱 감옥이라고 느낄 살풍경한 모습이다. 아니, 그동안의 흡혈귀들이 지나치게 감성적이고 인간적이었다고 해두리라.

'극명한 대비로군. 싸구려 영화도 이러진 않을 텐데.'

서린의 입장에서는 이런 살풍경함이 테트라 아낙스계와 다른 흡혈귀들을 가르는 감성적인 벽으로 느껴졌다. 너무나 노골적이라 어처구니가 없을 정도지만 사실 아니겠는가?

그때 문으로 누군가가 다가오는 게 느껴졌다. 깜짝 놀란 서린이 문 뒤로 숨으려 했지만 상대도 흡혈귀, 그의 기척을 모를 리 없다. 서린의 감각이 좀 더 예민하긴 하지만 이런 좁은 실내에서는 별반 다를 게 없다.

"캬아!"

날카로운 고함 소리와 함께 문이 찢어지며 기다란 팔이 먼저 문 안으로 들어왔다. 빠른 반응이다. 상대방은 이상을 느끼자마자 기물을 아끼지 않고 전투태세를 취했다. 비정상적으로 긴, 2미터 정도 되는 팔을 가진 흡혈귀가 지면에 무릎을 꿇은 채 기어서 안으로 들어왔다.

"히익!"

보기만 해도 기분 나쁜 새하얀 피부에 창백하니 혈관이 비쳐 보이는 이놈은 날카로운 이빨을 드러내고 서린에게 양팔을 휘둘렀다.

타탕!

서린은 반사적으로 양손에 든 총을 교차시켜 방아쇠를 당겼다. 그러자 흡혈귀의 팔이 찢어져서 선혈이 튀었다.

"응?"

팔꿈치에 정확하게 총알들이 명중해서 그런지 흡혈귀의 팔이 방향을 잃고 깃대 부러진 깃발처럼 흐느적거린다. 반사적으로 발사한 것치고는 너무나 정확한 총격이었다. 9㎜ 파라블럼탄이라 해도 팔꿈치 관절에 명중하면 팔이 부러진다. 제대로만 맞힌다면 공룡이라도 골절시킬 수 있는 부분인 것이다. 물론 한세건에게 그런 것을 배우긴 했지만 무의식중에 적의 급소를 쏘다니?

"어라라?"

서린은 그에 멈추지 않고 권총의 총열을 잡은 뒤, 개머리판을 도끼처럼 휘둘러 흡혈귀의 팔을 후려쳤다. 액션 영화 등에서 흔히 쓰이는 야만적이지만 효과적인 공격이다. 게다가 서린의 동작은 훨씬 더 절제되어 있으면서도 빠르다.

투두둑!

권총에 맞아서 너덜너덜해진 팔이 완전히 떨어져 나가면서 팔이 잘렸다.

흡혈귀는 괴성을 지르며 끊어진 팔 속에 돋아난 뼈로 서린을 찌르려 했지만 그보다 먼저 서린이 왼발로 지면을 굴렀다.

쿠쿵!

소용돌이 바람이 서린의 발 앞에서 일어나 흡혈귀를 휘감았다. 좁은 지하실 안에 소형 용권이 생겨나니 벽면에 의해 반향이 일어나면서 그 위력이 급격히 강해졌다. 흡혈귀의 팔 단면에서 압력 차로 피가 뽑혀 나와 사방을 붉게 물들일 정도였다.

스칵!

그리고 거기에 뒤이어 서린의 왼팔이 흡혈귀의 몸통을 갈랐다. 용권에 사로잡혀 허우적거리는 흡혈귀의 몸통에 늑대 인간의 예리한 손톱이 처박히자, 순식간에 허리가 끊어지고 내장이 쏟아져 내렸다.

울컥!

피거품과 오물이 쏟아지면서 흡혈귀의 몸이 나동그라졌다. 서린은 너무나 놀라서 자신의 왼손을 바라보았다.

"뭐… 뭐야? 이건?"

응전해야겠다는 생각은 있었지만 이게 이렇게까지 잔혹하게 되다니? 서린은 의아해하면서 권총을 바로 잡았다. 지금 이게 자신이 한 짓이란 말인가? 마치 꿈속에서 싸우는 것처럼 현실감각이 없고 몽롱하다. 그렇게 몽롱하기만 하면 제대로 움직이지 못할 텐데 또 전투 감각만은 날을 막 세운 칼날처럼 날카로운 게 신기했다. 서린이 지금까지 경험해 보지 못한 밑바닥을 알 수 없는 야성이 그의 안에 끓어오르고 있었다.

'볼코프 레보스키의 힘인가?'

그렇게 생각할 수밖에는 없다. 그렇지만 볼코프 레보스키를 자신의 정신적 공명 집단에 넣은 것만으로 이 정도로 영향을 받을 수 있다니? 왠지 이상하다. 만약 상위 라이칸스로프가 자신의 갱에서 이렇게 힘을 받아들인다면 수많은 라이칸스로프 위에 군림하는 놈은 숫제 신에 가까운 존재가 되리라. 아니, 그게 제한되어 있다고 하더라도 그런 방법이 있다는 걸 알면 라이칸스로프의 오랜 숙적인 흡혈귀들이 서린을 이렇게 허술하게 관리할 리가 없다.

고로 논리적으로 생각해 보면 이 현상은 모든 라이칸스로프에게 일반적으로 일어나는 일이 아닌 특수한 현상이리라. 자신의 무리 안에 들어온 라이칸스로프가 늘어나면 늘어날수록 그 힘과 능력이 늘어난다면, 그야말로 왕자(王者)에 걸맞는 능력이 라 해도 과언이 아니다.

서린이 그리 의아해할 때 총성을 듣고 다른 흡혈귀들이 몰려 왔다.

"큭!"

서린은 급한 대로 자신을 구속할 때 쓰였던 쇠사슬을 집어 들 어서 허리띠에 끼우고 앞으로 달렸다. 긴 팔을 가진 기괴한 흡 혈귀들이 좁은 복도로 몰려오는 게 보였다.

"젠장!"

서린은 권총 대신 쇠사슬 토막을 손에 쥐고 뒤로 팔을 힘껏 당겼다가 앞으로 내던졌다. 그러자 회오리바람이 사슬을 휘감 은 채 무서운 속도로 복도 안을 질주했다. 놀란 흡혈귀들이 엎 드려서 그 공격을 피했다. 맞은 놈은 없지만 엎드려 버린 흡혈 귀들은 서린 입장에서 보면 그야말로 죽여달라고 목을 빼고 있 는 것이나 다름없었다. 서린은 그렇게 흡혈귀들이 몸을 낮춘 순 간 그들 위로 뛰어올라 선두 놈의 머리를 발로 짓밟아 버렸다.

으적!

바닥과 머리가 맞물리며 목이 부러져 나간다. 서린은 선두의 흡혈귀를 말 그대로 '밟아' 죽이고 부러진 목으로 드러난 목뼈 를 한 줌 뽑아내서 뒤의 흡혈귀들에게 던졌다.

"카아아악!"

흡혈귀 한 놈이 목뼈에 적중당해 피투성이가 되었다. 목뼈라고는 해도 지금의 서린이 집어 던지면 탄환 이상의 위력이 있다. 그때 다른 흡혈귀가 긴 팔을 뻗어서 서린의 목을 잡았다. 역시 아직도 어수룩한 면이 있는 서린은 손쉽게 목과 얼굴을 적에게 잡혔다.

"끼이이이익!"

흡혈귀는 서린의 목과 얼굴을 움켜쥔 채 긴 팔을 크게 휘둘러 서린을 벽에 처박았다.

쩡!

콘크리트로 만들어진 벽에 균열이 가면서 천장에서 석회 가루가 쏟아져 내렸다. 피와 살로 이뤄진 육신으로 콘크리트 벽에 구멍을 뚫다시피 내려친 것이었다. 보통 사람이라면 그야말로 즉사했을 테고, 일반적인 라이칸스로프나 흡혈귀래도 역시 무사하진 못하리라.

그러나 서린은 멀쩡했다.

"놀자는 것도 아니고 뭐 하는 거야?!"

흡혈귀의 팔뚝이 서린에게 잡혀 버렸다.

우적!

서린은 악력만으로도 손쉽게 흡혈귀의 팔뚝을 부숴 버렸다. 아니, 부수려고 한 게 아니었는데도 흡혈귀의 팔이 부서져 버렸다.

"아, 진짜 냄새나잖… 어?"

서린은 자신의 얼굴을 덮고 있는 흡혈귀의 손가락을 꺾어서 당기다가 손가락이 쑥 뽑혀 나오는 것을 보고 놀라서 주위를 두리번거렸다. 흡혈귀의 손이 으깨지고 선혈이 튀는데 다른 누구도 없다. 게다가 그 흡혈귀의 손가락들이 서린의 손에 쥐어져 있으니 이 짓을 벌인 이는 아무래 생각해도 그 자신이다.

"…뭐, 뭐야, 이건? 해도 너무하잖아? 뭐 이렇게 세?"

서린은 자기 자신의 능력에 기겁했다. 볼코프 레보스키의 능력이라고 납득하고 있긴 했지만 이건 도가 지나치지 않은가? 어느 정도 정기를 빌려오는 거라면 이해를 하겠는데 이건 완전히 볼코프 레보스키가 된 것 같았다.

타앙!

이번엔 총성과 함께 서린의 머리가 뒤로 젖혀졌다. 서린이 흡혈귀와 그 팔에, 그리고 자신의 무시무시한 괴력에 정신 팔린 사이 통로로 들어온 흡혈귀 한 명이 소총으로 서린의 머리통을 쏴버린 것이었다. 그러나 서린은 천천히 고개를 돌려 자신을 갈긴 흡혈귀를 노려보았다.

"으윽, 뭐야, 이번엔 또."

소총에 맞았음에도 불구하고 서린은 고작 이마가 살짝 까져 피를 흘릴 뿐이었다. 깜짝 놀란 흡혈귀가 소총을 들고 이번엔 서린의 안면을 쏘려했지만 서린의 반응이 더 빨랐다.

탕!

서린은 가지고 있던 권총으로 정확하게 흡혈귀의 손을 맞춰 손가락을 끊어버렸다. 흡혈귀의 손에서 소총이 떨어지는 것과 동시에 서린의 발길질이 떨어지는 소총을 차서 흡혈귀의 머리통에 날려 버렸다.

콰직!

흡혈귀의 몸이 뒤로 붕 뜨더니 천장에 충돌했다. 라이칸스로
프라고 해도 정도를 지나치는 무시무시한 괴력이다. 서린은 그
렇게 소총을 든 흡혈귀를 요리하고 몸을 빙글 돌려 자신을 벽에
꽂았던 흡혈귀에게 돌려차기를 날렸다. 깜짝 놀란 흡혈귀가 부
러진 팔로 얼굴을 막았지만 베개로 덤프트럭을 막은 꼴이다.

투확!

서린의 발차기가 흡혈귀의 팔에 충돌하는 그 순간 흡혈귀의
몸이 맞은편 콘크리트 복도를 부수고 나동그라졌다.

쿠르르릉.

벽이 무너지면서 쓰러진 흡혈귀에게 추가타를 먹인다. 서린
은 돌려차기를 한 동작 그대로 한쪽 다리를 든 채, 그 장면을 바
라보았다.

스스로 한 짓이지만 믿어지질 않는다. 라이칸스로프의 평균
을 훨씬 상회하는 이 괴력과 단단한 몸도 그렇고, 갑자기 적들
의 움직임이 하품 나게 느리게 보이는 것도 그렇고, 가슴속에서
뿜어져 나오는 자신감도 그렇다. 하나 무엇보다도 이렇게까지
흉포하게 적을 구타하는 자기 자신이 믿겨지지 않는다. 능력이
야 볼코프 레보스키의 것을 쓴다 치지만… 이 살의와 전투 방식
도 볼코프 레보스키의 그것인가? 그렇다면 '인간' 서린은 어떻
게 되는 것일까?

"으으윽! 기분 나빠."

서린은 박살 난 흡혈귀들을 걷어차고 천천히 복도로 빠져나

갔다. 지하실 안에 있는 흡혈귀는 이제 단 한 놈 남았는데 그놈은 서린의 흉악한 기세를 느꼈는지 위층으로 도망치며 동료들을 부르고 있었다.

"크르르르르르."

살의가 가슴속에서 꿈틀거린다. 그렇다고 미쳐서 날뛰는 그런 건 아니다. 그냥 짜증이 난다. 하찮은 벌레를 밟아 죽이는 것처럼 흡혈귀들을 죽일 수 있을 것 같다.

평상시라면 '저 흡혈귀에게도 인성이 있고, 죽기 싫어하는 마음이 있고…' 이런 식으로 쥐가 고양이 생각해 주듯 망상부터 먼저 했을 텐데 그런 마음이 싹 사라진 게 본인이 생각해도 참 기특하다. '서린이도 이제 다 컸네'라고 한세건이 말해줄지도 모르지.

'우엑, 내가 지금 무슨 생각을 한 거야?'

한세건의 까칠한 성격을 생각했을 때 그리 순순히 칭찬을 할 리가 없잖아. 게다가 볼코프 레보스키의 힘을 빌어 쓰는 거니 그다지 대단할 것까지도 없을 것 같다.

"놀라느라 우왕좌왕할 때가 아니지. 우선 탈출로부터 확보하자."

이런 힘을 가지고도 탈출을 못 한다면 그건 정말 바보다. 서린은 그리 생각하고 주위를 둘러보았다. 아무리 낡은 건물이라고 해도 모든 건물이 게임(Game) 등에서 나오는 미로처럼 생길 수는 없다. 왜냐면 소방 작업을 염두에 두지 않을 수 없으니까. 특히 러시아처럼 건조한 곳은 소방법이 셀 것이다. 이런 곳에 지어진 건물의 길이 복잡할 리가 없다.

서린은 그렇게 판단하고 비상구 표시를 따라 뛰었다. 갈 길이 복잡하지 않은 만큼 적들도 서린의 루트를 쉽게 잡아냈다.

"저기다!"

"도망치게 놔둬서는 안 돼!"

흡혈귀들은 소총으로 무장하고 안으로 뛰어들었다. 그들도 전투 상태가 아니라고 판단했는지 방탄복은 아직 입지 않고 있었지만 손에는 보디 벙커가 들려 있었다. 일종의 방탄 실드인 보디 벙커는 대테러 진압 특수부대에게나 지급되는 것인데 시가전을 자주 하는 흡혈귀들과 라이칸스로프들은 은근히 많이 쓰고 있었다. 사람이야 괜히 방패 하나 들고 다니면 소총도 못 쓰고 또 무게 때문에 이동속도가 느려지겠지만, 흡혈귀들은 저격이 아닌 한 한 손으로 자동소총을 다루는 것도 문제가 안 되고 보디 벙커의 무게도 큰 문제가 아니다.

"제길!"

서린은 권총이 통하지 않을 상대들의 무장을 보고 양팔로 얼굴을 가린 채 무작정 돌격했다. 흡혈귀 군대가 서린에게 소총탄을 퍼부었지만 소총탄에 맞아도 피부가 찢어지고 피가 좀 튈 뿐, 그리 크게 다치지 않는다. 서린은 뛰어들면서 주먹을 휘둘러 보디 벙커로 자신을 막고 있는 병사를 후려쳤다. 방패 위를 맨주먹으로 때리는 짓이라면 정상적으로는 할 수도 없고 할 필요도 없는 일이다. 그렇지만 서린은 때려도 된다고 본능적으로 알고 있었다.

텅!

과연 방패를 들고 있던 흡혈귀가 공처럼 뒤로 튕겨 나가더니 아직 덜 닫힌 방화문의 모서리에 충돌했다. 녹색으로 무성의하게 칠해진 방화문이 우그러지며 흡혈귀가 바닥에 튕겨졌다가 다시 바닥에 격렬히 충돌, 이번엔 위로 튕겨 오르며 횈횈 회전하다가 바닥에 철푸덕 퍼져 버렸다. 그 모습은 그야말로 무슨 미국 카툰을 연상시켰지만 결과는 참혹했다. 흡혈귀가 사방에 피를 흩뿌리며 나가떨어진 것이었다.

"하하, 이거 과하네. 이래도 할래?"

서린은 머쓱해하며 흡혈귀들에게 도망갈 시간을 주려 했지만 그가 상대하는 흡혈귀들은 이성을 잃고 그저 명령만 수행하는 구울이나 다름없는 저급한 흡혈귀였다.

"캬아아아아!"

흡혈귀 중 한 놈은 뒤로 몸을 젖히더니 사타구니 사이에서 큼지막한 이빨이 돋아난 주둥이를 꺼냈다. 거머리 같은 주둥이에 이빨이 돋아난 그것은 영락없이 남성기를 상징하는 것이었다. 시시각각 엄습해 오는 테트라 아낙스의 고상한 취향에 서린은 눈살을 찌푸렸다.

"장난하냐?!"

서린의 고함과 함께 흡혈귀들의 육체가 산산조각 나며 피와 살점을 주위에 뿌렸다.

8

잠시 자리를 비웠던 볼코프 레보스키가 쿠데타군에 합류했을 때는, 모스크바 방위군 사령부와 참모부를 점거한 타격부대가 이제야 모스크바 타격을 지원하기 위해 돌아오고 방위청과 합동 참모부 관문이 막 함락되고 있는 중이었다.

"정말… 칭찬해 줘야겠군, 이사카 베르게네프."

볼코프 레보스키는 무뚝뚝하게 그 상황을 지켜보며 한숨을 내쉬었다. 그의 부재중에, 그의 작전을 이렇게 완벽하게 추진한 것은 잘한 일이다. 만약 병사들이 볼코프의 지시만을 기다리고 있었다면 순식간에 당했을 테니까.

그러나 문제는 과연 저 병사들을 빼앗은 이사카가 볼코프에게 다시 통수권을 돌려줄 것인가 하는 것이다. 만약의 경우 그들이 볼코프를 알아보지 못하고 공격을 가할 수도 있다. 보통 갱 내에 들어와 그의 영향을 받는 라이칸스로프라면 어떤 환술이나 현혹에서도 그를 분간할 수 있었지만, 이사카의 신출귀몰한 능력을 생각해 보면 그런 현혹술도 불가능할 것 같지 않았다.

"핫!"

그때 방위청을 향해 강선포를 날리던 T—90 전차의 포탑 위에 서 있던 전차병이 경례를 한다.

기우였나? 아니면 이사카에게는 병권을 완전히 탈취할 생각이 없었나? 볼코프는 그리 생각하며 주위를 두리번거렸다.

"어째서 지휘 차량에 안 계시고……."

"지휘 차량은?"

볼코프가 그리 반문했을 때 맞은편 골목에서 이사카 베르게네프가 모습을 드러내었다.

"늦었군요. 대역 짓 하기도 질리던 판인데."

"……."

병권을 빼앗는다는 행위는 장군에게 있어서 목숨을 빼앗는다는 것과 매한가지다. 그걸 당했으니 기분이 좋을 리 없지만, 병권을 또 순순히 돌려주는 것을 보면 사심이 있어서 그랬다고 보기는 힘들었다.

볼코프가 지휘 차량을 바라보니 거기엔 레온 시마노프가 운전을 하고 있었다. 저 음흉한 작자조차 이사카의 농간에 속아 넘어갔으리라. 이사카는 볼코프를 대신해서 저 지휘 차량에 타고 있었으니까.

레온 시마노프의 정체를 생각해 보면 그마저 속여 넘긴 이사카의 능력은 그야말로 신기였다.

"그러면."

볼코프 레보스키는 계속 공격을 가할 것을 명하고 지휘 차량에 올라서서 주위를 둘러보았다. 그의 병사들은 기본적으로 보병이지만 전차와 자주포, 전투 헬기, 심지어는 전투기까지 다룰 수 있도록 훈련되어 있었다. 소수 정예의 전천후 병력으로 모스크바 방위군을 물리치고 그들의 장비를 탈취해 공격에 쓰기 위해 훈련시켰던 것인데 지금 그 실효를 거두고 있었다.

방위군의 탱크와 장갑차는 탈취되어 그들이 쓰고 있었고 여기저기엔 방위군의 시체만 즐비했다. 일방적인 학살의 폭풍이 휩쓸고 간 흔적이 이 오래된 도시 곳곳에 남았다.

"상황은?"

볼코프 레보스키는 참모들에게 상황을 보고받으며 옷을 갈아입었다. 사방의 저격에 노출된 장소였지만 볼코프 레보스키는 태연히 장군 휘장이 붙은 모자를 머리에 썼다. 저격 따위로 그를 죽일 수 있을 리가 없다는 강한 자신감에서 나오는 행동이었다.

"합동참모부도 함락되었습니다. 합참의장은 자살했습니다만. 아직까진 다른 주 방위군과 서부전선의 병력 이동이 없습니다."

"느려 터진 놈들이군. 우리로서는 다행이지만. 보리야 푸도브킨은 도주했나?"

"크렘린 궁은 함락되지 않았습니다만 아마 도주할 것 같습니다. 그놈에게는 흡혈귀들의 입김이 닿아 있으니 어떻게든 되겠지요."

일국의 대통령을 일개 사병이 토끼몰이꾼이 토끼 대하듯 말하는데 위화감이 없다. 일단 보병전이 되자 인간 병사는 감히 라이칸스로프들의 상대가 될 수 없었다. 야수의 숙명을 타고 태어난 라이칸스로프들에게 인간은 사냥감에 불과하다. 인간의 무기라 할 지혜와 규율은 뱀파이어와 라이칸스로프들에게도 있었기에 승패를 가른 것은 그들의 육체적 능력이었다. 그렇다고는 해도 이 승리가 그리 오래갈 수는 없다. 인간들의 머릿수에 비해서 라이칸스로프는 얼마 되지 않았으니까.

그리고 이제 테트라 아낙스도 움직일 것이다. 서부전선 병력과 테트라 아낙스가 반격하면 인원도 적은 쿠데타군이 실패할 것은 불을 보듯 뻔하다.

그 전에 얼른 보리야 푸도브킨을 확보해서 ICBM 제어권을 손에 넣는 게 중요하다. 볼코프 레보스키는 그리 생각하고 지휘 차량에 올라가 뒷짐을 졌다.

"보리야 푸도브킨의 확보에 모든 자원을 기울이도록! 녀석은 교활하고 겁 많은 개자식에 불과하지만 그래도 완전히 멍청하진 않아! 쿠데타가 시간을 끌면 실패하리란 것쯤은 알고 있겠지."

군 최고 통수권자이기도 한 통령, 보리야 푸도브킨에게는 ICBM을 제어할 수 있는 시크릿 키와 패스워드가 있다. 무슨 냉전 시대 007 영화에서나 나올 법한 설정이지만 이미 한 번 쿠데타를 경험한 러시아가 이렇게 강박적인 보안 수단을 선택하는 것도 무리는 아니다.

"데이워커들이 옵니다. 진행 방향, 칼리닌 대로를 따라 크렘린 궁으로! 그리고 테트라 아낙스의 수송 헬기와 지상 공격 헬기가 따라오고 있습니다."

"보리야 푸도브킨을 구출할 생각인가 보군."

각지에 설치된 관찰용 청진지로부터 보고가 들어왔다. 테트라 아낙스가 만들어낸 대낮에도 움직일 수 있는 하급 흡혈귀들, 그리고 그것들과 함께 움직이는 구울들이다. 인간의 능력을 초월한 병력이고 라이칸스로프들에게도 충분히 위협적이다.

대낮의 도시에 돌아다니기에는 지나치게 그로테스크한 모습이지만 이것도 꽤나 멋진 경험이라고 생각된다. 그래, 불타오르는 도시 한복판에 죽음의 군대가 질주해도 이상할 게 없지.

"흠."

볼코프 레보스키는 장군 휘장이 붙은 모자를 벗고 옆에 손을 뻗었다. 그곳에는 언제 돌아와 있는지 모를 라토바 안드로포프 중사가 있었다.

"여기 있습니다."

그녀는 베레모 하나를 공손히 볼코프에게 건네주었다. 볼코프는 베레모를 쓰고 두꺼운 외투를 벗어 던졌다. 꽤나 쌀쌀한 날씨인데도 그는 소매를 걷었다.

"내가 직접 나서지. 크렘린 궁으로 가자. 지휘는… 이사카 베르게네프에게 맡기지."

"예?"

마지막 문장은 모두를 놀라게 하기에 충분했다. 군대에서 한평생을 지냈다 해도 과언이 아닐 볼코프가 부외자에게 지휘권을 맡긴다니? 그러나 볼코프는 코웃음 쳤다.

"지금까지 그의 지휘를 받았으면서 모르고 있었단 말인가?"

"아, 아니?"

"그런 걸 말하면 곤란하죠. 트릭이 들통난 마술사는 소매치기가 될 수밖에 없답니다."

그리 말하며 이사카가 손을 빼 드는데 그 손아귀에는 작은 로켓이 들려 있었다. 볼코프 레보스키가 가지고 다니던 그 로켓 안에는 이제 죽어버린 그의 딸과 아내의 사진이 들어 있었다.

다른 이가 그런 짓을 했다면 목숨이 백 개라도 남아나지 않앉겠지만 이사카 베르게네프는 특별하다. 그는 바로 사진 속의 인물, 볼코프의 딸을 죽여 버린 장본인이며 그녀의 아들이기도 했다. 그리고 볼코프 그 자신도 딸을 사랑하면서도 그녀를 유폐시킨 장본인이 아닌가? 이 복잡한 모순의 원인—그녀가 릴리쓰가 되었다는 현상—은 그들 둘에게 공통적인 정서적 피해를 주었다.

상처를 공유하는 조손 관계랄까? 물론 볼코프는 이사카를 손자라고 생각하지 않았고 이사카 역시 볼코프를 자신의 조부라고 여기지 않았다.

그렇다 해도 볼코프에게 있어서 이사카라는 존재가 특별한 것만은 분명했다. 볼코프는 주위의 경악을 개의치 않고 이사카에게 말했다.

"지휘를 부탁하지. 보리야 푸도브킨을 생포하고 시크릿 키를 빼앗는 데는 그대만 한 적임자가 없을 테니."

"과찬의 말씀을."

볼코프는 차량에서 내려서 직접 병사들을 이끌고 테트라 아낙스의 부하들을 맞이할 준비를 했다.

테트라 아낙스는 진퇴양난의 상황에 처했다. 팬텀이 예상했던 대로 그는 팬텀이 이끄는 진마들과 쿠데타군을 충돌시킬 생각이었다. 계속 배짱을 부리면 상대가 죽을 거라고 믿고 레이스를 해대는 도박사와 같았고 그 작전은 지금까지 제대로 먹혀들었다. 하지만 여기서 팬텀이 갑자기 방향을 선회해 버렸다.

물론 그런 것도 예상은 했었다. 팬텀도 바보가 아니니 이 무모한 레이스 경쟁에 계속해서 끌려다니지는 않을 거라고 예상했었다. 그렇지만 가장 곤란한 타이밍에 저지르다니. 알면서도 당할 수밖에 없는 외통수라고 할까? 테트라 아낙스로서는 대응수단이 없었다. 발등에 불이 떨어졌으니 끌 수밖에.

이 사건에 관해서 테트라 아낙스가 늘 쥐고 놓지 않던 주도권을 지금 일격으로 넘겨줘 버린 것이다.

"뭐, 이것도 예측 안이지만 건방지군. 팬텀."

이런 상황을 예상하지 않은 것은 아니지만 그가 본 미래 중에서 가장 가망이 없는 것이었는데, 팬텀의 의지가 운명을 뒤엎었다는 게 무척이나 마음에 걸린다. 팬텀이 그의 허점을 찔렀다는 사실이 밝혀지면 제왕의 체면에 손상이 간다.

흡혈귀들이 그를 두려워하는 것은 그의 예지 능력이 지금까지 이뤄온 압도적인 성과 때문이다. 그들은 테트라 아낙스가 거둔 성과를 보고 그를 필요 이상으로 두려워했고, 그들이 자신에게 두려움을 품고 있다는 것을 알고 있는 테트라 아낙스는 냉정히 그들의 허점을 파고들어 공포로 그들을 지배했다.

하나 냉철한 사법사였던 팬텀이 그의 예지 능력의 성격을 몰라볼 리가 없었다. 리림의 육신을 빼앗을 욕심에 그만 너무 앞서 나간 게 실수였다. 그가 미래를 보며 패를 고른다는 사실이 알려져 있다면 그가 고른 패를 통해서 그가 본 미래를 유추할 수도 있지 않은가?

"그렇지만 놀랄 일이로군, 팬텀. 어째서 이제 와서 나에게 이를 들이미는 거지?"

팬텀은 흡혈귀가 된 이후로는, 어느 정도는 테트라 아낙스의 지배권을 인정하는 쪽이었다. 그는 현명하고 온화한, 순종적인 피지배자라고 할 수 있었다. 나름대로 자의식을 가지고 있기는 했지만 그걸 가지고 바로 이를 들이밀지 않았기 때문에 테트라 아낙스도 팬텀이 지금까지 누려온 지위를 인정해 주었다. 그런데 이제 와서 돌입이라니.

아니, 통찰력과 예지력을 동원해 생각해 보면 그건 매우 간단한 노릇이었다. 그놈은 원래 그런 놈이었다. 시작이 어떻든 간에 스스로를 흡혈귀로 만들어낸 사법사가 지금까지 저렇게 물렁한 태도를 보인 게 더 이상한 일 아닌가?

어느 쪽이 되었든 간에…….

"다쳤구나, 스팅레이. 저런, 리림이 제법, 꽤 저항한 모양이구나. 그렇지만 괜찮지?"

고든은 비쩍 마른 앙상한 손으로 그의 앞에 주저앉아서 멍한 표정을 짓고 있는 소녀의 뺨을 쓸었다. 스팅레이, 그가 만들어낸 석세서 중 하나인 그녀는 겁에 질린 표정으로 고든의 손길을 피했지만 물러날 곳은 없다.

차가운 실내, 모닥불이 타닥거리며 타오르고 있었다.

"그렇지만 그 리림, 네가 상처를 입다니 예상 밖이군. 내 예지 밖에 존재하는 게 있다니 믿어지지가 않아."

고든은 그리 말하며 겁에 질린 고양이를 달래듯 스팅레이의 뺨을 쓰다듬었다. 모든 것의 가능성을 점쳐 보는 그로서도 리림 서린이 스팅레이에게 겁을 줄 만큼의 역량이 있었다고는 상상조차 하지 못했다. 그래서 그는 스팅레이의 기억을 들여다보기로 했다.

스팅레이의 기억은 이미 완전히 찢겨져 있었다. 미쳐 버린 소녀. 그 정신은 보통 사람의 그것과는 확연히 달랐다. 뭐, 광인의 것이니 당연한 것이다. 보통의 독심술 능력을 가진 이라면 들여다보기 난감한, 지뢰밭 같은 정신이지만 테트라 아낙스의 수장 고든은 가볍게 그녀의 정신 안으로 진입해 기억을 뒤척였다. 남이 자신의 정신에 들어오는 것을 반길 이는 아무도 없지만, 들어가는 입장인 그에게 있어서 남의 마음과 정신 안으로 들어가는 일은 너무나도 흔한 일이어서 조금도 가책받을 일이 아니었다.

"그래, 리림. 이놈의 정체는 뭐였지? 어떻게 해서 감히 이 아이가 겁을 먹게 한 거냐?"

스팅레이는 비록 실패작이지만 그가 만들어낸 병기 중에서도 으뜸가는 것이었다. 정신적으로 불안정할 뿐 그 전투력에 있어서는 최고라 할 수 있다. 가장 처음 만들어낸 석세스도 스팅레이에 비할 바가 못 된다. 그런데 지금까지 힘없이 그저 비스트에 기생하듯 살아온 리림이 어떻게 한 것일까?

곧 그는 스팅레이의 촉수가 리림을 휘감아 지하도로 끌고 들어오는 것을 보았다.

그녀의 기억은 너무나 단편적이고 또한 촉수를 만들어내고 피의 바다를 활성화시키면 그녀 자신의 의식은 멀어져 몽환 상태에 빠지기 때문에 더더욱 추상적인 기억이 된다.

그런 그녀는 지금 꿈속에서 서린을 보고 있었다. 처음에는 촉수에 휘감겨 아무런 저항도 하지 못하고 끌려온다. 어둠 속으로… 또 어둠 속으로. 깊은 지하도 안을 오징어 촉수 같은 거대한 근육덩이에 휘감긴 채로 끌려온 그는 죽은 게 아닐까 싶을 정도로 조용하다.

그러나…….

두근!

갑자기 심장의 맥동 같은 느낌이 촉수 끝으로부터 전해졌다. 그녀가 만들어내는 촉수는 어차피 적에게 공격당할 것을 각오한 버리는 부분이다. 따라서 촉수가 느끼는 고통이나 감각은 그녀에게 전달되지 않는다. 하지만 이 심장의 맥동은 뭐란 말인가?

콰직!

그리고 그다음 순간, 서린은 오직 순수한 힘으로 촉수를 찢어 버리고 나왔다. 깜짝 놀란 스팅레이가 촉수를 모아 그에게 집중시켰지만…….

"카아아아아!"

반쯤 수화한 서린은 늑대의 머리를 하고 선두에 나선 촉수를 물어뜯는다. 턱 힘이 어찌나 대단한지 촉수를 이리저리 휘둘러도 그는 물고 늘어져서 놓지를 않는다. 그런 다음에 손톱을 세워 촉수를 움켜쥐고 찢는다.

으직으직!

순식간에 촉수를 자르고 그걸 먹어치우는 늑대 인간. 놀란 스팅레이가 노래를 부르지만 그것조차 상대방에게는 통하지 않는다. 정신 간섭을 통해 영혼을 태워 버리고자 해도 지금 저 늑대 인간은 강철 같은 살의로 자신을 무장하고 있었다. 그래, 강철 같은 살의. 비스트 한세건이 푸른 불꽃과도 같은 분노와 적의, 자기혐오로 무장하고 있다면 지금 저것은 순수한 야성이었다.

"크르르르르르!"

서린이 달려든다. 검고 탁한 지하, 빛 한 줌 없는 지하도에서 그것은 바람처럼 질주하며 스팅레이에게 덤벼들었다. 놀란 스팅레이가 사방팔방에 촉수들을 만들어 벽을 형성했지만 서린은 돌풍을 불러일으키며 손톱을 휘둘렀다.

스칵!

촉수가 찢겨져 나가고 열풍이 오염된 지하수를 빨아들여 사방으로 흩뿌렸다.

으적!

스팅레이의 팔이 늑대의 입에 물렸다. 끔찍한 고통이 번개처럼 뇌리를 달려서 스팅레이는 비명을 질렀다. 머릿속에서 전기 불꽃이 뛰어 다니는 느낌이다. 고장 난 로봇처럼 비명을 지르고 또 지르지만 서린은 소녀가 비명을 지르는 것도 아랑곳하지 않고 그녀를 문 채로 고개를 뒤로 젖힌다.

첨벙!

물보라가 일면서 그녀의 몸이 바닥으로 처박혔다. 촉수들, 몸을 무겁게 하는 피의 바다, 그 속에서도 서린은 멈추지 않고 홀

룽한 스플렉스로 그녀를 내던졌다. 프로레슬러를 해도 될 것 같다는 생각이 들 정도로 화려한 곡선을 그리며 소녀의 몸이 나가떨어진다.

가녀린 소녀의 팔이 그 힘을 견디지 못하고 끊어졌다.

콱!

서린은 스팅레이의 얼굴을 발로 밟고 올라탔다.

완벽한 마운트 포지션. 늑대 머리를 한 약탈자가 목숨을 약탈하기 위해 살의의 탄환을 장전한다. 손을 치켜들고 내려치려는 자세를 취하는데, 그때였다.

쉬이이익!

지하 수도의 천장에서 돋아난 촉수가 순식간에 서린의 목을 휘감았다.

끼이이이익!

촉수는 무시무시한 힘으로 서린을 들어 올린다. 아무리 서린의 힘이 굉장하다 하더라도 위로 들어 올리는 힘에 대해서는 자기 체중 이상의 힘을 가할 수 없다.

"카아악!"

그러나 서린은 곱게 딸려 올라가지 않았다.

그는 수화된 두 발의 발톱을 스팅레이의 옆구리에 박고 같이 떠올랐다. 거대한 크레인에 딸려 올라가는 짐짝처럼 둘이 공중으로 붕 뜬다. 촉수는 서린의 경동맥을 조르고 있지만 서린이 목에 힘을 주자 근육들 틈새로 경동맥이 쑥 파묻혀 들어간다. 저래서야 목을 졸라도 기절시킬 수 있을 리가 없다.

"꺄아아아아아!"

스팅레이는 비명을 지르며 발버둥 쳤다. 그러나 그녀의 옆구리를 파고든 서린의 발톱은 그녀를 놓아주지 않았다. 계속 발버둥 칠 때마다 상처가 찢어지지만 그녀의 재생력이 상처를 수복해서 쉽게 떨어지지도 않았다.

서린은 그 틈에 양손을 머리 위로 올려 촉수에 손톱을 박아넣고 한 줌씩 한 줌씩 촉수를 떼어낸다.

우직, 우직.

흡사 찰흙을 가지고 장난치는 것처럼 손쉽게 살점을 한 움큼씩 뜯어낸다. 소녀가 촉수에 감각을 공유하고 있었다면 이미 기절했으리라. 그렇게 손쉽게 살점을 뜯어낸 서린은 양손을 촉수에 파묻고 좌우로 힘껏 팔을 벌렸다.

투두둑!

공중에 서린을 매달고 있던 촉수가 기어코 끊어진다. 서린과 스팅레이는 다시 떨어지는데, 서린은 공중에서 스팅레이의 양어깨를 잡고 빙글 돌려서 일회전한 뒤 그녀를 지면에 처박았다.

첨벙!

오수가 사방으로 튀었다.

스팅레이가 놀라고 두려워 허우적거릴 때 서린의 양손이 그녀의 가슴팍을 쥐어뜯었다.

"꺄아아아아악!"

새하얀 피부, 봉긋하게 솟아난 가슴이 잔혹하게 파헤쳐지고 피와 뼈가 드러난다. 서린은 늑골의 밑으로 손을 쑥 쑤셔 넣어서 그녀의 갈비뼈를 양쪽으로 잡고 힘으로 당겼다.

우드드드드득!

무식하기 짝이 없는 개흉이다. 의사들도 늑골을 들어낼 때는 전기톱을 쓰긴 하지만 이건 그 이상이다. 환자를 마취하는 것도 없고 위생을 신경 쓰긴커녕 정화조에서 나온 오수가(정화조 제작사들은 깨끗한 물이라고 주장할지 몰라도) 상처를 가차 없이 오염시킨다.

스팅레이에게도 아직 숨겨진 능력이 많이 있지만 그녀도 역시 유폐되어 있던 몸이라 전투 감각이 떨어진다. 이런 상황에서 어떤 능력을 어떻게 써서, 어떻게 빠져나갈 것인가 하는 요령이 부족했다. 이대로라면 그녀도 꼼짝없이 당할 터… 그러나 그때였다.

"여기서 탈출해 주면 곤란하지."

어둠 속에서 나타난 금발의 마도사가 서린의 뒤에 섰다. 깜짝 놀란 서린이 몸을 돌려 반격하려 했지만 그보다 먼저 마도사가 손에 쥔 검이 서린의 가슴을 꿰뚫었다. 새빨간 룬문자가 새겨진 검이 서린의 가슴을 꿰뚫고 빛을 발했다.

"크아악!"

서린이 몸부림쳤지만 상대방은 칼만 꽂은 채 뒤로 물러나며 전하 결계를 방패 형태로 만들었다. 서린이 공격하는 순간 전기 불꽃이 튀어 오르며 막대한 전류가 지하수도 위로 흘렀다.

"꺄아악!"

스팅레이도 전격에 휩쓸려 같이 비명을 질렀다. 다만 이 전하 결계를 펼친 마도사는 약간 허공에 떠서 그들과 같이 전기 찜질을 당하는 것을 피했다.

"미안하게 되었군, 꼬마 아가씨. 뭐 어쩌겠어. 그래도 살아 있는 게 천만다행이지, 안 그래? 어차피 젊으니까 피부 상하는 건 너무 걱정하지 말라고."

마도사는 그리 투덜거리며 전기에 감전된 서린을 바라보았다. 서린은 가슴에 칼을 꽂고 전기에 감전되고도 아직도 살아 있었다.

"끄으으으."

그러나 칼에 걸린 마법이 그를 잠에 빠져들게 했다. 마도사는 겨우 상대가 잠든 것을 확인하고 안도했다.

"그래. 잠들라고, 미래의 고든. 깨어났을 때는 네가 세상의 왕이다."

마도사 앙리 유이는 그리 말하고 잠든 서린과 쓰러진 스팅레이를 들쳐 업었다.

9

볼코프 레보스키가 이끄는 쿠데타군은 소규모 병력이다. 병력을 한 명 한 명, 확실히 죽여 나가는 섬멸전을 펼칠 경우 볼코프 레보스키의 군대가 와해되는 데는 그리 오랜 시간이 걸리지 않는다.

따라서 흡혈귀들은 라이칸스로프를 확실하게 죽여 버리는 데 중점을 두었다. 문제는 적들이 모스크바의 지리를 너무나도 잘 알고 있다는 것, 그리고 각각의 전투 능력이 비상히 높다는 것이다.

하나 테트라 아낙스가 이끄는 흡혈귀들에게는 돈과 무력, 병력이 있었다.

아무리 고든이 흡혈귀들의 왕이라 해도 사회적인 신분은 민간인 사업자에 불과하다. 그러나 테트라 아낙스는 민간인인 주제에 전투 헬기를 모스크바 상공에 띄워 바로 접근을 시도했다.

이미 각지의 대공포 진지는 볼코프 레보스키 일당에게 점거되었지만 모스크바 방위군과 싸울 때 대공미사일은 다 썼고 또한 볼코프의 쿠데타군이 대공포좌에 병력을 일일이 다 배치할 만큼 병력에 여유가 있지도 않았기 때문에 그들은 무사히 모스크바 상공을 장악할 수 있었다.

"우선 제공권부터 장악하도록."

테트라 아낙스 실행부대의 대장인 그레함 브라우닝은 자신이 직접 헬기를 조종하면서 무선을 통해 일제히 명령을 내렸다. 무선의 너머에서는 그저 우우우 하는 울부짖음이 그의 명령을 시행함을 알려주었다.

대낮부터 사용할 수 있는 병사들은 대부분 자율적 사고가 부족한 구울과 데이워커뿐. 그렇기 때문에 그의 명령에 응하는 이는 이 구울과 데이워커를 조종하는 오라클들이었다.

아니, 전투 헬기와 수송기 조종사들은 인간이었으니까 그들도 포함해야겠다만 그들 역시 이 끔찍한 사정을 잘 알고 있기 때문에 입을 다물고 있었다. 돈이면 악마도 고용할 수 있다고 했는데 이 경우는 돈이면 악마에게도 고용당할 수 있다고 해야 하리라.

'어느 쪽이든 간에 대장이라는 칭호에 비해서는 참 조촐한 병력이로군.'

그레함 브라우닝은 약간 자괴감을 느끼면서 피식 웃었다.

그렇다 하더라도 저 쿠데타군에 비하면 압도적인 병력이다. 이만큼 낮은 병력을 공수하기 위해서 테트라 아낙스는 유라시아 익스프레스를 하루 동안 통째로 대여해야 했다.

이런 식으로 움직이면 세상 사람들이 모를 리 없을 텐데 신문을 펼쳐 봐도 인터넷을 뒤져 봐도 소리 소문 없이 잠잠하기만 하다.

"전원 일제 공격!"

"라저!"

그레함의 명령에 이번에는 인간 조종사들이 대답했다.

공격 헬기를 모는 인간 조종사들은 적들의 손에 탈취된 방위군 헬기를 향해 날아들었다.

외국인들이 그 나라 국적의, 그것도 군용기를 격추시킨다면 아무래도 큰 트러블이 일어나게 마련이다. 게다가 민간인이 이런 공격기를 갖추고 있다면 더더욱 놀랄 일 아닌가? 설마 세관에 통관되었을 리도 없고, 그렇다고 국가가 이런 사설 군대의 설립을 허락해 줬을 리도 만무한데.

그런 귀찮은 문제를 되도록 피하려고 하인드나 호컴 같은 러시아제 헬기를 준비하고 러시아 육군 항공대로 위장도색도 했지만 글쎄… 눈 가리고 아웅도 정도껏이지, 자세히 따지고 들면 순식간에 들통이 날 어설픈 위장 아닌가?

따라서 어지간하면 그레함 브라우닝도 이런 미친 짓을 하고 싶지 않았다. 그러나 상황이 상황이니만큼 그런 도리를 따질 때가 아니었다.

"Fire!"

무시무시한 발사음과 함께 로켓탄이 헬기를 향해 쏘아졌다. 상대측 전투 헬기도 응전하려고 했지만 이미 쿠데타가 본격적으로 불붙은 지 1시간 30분이 지난 상황이다. 전투 헬기에 남아있는 무장이 얼마 되지 않는다는 건 불을 보듯 뻔하다.

과연 라이칸스로프 병사들이 탈취한 헬기들은 몇 차례 반항하긴 했지만 좁은 도시 상공에서 자신들보다 두 배 이상 많은 공격 헬기를 상대할 수는 없었다.

콰앙!

선두에 선 전투 헬기 한 대가 폭발을 일으키며 떨어진다. 그것을 필두로 라이칸스로프들의 공격 헬기가 서리 바람 맞은 낙엽처럼 우수수 떨어졌다.

공중전과 해상전 등 뭔가에 탑승한 채로 싸우는 전투에서는 딱히 개개인의 역량 차가 두드러질 일이 없다. 성능 차이가 없는 비슷비슷한 장비끼리 충돌한다면 물량이 모든 것을 좌우하는 것이다.

"제기랄! 탈출!"

라이칸스로프들은 공중전에서는 더 이상 적을 상대할 수 없다는 것을 알고 탈출을 시도했다. 그와 동시에 고층 빌딩 등에 저격 진지를 만들어두었던 저격수들은 일제히 진지를 버리고 퇴각했다. 어차피 쿠데타군은 모스크바를 지원하기 위해 적들이 온다면 우선 항공 병력이 올 것이라고 예상해 두고 있었다. 그래서 그들은 항공 병력에 대항하기 위해 다음 페이즈로 이행했다.

그리하여 제공권은 완전히 테트라 아낙스 실행부대에게로 넘어갔다.

"좋아. 바람직한 일 단계로군. 다행이야."

사실 이 헬기들로 시가지의 제공권을 되찾는다는 것은 그레함으로서는 심장이 떨릴 정도의 무리수였다.

스팅거나 미스트랄에 비해 훨씬 저렴한 이글라 미사일을 쓰는 러시아군을 상대로 헬기를 주력으로 한 항공군을 투입한다는 것은 약간 무모한 전략이다. 이미 소비에트연방 시절, 아프가니스탄을 침공할 때 소련은 아프가니스탄의 스팅거 미사일(미국이 지원한)에 의해 뜨거운 맛을 보았다. 그리하여 그들 역시 이글라 미사일을 사용해 적의 대공화력을 잡는 전술을 도입하게 되었다.

비행 고도가 높은 전투기라면 이글라 미사일에 의한 피격 위험이 낮지만 헬기는 그야말로 밥이다. 차려둔 밥상이다.

하지만 남의 나라 수도를 전투기로 짓밟을 수도 없는 일이고—할 수도 없고 해서도 안 될 일이다—또한 전투기로는 빌딩들이 빽빽한 모스크바를 제대로 지원할 수가 없다. 그들의 목적은 모스크바를 폭격하는 게 아니라 모스크바에서 쿠데타군을 몰아내는 것이었으니까.

다행히 이미 적은 이글라 미사일을 써버린 모양이었다.

그러나 적들은 전투 헬기가 피격당하는 순간, 헬기로부터 뛰어내리는 무시무시한 짓을 선보였다. 그야 이 정도 높이에서 떨어진다 해도 신체 능력이 뛰어난 라이칸스로프는 그리 큰 부상을 입지 않고 착지할 수 있다. 그렇지만 헬기가 피격당하는 순간 저렇게 깔끔하게 뛰어내리다니 놀라운 훈련도다. 좀 당황스러워하는 모습쯤은 보여줘도 될 텐데. 역시 맹장 밑에 약졸 없다던가?

이래서야 섬멸전의 의미가 퇴색할 뿐이다.

"제길. 어쨌거나 일 단계는 통과군! 그럼 보병 강습!"

데이워커와 구울들은 이미 지상에 뿌려져 있었지만 이것은 어디까지나 테트라 아낙스를 호위하기 위한 호위 세력에 불과했다. 국가로 치자면 군인이 아니라 경찰 병력이라고 할까? 그레함이 데려온 이들이야말로 진짜 테트라 아낙스의 정예 병력이었다.

그레함은 지상 차량으로 구울들을 수송하고 데이워커들을 헬기로 투입했다. 낙하산이나 레펠링을 할 필요도 없이 바로바로 건물로 뛰어내린 데이워커들은 관측 진지를 구축하고 있던 라이칸스로프들과 바로 충돌했다.

"고사포도 빼앗도록 해! 아니, 아예 파괴해 버려!"

역시 오라클들이 대답한다. 예지력과 정신 감응력을 얻기 위해 시력을 포기한 흡혈귀들, 더러는 육체의 대부분을 포기해서 영적인 상태로만 남아 있는 이들도 있다고 한다. 그런 오라클들에 대해서는 아무리 테트라 아낙스 클랜의 그레함이라 해도 익숙해질 수 없었다.

'나는 엘리엇과는 달랐으니까.'

그래도 테트라 아낙스에 투신하길 잘했다는 생각이 든다. 이런 화끈한 전쟁을 마음껏 즐길 수 있다니. 그레함 브라우닝에게는 너무나도 즐거운 일이다.

그의 명령을 받은 데이워커들이 움직인다.

수도의 고층 건물 위에는 고사포가 설치되게 마련이다. 처음에 볼코프 레보스키의 쿠데타군이 모스크바를 침공했을 때도 그들은 이 고사포 진지를 무력화시키고 그 자리를 빼앗았다. 고사포 진지는 지상 관측하기에 유용한 곳에 세워지는 게 대부분이라 보병들의 지원을 위한 관측 진지로도 쓰이기도 했다. 고사포 진지로 보나 관측 진지로 보나 이곳은 빼앗을 필요가 있었다.

라이칸스로프 병사들이 저항하기는 했지만 전투 헬기와 공격 헬기를 뒤에 업고 밀고 들어오는 데이워커들에게는 역부족이었다.

"후퇴!"

"제기랄!"

라이칸스로프 병사들은 진지 지키기를 포기하고 퇴각하거나 살해당했다. 아무리 그들이 정예 병력이라 하더라도 애초에 이건 무리한 싸움이다.

'그렇다고는 해도 정말 대단하군. 2단계까지 들어갔는데도 피해는 그리 크지 않아.'

그레함 브라우닝은 적들이 후퇴하면서 방어진을 구축하는 것을 보고 내심 혀를 내둘렀다. 아무르의 호랑이, 볼코프 레보스키 장군의 병사들은 정말로 뛰어나다.

'하지만 이대로 가면 몰살이지.'

데이워커 병사들은 동료가 죽든 말든 신경 쓰지 않고 흉포한 기세로 총을 퍼부으며 적에게 달려든다. 고사포에 올라가 전투 헬기들을 떨구려고 하던 라이칸스로프 병사가 대검을 꺼내 들고 수화하며 맞서 싸우지만 너무나 많은 수에 밀려서 결국 쓰러지고 만다. 그러면 데이워커들은 그 육신에 매달려 기다란 팔과 대형화된 입으로 육신을 갈기갈기 찢어버린다. 그리고 살점을 쥐어짜서 피를 내 마시는 것이다.

"피는 마시지 않게 해! 라이칸스로프의 피를 마시면 되레 몸이 쇠약해진다! 광기의 폭풍을 유지하면서도 날카로운 칼날은 잃지 말도록! Fucking! 나 시인 되겠네! 갓뎀!"

저까짓 데이워커들쯤 죽어 없어져도 아무런 문제 없지만 그건 나중의 일. 지금은 그저 소중한 병력이었다. 어찌 되었든 이 추세로 나가면 적들은 전멸이다. 쿠데타도 실패하고 또 똑같은 일상이 시작되겠지. 안정적인 테트라 아낙스의 치세. 아아, 칭송받을지어다, 밤의 왕이여. 그리고 안됐군. 시베리아 라이칸스로프 여단.

하지만 그때였다.

'브라우닝!'

갑자기 그의 속에서 격렬한 외침이 들려왔다. 깜짝 놀란 그레함 브라우닝이 정신을 차려보니 분명히 자신의 속에서 들려오는 소리다. 테트라 아낙스의 텔레파시. 이 정도 목소리면 베이런이리라.

"무슨 일이십니까?"

'팬텀을 위시한 진마들이 고든 사택으로 침입해 들어왔다. 방어 병력을 보내도록 해!'

"예? 그… 그런 미친."

지금까지 테트라 아낙스에게 직접적으로 이를 들이민 적 없는 진마들이 마침내 돌아선 건가? 참 그럴듯한 타이밍이니 돌아서는 게 당연하긴 하다. 그렇지만 지금까지 그들이 배신하리라고는 생각해 본 적 없다는 사실이 더 놀랍다. 그레함 브라우닝은 자기 자신에게 실소했다.

팬텀과 그를 따르는 흡혈귀들은 그레함과는 달리 묶이지 않은 들개이고 늑대다. 지금까지 곱게 지내왔다고 앞으로 계속 그러리란 법은 없지. 게다가 오늘처럼 배반하기 좋은 날이 없지 않은가? 이건 현명한 선택이다. 의심할 여지없는 진심이었다.

사법사 팬텀은 진심으로 밤의 제왕 테트라 아낙스에게 도전한 것이다!

"그러면 지상 병력을 보내도록 하지요."

진마들을 상대하기 위해 지상 병력을 보내봤자 그리 큰 효과는 거두지 못할 것이다. 고작 해야 시간 끌기 정도겠지. 그러나 문제는 수였다. 수가 적으면 순식간에 뚫릴 테고, 수가 많으면 이번에는 쿠데타군에 대항하는 라인이 무너지고 만다. 지금은 압도적인 수로 밀고 있지만 그래도 라이칸스로프 병사의 역량이 더 뛰어나다. 쿠데타군이 아무리 한꺼번에 많이 밀고 들어간다 하더라도 버티는 놈들인데 수를 좀 줄이면 어떻게 될까?

"항상 이렇지, 뭐."

될 대로 되라는 식으로 그레함 브라우닝은 병력을 차출했다.

쉬이이이익!

바람을 가르며 불붙은 공격 헬기가 떨어진다. 헬기는 건물 하나를 스치며 외장재를 한 방에 털어내더니 방향을 선회해 이쪽으로 날아온다.

한세건은 그것을 바라보며 바이크의 핸들을 꺾었다. 이대로라면 저게 한세건을 덮칠 것이다. 불붙은 헬기 잔해와 함께 인생을 마감하고 싶은 생각은 없었기에 세건은 자동차 한 대를 밟고 위로 점프했다. 순발력이 뛰어난 2행정 오토바이 엔진이 니트로 분사라도 한 것처럼 불을 뿜으며 순식간의 그의 몸을 하늘로 날렸다.

쿠우우웅!

한세건은 아슬아슬하게 불타는 헬기를 뛰어넘었다. 불붙은 헬기는 한세건의 오토바이 밑으로 빠져나가며 지면에 코를 처박고 앞으로 데굴데굴 구르다 신호등에 꼬리를 얹고 멈춰 섰다.

끼이이이익!

세건은 브레이크를 밟으며 멈춰 서서 주위를 둘러보았다. 회색 하늘의 희멀건 빛 아래 흡혈귀와 라이칸스로프들이 도처에서 격돌한다. 어디 가서 어떻게 비벼야 할지도 모를 정도로 도처에서 전투가 벌어지고 있었다.

가만히 듣고 있으면 그것은 그야말로 지옥의 협주곡 같았다.

비명과 포효, 분노와 적의를 대변하는 총성과 폭음. 모든 것을 들으면서 세건은 자신이 너무나 편안한 심정이라는 것을 발견하고 피식 웃었다. 하긴 이 상황은 그가 바라 마지않던 것이다.

흡혈귀와 라이칸스로프들의 전쟁.

죽이고, 죽고, 죽이고, 죽는! 그래서 다 없어지면 한세건이 가장 바라는 바이리라.

죽어라, 죽어, 괴물들. 죽어 없어져서 부디 무지몽매한 사람들에게 세계를 넘겨주라고.

근데 그건 한세건, 그 자신도 포함되는 이야기. 이 끔찍한 증오와 살기로 버무려진 존재는 대체 인간이라고 할 수 있는 건가? 아니, 너무나도 인간다워서 증오와 살기의 도가니가 된 것이겠지만, 이런 자신이 흡혈귀나 라이칸스로프에 대한 증오를 잃게 되면 어찌 될까?

"정말 못쓰겠군, 못쓰겠어."

자신이 얼마나 망가져 있는지 실감하면서 세건은 웃었다. 하지만 그만 미쳐 있는 건 아닌 것 같다. 흡혈귀들도, 라이칸스로프도, 이 세상도 모조리 미쳐 있었다. 미친 달의 세계? 아니, 아니. 사실 이 세상에 제정신인 부분은 어느 것 하나도 없다.

그나마 제정신에 가까운 이들이 있다고 한다면…….

어리석고 선량한 다른 사람들이지.

그들과 달리 영민하신 마법사, 흡혈귀, 라이칸스로프와 헌터들에게는 제정신이란 게 붙어 있을 리가 없다. 한세건 자신도 포함해서다.

광기가 면죄부를 주지 않지만,

광기가 동기를 부여해 주긴 하지.

움직일 동기, 살아갈 동기. 그러니까 죄인인 채로도 얼마든지 살 수 있다고.

하지만 언제까지 이럴 순 없지.

심장은 삐걱거리고, 혈관은 터질 듯하고, 뇌는 타들어가는 듯해. 눈 안쪽에서부터 썩어들어 가는 느낌이야.

"그러니까 보편타당한 스토리 라인으로 가자고. 흡혈귀에게 가족을 잃은 소년이 흡혈귀를 증오해서 모조리 죽이고 자신도 죽었습니다. 이게 심플하고 좋지. 심플 이즈 베스트. 동감이야."

한세건은 스스로에게 중얼거렸다. 사실은… 그도 아직 젊고 어리다. 스물하나인가 둘인가, 아니면 셋인가.

어차피 더 이상 나이를 먹지 않으니 스스로 나이를 헤아리는 것도 그만두었지만 인간으로 치더라도 아직 젊고 어린, 치기 어린 때라는 것을 잘 알고 있었다. 그래서 김성희나 실베스테르에게는 아직도 하염없이 애로 보인다는 것도.

그렇지만 자신의 일은 자신이 끝내야지.

"움직여라, 친구들."

한세건은 그리 말하며 오토바이를 타고 전장을 누볐다. 그는 곧 일단의 데이워커가 뒤로 빠져서 다른 곳으로 이동하고 있다는 것을 깨달았다. 그래, 이럴 줄 알았다. 이놈들이 가는 곳에 바로 테트라 아낙스와 서린이 있다. 전쟁이 시작되기 전엔 보안에 신경 쓰느라 열심이었지만 막상 불이 좀 붙고 나면 어쩔 줄 몰라 하는 게 역시 거대 조직이다.

"아무리 잘나신 흡혈귀들이라 해도 밑의 놈들까지 다 단속하긴 쉽지 않지. 정보를 틀어쥐신 테트라 아낙스, 인색하게 굴어도 곳간이 크면 쥐가 꼬이게 마련이야."

방송에 폭파 예고까지 내보낸 천하의 담력왕(?), 테러 스타(?), 하여튼 또라이(?) 한세건도 이제부터는 약간 망설여진다. 드디어 꿈꿔오던 테트라 아낙스 님과의 대면을 앞에 두니 가슴이 두근 거린다. 마치 아이돌 스타를 만나게 된 소녀 팬의 심정이랄까(그럴 리 없다)?

어느 쪽이 되었든 서울의 밤거리를 상처받은 짐승처럼 헤집고 다니던 그에게 드디어 기회가 왔다. 이 기회를 잡으면 빌어 먹을 인생에 어떤 형식으로든 종지부를 찍게 되겠지. 테트라 아낙스를 죽이고 죽든가, 아니면 그놈에게 살해당하든가. 전자가 그의 염원이지만 후자도 나쁘진 않다. 의지를 다하고 죽는 죽음에 아쉬워할 만큼 목숨을 귀하게 여기지 않았으니까. 설령 자기 목숨이라 하더라도.

"하하하하하!"

세건은 광소를 토하며 오토바이에 몸을 붙였다. 엔진이 그의 심장인 양 미쳐 날뛰며 바퀴로 지면을 찬다.

오토바이는 애써 넘었던 불타는 헬기를 다시 뛰어넘어서 테트라 아낙스가 숨어 있을 교외를 향해 쏜살같이 달렸다.

타오르는 도시, 타오르는 광기, 야수와 흡혈귀가 어우러지는 멋진 한낮은 그렇게 지나고 있었다.

· ☾ ·See you next moon ·

蒼月夜

• 휘긴경 대극장 당근왕검 편 •

옛날 아주 먼 옛날, 곰(사혁)이 담배 피고 호랑이(볼코프)가 군인 하던 시절.

환인(실베스테르)의 아들 환웅(세건)이 널리 인간을 이롭게 하고자 지상에 내려왔어요.

세건 : 근데 내가 왜 실베스테르의 아들인 거죠?

실베스테르 : 딸은 아니지.

세건 : 그거야 그렇긴 하지만. 아니, 그런 문제가 아니잖 아요?

참고로 엄마는 김성희랍니다.

세건 : 무슨 배역이 이따위야?

실베스테르 : 흠, 한국의 단군신화는 특이한 구조로군. 환
인이란 존재는 무성생식을 하는 것인가? 어
쩌면 이건 외계인의 소행일지도 모르겠군.

세건 : 갑자기 무슨 멀더 씻나락 까먹는 소리를…….

여하튼 그러고 있을 때 곰과 호랑이가 환웅을 찾아왔어요.

사혁 : 여, 오래간만이다. 세건.

세건 : 살아 있었냐? 개자식.

환웅은 갑자기 칼을 빼 들고 곰을 찌르려고 했어요. 저런,
저런… 웅담이라도 꺼내 먹으려나 보죠? 몸이 부실한 환웅
이었답니다.

볼코프 : 내레이션은 엉망이군. 이렇게 온 것은 에… 다름
이 아니라. (대본 뒤적뒤적) 인간이 되고 싶어서.

인간이 덜된 호랑이답게 인간이 되고 싶다고 주절거리는
군요. 가소롭게도. 보통 군대 다녀오면 사람 된다고 하는데
이 호랑이는 군대 가서 별까지 달았으면서 사람이 못 되었
군요.

세건 : 뒈져. 다시 환생하면 인간이 될지도 모르지.

냉정한 환웅이었습니다. 그러자 곰과 호랑이도 자존심이 상했군요.

사혁 : 바보 자식. 난 인간일 때도 울어본 적이 없어!
볼코프 : 그건 좀 이야기가 다르군. 대본에는 분명히…….
세건 : 알았어. 좋아, 그럼 백 일 동안 이곳에서 생활하고 이걸 먹도록. 그리고 백 일간 둘 다 금연.
사혁 : 횡포군. 환웅이면 다냐? 게다가 이걸 어떻게 먹어?

환웅은 산더미처럼 쌓인 은박지를 건네주었어요. 그러자 곰과 호랑이는 워싱턴 보호 조약을 들고 동물 학대에 반대하는 각종 자연 보호 단체에 항의하겠다고 협박했어요.

세건 : 왜? 요새 은 나노, 은 나노 하잖아. 먹어, 건강에 좋다.

라이칸스로프에게 은이 건강에 좋을 리가? 아, 참고로 지금 말하는 은박지는 쿠킹 호일이 아니라 은 세공할 때 쓰는 정말 은박지랍니다. 알루미늄이 아니라 순은 100%예요.

볼코프 : 세탁기도 은 나노 세탁기에 냉장고도 은 나노… 하여튼 다 은이군.

사혁 : 은 나노인지 니나노인지 모르겠다만 그건 그렇다
치. 담배는 뭐야? 왜 끊으라는 거야?
세건 : 글쎄?

원작자가 담배를 안 펴서 그래요. 하여튼 FF 감아서 99
일 후!

사혁 : 헉, 헉헉헉… 이제 하루만 더 지나면 이런 미친 짓
도 끝이다. 응?

호랑이가 안 나가고 있네요? 절제력이 강한 군인인 호랑
이도 동굴에 남아 있어서 곰은 좀 당황했어요.

사혁 : 뭐, 뭐야, 저 아저씨는? 도 닦나?
볼코프 : 으음…….

그때 그동안 잠자코 있던 호랑이가 입에 물고 있던 은박지
를 내뱉고 일어났어요.

볼코프 : 더 이상 못 해먹겠군.
사혁 : 어, 앞으로 하루 남았는데?
볼코프 : 호랑이도 제 말 하면 온다고… 지금 내 말이 많아
서 가봐야겠어.

호랑이는 호랑이도 제 말 하면 온다는 이야기를 실현시키기 위해 동굴을 떠났답니다.

래트 : 요~ 에브리바디~! Now I'll boogie!
　　거대한, 거대한~ 라이칸스로프~ 우우우우우~ 볼코프!
　　아르곤 형아가 뚜들겨 맞고~
　　펀치에 피치에 Pinned 시츄에이션~
　　그때 등장한 이 몸이~ 정의의 드롭킥을 날린다~!
　　우와, 춋!
　　오우, 볼코프 빌었어. 내게 살려달라고 빌었어!
볼코프 : …언제?
래트 : 앗, 오 마이 갓!

래트는 그래서 호랑이에게 물려 갔어요. 옛날 어린이들에게는 전쟁과 호환, 마마가 문제였지만 요즘 어린이들은 불법, 불량, 음란성 판타지 소설에 노출되어…….(이하 생략)
그리하여 혼자 남은 곰은 마침내 인간이 되었답니다.

사혁 : 달라질 게 없구만.
세건 : 그래, 사람이 되니 기분이 어때?
사혁 : 이런 거 해줄 수 있으면 진작 해주라고. 후우…….

곰은 담배에 불을 붙였습니다. 그러고는 인근 벤치에 가 앉더니 갑자기 셔츠의 단추를 풀기 시작했습니다.

사혁 : 자, 그러면 하지 않겠는가?
세건 : 카악! 이 자식 죽고 싶어서 작정했군! 어딜 기어올라!
사혁 : 그런데 나의 성구를 봐줘. 이것을 어떻게 생각해?

그리하여 환웅은 곰이 변한 웅남(?)과 배필이 되어 자식을 낳으니 이 자식의 이름이 바로 당근왕검(서린)이었습니다.

서린 : 이, 이런 내용이었냐?!

오늘의 대극장 끄~ 읏!